武陵侠侣传

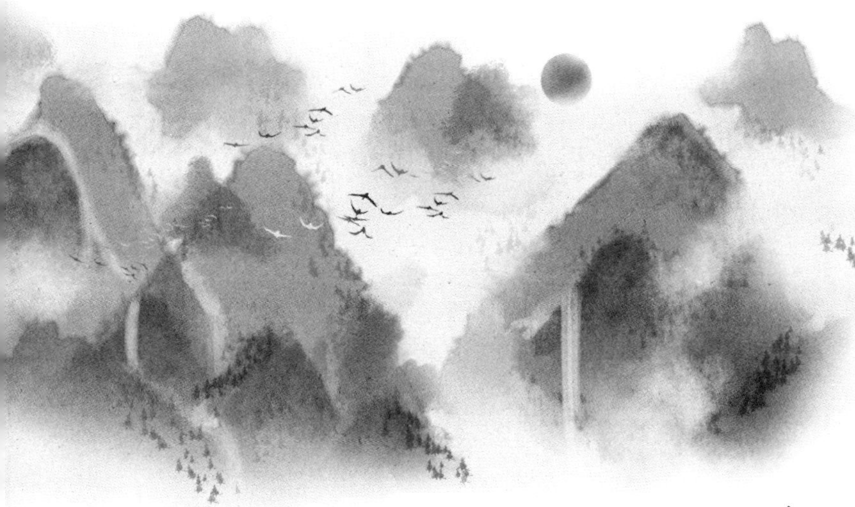

谭明友 著

陕西新华出版
太白文艺出版社·西安

图书在版编目（CIP）数据

武陵侠侣传 / 谭明友著. -- 西安 : 太白文艺出版社, 2023.8
ISBN 978-7-5513-2404-5

Ⅰ. ①武… Ⅱ. ①谭… Ⅲ. ①侠义小说一中国一当代 Ⅳ. ①I247.5

中国国家版本馆CIP数据核字(2023)第134834号

武陵侠侣传

WULING XIALü ZHUAN

作　　者　谭明友
责任编辑　白　静
封面设计　花　涧
版式设计　建明文化
出版发行　太白文艺出版社
经　　销　新华书店
印　　刷　河北华商印刷有限公司
开　　本　787mm×1092mm　1/16
字　　数　256千字
印　　张　20.25
版　　次　2023年8月第1版
印　　次　2023年8月第1次印刷
书　　号　ISBN 978-7-5513-2404-5
定　　价　89.00元

联系电话：029-81206800
出版社地址：西安市曲江新区登高路1388号（邮编：710061）
营销中心电话：029-87277748　029-87217872

目录

CONTENTS

第一章　大雪纷飞

话说腊八节刚过，冬寒突然加剧，天空中的乌云越堆越厚，到了后半夜，天忽地就下起雪来。雪越下越大，纷纷扬扬，偌大的世界转眼间已是白茫茫一片。

天亮了，雪却下得愈发紧了，南昆山神侠峰上的神侠山庄被白雪覆盖，仿佛穿上了一件厚厚的雪白大衣。武陵山一代宗师巴野子的大徒弟萧天在此修行已有十多年了。听见公鸡打鸣，萧天从睡梦中醒来，感觉睡意未消，便翻了个身，又欲睡去。这时，二徒弟静默风风火火跑进屋来："师父，师父，快起床，外面下了好大的雪！"

"什么？下雪啦？"萧天半信半疑地说。

"嗯，下了好大好大的雪呢，而且还在下！"

听徒弟如是说，萧天连忙披衣起床，没穿好鞋子，就跟着静默出了屋。屋外，大雪还在密密麻麻地下着，地上、屋上、树上、菜园里，到处都是一片银白。

"天哪，看我睡得多死，下这么大的雪我却浑然不知。"萧天以自责的口气说道。

"师父连日来教习我们武艺，十分辛劳，这雪又下得悄无声息，自然是不觉。"大弟子静德说道。

"嗯，说得也是。"萧天问道，"今天是什么日子？"

"今天是腊月初十。"静德回道。

“哎呀，看我这记性，”萧天拍了一下脑袋说，“差点忘了一件大事。我与一个朋友约好今天见面的，我得赶紧下山一趟。”

“这么大的雪，师父又何必劳顿？还不如等天晴了再去，且让我和静默去给你那朋友通知一声不就行了？”静德一脸诚恳地说。

“那可不行，此事耽误不得。再说这雪太大，下山的路格外艰险，你俩去我也不放心。”萧天神情肃穆地说，“你们且在家好生练习昨日所教的招式，我办完事后立马回来。”

“是！”两个徒弟异口同声地说。

萧天又对山庄一应事务做了安排，这便提着神鞭走下山来。大雪盖住了原本崎岖的山路，山路越发难走。萧天小心翼翼地走过一处处险关，甚是费了一番周折方下得山来。

如来镇上，行人熙熙攘攘，街道上的积雪有一尺来深，街道两旁的药铺、典当行、杂货铺都冷冷清清，但那一家家饭庄却热热闹闹、人声鼎沸、食客满门。萧天低着头走着，突然听见前方吵吵嚷嚷。他加快脚步走上前一看，原来老朱面馆被一群衙役团团围住了。但见这衙役一个个面目狰狞、气势汹汹，而店家却一副哀求的样子。

萧天从人群中挤到了最前面，问道：“店家，这是为何？”

“这位爷，您有所不知，小的我做个小本生意，本来也没赚几个钱，只因没交保护费，得罪了官爷们。”老朱说道。

萧天一听，大骂道：“你们这群龌龊东西，还不快快让开，否则，休怪萧某的鞭子不客气！”

众衙役转过脸来，一个个面露不屑的神色，为首的衙役说道：“你是从哪里冒出的杂种，胆敢在这里说话？！”

“我乃一介草民，如果你们识相的话，就赶紧给我滚蛋，否则，让你们吃不了兜着走！”

“哟嚯，嚣张得很啊，兄弟们，上！”领头衙役一声令下，众衙役一拥而上，欲将萧天一举拿下。

萧天大喝一声，顺手拔起街边的一棵杨柳便朝领头衙役头上砸来。这领头衙役也非等闲之辈，一个躲闪，杨柳砸在了一旁的石礅上，只见石礅霎时四分五裂碎成了八大块。这阵势可吓傻了众衙役，有的人脸色煞白，有的双腿打战，还有的吓尿了裤子，一个个胆怯地直往后退。领头衙役见部下有退缩之意，忙喝令道：“兄弟们，阵型伺候！”

一转眼，众衙役摆成一字长蛇阵，一会儿又摆成八卦阵，一会儿又变成飞鸟扑食阵……雪似乎下得更紧了，衙役们仗着人多，更仗着阵型的威力，试图取萧天性命。

萧天与衙役们斗了几个回合，便从腰间抽出长鞭，向众衙役打去。那真是个神物，但见那鞭子时长时短、时粗时细，变化无穷，将所有阵型逐一化解，打得众衙役趴在地上哭爹喊娘，纷纷夺路而逃。

店家见萧天打败衙役，对萧天感恩戴德，急忙把萧天迎入店内，笑嘻嘻地煮了一碗肉臊子面给萧天端了上来，然后站在一旁毕恭毕敬地伺候着。萧天将神鞭往桌子上重重一摔，吓了店家一大跳。萧天面无表情地说道：“难不成想一碗面就把我打发啦？”

“这……这……这……不不不……还有……”店家走到柜台里，从柜上取出十两银子双手呈上，“感谢大侠的救命之恩，十两银子，不成敬意，还望大侠笑纳。”

“你是把我当叫花子吗？”萧天说着，又拿起神鞭朝一张桌子上打去。神鞭落下，桌子已碎成木渣。

“大侠，有话好说，有话好说……”店家浑身发抖，整个人就像筛糠一样，脸上的肌肉不停地抽搐着。

这时，一个年方十八的女子从里间走了出来。女子发髻高耸，脸如银盘，肤如凝脂，满眼的哀怨与惆怅，举手投足间却散发着迷人的气息。

“爹，你在和谁说话呢？”女子问道。

一见此女，萧天眼睛一亮，笑起来。“不错，不错，美人啊，哈哈哈哈……我就要她了！”萧天用神鞭指着女子说道。

“啊？”店家看了一眼女子，脸唰的一下紫了，焦急地对女子训斥道，“玉儿，谁叫你出来的？这里没你什么事，还不快给我退下！”店家说完，泪流满面，扑通一声跪下，“大侠啊，这可是我的心头肉啊！我就这么一个女儿，我已经把她许配给了高太爷了……”

“我不管你许配给谁，今天我救了你一命，我也不要你还命，也不要你的银子，就要你的女儿，如若不从，我就让你和这张桌子一样粉身碎骨！”说着，萧天举起神鞭，只听啪的一声，桌子已成一堆废木。

“大侠啊，饶了我吧，如果高太爷知道了，我可就没命了！”店家哀求道。

“他能要你的命，我就不能要你的命？”说话间，萧天已将玉儿揽入怀中，并再一次举起神鞭。这一次，神鞭打在了店家身旁的木凳子上，凳子瞬间粉碎，吓得店家魂飞魄散。经此一吓，店家头一歪，竟晕了过去。

萧天单手端起桌上的大碗，将一碗肉臊子面吸溜了下去，然后，抱起玉儿出了店门。外面，雪还在静静地下着，街上站满了看热闹的人，一个个指指点点，议论纷纷。萧天也不说话，也不回头，抱着玉儿，径直走出了如来镇，然后消失在茫茫雪野之间。

大雪没有丝毫要停的意思，雪花纷纷落下，掩盖了一路的脚印。

第二章　力克巨蟒

话说萧天劫走店家女之后，民间关于神鞭大侠抱得美人归的事情传得沸沸扬扬。有说神鞭大侠早就喜欢上了店家小女，只因店家不同意，这才上演一出先救人后劫人的把戏。有说神鞭大侠与众衙役本是一伙的，早就对店家小女垂涎三尺，于是自导自演了这出戏，为的是找个借口把人家女儿抢走。当然也有说神鞭大侠是受店家小女之托，为的是救店家小女于水火。诸如此类猜测不一而足，民间各种传闻甚嚣尘上。很快，萧天劫持店家女的事情传到了师妹单芳的耳朵里。

单芳与萧天师出同门，都是武陵山太极宗师巴野子的关门弟子。萧天是大师兄，人送外号神鞭大侠。单芳会使金银双环，人称双环师太，又称二师太。二师太生得如花似玉，身材婀娜，体态匀称，一头乌黑长发，眉宇间英气逼人，一双电眼勾人心魄。

单芳风闻师兄劫持店家小女，气不打一处来，便四处打探师兄的下落。这日傍晚，天阴沉沉的，下起蒙蒙细雨。单芳带着一众弟子来到了南昆山下，远远便见山间似有动静，便让众弟子在山下等候，径自走上山来。由于是阴天，山间潮湿，加上树木茂密，林间更显阴暗。单芳步履轻盈，走得细致。走着走着，一阵旋风从不远处掠过，接着就是一阵窸窣声。单芳定睛一看，不远处一条大蟒蛇正朝自己飞奔而来。说时迟，那时快，蟒蛇卷起尾巴横扫过来，一棵棵树木迎风而倒，单芳一个旱地拔葱，腾到空中，举起金银双环，向着蟒蛇七寸处击去。不歪不偏，金银双环正好打中蟒蛇七寸，蟒蛇顿时败下阵来。单芳打败蟒蛇，欲继续上山，无奈天黑林密，山陡路滑，加上丛林中时有猛兽出没，单芳决定暂时下山，待天明后再做打算。

第三章　夜行怪事

话说单芳斩了蟒蛇，下得山来，但见众弟子一个个躺在地上哭爹喊娘，再看他们的头，都成了光头。单芳走上前来，扶起其中一个弟子问道：“你们为何如此狼狈？”弟子回道：“师父进山后，我等在此等候。大约一个时辰前，一白衣女子路过此处，三师哥清风对她动了心思，便上前与之搭讪，女子十分生气，便对师哥出手，三个回合不到，师哥败下阵来。我等见状，便一起上前将女子围住，欲将其拿下待师父回来发落，岂料女子使出一件兵器，将我等打得只有招架之功而无还手之力。”单芳问：“你等可看清了是何兵器？”大师哥寒光走上前说道：“那是一柄弯刀，女子使刀快如闪电，根本看不清是什么刀，只感觉寒光四射，刀锋到处，令人不寒而栗。就在女子刀来刀往间，我等都成了光头。”二师太听罢，气得七窍生烟。“简直欺人太甚，如被我遇上，定叫她尝尝姑奶奶的厉害！”单芳愤愤地说。

单芳领着一群光头弟子行走在山野间，却找不到一家客栈。大约又走了一个时辰，终于看见前方有一点火光。单芳便派大徒弟寒光前去打探。寒光走上前一看，吓得连滚带爬跑回来，说道：“不好了，不好了，前面有鬼火！”众人急忙刹住脚步，单芳问道：“什么鬼火？”寒光战战兢兢地说："就是坟头上的鬼火啊！"众弟子听闻，有胆怯欲后退者，有胆大欲一探究竟者，有心里直打鼓却一言不发者，加上天黑路滑，饥寒交迫，一时间你一言我一语，埋怨单芳找什么萧天，萧天没找着，倒遇上鬼了。单芳见弟子们情绪低落，回想一路走来的诸多不顺，先是遇上蟒蛇，接着弟子被人奚落，现在又遇上鬼火，对萧天的怨恨便不由得更增了几分。单芳悄悄拭去眼角的泪水，提高嗓门，大声说道："吵什么吵！单芳我一女流之辈，也没害怕什么，你们一个个爷们儿倒吓得魂不守舍，传将出去，岂不让人笑话？一个个给我精神起来，继续往前走，直到找到歇脚的地方为止。"见师父生气，众弟子这才抖擞起来，继续赶路。

夜风萧萧，夜色深沉，单芳一行人远远地便见前面灯火通明，烟雾缭绕，想必是到了一个村落。大家一路小跑，想到村里吃口热饭。他们离目标越来越近，却越来越感觉不对劲。待走近一看，都傻了眼，原来是一大片坟地。只见每一座坟前都点着烛火，烧着纸钱，摆着供品。看清楚眼前的一切，他们都面面相觑，神情紧张。

正在大家犹豫不决、胆战心惊之际，一个浑厚的老者的声音从坟后传出："各位客官，你们这是要去往何处？"众弟子一听，吓得魂飞魄散："有鬼啊，救命啊！"纷纷四处逃命。可所到之处，全是坟墓，一时间天旋地转，不知东西南北，于是更加害怕，叫天喊地不停。单芳倒是站在原地，寻找着声音的来源。那个声音又出现了："各位客官，不必害怕，在下乃是守墓人。"只见一老者从坟墓后方走将出来。老者鹤发童颜，手拄拐杖，一袭白衣。单芳看得清楚，便上前施礼道："老先生好。"老者捋捋胡须，和颜悦色道："客官不必惊慌，我乃是守墓人，在此守墓已三十多年了。"老者顿了顿，继续说道："客官为何带着一群和尚夜半至此？"单芳道："他们并非和尚，而是我的弟子，因被人削去头发，变成这副模样，是我没有尽到师父的责任。我等出来欲寻一人，无奈走错道路，又无客栈投宿，以至到此，惊扰到先生，还请见谅。”老者看看夜色，又看看单芳一行人，便说道：“常言道，相识便是缘，既然来到敝处，就进屋喝杯热茶吧。”见老者如此诚恳，单芳便点头答应：“也好，那就叨扰先生了。”

第四章　一封遗信

话说单芳一行人随着老者转过坟墓，后方竟是一座三间瓦房的小院。院子收拾整齐，花香扑鼻，花木盆景错落有致，一只黄狗汪汪直叫。

“老婆子，开门，来客人了！”老者对屋内说。

吱呀一声，门开了，一个老婆婆走出来。“谁呀？这么晚还有客人，是何方来客啊？”老婆婆问道。

“老夫人好！在下乃武陵山巴野子二徒弟，姓单，名芳。这么晚打扰老人家，实在抱歉！”单芳忙上前施礼。

“什么？你说你是谁的徒弟？”老婆子大声问道。

“夫人，我乃武陵山巴野子的徒弟单芳！”二师太道。

“巴野子？你就是那个畜生的徒弟？！”老婆婆破口大骂，“多年不见，你们倒找上门来了，来得正好，看招！”一语未了，老婆婆抓起一把竹扫帚便朝单芳扫来。竹扫帚在空中舞出一股股劲风，将单芳绾起的头发吹散开来。单芳连忙后退三步，稳住阵势，大声说道：“我师父如何得罪了夫人，还请夫人道明，切勿伤了和气！”

“哈哈哈哈，伤和气？大言不惭，看招！”老婆婆说着，又是一阵凌厉的攻势，直扫得院内飞沙走石、狂风大作。单芳心想，这其中必有误会，师父一生为人正直，怎么可能行龌龊卑劣之事？我且不与夫人打斗，待她消气之后，再作计较。

“夫人，我看这中间必有误会，夫人可否先道明原委？如真是师父之错，我当代师谢罪，请夫人责罚，绝不还手。”

“老婆子，听姑娘的，先把事情问明白再动手不迟。”老者也急忙上前劝阻。

老婆婆这才收住阵脚，但依然怒气未消，即便夜色浓重，依然能感到杀气逼人。

“我问你，你们深夜至此，所为何事？难不成是来杀人灭口的？”老婆婆厉声问道。听夫人如此问单芳，老者便将如何遇见单芳及单芳如何到此的原委向夫人述说了一遍。夫人听罢，这才气消一半。

“请问我师父当年如何得罪了夫人，以至夫人见到晚辈生出如此雷霆之怒？”单芳问道。

“按辈分，我是你师姑，老头子是你师伯！”老婆婆说道。

“哦？这其中是何缘故？”单芳问道。

“三十年前，我和老头子还有你师父巴野子以及你一众师叔，跟随我们的师父太极真人去武陵山参加武林大会。途经此处，遭遇一股不明匪徒伏击，我们与敌人展开搏杀。但敌众我寡，虽然我们最终打败了来犯之敌，师父却不幸身中毒箭，其他师兄弟全部战死。”

听到此处，单芳急忙起身，拱手施礼：“师伯、师姑在上，请受晚辈一拜！”众弟子也立即起身，向两位长者行跪拜之礼。

“先不必忙于行礼，且听我说完。”老婆婆接着说，“那一战之后，真人身中毒箭，命悬一线，却心系武林大会，不想失信于武林。由于武林大会的日期迫在眉睫，真人便吩咐你师父巴野子前往武陵山向大会作出说明，我们便留下来照顾真人、安置战死的师弟们。谁料真人箭毒发作，半个月后不幸离世。我们安葬了师父及师兄弟们，原本打算去武陵山寻找你师父，却不想半路上又遇到敌人的围追堵截，加上老头子又得了疟疾，我们只得原路返回，来到这片安葬了师父和师兄弟的地方，为师父守灵，同时调养身心，以待你师父巴野子的归来。孰料，巴野子这一去就杳无音信。三十年过去了，巴野子没来，你这个丫头片子倒来了。也好，这是上天的安排，我要用他巴野子弟子的血来祭奠师父和众师兄弟！”说完，老婆婆又要发招。老者一把抓住老婆子的手，说道：“先听听丫头怎么说！”

“师伯、师姑在上，我要代我师父向二位长辈表示歉意。”单芳单膝跪地，向两位长者施完礼，然后站起来说道，“师伯、师姑，你们真的误会我师父了。我师父在世的时候，最想念的人就是你们，想必你们就是巴清子师伯和如月师姑吧？”

“正是！怎么，你师父已经去世了？”二老几乎异口同声地问道。

“是的，我师父十年前已经去世，他老人家临走前的叮嘱，就是要我们找到你们二老。对了，师父留有一封书信，吩咐我如果找到你们，将信交与你们。十多年了，我和大师兄一直在找你们，没想到你们隐居于此，真是踏破铁鞋无觅处，得来全不费功夫。如果师父在世，该是多么高兴！”单芳说着说着，不禁潸然泪下。

“孩子，你师父的信在何处？”老者问道。

单芳一边抽泣一边从身上的口袋里取出一个牛皮纸包裹着的信封。这个信封在单芳身上已经有十年了，她一直小心谨慎地保管着，看得比自己的生命还重要。单芳将信封递与师伯。师伯接过信封，双手颤抖，老泪纵横，不禁号啕大哭起来：“师弟啊，你怎么就走了呢？三十年了啊，你就让孩子们带一封信来，你对得起我们三十年的等待吗？”

单芳不忍心二老伤心难过，便擦干眼泪，走上前说道：“二老何不拆开信封看看我师父信上说了什么？”

“走，闺女，进屋看看去！”二老拉着单芳走进屋来。屋里生着一堆柴火，木柴迎风噼里啪啦地燃烧着，在火堆的上方悬挂着一把青铜水壶，水壶里的水已经烧开并发出咕噜噜的声响，火舌一遍遍舔舐着壶底，火光把房间照得红通通、亮堂堂的。

巴清子用颤抖的双手小心翼翼地拆开信封，一张发黄的信笺上赫赫写着一段话：

吾师兄师姐在上，请受师弟巴野子一拜！自辛卯年三月十五日一别，至今已有二十又一年矣。每每忆及往日我等跟随师父走南闯北的情景，便老泪纵横，不能自已。二十年来，为追查害我师门元凶，我亡命天涯，四海为家。无奈二十年过去，仇人依然逍遥法外。师弟无能，一生蹉跎光阴，以至大仇未报却人之将死，吾上对不起师父，下对不起良心，无颜面见师兄师姐，更无颜踏足师父安息之地。当你们见到此信时，我已不在人世，吾将在地下向师父谢罪，还请你们恕师弟去而不归之罪！师弟巴野子敬上。

看完信件，巴清子和如月二老早已泪如雨下。单芳好生安抚，二老才缓过神来。师伯看了看单芳一行人，问道：“想必你们还没用饭吧？”寒光插话说：“师爷，我们都快饿死了！”寒光这一说，大家倒破涕为笑了。“只顾着说话了，老婆子，快快快，去给孩子们弄点吃的来！”“是哦，都怪我这牛脾气。”如月师姑连忙起身烧火做饭去了。

是夜，用罢晚膳，单芳一行便在二老家安顿下来，一夜无话。天将亮时，竟下起雪来。第二天一早，推开门，外面已是一片白茫茫的世界。屋前的二十多座坟上都盖上了厚厚的白雪，让人无法想象三十多年前这里曾经发生过一场激战，更无法想象一代宗师太极真人及其弟子长眠于此已三十年也。用过早饭，在师伯和师姑的带领下，单芳一行人来到坟前，祭拜师祖和师叔。拜祭毕，单芳一行告别巴野子和如月二老，继续踏上寻找师兄萧天之路。

第五章　望夫河畔

话说单芳作别巴野子师伯和如月师姑二老，重新踏上寻找师兄萧天之路。掐指算来，单芳离开武陵山已一月有余。这是一个雪后天晴的日子，碧空如洗，单芳和弟子们来到了齐家镇。镇子不大，却异常繁华，街上商铺林立，行人如织，买卖声此起彼伏。镇子后面是一条河，名唤望夫河。

传说先秦时期，镇子上有一女子，新婚不久，她的夫君被征入伍。夫君走后，女子每日站在家门前的土坡上眺望，盼着夫君早日归来。一年又一年过去，却不见夫君归来。女子整日以泪洗面，她的泪水掉落到地上，湿润了土地。后来，在女子望夫的土坡下面，竟涌出一股泉来，泉水流成了一条小溪。日复一日，年复一年，小溪变成了小河。人们感念女子对爱情的忠贞，遂将这条河命名为望夫河。

今晚，单芳入住的客栈紧临河湾。夜幕降临，天边挂起一弯新月。望着弯弯的月儿，思及望夫河名称的由来，又想起一路走来的种种艰辛，单芳不禁流下泪来。师父去世之后，师兄成了单芳最亲近的人。与师兄在一起的日子，甜蜜而幸福，被师兄宠着疼着，每天都是新的。在单芳的心里，师兄早已成了她生命中那个不可或缺的人。然而，自从师兄三年前离开武陵山以来，单芳再未见师兄了。在这过去的三年，师兄去了哪里？他的心里是否还有师妹？师兄收店家小女作妾的传闻是真是假？望着窗外淡淡的月色，单芳思绪万千，久久无法入眠。

迷迷糊糊之中，单芳似乎是走了很远很远，来到了一片竹海间。阳光穿过竹叶洒在地面上，在地面上留下斑驳的影子。清风一吹，竹影便一晃一晃的。鸟儿在竹林里飞来飞去，唱着快乐的歌。单芳行走在竹林间的小径上，忽见前方有一片碧绿的湖水。她不由得走将过去，却见湖面上有一叶扁舟。扁舟上有两个人，一个男人，一个女人。男人戴着斗笠，正在撒网；女人坐在一侧，静静看着男人。单芳看那男人，越看越觉得那人像师兄。对，就是师兄，只有师兄的腰间插着师父留给他的神鞭。可师兄身边为何有一女子？难道这女子就是师兄收的店家小女？不！不！不可能！单芳急了，喊道："师兄……师兄……师兄……"无论单芳使出多大劲喊叫，小舟上的人都像没听见一样，反而驾着小舟驶向远方。看着师兄远去的背影，单芳难以控制自己的情绪，泪水和着多日来的委屈如破堤的洪水奔涌而出，她大声地哭起来，哭得伤心欲绝。

天已大亮，见师父尚未起床，寒光便跑来敲师父的门："师父，师父，该起来过早啦！"

单芳听见寒光的叫声，连忙翻身起床，睁开眼睛看见周边的陈设，这才发现自己做了一个梦。再看枕头，则被泪水浸湿了一大片。

"师父，你在房间吗？师父！"寒光见没有动静，便又喊道。

"知道啦！"单芳有些不耐烦地答道。

推开窗子，不远处就是望夫河，河水静静流淌，碧绿碧绿的颜色，一如梦中的小湖，那河面上飞翔的小鸟也似梦中湖面上的飞鸟。只是梦里有师兄驾驶的小舟，此时河面上却什么也没有，除了数不清的浪花，还是数不清的浪花。

单芳梳洗完毕，前脚刚迈出房门，就听闻街上传来一阵急促的马蹄声，紧接着是一阵嘈杂的喊杀声。

“小二，外面怎么回事？”单芳问道。

“好像官兵在追一个人。”店小二说。

单芳三步并作两步走出客栈，只见街道上乱作一团，许多商贩的摊位被撞得东倒西歪。不远处，一黑衣人骑着一匹黑马飞似的朝城门口疾驰而去，在他身后是一队全副武装的官兵，他们骑着快马紧追不舍。

“抓刺客，抓刺客！”官兵们边追边喊。眼看黑衣人就要接近城门，领头官兵急忙对着守门官兵大声喊道：“快关城门！”守门官兵远远看见一黑衣人正朝城门口方向飞奔而来，正在疑惑，忽听到关闭城门的喊声，立马一齐行动，将城门关上。这时，领头官兵张弓搭箭，向着黑衣人后心射去。黑衣人只顾逃跑，忽一抬头却见城门正缓缓关闭，就在犹豫之时，箭射中了他的左肩。顿时，一股钻心的痛直抵心底，黑衣人险些从马上栽下。

见黑衣人就要落入官兵之手，单芳腾空而起，以迅雷不及掩耳之势掷出金银双环。金银双环击中最前面的马腿，马受此一击应声倒下。跟在后面的马来不及刹住，一个个追将上去，撞在了一起。一时间，人仰马翻，撞在墙上的官兵顿时身亡，摔在地上的头破血流，撞在一起的鼻青脸肿……马的嘶鸣声和人的惨叫声混成一片。黑衣人回头一看，见官兵悉数倒下，急忙掉转马头，朝街巷里跑去。单芳收回金银双环，紧跟黑衣人身后也进了街巷。

官兵遇伏的消息很快传回衙门，于是全城戒严，并贴出悬赏告示，缉拿黑衣人和使金银双环的女子。众弟子一看告示，便知使金银双环者乃是师父，又不见师父回客栈，一个个急得如热锅上的蚂蚁。店小二看完告示，想起一早单芳问他外面怎么回事的情景，又见寒光等人情形异常，心想自己可能要发财了，于是，趁寒光等人不注意时，悄悄溜出客栈，去衙门报了案。不多时，衙门派来大批官兵，将寒光等人全部拿下，带回衙门关进大牢。

第六章　雪上加霜

话说官府将寒光等人带回衙门之后，便对寒光等人进行审讯。

衙役问道：“你等可知所犯何罪？”

寒光只知师父被通缉，却不知他们也犯下罪行，便回道：“我等在客栈住宿，不曾得罪任何人，也未曾做错什么事，何罪之有？”

衙役听后，颇为生气，拍桌子道：“你等可不要敬酒不知吃罚酒！”说罢，便从火炉内取出一块烧得通红的烙铁，在寒光等人面前晃来晃去。“如果不想死，就快快从实招来，否则，别怪爷爷没提醒你们！”衙役说道。

“大人，我等真的不知该如何招供，还请大人明示。”二师兄冷雨道。

“那我问你，你且如实回答，你们是否认识使一对金银双环的女子？”听衙役如此一问，众弟子一时脸色煞白，竟一个个说不出话来。

“说！免受皮肉之苦！”衙役大声对三师弟清风吼道。

三师弟本身胆小，见此情景，吓得结巴起来：“我……我……我不……知……知道！”清风低着头说话，不敢看着衙役的眼睛。

衙役看透了清风的心思，便将烙铁放在清风胸前一寸远的位置，说道：“说不说？不说，我就让你尝尝烙铁的滋味！”

寒光见三师弟双腿颤抖不停，急忙说道：“有种冲你爷爷来，别吓唬我师弟！”

衙役一听，转身说道：“嘿嘿，来劲了啊，好，那就让你嘴硬的先尝尝！”说完，便将烙铁贴上了寒光的胸口，顿时，一股焦煳味弥漫在屋子内。寒光却面不改色，一个劲地骂道：“孙子，给你爷爷挠痒痒呢，来，使劲来！”衙役见寒光如此顽强，便用力将烙铁按在寒光的胸前。钻心的疼痛令寒光晕了过去。

衙役气急败坏地说：“你们几个，说！不说你们都得死！”清风已经尿了裤子，哭着说道：“大人，我说，我说！”

见清风要招供，二师哥冷雨道：“师弟，不要乱说！”清风听二师兄说话，却不回答，只顾呜呜地哭，殊不知，清风才十七岁。

衙役将烙铁拿到清风面前，大声说道：“赶紧说，爷爷可没那么多耐心！”

清风浑身颤抖，像筛糠一样，牙齿咯咯作响，脸上已无半点血色。见此情景，衙役心想：这家伙要崩溃了，再作最后一击，就可招供。于是，衙役将烙铁烙向了清风的手臂。顿时，一股青烟升腾，清风啊的一声尖叫起来：“我说，我说，是我们师父！”衙役松开烙铁，奸笑道：“早说嘛，早说不就不会挨这一下了？”

“师弟，你怎么可以出卖师父！”冷雨责问道。“你还嘴硬，闭上你的臭嘴！”衙役说完，便顺手拿起一根棍子向冷雨身上打去，直打得冷雨皮开肉绽、满身血污方才罢休。而冷雨直到晕死过去都没有说一句求饶的话。

这边清风扛不住严刑逼供说出了那使双环女子乃是其师父，那边单芳追着黑衣人跑进了巷子。黑衣人见有人追赶，扔下马匹，转身钻进一条小巷，欲甩开单芳。他哪里知道单芳武功极好，没跑多远，便被单芳拦住了去路。

“你是谁？为何被官兵追杀？”单芳问道。

“我是谁，关你何事？让开，爷爷我刀下不死无名之鬼。”黑衣人并不回答单芳的问话。

“我刚才如不出手相救，你早已死在城门之下。说，你是何人？官兵说你行刺，你为何行刺？”单芳继续问道。

“我没时间和你啰唆，看在你救我一命的分上，我且不跟你计较，把路让开！”黑衣人恶狠狠地说道。

“我既能救你，也能杀你，说还是不说？”单芳双手抱在胸前。

黑衣人心想，这女子身手不凡，我且不与她硬斗，待我使个障眼法，将她迷惑，然后方可脱身。

“我说。在说之前，我给你看样东西。”黑衣人说完，便从衣兜里掏出一块白布，在空中抖了抖。顿时，只觉一股香味飘来，单芳感觉头一晕、眼一黑，然后就晕了过去。

黑衣人对着倒在地上的单芳轻蔑地笑了笑，说了声“对不住了”，便消失在街巷中。

当单芳再次睁开眼睛的时候，她已被关进了府衙大牢。而离她不远的牢房里，是大弟子寒光、二弟子冷雨以及三弟子清风。

第七章　偶遇神医

话说单芳被齐家镇府衙抓进大牢已三日有余。连日来，各种严刑拷打也未能使单芳招供。牢房内阴暗潮湿，散发出一股刺鼻的腐臭气息。每到夜晚，更有老鼠出没，各种虫子蚂蚁更是不在话下。每天送来的饭菜，更是让人难以下咽。刚进来时，单芳感到极度恶心，几次差点呕吐出来。经过三天的适应，单芳已慢慢习惯，先前的恶心和呕吐感已经消失。单芳坐在稻草上，靠着墙根，紧闭双眼，回想被抓的经过，便生出许多疑惑来：“我救下黑衣人，按理黑衣人应感激于我，为何他却恩将仇报？如果说他是恩将仇报，却又没有当场结果我的性命，这又是为何？黑衣人行刺府衙所为何事？难道黑衣人有什么不可告人的秘密？也许，我救了一个不该救的人。可小时候师父就教导我们，要行侠仗义，要路见不平敢于拔刀相助。如今，我是行侠仗义了，却把自己送进了这大牢之中。难道，我的生命就要在此结束吗？我还没见到大师兄呢，也不知他现在何方？难道就这样成为刀下之鬼？我该如何面见师父的在天之灵？弟子们跟随我已三年有余，如今却因我而入狱，遭受非人待遇，我该如何向他们交代……”想着想着，一行清泪从单芳的眼角滑落。

且说黑衣人迷倒单芳之后，逃出齐家镇，直奔南昆山而去，不日即到了南昆山下。南昆山位于南粤大地，山高林密，人迹罕至，只有一条鸟兽走出的羊肠小道可以通行，若非对此山十分熟悉之人，根本不可能上得山去。但这些对黑衣人而言却不在话下，他在丛林中沿着羊肠小道一路小跑上山来。行至半山腰，便见一泓清泉，泉水从一个山洞里流出，清甜可口。黑衣人俯下身去，捧起一捧泉水，正要喝下，却看见一个人影出现在水面上。黑衣人立马站起身，正欲拔剑，定睛一看，原来是一采药人。但见那人身穿一件道袍，胡子足有二尺长，一双眼睛炯炯有神，背上背着一个背篓，手里拿着一把锄头。

“你是谁，为何到此？”黑衣人问道。

“公子不必惊慌，我乃一药师，采药至此，一时迷路，循着水流到此，却不想恰遇公子，不知公子可知下山的路？”采药人道。

“哦，原是采药的。”黑衣人心想，看样子，这采药的也非等闲之辈，师父如今卧病在床，正好可以让他给师父医治，如他能医治好师父的病，我也算尽一份孝心，如他有其他目的，便可将其就地诛杀，也无后患。想到此，黑衣人便说道：“既然先生是采药的，想必一定精通医术，不巧我家师父连日来身体不适，正需医治。如今天色渐晚，先生可否随我上山，为我家师父把脉问诊，待明日一早，我再送先生下山，如何？”

“也好，那就恭敬不如从命，公子，请！”采药人说道。

二人一前一后，沿着羊肠小道继续行走，大约走了半个时辰，来到一悬崖峭壁处。小路的下方即是万丈悬崖，上面也是悬崖峭壁，只容一人匍匐通过。“先生可要小心，此处名唤粉碎崖，别说是人，就是一块石头掉下去，也会摔得粉碎。”黑衣人对采药人说道。采药人点点头，说道：“好，放心吧！”二人小心翼翼地在悬崖边上爬行，其间不断有石头滑落，掉下深渊，惊起一群飞鸟，吓得他们冷汗直冒。经过约半个时辰的爬行，他们终于通过天险，前面便是一片开阔地。二人长长地舒了一口气，相视而笑。

“先生，前面就是南昆顶，到了南昆顶，再往上走一段路，就是神侠峰，我师父就在那里。”黑衣人说道。

采药人跟着黑衣人继续走，不多时便登上了南昆顶。这时，夕阳正红，晚霞满天。南昆顶三面悬崖，只有一面可以通行。站在南昆顶上，放眼四望，目之所及不知几千里，只见远方层峦叠嶂、山峦起伏，不禁让人心旷神怡。

二人走上神侠峰，夕阳已经隐没于群山之中，晚霞也褪去了火红的颜色。在渐暗的夜色里，一座院子呈现在眼前。院子四周是一片松林，山风吹来，松涛阵阵，鸟雀叫声不绝于耳。

“静德大师哥回来啦！静德大师哥回来啦！”师弟静默大声喊着，从院子里跑出来迎接。

“师弟，师父可曾好些？”静德问道。

“你离开的这几日，师父的病似有加重，尚未见好。”静默说道。

静德一听，急忙加快脚步，走进院来，对师弟说道：“静默，这是我在半路上遇见的药师，你且招待他一下，我去见师父。”说完，静德径直走进师父的房间。

“师父，弟子回来了。”静德说道。

“你这一去十多天，我还以为你出什么事了，正欲安排师弟们下山寻你，你却回来了。事情办得怎么样？”师父问道。

“徒儿有负师父厚望，未能取回神丹，还差一点丢了性命，幸好被一女侠搭救，这才得以脱身。”静德跪在地上说道。

“你且把经过详细说一遍让为师听听，看你哪里出了差错。”师父说道。

第八章　静德遇险

话说黑衣人静德将采药人带至神侠峰，让师弟静默招待采药人，自己却来拜见师父。因静德说未能取回神丹，还险些送命，幸被一女侠相救，师父便觉事情不简单，因说道：“这一趟下山辛苦了，不必跪着，起来说话，把详细经过说与为师听听。”师父一番话，让静德倍感温暖，连日来的疲惫烟消云散，遂站起身，将这一路的经过说与师父听。

那日，静德乔装打扮，辞别师父，便走下山去。按照师父的吩咐，他此行的目的是要潜入县衙从县太爷那里盗取一颗神丹。

这颗神丹可谓来历非凡，由一代神医杨三儿历经三十年精心研制而成，可谓凝结了杨神医大半辈子的心血。有野史记载，杨三儿是继东汉时期华佗、唐朝时期孙思邈之后，宋代又一位杰出的医学家。据传，杨神医七岁时就能识千余字，八岁时能背千字文，从小聪慧好学，有“神童”之称。在他成长过程中，曾目睹许多穷人因请不起好医生被病痛折磨而死，他立下志向，要做一个医术高明的医家，为那些看不起病的穷人免费医治。为此，他遍读古代医书，走遍千里山川，尝遍百草，又求教于四方名医，还在治病救人的过程中注意总结，终于练成了妙手回春、药到病除的本领。他不仅拥有高超的医术，更有崇高的医德，因此受到人们的敬仰，成为人们心目中的神医，人称杨神医。杨神医的故事在民间广为流传，惊动了朝廷，皇帝发出征召令，要杨神医入朝做官。杨神医对朝廷的征召令充耳不闻，从此之后，他的行踪更加飘忽，谁也不知道他明天会出现在何处，但只要哪里有病痛，哪里就有他的身影。杨神医一边治病救人，一边钻研药学，这才有了神丹一说。神医所炼神丹，由八十一味质量上乘的药材经过八十一道工序提炼配制而成，而每一种药材都世所罕见，仅仅收集这些药材都花去了整整十年，然后提炼又花去了十年，最后研制合成又花去十年，前后共计三十年。

其实，神医之所以要研制神丹，其本意是要献给他最爱的人星辰夫人，希望星辰夫人容颜不老、青春永驻，却不料神丹炼成不久即被盗，并就此遗落民间。民间有关这颗神丹威力的说法可谓五花八门，其中最神的说法是“得神丹者得天下”。真是一丹激起千层浪，神丹落入民间后，各方势力蠢蠢欲动，大到国舅、朝宰、大夫，中到各地大员豪强，小到地方财主恶霸，都对神丹趋之若鹜，做梦都想得到神丹，由此在庙堂与江湖之间展开一场不为人知的神丹争夺战。

据说最先得到这颗神丹的乃是武林中人送外号“猫爷”的神偷雷坤。雷坤之所以获悉杨神医呕心沥血炼制神丹，却是一次偶然的机会。当时，神偷猫爷潜入了杨神医家中，原以为杨神医行医四方，家中应该收有无数金银财宝，却不想杨神医家徒四壁，除了各种药材还是各种药材。猫爷左翻右找，却发现一个极为稀奇的盒子。猫爷使出浑身解数打开盒子，发现盒中有一颗丹药。就在盒子打开的一刹那，一股清香的气息扑面而来，他顿觉精神百倍、神清气爽。心想，这必定是个好东西，我且将它拿去，或许可以卖个好价钱。但这到底是什么东西呢？为了搞清楚这个疑问，他潜伏于神医家的屋梁上，等待神医归来。晚上，神医回到家中，发现家里的药材被翻得一片狼藉，知道进贼了，于是赶紧跑去藏神丹的位置察看。这一看，可把杨神医吓蒙了，盒子竟不翼而飞。神医神魂失常，一时竟大哭起来，还一边哭一边说：“我的神丹啊，我的神丹啊！”猫爷在梁上听得清楚，暗暗笑道：“神丹在此，只是它已不属于你了。”猫爷偷走了神丹，为了将神丹卖个好价钱，猫爷编出许多故事来抬高神丹的价格，却不想给自己惹来了杀身之祸。猫爷被杀之后，神丹就此流入黑市。自此之后，江湖上就传开了关于神丹的各种说法，而神丹的身价也与日俱增，从刚开始的有价之物，到后来的无价之宝，甚至成为各色野心家梦寐以求的神物。

齐家镇是县衙所在地，更是大西南地区的交通要道交会处，三教九流云集于此，黑白两道盘根错节。时任县太爷乃当今圣上的舅舅，即权势熏天的国舅爷的侄子。神丹落入民间的消息传到国舅爷的耳朵后，国舅爷就动了心思。神丹到底有多大威力国舅爷并不关心，他关心的是神丹的号召力。因为民间盛传“得神丹者得天下”，如果得到神丹，他可以以此号令天下，从而实现他登上九五之尊的野心。于是，他派出各路人马，分赴各地，寻找神丹。

县太爷为获得神丹，也下足了功夫，不惜花费重金收买各路高手，四处打探神丹的下落。县太爷寻找神丹的消息在黑道上不胫而走，许多人为获得那笔赏金丢掉了性命。谁承想，县太爷居然真的找到了神丹，并准备及时将神丹送进京城。县太爷找到神丹的消息很早就传到了萧天及众武林豪杰的耳朵里，大家异常气愤，决心阻止这一阴谋。萧天清楚，如果神丹真的落入国舅爷之手，必定要引起一场血雨腥风，届时又将是生灵涂炭、天下大乱。然而，天不遂人愿，萧天竟在此时生了一场大病，一病不起。无奈之下，萧天派出大弟子静德潜入县衙，欲取回神丹并粉碎之。

静德来到齐家镇后，寻了一家客栈住下，然后仔细观察县衙环境，伺机进入县衙盗取神丹。经过一番准备，静德决定在正月十五这天动手。静德以为，正月十五是元宵佳节，县衙防备松懈，应该最易得手。于是，他凌晨便翻入府衙大院，四处寻找神丹可能的藏匿之所，一路上虽然也有少许官兵，却没有被发现。他来到县衙藏书阁，发现这藏书阁四周都有士兵把守，心想这或许就是神丹所在。趁士兵不注意的时候，静德从窗户进入到了藏书阁，却发现藏书阁里面空无一人。这时，天已大亮，静德在藏书阁一楼没有任何发现，于是又上到二楼。他在书架间来回寻找，还是没有发现一丝线索。就在他准备失望而归的时候，一个疑似机关的地方引起了他的注意。他走上前，轻轻转动机关。可就在他以为大功告成的时候，突然整栋楼响起了铃声。伴随着铃声，是士兵的喊叫声："有贼啊，快抓贼！"行动失败，静德急忙翻上屋顶，从屋脊上逃跑。官兵紧追不舍，从府衙大院追到街上，一直追到城门。

"如果不是一位女侠及时出手相救，徒儿或许就见不到师父了！"静德不无伤感地说。

"女侠又是如何救下你，你又如何逃出齐家镇的？"师父问道。

"那女侠使金银双环，将一众官兵打得落花流水，我这才得以脱身。无奈女侠却对我穷追不舍，我担心节外生枝，便将女侠迷倒，乘机逃出了齐家镇。"静德绘声绘色地说道。

"什么？那女侠使金银双环？"师父睁大眼睛问道。

"是的，金银双环！"静德肯定地点点头。

"你啊你啊，你可坏了大事！"师父指着静德大声说道。

第九章　神医救人

话说萧天听大弟子静德说起金银双环女侠被迷晕之事，心想师妹恐遭不测，一时急火攻心，口吐鲜血，晕死过去。见师父不省人事，静德吓得魂不附体，双腿颤抖，连滚带爬跑出来，扑通一声跪倒在采药人的面前，说道："先生，我师父晕死过去了，求您快救救我师父！"采药人一听，一时愣住，继而说道："快快请起！你师父在哪儿？快带我去看看。"一听师父晕死过去，众师弟急忙随着静德并拥着采药人走进师父的卧房。

采药人一看不要紧，却说道："天啊，这不就是神鞭大侠萧天吗？你可知我找你找得多辛苦！没想到，我们居然以这种方式相逢！"

众弟子一听傻了眼，望着采药人问道："什么？先生，您和我们师父认识？"

"是的，岂止是认识，我们可谓生死之交！"采药人一边为萧天把脉，一边说道。

"那您是？"静德问。

"我姓杨名三儿。"采药人淡淡地说。

"啊？您就是杨神医啊？！"静德两眼放光，"如此看来，师父有救了！"

"你师父并无大碍，只是急火攻心，一时晕将过去。"杨神医掐了一下萧天的人中，又掐了一下萧天的虎口穴，"不出一袋烟的工夫，萧天就会醒来。"

听神医如是说，众弟子一起跪倒在地，磕头不止。神医见状，急忙上前，将弟子们一一扶起，说道："孩子们，地上凉，快快起来。"

神医坐在一旁的椅子上，一边看着萧天，一边抽着烟。烟雾在房间缭绕，神医的脸色呈现出宁静安详的神色，仿佛是在回忆他与萧天的那些往事。果不其然，一袋烟将尽，萧天先是咳嗽了两声，接着便睁开了眼睛，见众弟子围在床前，一个个神情紧张，又见一长须道人端坐一旁，甚觉奇怪，因问道："你们这是？"

"师父，您刚才晕过去了，是这位神医救了您！"静德指着杨神医说道。

萧天正欲起身细视，神医却走过来，坐到萧天的床边，握住萧天的手说道：“我的老伙计，我以为再也见不到你了呢！”萧天定睛一看：“我的天啊！杨神医，这是什么风把你给吹来了？”两人的手紧紧地握在一起，热泪夺眶而出，半晌都没有说出一句话来。

良久，萧天方才说话：“自京城一别，掐指算来，我们已有整整十年未见了啊！”

“是啊，时光荏苒，那时我们踌躇满志、意气风发，想要闯出一片新天地。如今，十年过去了，我们两鬓华发渐生，岁月无情也！”神医深有感触地说。

窗外，夜色如水。神侠峰上，清风徐徐。夜空中，星光点点。远方，山峦隐现。在这样的夜晚，两个有着生死之交的人将他们的手紧紧地握在了一起。他们一个是威震武林的神鞭大侠，一个是名扬天下的济世神医。

第十章　应天落难

话说萧天和杨神医在神侠峰上不期而遇，二人激动不已，回首京城旧事，感慨万千。

十年，弹指一挥间。那年，萧天奉师父巴野子之命，带上师父的亲笔信，前往京城拜会一位故人。经过一个多月的长途跋涉，萧天方才来到京城。京城之大、之繁华，让他目瞪口呆。他真想就此留在京城，干出一番大事业。但最让他放心不下的除了师父，还有师妹单芳。

临走前，师父一再叮嘱："萧天啊，此去路途遥远，要保护好自己，办完事尽快回来。"师妹单芳想着师兄此去千里，更是不舍，直送到十里之外方才依依不舍而别。师妹眼里满含泪水，一路上一句话没说。临别时，方才说了一句话："师兄，我等你回来。"萧天看着师妹泪光闪闪的眼睛，心中也是诸多不舍，点点头道："师妹，照顾好师父，我办完事就回。"

萧天在京城寻找师父的故人，一连三天未找到。就在这时，蒙军大举南下，兵锋直指京城。消息传到京城，一时间鸡飞狗跳，物价飞涨，人心惶惶，朝廷上下开始议论迁都临安之事。其时，宋军与蒙军已在黄河一带展开激战。很快，难民如潮水般涌进京城，不计其数的伤残兵亦陆续回城，京城日益混乱。萧天举目无亲，手中的盘缠所剩无几，又见到京城乌烟瘴气，想着完不成使命无颜回去面见师父，在师妹面前更没有脸面，一时心急如焚。真是屋漏偏逢连夜雨，萧天染上瘟疫，持续高烧，病倒在了街头。迷迷糊糊之中，萧天感觉自己被人扶进了屋子。待他清醒过来时，发现自己躺在了床上。

见萧天醒来，一长须道人走到萧天床边："老弟啊，你终于醒了，你已经昏迷了一天一夜。幸好我及时发现了你，否则，此时你可能去阎王爷那里报到了。"

萧天明白过来，满脸羞愧地说："原来是先生救了我。可我远道而来，已身无分文，无以为报，这如何是好？"

"欸，阁下这是哪里话？医者当以救死扶伤为己任。更何况如今天下大乱，正是大宋用人之时，我看阁下也非等闲之辈，如能以七尺男儿之躯，救万民于水火，那岂不是我杨某三生之幸？又怎可视而不见、见死不救？"

听道人一席话，萧天情绪高涨，病情似乎已减去三分，乃说道："在下乃武陵山太极宗师巴野子弟子萧天是也，因奉师父之命进京拜会一位故人，却不想蹉跎时光，竟未找到故人，反而生出了一场病来，所幸得先生相救，感激涕零，无以为报。敢问先生贵姓？”

“在下姓杨，名三儿。因自幼不忍目睹穷人家生病无钱医治被病痛折磨致死，遂学起医来，至今已二十又一年矣。”

“原来是杨神医，在下真是有眼无珠，请恕在下失礼之罪。”得知道人乃杨神医，萧天愈发敬佩，便欲起身拜谢。

杨神医扶住萧天，说道：“阁下切勿多礼。目前你病情虽已稳定，但身体虚弱，尚需静养几日。阁下自在我家静养，无须多虑，待病好后再寻人不迟。”

在杨神医的精心照料下，萧天病情日渐好转，不到三日便已痊愈。这天一早，萧天便起床，在院子里练起武来。萧天的神鞭虎虎生风，令人目不暇接，一套鞭法下来，萧天更觉神清气爽，又恢复了往日神采。这时，一阵掌声伴随着“好好好”的叫好声从院子一角传来，萧天转身一看，原来是杨神医。萧天急忙走过去，双手作揖施礼道：“先生早上好，让先生见笑了！”

“哪里哪里，阁下这一套鞭法打得出神入化，实在让在下大开眼界！阁下神鞭似一条金龙，往来纵横，令人拍案叫绝。可否借阁下神鞭一赏？”

萧天双手递过神鞭：“请先生过目。”

杨神医接过神鞭仔细端详，神鞭把柄上刻有八个篆字：武陵神鞭，天下无双。按动机关，神鞭可以变长，最长可达一丈三尺八分，收回来时却又只二尺八分，当变长时则如蛟龙出海，当缩短时恰似利剑归鞘，真乃一世所罕见之兵器。“此鞭真乃神物也！”杨神医由衷赞叹道，“这神鞭是从何处得来？”

“神鞭的来历，说来话长。听我师父讲，神鞭已有八百年历史，至于如何得来，已无从考证。”萧天如是说。

“阁下有一身好武艺，更兼神鞭相助，真是如虎添翼！”杨神医将神鞭还与萧天，“有朝一日如能报效朝廷，当有一番大作为。”

“在下一山野村户，哪有神医所说之志向。神医治病救人，行善如流，是我之楷模。今得神医相救，虽不敢言为国立功，却当以七尺男儿之躯为国尽力，以不负先生救命之恩。”

听萧天如是说，神医连连点头赞许：“我有一想法，不知阁下意下如何？”

“先生但说无妨。”萧天说。

“我有意与阁下结为异姓兄弟，不知阁下是否愿意？”

“承蒙先生抬爱，我萧天求之不得。先生长我几岁，当为兄长，萧天愿听兄长之命！”

说罢，二人来到中堂，摆上香案，行三拜九叩之礼，正式结拜为兄弟。

常言道，天有不测风云，人有旦夕祸福。这日，萧天收拾完行李，正欲起身回武陵山复命，却听见前院传来喧哗声。萧天快步跑到前院，只见一队人马闯将进来。为首者对手下士兵说道：“给我搜！”一语未了，众士兵便开始四处搜查。杨神医听见前院吵闹，从内屋匆匆走出，急忙上前问道：“大人，这是为何？”

“据报，你家藏有蒙古奸细，特来捉拿。快快将奸细交出，否则，搜将出来，灭你满门！”

“大人，您可能误会了，我乃一大夫，家中只有病人，何来奸细？”杨神医哀求道。

“将军，抓到了，就是他！”只见几个士兵将一个人推搡了出来。

“这作何解释？”将军厉声喝问道。

神医仔细一看，却是一蒙古妇女。神医清楚，这个妇女绝对不是奸细，而是一个逃难至此的难民，因染上瘟疫，被他搭救，这才滞留医馆。

“这是我的一个病人。作为医生，救人性命是天职。她一个妇道人家，逃难至此，染上瘟疫，我这才救了她。”

见神医因自己获罪，蒙古妇女羞愧难当，对官兵说道：“你们要抓就抓我，与这位先生无关。”

“一律给我带走！”将军怒声令道。

“谁敢动神医一根毫毛，我要他狗命！”见将军要带走神医，萧天怒火中烧。

见萧天要为自己出头，神医急忙说道：“萧天吾弟，切勿动气。是福不是祸，是祸躲不过。我且随将军去，相信事情自有公道。”

“兄长，我绝不能让任何人将兄长从我眼皮子底下带走！”萧天说完，便取出神鞭，站在院门口堵住了去路。

“给我杀！”将军命令道。

众士兵接到将军的命令，便一起冲杀过来。萧天从容举起神鞭，一阵挥舞，只见士兵纷纷倒下。将军见状，拔出宝剑，与萧天战在一处。斗过十几个回合，将军渐落下风。见形势不妙，将军使了个脱身计，一个箭步跨上战马，留下一句“你们等着”，便策马而去。众士兵见将军败下阵来，纷纷爬起来抱头鼠窜。

“此地不宜久留，快快逃命去吧！”杨神医给了蒙古妇女一些银两。妇女对杨神医磕头谢恩，哭哭啼啼跑出院去。

“萧天，今日连累于你，是为兄之过。此地不宜久留，你且赶紧离开京城，回武陵山去。若是迟了，可能就走不掉了！”神医拿出一些盘缠来，要萧天立即上路。

“兄长，我的命都是你救的，今日誓与兄长共进退。要走，兄长与我一起走。”

见萧天执意不走，杨神医说道：“吾弟这又是何苦？也罢，那就走吧！”

神医和萧天正要出门时，却不想医馆已被官兵包围。

第十一章　情比天高

话说萧天和杨神医正欲出门，却不想医馆已被官兵围得铁桶一般，一时情况万分危急，官兵随时有冲进馆内的可能。

“里面的人给我听着，快快出来束手就擒，可饶尔等不死，否则，一会儿万箭齐发，休怪我秦某没给你们机会！”先前带兵来的将军朝着医馆内喊道。

听到将军在外叫喊，杨三儿心急如焚：“这可如何是好。害贤弟受此连累，我该当如何？”杨三儿转念说道：“贤弟，我们不能与官兵玉石俱焚，这是一场误会，你且好生待在屋里，我出去向将军说明情况。”

“大哥，我们既已结为兄弟，就该共同面对，萧天又岂可做缩头乌龟？且让愚弟为兄杀出一条血路，然后一起离开应天府，去武陵山找我师父如何？”萧天义愤填膺地说。

杨三儿想了想，说道：“贤弟侠肝义胆，实在令我敬佩。不如我们兄弟二人共饮一杯之后，再一起杀将出去，岂不痛快？”

“如此甚好！”萧天说道。

杨三儿拿出一坛酒，倒了两碗，一碗递给萧天，一碗留给自己。

“来，干！”杨三儿说。

“干！”

萧天将酒一饮而尽，再一看却见杨三儿的酒还在碗中，又顿觉头重脚轻，视线开始模糊，便知杨三儿在酒中下了药。“大哥，你……”一句未完，便倒将下去。见药效发作，杨三儿急忙上前一把扶住萧天，说道：“对不住了，贤弟！我不能让你为我白白送了性命。”杨三儿将萧天拖进地窖，藏了起来，自己却走出了医馆。

一个士兵见有人出来，对将军说道：“有人出来了！”

将军朝院内看去，只见杨三儿拍了拍身上的灰尘，目光坚定，气宇轩昂地朝大门口走来。将军心想：“此人神采飞扬，临危不乱，颇有大将风范，且看他如何说，再作计较。”杨三儿走到将军的面前，俯首说道：“将军在上，请受小人一拜。千错万错，都是小人之错，与他人无关，请将军莫伤及无辜，我这便随将军去自首，听凭将军发落。”见杨三儿颇有谦谦君子之风，更不似叛国求荣之徒，将军说道：“且带回府衙，听候发落。”

萧天醒来，发现自己在地窖里，正欲爬出地窖去寻杨三儿，回头一看，却见地窖的油灯下面压着一张字条。萧天走过去，取出字条，只见上面留有八个大字：吾弟珍重，后会有期。落款是杨三儿。萧天将字条折好放进衣兜，吹灭油灯。爬出地窖一看，外面天已经黑了。萧天在院内四下巡视，未见杨三儿，却也未见打斗痕迹，又走出医馆，医馆外也无一兵一卒。萧天走上街头，打探杨三儿的下落，得知杨三儿跟随官兵而去，官兵亦未伤及杨三儿，心里一块石头方才落地。萧天明白兄长用意，是不希望他再卷入这场纷争，又想起自己离开武陵山来到京城已三月有余，为不让师父担心，便决定起程返回武陵山。临行前，萧天去大牢打探杨三儿下落，无奈大牢戒备森严。本欲硬闯，却想起杨三儿留给自己的八个字，方才作罢。

一转眼，十年过去了，谁也不曾想到，匆匆一别之后，如今却有幸在神侠峰上重逢。

“一转眼十年过去了，每每忆及大哥为了救我，只身前往，置生死于度外，这是何等的义薄云天，又是何等的淡定从容！反之，我空有一身本事，却未能救大哥于危难，惭愧乃至羞愧，更无颜见大哥。”萧天躺在床上，握着神医的手，情绪激动。

“贤弟之言谬矣。当日之事，全不怪你。如果因为我反而连累于贤弟，我该如何安生？你已做了你该做的，又何必如此自责！那日用酒迷晕贤弟，实属情非得已，还望贤弟海涵。”神医安慰道。

“大哥休要如此说，只怪我一时愚钝，以至于喝下那碗酒。只是我从昏迷中醒来，不见大哥，甚是心急。我四下寻找、打探，想不出更好的办法救大哥，只能祈祷大哥吉人自有天相，定能逢凶化吉。于是，便按大哥之意，回了武陵山。真没想到，十年了，我们兄弟二人居然能够在此重逢，这是老天爷的安排啊！不知大哥那日随官兵去后，可受委屈，又是如何出来的？”萧天问道。

神医便把那日自首之后的事情向萧天细说了一遍。原来，神医被将军带走后，就被关进了大牢。在审讯期间，将军了解到神医的医术十分了得，而将军的儿子得了一种怪病，眼看有性命之忧，于是便请神医为之医治。神医手到病除，救了将军之子的性命。将军感念神医救子之恩，又被神医的气度所感动，经调查，神医确实未有通敌叛国之举，于是，便奉神医为座上宾，欲将神医推荐为御医。然而神医无心做官，便辞别将军，离开应天府，从此，行走于江湖间。谁料，今日采药至南昆山，得遇静德，并上至神侠峰来。

“十年前，是大哥救了我。十年后的今天，又是大哥救了我。大哥的这份情义堪比天高，我将没齿不忘！”萧天说道，“只是眼下，我师妹尚在齐家镇府衙大牢，我得尽快下山救人，万一去迟了，恐师妹遭遇不测。所以，有劳大哥尽快为我诊治，以期我能尽快下山救人。”

“贤弟不必忧心，我给你开一服药，你吃了，不出三日即可下山。”神医说道。

“三日？不可。明天如何？”萧天急切地问道。

“明天？可以倒是可以，只是，药力太猛，恐怕有后遗症。”

“只要明天能够下山，就是上刀山下火海，我也在所不辞！”萧天说，“大哥切莫着急，且在山上多住几日，待我救回师妹，再与大哥一醉方休。”

“既然如此，我且为贤弟配药。”说罢，神医便起身为萧天配药去了。

第十二章　危机重重

话说神鞭大侠萧天担心二师太单芳遭遇不测，急于下山救人，吃下神医杨三儿开出的特效药后，一夜睡得甚香。第二天一早醒来，便觉神清气爽，于是起床后便在庭院舞起神鞭。经过多年修炼，萧天的神鞭如今已达到炉火纯青的地步，神鞭所到之处，无不飞沙走石，神鞭在空中翻飞，如行云流水，令人目不暇接，拍案叫绝。

“好！好！好！”看见萧天舞鞭，杨神医走到庭院，“萧天啊，十年不见，你的神鞭已达到了登峰造极的境界，让为兄真是大开眼界啊！”

“哪里哪里！要说这神鞭舞得好，那也是大哥的功劳啊，如果不是你的高超医术，我此时还躺在床上呢。没想到你的药居然有如此奇效，真是令我佩服得五体投地！”

“贤弟过奖了，区区草药，何足挂齿！若说这药有奇效，那也是因人而异，有的人吃了这药，可能病情更加严重。而贤弟你吃了这药，居然奇迹般恢复元气，这说明你的身体强健，或与你多年来习武强体有关。但将来是否有后遗症，尚待观察。我这里留了一颗丹药，你且收好，以备不时之需。”

“多谢大哥想得如此周到。”

萧天收起神鞭，与神医一道走出院子，来到院前的一块大岩石上。大岩石的前方就是万丈悬崖。站在大岩石上放眼望去，好一番旭日东升的景象。此时，一轮红日正从地平线上冉冉升起，为万里山川披上了一层红纱，天地轮廓渐次清晰，院内公鸡的叫声悠远而嘹亮，一只苍鹰从山野间飞起，而后在空中盘旋……

神侠峰上的风景如何雄奇壮伟以及神鞭大侠何时下山暂且按下不表，单说单芳被抓进大牢之后，虽受到各种严刑拷打，却始终坚贞不屈。情况报到县令那里，县令深感好奇，于是对手下说：“世间居然有如此坚强的女子，且带我去看看！”很快，县令便来到了大牢。守门差役打开牢门，一股恶臭味扑鼻而来，县令急忙用手捂住鼻子。“大人，这就是那个女刺客！”差役说。县令不看不打紧，这一看，居然大吃一惊。转身就给差役几个大耳刮子：“你们是眼瞎还是有意隐瞒，如此稀罕的一个尤物你们居然不上报？来人，把这个不识好歹的家伙给我拖出去杖责三十！”差役一听，吓得扑通一声跪倒在地：“大人，饶命啊！是小人有眼无珠，望大人饶命！”几个亲兵走过来，将差役拖了出去。不多时，外面便传来差役的惨叫声和棍棒打在屁股上的噼啪声。

县令心想，这世上居然有如此标致的美人，这真是自己八辈子修来的福分啊！“美人儿，本县令最是怜香惜玉，如今见你生得如花似玉，我实在不忍心再让你受刑。正好本县令尚缺一个小妾，若你愿意，我可保你一世享不尽的荣华富贵，如何？”县令说着，便蹲下身来，用手轻轻抚摸单芳的脸蛋。虽在牢里已有几日，但她依然肤嫩如水、楚楚动人。

“呸！你这个龌龊东西，不要碰我，别弄脏了我的脸！”单芳啐了县令一脸的唾沫。

县令被单芳羞辱，甚感无趣：“臭婊子，不要敬酒不吃吃罚酒，你若不从，明年的今天就是你的忌日！你这白白嫩嫩的，就这么做了刀下之鬼，难道你自己不觉得可惜吗？我是看在你还有几分姿色的份上，才有心饶你，你若不知好歹，就只有死路一条！”

“我就是做鬼，也不会向你求饶！你死了这条心吧！”单芳绝不屈服。

见单芳软硬不吃，县令心中犹豫，这种烈女子，除非霸王硬上弓，只有生米煮成了熟饭，她才会对你俯首帖耳、言听计从。于是，便对亲兵吩咐道：“你等且将她绑入我的府上再说。”

七八个亲兵一起动手，将单芳五花大绑后抬进了县衙。一路上，单芳骂声不绝，无奈绑得实在结实，单芳纵然有百般力气也动弹不得。单芳被抬进了县衙。县令吩咐下人准备热水为单芳沐浴，并说这是他新收的小妾，要他们小心服侍。无奈单芳誓死不从，扬言要杀县令全家一洗耻辱。县令也不敢大意，便让下人将她直接扔进了浴缸中。单芳在浴缸中如一条美人鱼般翻滚，将一缸水溅出大半。一个下人走出门向县令报告：“大人，她还是不听劝告，该当如何？”县令似有所思，然后从柜子里取出一个小瓷瓶，吩咐下人将这个瓶子里的东西倒进水里，说这样她就会很快安静下来，然后再为她沐浴更衣。下人如是照办，很快，单芳便安静下来，像睡着了一般。几个女人便为单芳沐浴更衣，将单芳抬到了床上，然后关门出去，并向县令报告说单芳已沐浴更衣完毕。县令听闻，急忙将下人打发走，自己走进房间来。

远远地，县令便见单芳躺在床上，如汉白玉一般。单芳的身上搭着白色的轻纱，安静地睡在那里，一股清新的气息扑面而来，县令感觉飘飘然。县令又取出一瓶酒，连饮三杯，一时开怀大笑：“哈哈哈，这真是上天赐给我的礼物啊！哈哈哈哈……”

第十三章　死里逃生

话说县令安排下人在单芳被迷晕的情况下为其沐浴更衣毕，便独自走进屋来，见单芳躺在床上，一时激动不已，连饮三杯之后，走至床前，伸出右手将要掀起搭在单芳身上的薄纱，却听见嗖的一声，一支飞镖不偏不倚插在了县令的右手虎口处。县令急忙缩回手，啊的一声尖叫起来。但“啊”字只叫出一半，第二支飞镖便插入了县令右膝盖上，县令扑通一声跪倒在地。接着，一个蒙着白纱巾的白衣女子破窗而入，随着一阵剑光闪起，县令的头发纷纷落地。转眼间，县令已变成秃头。县令又欲呼救，却不想白衣女子一阵连环掌，左右开弓将县令的脸打得皮开肉绽。白衣女子又是一脚，正好踢在县令的裆部。县令两眼一黑，仿佛油盐酱醋茶一齐入眼，又似金木水火土一并砸来，真正是天旋地转，五味杂陈，便直挺挺、硬邦邦地倒在了地上。

见县令倒地，白衣女子赶紧找来衣服为单芳穿上，又拿出一瓶九阴十三散在单芳鼻孔处晃了晃。很快，单芳便从昏迷中醒来，睁眼一看，只见一白衣女子正目不转睛地盯着自己，又见县令倒在地上满脸是血，便问道：“可是姑娘救了我？”白衣女子说：“此处不是说话之地，且随我尽快离去。”白衣女子扶着单芳下了床。正在单芳弯腰穿鞋的时候，一个红衣士兵突然冲进屋来，大声喊道：“不好啦，不好啦，夫人来啦！”红衣士兵一进门，便看见县令倒在地上，又见屋内有两个女子，一时明白过来，对着门外大喊：“杀人啦，杀人啦！”红衣士兵这一喊，可急坏了单芳和白衣女子。白衣女子放开单芳的手，迅速从怀中掏出一支飞镖向着红衣士兵掷去。飞镖在空气中划出“呼”的声响，直插红衣士兵的后背。红衣士兵应声倒下。听到喊叫声，前门的守卫最先冲了过来，接着数十个士兵也冲了过来，然后是县令夫人带着几个丫鬟匆匆而来。听见屋外密集的脚步声和叫嚷声，单芳和白衣女子破门而出。二人拳打脚踢，打得众士卒纷纷倒地。

就在二人即将逃出大院之时，一手持大刀的黑衣男子从天而降，堵住了二人的去路。

“女贼，哪里逃！”黑衣男子说道。

紧接着，又有五个使大刀的青衣男子冲进院内，其中一个青衣男子对黑衣男子说道：“大哥，我们来了！”

“给我上！”黑衣男子命令道。

一时间，单芳和白衣女子与这一群使大刀的男子展开厮杀。这几个男子移动速度极快，刀法千变万化，更兼力大无穷。大刀与单芳的金银双环和白衣女子的剑碰在一起，火花四溅，发出刺耳的响声。大刀砍将下来，足有千斤重，震得单芳和白衣女子手臂发麻。十几个回合之后，单芳和白衣女子渐觉体力不支。突然，一张大网从天而降，将单芳和白衣女子网入其中。

“看你们还如何逃脱！”黑衣男子愤愤地说。

这时，县令被几个士兵扶着走了出来。

“大人，刺客已拿下，该作何处置？”黑衣男子走上前向县令问道。

“给我，给我，统统拿下，关进死牢！”县令说道。

“诺！”

黑衣男子手一挥，众手下便将单芳和白衣女子押了下去，关进了死牢。

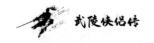

这死牢不同于先前的牢房，仅门就有十八道，而且每进一道门，便

意味着又向地下下了一层，这个设计的意思是进入死牢的人就等于被打入十八层地狱，将永世不得翻身。而每一道门都设有机关，进门前，需转动机关，方可进入。如不懂机关的人硬闯进来，则必死无疑。

单芳和白衣女子被关在两间相邻的死牢里。

“姑娘，都是我不好，害得你进了这死牢！”想到白衣女子为了救自己被关进死牢，单芳深感不安。

“姐姐休要如此说。如果我见死不救，那我岂不是猪狗不如？只怪我无能，未能救出姐姐。”白衣女子自责道。

“姑娘哪里话！你已经尽力了。只是你小小年纪，却要为我赔上性命，我如何担待得起！对了，还没问姑娘如何称呼呢？”单芳问道。

“我乃本镇齐员外的小女，姓齐，名九妹，姐姐可叫我九妹。”九妹问，“姐姐又如何称呼？”

“九妹真是爽快人。我叫单芳。我有个疑问，不知该问不该问？”

“姐姐但说无妨。”

“九妹为何会出现在县衙？”单芳问道，“县衙戒备森严，九妹是如何潜入府内的？”

九妹便将她如何进入县衙以及如何施救的经过说了一遍。原来，傍晚时分，九妹正在街上溜达，却见县令及众衙役绑着单芳进了县衙。单芳一路大骂不停，这引起了九妹的好奇。九妹平生最见不得女人被欺负，更看不惯这种欺男霸女的无耻行径，于是便悄悄跟着进了县衙，潜伏于隐蔽处。原本想等待时机将单芳救出，却不想一直没有下手的机会，又见狗官欲对单芳行卑鄙下流之事，情急之下，九妹别无选择，只能拔刀相助。

夜渐渐深了，单芳和九妹却睡不着，她们从自己的童年聊到少年，再说到各自对未来的憧憬……说到开心处，则嘻嘻哈哈大笑不止；说到难过处，又伤心痛哭起来。

在漆黑的夜里，单芳的心里却是亮堂堂的，她满脑子都是大师兄的身影。她记不清有多少个夜晚，与大师兄并肩坐在院子里看星星，一起畅想未来。大师兄说，他要找一个像她一样的女孩，他耕田打猎，她织布做饭，要盖一座大房子，在房子的四周种上各种花，要养一头黄牛、一群鸡……每当听到师兄如此描述他的未来，单芳总觉得那个女孩就是自己。她有好几次都想问问师兄，那个女孩到底是谁，但这么多年过去了，她还是没有问出口。想到明天就要被斩首，单芳不禁落下泪来，她倒不是害怕被砍头，而是因不能见到师兄难过。她对九妹说："我师兄一表人才，武功高强，又最懂得疼人，如果有机会，我一定要问问他，他心目中那个女孩是不是我。"

听了单芳的故事，九妹莫名地对单芳的大师兄产生了好感，她想象着单芳的大师兄是一个多么英俊潇洒的男子，才得到单芳如此的牵挂和爱慕。其实，九妹也有自己的男人。九妹的男人是镇上胡员外的小儿子，名叫胡八子，因学得一手好刀法，人送外号"胡一刀"。九妹和八子青梅竹马，在二人还没出生之前，双方父母已指腹为婚。按照当地习俗，女子年满十三岁即可嫁人，可九妹天生一副倔强性格，又爱舞刀弄枪，更不受父母管束，因是齐家小女儿，父母爱如珍宝，以至于年过十八，尚未与八子拜堂成亲。这八子倒是对九妹情真意切，也对九妹百依百顺，一心一意等着九妹愿意嫁给自己的那一天。然而，今夜听了单芳与其大师兄的故事，她没想到这世间还有如此浪漫的爱情，而她现在身陷囹圄，那个胡一刀又在哪里呢？他会来救自己吗？

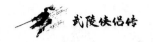

第十四章　生死之间

话说单芳和齐家大小姐齐九妹被关进死牢，二人一夜未眠，从各自的过去聊到现在又聊到对未来的憧憬，时而大笑不止时而伤心落泪，不觉已是五更天。有一天晚上，外面传来了大门机关转动的声音，一会儿，又传来了脚步声，声音越来越近，二人屏息凝神，心知行刑的时间正在一步步逼近，反而淡定下来。

不一会儿，两个牢役推门走了进来，一个提着饭菜，一个提着灯笼。提饭菜的说："这是你们的断头饭，赶紧趁热吃吧，到了那边也不至于做个饿死鬼！"说完，衙役便将饭菜递了进去。单芳和九妹的饭菜都一样，有一碗猪肉，一碗米饭，一碗青菜，外加一小瓶酒。单芳和九妹的手上、脚上都戴着铁链，行动十分不便。单芳呆呆地看着饭菜，却不动筷子，眼里噙着泪水。"单姐姐，能认识你，是我九妹的荣幸。别伤心，黄泉路上，有我陪你，如有来生，我们再好好做一回姐妹。来，把酒喝了，这样刀砍下去的时候就不会疼了。"九妹的眼里也满含泪水，声音却铿锵有力。"还是让姐姐敬你，姐姐对不起你，让你搭上性命，如有来生，我再报答九妹的恩情。来，干！"说着，单芳与九妹举起酒瓶，将酒一饮而尽。

天亮了，单芳和九妹被关入囚车，押往刑场。囚车由重兵押送，一驶入街道，便引起了轰动。一路上，人们指指点点，议论纷纷："这不是齐家小姐吗？齐小姐何时犯了死罪……"九妹被押往刑场的消息很快传到了齐家和胡家。

“老爷，老爷，不好啦！”一个家丁飞一般跑进齐家大院，“老爷，小姐，小姐她……”

“小姐怎么了？”齐老爷满腹疑惑地问道。

“小姐要被问斩了！”

“什么？你再说一遍！”齐老爷简直不敢相信自己的耳朵。

“小姐要被问斩了！”家丁一字一顿地说道。

这时，齐夫人闻讯走了出来，颤抖着声音问道：“陈星，你说小姐怎么了？”

“小姐要被开刀问斩了，已经在押往刑场的路上了！”家丁陈星回道。

“我的儿啊，你犯了什么罪，就要被问斩啊……”齐夫人一时号啕大哭起来，可没哭几声，就晕了过去。几个下人急忙将夫人抬入房中，又是按摩，又是掐人中，如此这般反复数次，齐夫人方才醒过来。齐夫人醒过来，急忙起身下床，来到佛堂焚香叩拜，嘴里念道：“求佛祖救救吾儿，求佛祖救救吾儿……”齐老爷也急得团团转，嘴里不停地念叨着：“这可如何是好？这可如何是好啊！”又吩咐下人去喊在县衙当差的长子齐大山，让大山打探打探是何究竟；又命罗管家收拾银两，准备去县衙求情，看事情是否还有转圜的余地；自己却走出大院，欲赶上囚车问个明白。

且说齐家小姐被押赴刑场即将开刀问斩的消息传到胡家大院，胡家大院一时闹翻了天。胡一刀听闻齐九妹正被押赴刑场，立马提起他的降龙火刀准备冲出大院去救人，忽听一声怒吼：“给我回来！畜生！”胡一刀回头一看，只见其父胡老爷拄着拐杖站在前厅，恶狠狠地看着自己。

“爹，我要去救九妹！”胡一刀不假思索地说。

“猪脑子，现在去救，无异于飞蛾扑火，难道你想把胡家上下几十口人的性命全部搭进去吗？”胡老爷满脸怒色。

“我不管，我只要救九妹！”

“九妹九妹九妹，你就知道九妹！如果齐九妹真的犯下死罪，别说你不能去救她，你和她的婚事也得退掉，否则，我胡家就会引火烧身，甚至家破人亡！”

“没有九妹，我也不活了！”胡一刀说完，把脸转向了另一边。

“混账东西！”胡老爷一记重重的耳光打在胡一刀的脸上，在胡一刀的脸上留下五个鲜红的手指印。

听见胡老爷和胡一刀在院子里大吵大闹，胡夫人也走出来，问明事由后，便对胡老爷说：“老爷，此时如果与齐家解除婚约，未免显得胡家太过绝情，还是缓缓再说。”

“你儿子糊涂，你也糊涂，当断不断，反受其乱！”胡老爷满脸怒色，“管家，去拿纸笔来，马上写退婚书，迟了就来不及了！”管家答应了一声，便去取纸笔。不一会儿，纸笔取来，齐老爷大笔一挥，写下退婚书递给管家，说道：“辛苦管家跑一趟齐家，把这退婚书送过去，就说我们胡家福薄德浅，承受不起与齐家的姻缘，特奉书一封，解除八子和九妹的婚约，自此之后，胡齐两家，互不相干！”管家颤巍巍地接过退婚书，然后朝齐家而去。

看着管家携退婚书往齐家而去，胡一刀心里五味杂陈。他明白，这退婚书将彻底毁灭他在九妹心目中的形象，也将断绝齐胡两家的关系。如今齐家遭遇大难，胡家不仅不出手相救，反而落井下石，这个事情传将出去，他胡一刀将如何苟活于世上？想到此处，胡一刀又欲夺路而出，却被胡老爷挡住了去路。

“畜生！除非你今天从我尸体上踏过去，否则别想出这个门！”胡老爷双手拄着拐杖，稳稳地站在大门口，仿佛是一座大山堵住了院门。胡一刀拗不过胡老爷，只得悻悻地退回了东厢房，闭门不出。

胡管家带着退婚书来到齐家，正好碰见欲出门的齐老爷。胡管家见齐家上下人慌马乱，心有戚戚，自觉不好开口。但端人碗，就得服人管，事情办不好，怎么回去向胡老爷交代？胡管家咬咬牙，走上前，弯下腰，将退婚书举过头顶，又将胡老爷说的那番话说与齐老爷。齐老爷听完胡管家的话，打开退婚书一看，脸色顿时变得铁青，一会儿又变得煞白，半晌说不出一句话。胡老爷将退婚书撕得粉碎，撒向胡管家的头顶，碎纸在空中飞舞，落了胡管家一身。“劳烦转告姓胡的，从今往后，齐胡两家，恩断义绝，他走他的阳关道，我过我的独木桥！”齐老爷说完，转身甩袖回了屋里。胡管家如丧家之犬，灰溜溜地出了齐家大院。

天阴沉沉的，还有点冷。一路上，胡管家感觉背后有无数双眼睛在盯着自己，又有无数双手在戳自己的脊梁骨。虽然没有起风，胡管家却感觉冷飕飕的，他下意识地裹紧了衣服。他在路上走着，感觉每走一步都无比艰难，感觉回胡家的路无比漫长。

齐家长子齐大山得知妹妹被押赴刑场的消息，顿感突兀，心想妹妹如何得罪官府，又如何犯下死罪？经过一番打听，方才得知昨天晚上妹妹闯入县衙行刺县令被抓，虽然刺杀未遂，但这个县令却不是一般人，他乃是当朝国舅的侄子，即便是朝中大臣也要让他三分，更何况普通百姓！了解情况之后，大山急忙回到家中向齐老爷禀明原委。齐老爷一听，异常震惊，不明白女儿为何要行刺县令。于是，他叫罗管家取来三百两银子，交与大山，吩咐大山去县衙向县令求情。

第十五章　豪气冲天

话说齐老爷为救女吩咐长子齐大山携三百两银子去县衙欲向县令求情，无奈县令收了银子却不同意放人，反而威胁要拿齐家治罪，说齐老爷对女儿有管教不严之责。齐老爷听长子如是说，急得团团转，决定死马当活马医，于是上了马车，朝着县衙疾驶而去。

太阳渐渐升至中天，日晷上的时间正滑向午时三刻。刑场上挤满了看热闹的人，大家议论纷纷，场面异常嘈杂。在刑场的中间，有一个台子，台子上立着一排柱子。这时，四个士兵押着单芳和九妹走上台来，并将她们绑在中间的两根柱子上。紧接着，又有几个士兵押着寒光等一众弟子上得台来。寒光等被绑在两边的柱子上。寒光一眼便看见了九妹，九妹也一眼就认出了寒光等人。

“师父，就是你旁边这个女贼上次羞辱我等，削去了我等的头发！”寒光说。

“对，就是她！”冷雨朝着九妹说道，“呸，你也有今天啊！”

“呜呜呜，我不想死，我不想死……”清风哭着，却没有眼泪，或许泪水早已哭干。他双眼紧闭，双腿不停颤抖，尿液顺着裤腿流到地上，柱子下方湿了一小片。一阵风吹来，一股尿臊味便四散开去，刑场上有些人捂住了口鼻。其中一个中年妇女指着清风对她的孩子说道：“看到没？那就是做坏事的下场！”

“什么？你们说什么？”单芳见弟子们说九妹就是曾经羞辱他们的那

个女子，不由得一怔。

“我们的头发都是被你旁边的女子给削掉的！”寒光补充道。

“是我，不错！上次他们调戏本姑娘，我才出手。如有冒犯，请姐姐见谅！”九妹狠狠瞪了寒光几眼，转过脸来对单芳说道。

“寒光，不得无礼！上次是因为你们失礼在先，还不快快给齐姑娘赔礼道歉！”单芳严肃地批评了寒光等众弟子，又对九妹说道，“都是我管教不严，请妹妹责罚！”

“我管他七姑娘还是八姑娘，她削了我们的头发，就是对师父的羞辱！”寒光依然不依不饶。

“放肆！齐姑娘是我的救命恩人，如果不是因为救我，她也不会搭上性命。”单芳怒声喝道，“还不快快给齐姑娘，不，是齐师姑道歉！”

寒光听师父如是说，这才冷静下来说：“师姑在上，不肖弟子寒光有礼了。手脚被绑，不能行礼，请师姑见谅！”

“哈哈哈哈，免礼！”九妹笑道。

“都什么时候了，师姑你还笑得出来？”冷雨问道。

“人死一股风，一去永无踪。脑袋掉了，碗大个疤！有什么可怕的？只恨没能杀了狗官，却要被狗官所杀。我就是到了阎王爷那边，也不会放过狗官！”阳光照在九妹的脸蛋上，风撩起九妹的额发，她的眼里没有恐惧，只有愤怒和怨恨。

“九妹真是豪气干云，有大侠风度，能与九妹同年同月同日死，这辈子也值了！”单芳赞叹道。

“你们有完没完？都死到临头了，还在这里说三道四，还是留点话到阴曹地府去说吧！”县令拄着拐杖走上台来。

“你这个狗官，我做鬼也不会放过你，我会变成厉鬼要了你的狗命！”九妹恶狠狠地对县令说道。

“我不跟你逞口舌之能！”县令说着，就转过身，对台下的百姓大声说道，“台下的人都给我听着，谁敢和我作对，这就是下场！”

这时，齐老爷的马车到了刑场。齐老爷下了马车，三步并作两步往前走，在罗管家和齐大山的搀扶下，挤进人群来。很快，他们就挤到了最前面，一眼就看见了台上被捆绑在柱子上的齐九妹，又见县令正在对台下的百姓说着什么，于是大声喊道：“大人，我是齐九妹的爹，求你放过我家女儿吧，你要什么我都可以答应！”

县令一看，不是别人，正是齐老爷，于是走下台，隔着士兵围起的人墙对齐老爷说：“老东西，看你养的好女儿，差点要了本县令的命！要不是看在往日的情分上，我连你一块儿抓来治罪。午时三刻一到，你就等着收尸吧！”说完，县令头也不回地向审判台走去。

齐老爷急了，于是拼命往前挤，现场的百姓也随着齐老爷往前挤，场面变得混乱起来。

见到爹来救自己，齐九妹心里也不是滋味，对齐老爷说道：“爹，女儿不孝，不能给您尽孝了。以后女儿不能陪您，您自己保重。下辈子，我还做您的女儿，再来报答您的养育之恩！让哥等会儿给我收尸，把我埋到后山的那棵大槐树下。狗官决意要杀我，我变成厉鬼也不会放过他！”

见场面越来越混乱，县令下令：“午时三刻已到，准备行刑！”接到命令，一众士兵疾步走上台，将单芳和九妹等押至断头台，一众刽子手举起了大刀。刀锋凌厉，在阳光下折射出刺眼的光芒。他们只等一声令下，就将大刀向单芳和九妹等人的头上砍去。

正午的阳光火辣辣的，围观的人们都安静了下来，刑场上一丝风也没有，仿佛能听到一根针掉到地上的声音。

“行刑！”

县令一声令下，一众刽子手的大刀一齐落下，人们蒙上眼睛，不敢再看。却听见一阵尖叫声，紧接着是大刀掉到地上的声音。人们以为刑犯的人头已经落地，于是纷纷睁开眼睛，眼前的一切却让他们惊呆了……

第十六章　大闹法场

话说单芳和九妹及众弟子被押上了断头台，随着县令一声令下，刽子手的大刀便砍将下来。就在众人以为台上刑犯的人头已经落地之时，却听到一片惨叫声和大刀落地的声音。众人回过神来，但见一个英雄从天而降，使一条长鞭，以迅雷不及掩耳之势将众刽子手连人带刀打翻在地。单芳和九妹以及众弟子正闭着眼睛等待最后时刻的到来，忽听耳边响起一阵嘈杂声，还以为自己来到了阎罗殿。

就在这时，一个熟悉的声音在单芳的耳畔响起："师妹，快走！"

听到声音，单芳如梦初醒，睁眼一看，简直不敢相信自己的眼睛："师兄，是你？！"

"是我，师妹，快走！"说话间，萧天又使出一梭子飞镖，将捆在单芳和九妹以及众弟子身上的绳索一一斩断。

见此情景，县令等一干人傻了眼，个个目瞪口呆，一时竟不知所措。这时，一直站在县令身旁的卫士急切地说道："大人，有人劫法场！"

县令闻言，如梦初醒，急忙呵斥道："还不快给我拿下！"

说话间，数十名带刀卫士及刑场上全副武装的士兵连同先前被打翻在地的刽子手，一齐拥将过来，将萧天等人围在中间。转眼间，先前还严整有序的刑场，就如在平静的池塘扔进了一颗炸弹，掀起层层巨浪。围观的百姓见状，纷纷作鸟兽散，现场一片混乱。齐老爷见有人来救女儿，心想，这可能是上辈子积了什么德，嘴里不停地说：“祖宗保佑，祖宗保佑！”然后被儿子和管家扶着离开了现场。

“师妹，你带他们先撤，我断后！”萧天说道。

“阎罗殿我都去了，还怕什么！”单芳不由分说道，“要走一起走，要死一起死！”

“说什么死不死的！”话间，萧天已使出神鞭。神鞭瞬间变成丈八长，在空中划出一道又一道优美的弧线。神鞭所到之处，寸草不留。师兄又将单芳的金银双环递将过来，单芳接过，急忙使出绝技。只见双环如霹雳闪电，所到之处玉石俱焚。一时间，萧天与单芳互为照应，神鞭与双环互为攻守，配合得天衣无缝，打得官兵鬼哭狼嚎。有诗为证：

神鞭掀起千层土，双环舞起万层沙。
土随鞭舞乱人眼，沙随环转不见天。
鞭声阵阵裂人胆，环影重重碎鬼魂。
大侠鞭势吞山河，单芳环威震乾坤。

县令见这一对男女组合甚是了得，急对先前拿住单芳和九妹的六人喝道：“乌山六刀何在？”

“大刀乌驼龙、二刀乌驼虎、三刀乌驼狮、四刀乌驼豹、五刀乌驼蛇、六刀乌驼牛，在此，请大人吩咐！”乌山六刀齐声应道。

“快快将贼众拿下！”

“得令！”

乌山六刀应声而出，如六支离弦之箭一齐射向萧天和单芳等人。这六人的刀法真可谓千变万化，令人肝胆俱寒，有诗为证：

大刀迎风斩乱麻，二刀见气毁万家。

三刀遇敌血飞溅，四刀杀人如切瓜。

五刀惊天风雷怒，六刀动地山河怕。

乌山六刀无人敌，心狠手辣更无他。

真是好一场厮杀，其他士兵根本无法近前，只能后退至三丈开外以待时机。这十多个人战在一处，打得天昏地暗、日月无光，战至三十多个回合，仍不分胜负。

天色渐渐暗下来，县令心急，对身旁的主簿说道："田主簿，你看这如何是好？"

"大人勿忧，现天色渐暗，何不派弓箭手射之？"田主簿说道。

"你看他们打得难解难分，又是你中有我、我中有你，弓箭手如何射得准？"县令深感为难。

"这有何难？只是，舍不得孩子套不住狼……"主簿欲言又止。

"你是说乱箭齐发，让他们同归于尽？"县令问道。

"全由大人决断！"主簿道。

县令捋起胡子思忖道，这主意狠是狠了点，但如果能借此机会灭了这些贼人，也可解我心头之恨。只是，乌山六刀如果因此而灭，传将出去，以后谁还会为我卖命？想到此，县令疾言厉色："主意虽好，但非上策，可还有其他办法？"

"办法倒是有一个，不知大人是否舍得？"主簿道。

"什么办法，尽快说来！"

"远在天边，近在眼前。难道大人忘了夫人的迷幻之术吗？夫人的迷幻药，就是鬼闻了也不能逃脱。如能请夫人出手，大事可定矣！"主簿不无吹捧地说。

“我倒把这茬给忘了。来人，快传夫人，就说有人劫法场，叫她火速救场！”

一个衙役得令，急忙上马向府衙疾驰而去。

见有人骑马而去，萧天心想，这是去搬救兵去了，如不趁早突围，形势将对己方越发不利。

无奈，乌山六刀步步紧逼，丝毫不给他们喘息之机。双方你来我往，又战了二十回合，仍不分胜负。

就在这时，五刀乌驼蛇使了个诈，一刀刺中清风的胸口，顿时，清风倒地不起。见师弟被杀，寒光和冷雨怒从心头起，一齐向乌驼蛇杀来。六刀乌驼牛见势，一个转身，绕到了寒光和冷雨的身后。乌驼牛的刀锋沿着二人的脖子划过，只那么一瞬间，寒光和冷雨便倒在了血泊中。

见三个弟子相继殒命，单芳心急如焚，使出浑身力气，双环瞬时变成多环，环环向着五刀乌蛇、六刀乌驼牛的头上砸来。二人还在为刚才连刃三命而窃喜，却不想转眼间他们已脑浆迸裂，魂归西天。

萧天见单芳连杀二敌，倍感振奋，大吼一声“拿命来”，一时间，神鞭如银蛇腾空，又似巨龙出海，掀起磅礴气浪。神鞭掀起的气浪将余下的乌山四刀震得连连后退，直退到三丈开外方才稳住阵脚。

“撤！”萧天对单芳和九妹说道。二人也说了一声“撤”，便随着萧天夺路而逃。

县令见单芳等人要逃，急令道：“弓箭手何在？”

霎时间，数百支箭便密密麻麻地向着萧天、单芳和九妹的身后射过来。萧天挥起神鞭，将第一批箭全部挡下，但很快，第二批、第三批……纷至沓来。

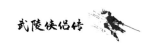

就在大家全力逃命之时，只听有人哎哟一声。萧天回头看时，却是

单芳中了箭。所幸的是，箭没有射中要害，而是射在了单芳的左肩上。无奈，箭射入了骨头里。单芳眼前一黑，就在单芳将要倒地的瞬间，萧天如苍鹰一般飞到单芳跟前，稳稳地接住了她。箭如雨下，萧天和九妹用尽全力，终于跑出刑场，进入了一个巷道。

“哈哈哈哈，看你们给老娘往哪里逃！”为首的一个妇人站在了路中央，妇人的两边又各站了两个凶神恶煞的妇人。

“大姐，要死的还是要活的？”左边的妇人道。

“管他死的活的，给我拿下再说！”

“得嘞！”

一左一右两个妇人得令杀出。二人各使一根青铜锏。与一般的武器不同，这二人的青铜锏却暗藏机关。只见这两个妇人将青铜锏打出，便有一股暗香从青铜锏的小孔里冒出。

“不好，有毒！”萧天急忙点了单芳的穴位，同时屏住呼吸。听萧天如是说，九妹也急忙屏住呼吸。

第十七章　县令夫人

话说神鞭大侠萧天从法场救下单芳及齐家大小姐齐九妹，本以为逃出生天，却不想又与县令夫人狭路相逢。这县令夫人长得五大三粗，走起路来就如一头母牛，气势汹汹，令人不寒而栗，人送外号“母夜叉”。母夜叉生在富贵人家，其父乃是当地的土财主，颇有家资。母夜叉本名鲁秀莲，从小就生得健壮，更兼肤黑脸大腰粗臀肥，这让村里的小年轻见了无不退避三舍，唯恐自己一不小心娶了母夜叉做夫人。母夜叉之所以嫁给了县令，说起来也有一段故事。

这县令乃是当今国舅的远房侄子，姓贾名耀光。贾耀光初被派到这里做主簿时，尚不足二十岁。初来乍到，人生地不熟，又不知天高地厚，得罪了一些乡绅豪强。于是，这些人便商议着要置贾耀光于死地，并设下圈套等着他往里跳。这年正月，元宵节刚过，贾主簿应齐家镇李家庄庄主之邀，前往李家庄做客。贾主簿一早就出发了，行了半日，遇到一条河。因河上无桥，左等右等，却不见一条渡船。正在贾主簿犹豫不决之时，一条小船驶来。船夫问清来龙去脉，便让贾主簿上了船。初上船时，并无异样。待行至河中，船突然进水。见此情景，船夫纵身一跃，便消失在河水中。看着船舱里的水越来越多，贾主簿大呼救命，却不见一个人影。船很快开始倾斜、下沉，贾主簿也跌落水中……贾主簿醒来的时候，发现自己躺在河边，他的身边坐着一个女子。这就是后来的县令夫人——母夜叉鲁秀莲。

原来，那日鲁秀莲正在河边玩耍，忽听河里有人大呼救命，定睛一看，只见一个翩翩少年缓缓沉入水中。见此情形，秀莲不假思索地跳进冰冷的河水中，救起了贾主簿。上得岸后，见贾主簿奄奄一息，秀莲就对贾主簿进行施救，让贾主簿把喝进肚子的脏水全部吐了出来。或许应了那句话：情人眼里出西施。贾主簿从昏迷中醒来，看见秀莲天真无邪的笑，顿时对秀莲生出了几分好感，便说道："姑娘，你救了我的性命，我该如何报答你？"秀莲听了，哈哈大笑。贾主簿不解，问道："姑娘为何发笑？"秀莲这才说道："我说一件事，你若依我，我就不要你报答。反之，如果你不依我，别说你的报答我不要，我还要把你重新扔回河里去喂鱼！"秀莲说完，又是大笑不止。她这一笑，倒真把贾主簿给吓出一身冷汗。贾主簿讪讪地问道："你……你且……说来……我的命……都是你救的，你说吧，只要我能办到。”秀莲看了一眼贾主簿，说道：“别人都不敢娶我，你若把我娶了，我们俩就互不相欠。”就这样，贾主簿竟真的娶了鲁秀莲。凭着鲁家的财气，贾主簿很快升成了贾县令。秀莲还一口气给贾县令生了四个儿子两个女儿。生完六个孩子，这鲁家大小姐的气场更加强大了，不仅声如洪钟，而且力大如牛，把贾县令管得死死的。

言归正传。且说母夜叉拦住萧天一行人的去路，更派出手下二妇使出独门迷药，幸好萧天经验丰富，及时屏住呼吸，又点了单芳穴位，才未吸入迷药。这母夜叉却真不好对付，无怪乎县令对她唯命是从。萧天背着单芳，奋力甩出神鞭，却不想这母夜叉一个躲闪，神鞭落了空，反而打在了屋檐上。顿时，烟尘四起，屋檐碎成木渣四散飞去。一招未成，又生一招，母夜叉见迷药未能制服对手，便使出毒针。只见母夜叉大吼一声，刹那间，数十枚毒针从她的衣袖中飞向萧天这边。萧天不慌不忙，神鞭所到之处，毒针纷纷坠落。另一边，母夜叉的两个手下却牢牢缠住了九妹。见此情形，萧天便过来帮九妹。萧天扬起长鞭，使足力气，向着两个妇人打去。可怜这两个妇人，被神鞭高高抛起，飞出丈余开外，重重摔在墙壁上，顿时头破血流，又滚落地上，只动弹了两下，便再没有动静。萧天救出九妹，本想夺路而逃，却不想母夜叉哪里肯放过他。她追将过来，左右齐发，又是数十枚毒针飞来。萧天眼疾手快，躲过毒针，然后，高高举起神鞭，将母夜叉卷起，顿时，母夜叉像是被绳索捆住了一般，动弹不得。待萧天松开神鞭，只听见扑通一声，母夜叉被重重地摔在了地上，不再动弹。

打败母夜叉，萧天背着单芳与九妹一道，杀向城门，城门口的守城士兵听得鞭声，吓得魂飞魄散，哪里还敢迎战，一个个撒腿就跑。就这样，萧天带着单芳和九妹返回南昆山神侠峰。

第十八章　深夜投宿

话说神鞭大侠萧天背着单芳与九妹一道，杀出城门，已然天黑。三人走了半里路，来到一棵弯核桃树下。核桃树下拴着两匹马，一匹白马，一匹黑马。这是萧天进城之前准备的，原本计划他自己骑一匹，单芳骑一匹。却不想单芳受伤，无法骑马，还多了个九妹。于是，萧天抱着单芳骑一匹，九妹独自骑一匹。三个人，两匹马，在官道上疾行，径直往南昆山而去。

"姑娘，非常抱歉，只顾救人了，还没来得及问你的名字，不知姑娘如何称呼？"萧天问道。

"小女子姓齐名九妹，乃齐家镇齐员外之女。想必阁下正是单芳姐姐的师兄萧天大哥吧？"九妹说道。

"在下正是萧天。不知齐姑娘犯下何事，以至于要被问斩，又为何会与我师妹在一起？"萧天不解地问。

听萧天如此询问，九妹便将如何救单芳，又如何落入县令之手以及与单芳在狱中认作姐妹的经过向萧天细说了一遍。

萧天听了九妹的述说，对九妹肃然起敬："真看不出你一介女流，却有如此胆识，令萧某深为佩服，也深感汗颜啊！"

"大哥哪里话！若不是大哥及时出手相救，我这时已经在阎王爷那里报到大半天了呢！"九妹说完，竟哈哈大笑起来。

萧天听了，也不由得笑了起来。

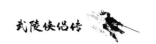

不知不觉，已行了半日，时至深夜，人困马乏，饥肠辘辘。正想找个店吃些酒菜，萧天却发现单芳额头发烫，急着叫醒单芳，却不想连喊三声均无回应。于是，萧天与九妹停下来，将单芳放在地上，又生了一堆篝火。这才发现，单芳的箭伤发作，伤口出血，血水已浸湿了衣袖。并且还在发高烧，嘴唇干裂，面色煞白。又加之一路颠簸，身体越发虚弱，气若游丝。

“大哥，当务之急是为单姐姐寻个医生，万一伤口恶化了可如何是好？”九妹焦急地说。

“正该如此。但这四周放眼望去，更无一点烟火，哪里又有医生？”萧天看着漆黑的夜色，天上连一颗星星也没有，“要是杨神医在就好了！”

“杨神医？谁是杨神医？”九妹问道。

“乃我一故交，看病救人，药到病除，民间称其为神医。”

“我们还是赶紧赶路，若能寻得个店家，也好为单姐姐寻个大夫。”

言罢，二人给单芳包扎一番，萧天又将自己的外套脱下为单芳披上，然后将单芳扶上马，继续赶路。又走了大约一个时辰，远远看见前方山脚下有灯光。

“九妹，你看，那是不是有户人家？”萧天指着前方若隐若现的灯光说道。

“我们且过去看看。”

九妹在前，萧天护着单芳在后，朝着山脚下走来。不多时，便走到了房前，仔细一看，却是一个酒家，门口的灯笼上赫然写着“山脚酒家”四个字。

“终于找到一个落脚之地了。”萧天自言自语道。

因天色已晚，店家已经打烊休息。九妹走上前敲门，敲第一遍没人应，第二遍仍没人应，待敲至第三遍，方听见后院传来脚步声。

“谁啊，这么晚还来住宿？”开门的是一个中年男子。男子留着络腮胡，浓眉大眼，一口黄牙。

“老板，我们三人急着赶路，因走得迟了，以至深夜至此，见店家此处尚有灯火，便来投宿。多有打扰，还请见谅！”萧天向店家说道。

“客官哪里话，里面请！”

九妹与萧天一起扶着单芳，随着店家走进屋来。店面虽然不是很大，却也有两层小楼，一楼是用餐区，二楼是住宿区，有八九间客房，楼中间还有庭院。

“店家，我们需要两间房，如果方便，再为我们炒几个菜，如何？”萧天问道。

“炒菜倒是没问题，只是这客房，今晚却只剩一间了。”店家答道。

“大哥，你护着单姐姐去休息，我在一楼将就下得了。”九妹说。

“还是由你照顾你单姐姐比较好，我在这楼梯上打个盹儿就好了。”萧天说着，与九妹一起扶着单芳上到二楼的房间，又帮九妹把单芳扶上床，方才出了房间。

这时，酒家已炒了几盘菜送上来，一盘牛肉、一盘花生、一盘青菜，还有一盘红烧肉，并一壶烧酒。萧天与九妹吃了这些酒菜，便各自睡下。

九妹躺在床上，回想这些天所经历的生死考验，后悔自己没有一剑结果了县令的性命。当回想着自己险些成了刀下之鬼时，她心跳突然加速，想一想真是后怕，如果那一刀下去，一切就都完了。难道是上天派萧大哥来救她的吗？可他本来是要救单姐姐的啊……九妹翻来覆去，难以入眠。她摸了一下单芳的额头，还是发烫。单芳嘴里还时不时地说着胡话。突然，她又想到萧天一个人坐在楼梯上，而自己躺在床上，不禁惭愧万分。

九妹披了衣服，轻轻推门而出，却见萧天靠着柱子睡着了，还打着鼾。她不忍心惊醒萧天，便将自己的外衣搭在了萧天的身上，然后转身回了屋里。单芳还在说着胡话，却听不清楚在说些什么。

第十九章　松林遇刺

话说齐九妹将自己的外衣搭在萧天身上，前脚刚踏进房门，就听见楼下传来一阵脚步声。九妹自小不同于别人，听力极好。根据楼下的脚步声，她初步判断这伙人有七八个，而且步履匆匆。忽然，又听得其他几个房间也有动静，一时警觉起来。九妹正在想是否应该叫醒萧天，回头一看，柱子跟前却没了人。九妹心里说声“不好”，急转身向楼下看时，借着院子里微弱的灯光，只见地上横七竖八地躺着七八个黑衣人。见此情景，九妹心里一惊，还没反应过来是怎么回事，就见左右邻房里飞出四个人来。这四个人也是一身黑衣，就如四个沙包径直飞到了院子里，重重地摔在地上。九妹的心提到了嗓子眼儿，忙回房间，见单芳安然躺在床上，一颗悬着的心方才落地。九妹正欲坐下，房门开了，一个人一闪而入。

“谁？”九妹迅速拔出宝剑。

“是我，九妹。”

见是萧天，九妹收回宝剑，问道：“大哥，刚才这楼上楼下是怎么回事？”

“一言难尽。此地不宜久留，我们得赶紧走。”

听萧天如是说，九妹明白，这帮人是冲着他们来的。于是，九妹为单芳穿好衣服，萧天背起单芳，一起下得楼来。他们绕过前厅，来到后门。九妹推开后门，一阵冷风袭来，萧天下意识地颠了颠背上昏迷不醒的单芳。天边一弯残月，门外一片松林。夜风吹来，松涛阵阵，有山鸟的叫声。

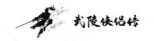

“马在前面，我们得绕到前面去。”萧天说。

萧天背着单芳在前，九妹在后，三人转过屋角来到了前面，却发现马匹不见了。万般无奈之下，他们只得沿着一条小路走上山来，待天明再作打算。萧天抱着单芳靠在一棵松树下，九妹紧挨着萧天席地而坐。九妹实在太困了，很快就睡了过去。萧天听到九妹轻微的鼾声，看着怀里一动不动的师妹，更不敢大意。

正在萧天有些迷糊的时候，隐约听到后面树林里传来的窸窣声。“不对，不对，肯定不对。”他仔细一听，又用鼻子嗅了嗅，一股似曾相识的气味传来。萧天轻轻推了一下九妹，九妹吧嗒两下嘴巴，就又睡了过去。窸窣声越来越近，他能感受到杀气正在向他们扑来。他用力拍了一下九妹的肩膀，吓了九妹一跳。

“什么事，大哥？”九妹问道。

“嘘！你听！”萧天说道。

九妹侧耳细听：“不好，有人，四个！”

“你在这里好好守着单芳，我去对付他们！”

“大哥小心！”

“嗯，放心！”说完，萧天拿起神鞭，轻轻走到后面的树林中埋伏起来。

借着微弱的月光，萧天渐渐看清来者身影。果然是四个人，且全是黑衣装扮，每个人手里握着一把弯刀。看来是乌山六刀余下的四人。“白天没能要了你们的狗命，没想到你们居然送上门来了。也好，乌山六刀现在变为乌山四刀，我来做一件好事，让你们六怪在地下相聚吧！”萧天心想。

很快，乌山四刀来到了萧天的跟前。萧天猛地站起来，大喝一声：“狗贼，去死吧！”萧天的突然出现，着实让他们吃惊不小。

“我们找你找得好辛苦，没想到在这里遇见你。如果束手就擒，我们可以饶你性命，否则，明年的此时就是你的忌日！”乌驼龙说道。

“好大的口气，也不怕风大闪了你们的舌头，看招！”萧天说完，举起神鞭便朝乌山四刀打去。

乌山四刀见萧天出招，大吼一声，转眼间便将萧天围在了中间。松林里月光微弱，荆棘丛生。萧天的神鞭如一条巨蟒在空中飞舞，发出呼呼呼的声响，将一棵棵松树拦腰斩断。这乌山四刀左穿右突，无法近得萧天身前。周围的松树纷纷倒下，树林里的飞鸟扑棱棱四起。“无敌莲花阵！”乌驼龙喊道。乌山四刀迅速摆成莲花阵，萧天瞬间成了花蕊。“莲花包心阵！”乌驼虎喊道。转眼间，乌山四刀的四把刀便一起向萧天砍来。萧天一个旱地拔葱，腾地跳出了包围圈，使出神鞭，正中乌驼狮和乌驼豹的腰间。这二人转眼间已命归西天。乌驼龙和乌驼虎见折了三弟四弟，怒气冲天，使出“绝命阴阳刀”向萧天杀来。只见二人的弯刀，似有还无，似无却有，一阴一阳，刀法凌厉。萧天不慌不忙，使出“勾魂太极鞭”将“绝命阴阳刀”化于无形。二人正欲变换刀法，却为时已晚，萧天的神鞭牢牢拴住了二人的脖子。二人扔了刀，双手抓住神鞭拼命拉扯，无奈神鞭越拉越紧，转眼间，二人气绝身亡。

萧天拍了拍身上的尘土，走过来，却不见了九妹和单芳。萧天又四下寻找，还是一无所获。

“九妹……”萧天大声喊道。

第二十章　露宿山林

话说神鞭大侠萧天灭了乌山四刀回来，却不见了单芳和九妹，四下寻找也不见踪影，急得冷汗直冒，嘴里不停地喊“九妹”。

听见有人呼唤自己的名字，九妹睁开惺忪的眼睛，发现是萧天在叫自己。“大哥，你叫我？”九妹问道。

“嗯？我叫你了吗？”萧天从梦中醒来，满脸疑惑地说。

“对呀，大哥，你叫我做什么？”

“哦，我刚刚做了一个梦，梦见有人追杀我们，被我给消灭了，等我回来，却寻不见你们，所以……”萧天不好意思地说。

九妹的脸上出现了一丝红晕，害羞地低下了头。在狱中的时候，她就憧憬着能有机会见到萧天，却不想今天居然听到萧天在梦里喊她的名字。她知道，萧天的心里装满了师妹，单芳的心里也装满了萧天，她是多余的。但生死关头是萧天救了她。现在，她的命都是萧天的，而那个与她海誓山盟的胡一刀却不知去了哪里。想到这儿，她的泪水情不自禁地从脸颊滑落。

“九妹，你怎么还哭了呢？”九妹的泪水被萧天看到了。萧天不问尚好，这一问，就如在堤坝上开了个口，九妹的泪水顿时如决堤的河水一般哗哗哗地流出来。见此情景，萧天手足无措，不知如何是好。

九妹说道：“我喜欢哭不行吗？我是因为单姐姐才哭的。”

“你单姐姐只是受了伤暂时昏迷，很快就会好的。”萧天安慰道。

“大哥，快看，单姐姐也哭了！”九妹指着单芳的脸说道。

“你说什么？”萧天转过身来，只见单芳的眼角真的流出一滴泪来，“师妹，你终于醒了！”

东方出现鱼肚白，一轮旭日缓缓升起，晨光照进松林，松林仿佛笼着轻纱。清风吹来，凉丝丝的，松针发出轻微的沙沙声，仿佛昨夜梦乡的呢喃。山间草丛中的小动物们也醒了过来，松鼠在枝头跳跃，山鸡在林间穿梭，斑鸠发出咕咕咕的叫声……

第二十一章　血染山庄

话说单芳一直昏迷不醒，却在九妹流泪之时，也流下泪来。萧天和九妹见单芳流下泪水，一时激动不已，萧天抱起单芳一个劲地喊着她的名字，九妹也不停地喊着姐姐，可单芳却像没听见一般，脸上没有一丝变化。萧天摸了摸单芳的脉搏，脉象正常，也不发烧了。见此情景，二人一时摸不着头脑，决定尽快带着单芳回神侠峰，向杨神医求救。

二人带着单芳一路跋涉，这日傍晚来到南昆山脚下，却见上山的路上一片凌乱。见此情景，萧天满心疑惑。他们顺着羊肠小道走上山来，越发感觉不对劲。太阳渐渐落下山去，一行人方来到神侠峰下。萧天抬头仰望，却不见了神侠峰上的那棵马尾松。“坏了，神侠峰出事了！”一种不祥的预感笼罩在萧天的心头。

萧天背着单芳在前，九妹紧跟在后，三人上得峰来。眼前的一切让他们脑子一片空白，半晌都说不出话来：房子已经坍塌，四处残垣断壁，那棵马尾松被拦腰斩断，到处是打斗的痕迹。萧天大声呼喊徒弟们的名字，却无一人回应。他们沿着院子寻找，在一处墙壁上发现了一片血迹。接着，在墙根发现了大弟子静德。萧天立即放下单芳，扶起静德。静德被人用刀刺穿了胸口，已没有生命迹象，他的身体已经僵硬。看来，他们遭遇不测已有一段时间。萧天继续寻找，不一会儿，在屋子旁边的菜地找到了静默。静默躺在地里，身上有多处伤痕，最要命的是他的背上被人砍了几刀。萧天抱起静默，却发现他还有脉搏。萧天异常激动，急忙掐了一下静默的人中，又在静默的耳边呼唤他的名字。

“师，师父……”静默微微睁开了眼睛。

“静默啊，你们这是怎么啦？”萧天心如刀割，泪如雨下。

“四……四……四个……黑衣人……”说完，静默便断了气。

萧天不相信静默已经断气，将静默扶正，使尽平生所学，为静默运功疗伤。然而，一点效果也没有。他把静默抱过来，放在了静德的旁边。看到两个弟子惨遭不测，萧天放声大哭。哭声悲壮惨烈，撕心裂肺，在神侠峰上空回荡不息。

突然，萧天想起了杨神医。“对，还有杨神医……杨神医呢？”萧天又四下寻找杨神医，并大声呼喊杨神医的名字。可他找遍了每个角落，却一无所获。“如此看来，杨神医或许还活着。”萧天心想。

第二十二章　依依惜别

话说神鞭大侠萧天上得神侠峰，看到眼前的一切，顿时一股凉气沿着后脊爬上头顶，先前欣欣向荣的庭院和错落有致的房屋被人摧毁得不忍目睹，两个徒弟惨遭杀害，一代神医杨三儿也不知去向。萧天眼睛血红，怒发冲冠，把牙齿咬得咯咯响。

是夜，神侠峰上乌云密布，阴风四起。他们只得生起一堆柴火取暖。风吹得火苗呼呼作响。萧天把自己的衣服搭在单芳的身上，自己靠在墙根一语不发。

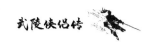

九妹紧挨着萧天盘腿而坐，双眼看着火苗出神。火光照红了九妹的

脸。一阵冷风吹来，九妹打了个寒战，她突然有些想家了。离开家已经多日，也不知家里近况如何。县令有刁难爹爹吗？娘能否承受住如此打击？大哥还能在县里当差吗？胡一刀应该什么都知道了吧……想着想着，九妹竟睡了过去。

萧天却无法睡去。他想起这么多年来，两个弟子跟随他走南闯北，吃了多少苦，受了多少罪，他们毫无怨言。而今却双双殒命，都是他的责任，如果早日将全部武功传与他们，或许也不至于有今日之祸。静德是一个勤勤恳恳的人，最是忠厚，凡事都抢着去做，从不推诿。在他生病的那段日子，静德悉心照料，极尽弟子之孝心。静默天生聪明伶俐，为人乖巧，性格活泼，箭法一流，有百步穿杨的本领。因为年龄偏小，性格略有些顽劣，也正因此，深受萧天和静德疼爱。孰料，下一趟山回来，师徒却已是阴阳相隔，怎不叫人悲伤，怎不令人遗憾！往事历历在目，徒弟的音容笑貌在脑海中浮现……萧天泪流满面。

天亮了，萧天将静德和静默安葬在了神侠峰的山崖边。“静德啊，静默啊，你们且在这里安息，师父这就下山，为你们报仇雪恨，定将杀害你们的人碎尸万段！”萧天说完，背起单芳，与九妹一道走下山去。

行了半日，三人来到一座庙宇，名叫灵泉寺。这庙宇除正殿外，有三间偏殿，后面还有一个院子。虽有些破旧、凌乱，但只需稍加收拾，即可歇息。萧天放下单芳，找来扫帚，将院子打扫了一番，又将单芳抱起来放在了一张木床上，吩咐九妹照看单芳，自己到外面找些吃的。不多时，萧天便提着一袋熟食回来了。

“大哥，你这是从何处弄来的？”九妹好奇地问。

“这方圆十里，我都熟识，从此处往北走约一里路，就有一户人家。前些年，我曾帮过他们，彼此算是有几分情义。这菜肴便是从他们那里得来的。”萧天说道。

“原来如此。只是单姐姐一直昏迷，这可如何是好？”九妹忧心忡忡。

“九妹，你且莫急。我正欲去县城寻杨神医，并取那几个畜生的狗头。但带着单芳实在不便，我欲将其委托于你暂且照看，待我寻得杨神医，并为弟子们报了仇，再回来与你们相会，如何？”萧天对九妹说道。

“大哥，照顾姐姐我义不容辞。只是，你怎知杨神医在县城？又如何知晓害静德静默的人是谁？”九妹不解地问。

“静默临死前说了一句话，说四个黑衣人，再看他们的刀伤，我想这定是乌山六刀剩余四人所为。杨神医也必定是被他们挟持下山，或为神丹之故。”

“既如此，大哥想必已胸有成竹，单姐姐就交给我，大哥且放心。只是此去，必定危机重重，大哥务必多加小心。我们在此静候大哥归来。”九妹满心不舍，接着说，“如若大哥方便，还请帮我打探一下我家里的情况。如若不便，就此作罢，救姐姐要紧。”

“我此去第一件事就是为九妹打探消息，然后再寻杨神医，最后为弟子们报仇雪恨。你且放心，不出三日，我定回来。”

听萧天如是说，九妹的心稍微平静了些，便点头道：“嗯，听大哥的。”

暂且不说萧天进城之事，却说齐家大小姐齐九妹被萧天一并救走之后，县令怒火中烧，又得知县令夫人被杀，一时气得七窍生烟。当夜，便派出人马包围了齐府，将齐府上下几十口人全部下狱，就连在县衙当差的齐大山也未能幸免。在抓捕过程中，齐老爷与夫人因反抗被殴打致死。同时，县令还一并侵吞了齐家的全部财产。齐家因此遭受灭顶之灾。闻知齐家遭此劫难，胡一刀再也无法控制自己的情绪，无名的怒火在他心头燃烧，他再也不能原谅自己的懦弱和胡老爷的明哲保身。当晚，胡一刀留下一张字条便不辞而别。

第二十三章　命悬一线

话说胡一刀听闻齐家遭遇大难，愤怒如火山一样爆发。他留下一张字条，连夜出了胡家大院，径直朝县衙大牢而去，誓要救出齐家上下几十口人。他希望以此洗刷自己先前的耻辱，做一个真正的男子汉。为此，他做好了杀身成仁的准备。

是夜，月黑风高，齐家镇伸手不见五指，还淅淅沥沥地下着细雨。雨水淋湿了胡一刀的头发，水滴从头发上滑到了他的腮边。他用力甩了一下头，然后用手抹了一把脸上的水珠。他清晰地听见自己啪啪的脚步声以及咚咚的心跳声，下意识地握紧了手中的降龙火刀。

这把刀跟随他已有差不多十个年头了。无论走在哪里，他都刀不离身。这把刀是师父公羊山人为他专门铸造的。为了铸造这把降龙火刀，山人颇费了一番心思。降龙火刀经过七七四十九天方才铸造完毕。刀锋凌厉，削铁如泥自是不在话下，其真正的威力乃是刀人合一之后，独创的山羊刀法所爆发出来的强大威力，水泼不进，风吹不进，刀刀致命，即便是绝世高手也不寒而栗。

据说，在正式将刀赐予徒弟之前，山人又择黄道吉日为刀专门做了一场法事。做法事那日，本是天高云淡、风和日丽，一应祭品摆放停当，公羊山人正双手举起刀朝天祭拜之时，突然，乌云密布，狂风大作，电闪雷鸣，暴雨倾盆，一条金龙破云而出，在上空急速盘旋。山人见状，急忙举起刀，向空中划出一幅阴阳太极图。太极图急速旋转，转眼间，金龙便飞入太极图中，霎时，钻入了刀锋。一时，雨住风停，晴空万里。这便是降龙火刀的由来。

胡一刀手握降龙火刀一路行着，远远地看见前方一片火光闪烁。胡一刀飞身到一处高坡，仔细看时，只见一队人马正手持火把疾速而来。火光点点，看样子足有二三十人。这一队人马中间，是一个八人抬的大轿，轿子后面，是一辆囚车，囚车内似有一人。队伍越来越近，胡一刀看得更加真切。这八抬大轿的前后左右四角，各有一名骑着高头大马的黑衣人。后面的囚车四周，也有手持武器的士兵。队伍的最前面和最后面，又分别有不少士兵。

当队伍行至高坡下时，兀地从旁边杀出一个人来，这个人不打一声招呼，上来便朝大轿杀来。大轿四周的四名黑衣人反应极为迅速，立马组成“一”字阵挡在了来者的前面。这人使一根长鞭，与这四人战在一处。“这使长鞭之人莫非就是江湖传言中的神鞭大侠？他为何在此？又为何要劫杀这一干人等？”胡一刀心想。见此情景，胡一刀张开双臂，如白鹤亮翅，飞身下得坡来，在三丈开外站定。胡一刀一眼便认出这四个黑衣人乃是县衙乌山六刀剩下的四人。胡一刀大声对使鞭人喊道：“下面使鞭的可是神鞭大侠？”

正与乌山四刀战作一团的萧天听见有人问话，忙虚晃一鞭，跳将出来，应道：“在下正是。阁下又是何人？”

胡一刀见对面真是神鞭大侠，满心欢喜：“我乃胡家镇胡一刀是也。”

“胡一刀？我知道你，齐九妹跟我提起过你。”

“什么？你认识九妹？她在哪儿？”

就在二人说话的间隙，乌山四刀已回到原位，欲逃之夭夭。见乌山四刀急于逃脱，萧天说道：“先不跟你说了，待我灭了这伙强盗再与你细说！”胡一刀正想问个明白，无奈萧天早已追赶过去。

“如此好事，怎能少得了我胡某？！”胡一刀言罢，追将过来。

见萧天和胡一刀追来，乌山四刀命令十余个士兵站成一排，张弓搭箭，试图阻挡二人的追击。而他们则催马前行，火速赶路。但见萧天舞起神鞭，如入无人之境，而胡一刀使出公羊刀法，刀起箭落。这十余个士兵见状，吓得肝胆俱裂，直接扔了弓箭，举起双手跪地求饶。二人顾不上这一众小兵，直接向着前方追去。

夜色渐深，火把如一条长蛇在官道上急速前行。萧天和胡一刀气沉丹田，腾空而起，如蜻蜓点水般飞到了队伍最前面，然后一起发功，挡在前面的士兵当场毙命。乌山四刀见状，急忙应战，其余士兵也一拥而上。一时间，喊杀震天。神鞭到处，玉石俱焚；刀锋所向，血肉横飞。乌山四刀被迫分成两队，形成二对一的阵势。在四对一的情况下，他们也只有招架的份儿。现在二对一，更加势单力薄。只三个回合，乌山四刀已招架不住。眼看要败下阵来，乌驼龙虚晃一刀，纵身跳上了囚车，将刀架在了囚车内那个人的脖子上。

“住手！否则，我要了他的命！”乌驼龙说完，哈哈大笑起来。

萧天定睛一看，囚车内不是别人，正是他苦苦寻找的杨神医。

“大哥，我是萧天，我来晚了，让你受苦了！”

一听是萧天，杨神医紧闭的双眼突然睁开，大声说道：“萧天啊，别管我，快快杀了这帮畜生，不要让他们的阴谋得逞！”

第二十四章　山谷夜战

话说萧天与胡一刀合力打得乌山四刀只有招架之功而无还手之力，眼看乌山四刀就要败下阵来，却不想乌驼龙抽出身来，将刀架在了囚车中杨神医的脖子上。乌驼龙狂笑不止，说道："我数到三，若你们还不放下武器，我就让他去见阎王！哈哈哈哈……"

"萧天，我死不足惜，你切不可听他的恐吓！来吧，送他们先去见阎王吧！"杨神医镇定自若，毫无惧色。

"一……"乌驼龙开始数数。

萧天心想："我切不可中他奸计，我还等着杨神医去救师妹呢，怎么能没了杨神医？宁可我死，也不能让杨神医就这样送了性命。"

"乌驼龙，我看你也不是鸡鸣狗盗之徒，更不是卑鄙龌龊之辈，只要你放过杨神医，我愿用我的命来换杨神医的命！"

"萧天，你疯啦！"杨神医声嘶力竭地吼道。

乌驼龙心想，我本不想杀了杨神医，毕竟留着他还有很多用处，我们抓杨神医也是为了完成国舅爷下达的任务。如果因此真的杀了杨神医，即便今日得以侥幸脱逃，他日国舅爷追究下来，我等也绝无活命之机。但如果能借此机会除掉这个萧天，岂不是一举多得?

"你若说话算数，就放下武器走过来，我保证不伤神医性命！"乌驼龙说道。

夜色苍茫，火把上的火焰闪烁，夜风轻拂。如果没有这场搏斗，今夜应该是一个安谧祥和的夜晚。萧天缓缓放下神鞭，从容地向囚车走去。胡一刀见此情景，大声喊道："大侠，你是不是疯了？我还等着你带我去见九妹呢！"萧天没有回答胡一刀的话，头也不回地向乌驼龙走去。

"站住！"乌驼龙说，"转过身去！"

一切都按照乌驼龙所设想的方向发展。萧天来到囚车前，乖乖地转过身去，然后举起了双手……乌驼龙见此情景，脑海中浮现出提着萧天的人头去领赏的画面，一时心花怒放，急忙飞身下车，向着萧天的后心刺去。

说时迟，那时快。就在乌驼龙快要刺中萧天的瞬间，萧天忽地一转身，乌驼龙便刺了个空，几乎是以狗吃屎的姿势向前栽去。萧天几乎没有大动作，只运气于手掌，向着乌驼龙的后背一推，乌驼龙便一头撞在了大轿的轮毂上，再也没有动弹。

见折了大哥，其他三人一齐发力，向着萧天冲杀过来。萧天气定神闲，使出如来连环掌，向着他们打来。乌山兄弟哪里躲闪得开，一个个只挨了萧天一掌，便魂归西天。见乌山四刀先后殒命，其他士兵纷纷作鸟兽散。萧天忙走过来，一掌劈开囚车，将杨神医救出。二人相拥而泣。胡一刀走到大轿前，掀开轿帘朝里一看。这一看，可着实把他吓到了。

第二十五章　县令之死

话说胡一刀走至大轿跟前，掀起轿帘一看，眼前的一幕让他头发倒竖、心惊肉跳。借着火把的光，胡一刀看见大轿内躺着一个人，这个人蜷缩着身子，双目圆睁，嘴巴大开。轿子的木板已被鲜血染红。血液沿着木板的缝隙滴到了地上。

“大……大……大侠，快……快来……看……”胡一刀一时结结巴巴起来。

“怎么了？”萧天和杨神医一起走过来。

“你们快看，这人是谁？”胡一刀总算镇定下来。

“啊？”萧天和杨神医几乎异口同声地说道，“这不是县令吗？”

“什么？县令？！”胡一刀感到十分惊讶，又仔细看了一遍，“还真是县令！我还准备找他算账呢！”

杨神医摸了一下县令的脉搏，早已停止跳动，而且他的身体已变得冰冷。“看样子，已死了一段时间了！”杨神医说。

“是谁杀了县令？”萧天思忖道，“难道有人想栽赃给我们？可是，对方又怎么知道我们会半路动手？”萧天满腹疑问。

“也不一定，或许这是巧合。”胡一刀说道。

“不，这绝非巧合。他们这次不仅想把我押到京城交给国舅，而且还带着我炼制的神丹。凶手想必是冲着神丹而来。”杨神医捋着胡须说道，“快，快看看神丹在否？”

萧天与胡一刀听神医如是说，急忙将县令从大轿中拖出。可搜遍了县令全身，也未找到神丹。他们又在轿内四处寻找，依然一无所获。然后又分头在乌山四刀身上搜查，仍然没有找到神丹的蛛丝马迹。

“看来凶手真的是冲着神丹来的。”萧天笃定道。

眼下，神丹不翼而飞，又不知是何人所为，三个人一时也想不出更好的办法。萧天便决定先去齐府看看。胡一刀听萧天提到齐府，又得知他是受齐九妹之托，因此问他何以认识齐九妹。萧天便将如何认识九妹的经过向胡一刀简要述说了一番。胡一刀听罢，眼泪簌簌而下，并将齐家上下遭遇劫难之事告知萧天。萧天得知齐家遭遇不测，悲愤不已，遂托胡一刀护杨神医先行前往灵泉寺与九妹会合，并请求杨神医为单芳医治，自己却提着长鞭径直朝齐家镇而去。

却说那日萧天辞别九妹和单芳离开灵泉寺后，九妹悉心照顾单芳，心里也盼着萧天能尽快返回。她每日从早到晚总是不停地向门口张望，如果听到外面有脚步声或者有什么响动，都会跑出去看个究竟，可每次都是怀着希望而出，抱着失望而归。三日转眼而过，萧天依然不见回来，九妹心里甚是焦急。

这日傍晚，天微微放晴，西边天空现出淡淡的晚霞。在夕阳的余晖里，灵泉寺仿佛镀了一层金色，熠熠生辉。寺庙外大槐树上的几只喜鹊叽叽喳喳地叫着。九妹正在给单芳熬粥，她们已吃了两天的粥了。九妹以前从来没有过过这么艰苦的日子，从小都是衣来伸手饭来张口。如今不仅要学会做吃的，还要照顾昏迷不醒的单芳，着实不易。她本来想出去找些吃的来，却不放心单芳一个人在寺里。起初，她被烧柴火的烟呛得双眼泪流，独自不知生出多少气来。这几天来，她慢慢学会了生火做饭。她在心里默默祈求上天保佑萧天一路顺利，能早些回来。就在这时，九妹听见外面传来脚步声，她急忙放下碗筷，心想，必是萧天回来了。她像一个孩子多日不见父母，又像一个恋人多日不见情人一样兴高采烈地跑出去。

九妹前脚刚迈出寺庙门，便看见两个人从院子前面的坎下冒出头来。她一眼便认出了走在最前面的是胡一刀。不一会儿，胡一刀和杨神医走进了院子。

“九妹！”胡一刀见到九妹，激动不已，急忙张开双臂，想给九妹一个大大的拥抱。却不想九妹根本没有要拥抱的意思，反而走到坎沿上，向前面张望。

“九妹，你看什么呢？”胡一刀不解地问。

“你们有没有遇到我大哥？”九妹一边看着远方一边问道。

“你大哥？谁是你大哥？”胡一刀问。

“神鞭大侠萧天啊！”九妹不假思索、满怀自豪地说。

“萧天什么时候成你大哥了？”胡一刀问。

“这需要你胡一刀管吗？”九妹一见到胡一刀，就想起自己遭遇不测之时，却不见胡一刀的影子，对胡一刀的不满越发多了，“你没事了跑到这里来干什么？”

“我听萧大侠说你在这里，又受萧大侠之托，护送杨神医到这里来为萧大侠的师妹医病。”

“原来您就是大名鼎鼎的杨神医，快快请进！”九妹也不理会胡一刀，领着杨神医走进后殿来。胡一刀跟在杨神医的后面，也一起走进殿来。

单芳睡在稻草铺的床上，奄奄一息。她面色蜡黄，嘴唇干涩，眼睛闭着，头发蓬乱，衣服也已经破了。神医走上前来为单芳把脉，胡一刀和九妹站立在旁。胡一刀不停地看九妹，九妹却只看着单芳，并不看他一眼。胡一刀心里感到憋屈。把完脉，神医又扒开单芳的眼皮儿仔细察看，又检查了她的箭伤。由于多日未得到医治，单芳的箭伤已经溃烂。

“神医，我姐姐伤势如何？”九妹问。

第二十六章　晴天霹雳

话说杨神医为单芳把脉完毕，又仔细察看单芳伤情。但见单芳的箭伤已经溃烂，神医取出银针测试，只见银针很快变黑。“不好，有毒！”神医说道。

“什么？有毒？”九妹急切地问道。

“看样子，单姑娘已中毒多日，如今，毒已侵入经脉。而单姑娘所中之毒也十分罕见，必须尽快找到解药，拖延的时间久了，轻则失去记忆，重则有性命之忧。”神医捋捋胡须，继续说道，“眼下要尽快阻止毒素蔓延。我本有止毒药，可惜落在了县衙。当时他们把我抓了进去，就没收了我的药箱。”

“这可如何是好？”九妹十分焦急，“不如这样，我这便去县衙一趟，一来取那药箱，二来也可看看家人，神医且在此等候。不知神医意下如何？”

“如此甚好。”神医答道。

一听九妹说要回县衙一趟，胡一刀这才想起还没来得及告诉九妹齐家发生的一切。“九……九……九妹……我看你还是别，别去了，还是我……我……我去吧！”胡一刀一紧张就结巴。

“你这人怎么回事，说话结结巴巴的？”九妹见胡一刀结巴，感觉有事瞒着她，“快说，你是不是有什么事瞒着我？”

见九妹生疑，胡一刀更加紧张，脸唰的一下红了，耳朵也红了，也不敢正眼看着九妹：“没，没什么，没什么瞒你啊。我就是想还是我去，免得你辛苦。”

见胡一刀神色慌张，九妹心里越发急了，她双眉倒竖，怒目圆睁，哗的一下抽出宝剑，指着胡一刀说：“快说，否则别怪姑奶奶不客气！”

“我……我……我……”胡一刀支支吾吾的，就是不敢说。他担心九妹怪他没有及时告诉她，更担心九妹怪他没有在危难之际出手相救。

杨神医这时走过来说：“姑娘，先冷静一下，一刀也是担心你承受不住。我来告诉你，但你先要有思想准备。”

九妹已经泪流满面，说：“神医，您说吧，我承受得住。”

“你们齐家遭遇大难，齐府上下都被关进了县衙大牢，齐老爷和齐夫人遭遇不幸。萧天已经去大牢救人了，你也别太伤心，人死不能复生，活着的人要好好活着，为亲人报仇！”

九妹一时瘫坐在地上，号啕大哭起来。杨神医和胡一刀一左一右蹲在九妹身边。胡一刀也泪流满面，羞愧地低着头，像一个犯错的孩子。杨神医神情肃穆，满眼哀伤，不停地捋着胡须。屋子里，除了九妹的哭声，便再没有一点声响。杨神医和胡一刀都不说话。良久，胡一刀伸手来扶九妹，他的手刚碰到九妹的胳膊，就被九妹甩了出去。“你这个没良心的，有多远给我滚多远，我不想再见到你！当初，我进了大狱，还在想你会不会来救我。结果，我上了刑场，也没见到你的影子。你躲得远远的。如今，我家破人亡，你不去救我的家人，却有脸跑到这里来，还不告诉我真相。你个胆小鬼，你个缩头乌龟，我恨你！你走吧，我不想再见到你，你走得越远越好！”九妹把一肚子的怨恨对着胡一刀发泄出来。

胡一刀知道自己理亏，回想自己的所作所为，的确是不够仗义，一时羞愧难当，扑通一声跪在九妹的面前，说道：“九妹，是我对不起你，你杀了我吧！”

“呸！别脏了我的剑！”九妹欻的一下站了起来，用袖子擦干了眼泪，也停止了哭泣，转身对杨神医说道，“神医，您且在这里等候，我这便回齐家镇，去给我爹爹和娘亲烧些纸钱，然后取了药箱，与大哥一道回来。”

“嗯，姑娘一路小心。这里有我照看，你放心去吧。”

“好，有劳神医了。”说完，九妹走到单芳的身边，看了一眼单芳，然后提着剑，朝着大门外走去。

“九妹，等等我！”胡一刀也跟了出来。

“滚！”九妹头也不回地说，“你哪里凉快去哪里吧！”

“姑娘，要不还是让一刀陪着你一起去，也好有个照应。”杨神医走上前劝解道。

“不用了，我一个人能行。神医放心吧。”九妹回过头对杨神医说。

望着九妹远去的身影，胡一刀呆呆地站在那里，泪水早已模糊了他的双眼。他知道，九妹不会原谅自己了。他不禁想起与九妹青梅竹马的日子，那是多么无忧无虑啊。每天早上，他们一起去学堂，下学了，又一起回家。一路上，你追我赶，多么自由自在。那是一个夏天，他们走在回家的路上。九妹看见路边有一个小蜂窝，便好奇地用树枝捅了一下。这一捅可惹恼了野蜂。刹那间，一只只野蜂飞了出来。他和九妹撒腿就跑。但野蜂飞得很快，成群结队地跟上来。他们跑呀跑呀，不知跑了多远，有那么几只野蜂穷追不舍。九妹一着急，被一块石头绊倒了。眼看九妹就要被野蜂蜇了。胡一刀来不及驱赶野蜂，便直接扑在了九妹的背上，用自己的身体挡住了野蜂的进攻。结果，九妹毫发未伤，他却被蜇了许多下，还肿起了几个包，当晚便发起烧来。被蜂蜇了的滋味可不好受，他的头和手都肿了，一阵阵疼痛直抵心底，让他生不如死。九妹对他无比感激，每天都到他家来看望他，还给他带好吃的。自此之后，九妹一有时间便主动找他玩。他知道，自己成了九妹心目中的英雄。如今，在齐家遭遇大难之时，他们胡家为了自保，做了太多不义之事。他早已不是当初那个可以为九妹奋不顾身的胡一刀了。

天渐渐暗下来，一轮明月爬上山头。月光如雪，山风阵阵，让人感到凄凄惨惨、苍苍凉凉。远处的树木黑乎乎的，像一个个哀伤的背影。山谷间，不时传来夜莺的叫声，似乎是在哭泣。山路弯弯，九妹每走一步，都感觉步履沉重。想到疼爱自己的父母已不在人世，泪水又夺眶而出。走着走着，她又想起胡一刀。此时此刻，她对胡一刀满肚子的怨恨，胡一刀在她心目中的形象越来越矮小。如果胡一刀马上出现在她面前，她真想一剑杀了他。九妹一个人行走在路上，不时听见草丛里有窸窣声，下意识地握紧宝剑，叫自己不要害怕。她大步向前走着，希望快一点回到齐家镇。走得累了，她也不歇息。此时，她心中只有一个信念：尽快回到家，看一看那个家成了什么样子。

第二十七章　物是人非

话说齐九妹作别神医和单芳，独自摸黑朝着齐家镇而去。经过一夜的长途跋涉，于天亮时分赶到了齐家镇，然后径直去了齐家大院。此时，太阳已经从东方升起，天边铺满云彩。在清晨的阳光中，齐家大院却静悄悄的。如果是从前，此时的齐家大院应该是一片忙碌的景象。屋顶上必定是炊烟袅袅，阿东和阿文一定从河边挑着水一前一后行走在从河边到齐府的路上。而周妈则带着几个婆子媳妇在后院烧火做饭。父亲则坐在上房里听管家汇报。母亲应该是去了后厨察看。而九妹刚醒来，伸着懒腰。然而，眼前的齐家大院一片萧条。

九妹来到院门口。只见院门紧闭，门上贴着封条，封条的上半部分已经被风吹开了，在微风中瑟瑟发抖。门口台阶的缝隙里，几根杂草倔强地冒出头。九妹将封条撕得粉碎，然后向屋角扔去。纸屑在空中飞着，慢慢落到了地上。九妹推开门，眼前的景象让她不敢相信。院子里一片狼藉，一点生气也没有，往日摆放整齐的家具都散了架，或东倒西歪，或损毁不堪。中堂的神龛倒立着斜靠在墙根，两个大瓷花瓶碎了一地，一把算盘只剩下骨架，珠子滚得到处都是。两个盆景倒在地上，盆内的小松树已经枯萎，像极了两个卧病多日的朋友，似乎在用哀怨而又绝望的眼神看着九妹。九妹走进上房，这里是父亲和母亲的起居之处。屋里的东西被翻得底朝天，箱子、柜子都被打开了。九妹黯然神伤，顿觉头昏眼花，差一点栽倒在地。她扶着柱子，让自己的心绪稍作平静，然后来到自己的房间。她的房间也凌乱不堪，值钱的东西都不见了，当年胡一刀送给她的那把玉石做的梳子掉在地上。她捡起梳子看了看，梳子的齿已经断了几根，上面也落了灰。她把梳子紧紧攥在手里，但只那么一会儿，她就狠狠地将梳子摔在了地上，梳子断成了两截。胡一刀在她心里已经死了，要这梳子又有何用？如果当初他能及时出手相救，或许也不至于弄成今日这般模样。她走到梳妆台前，上面也落了一层灰，梳妆镜已经破损。她对着镜子看了一眼自己。镜中的她就像一个乞丐或者疯子一样，身上的衣服已有多日未换洗了，散发着难闻的气味。她头发凌乱，脸上像涂了一层灰，黑乎乎的，眼睛血红……她实在看不下去了，这还是齐家大小姐吗？曾经的齐家大小姐哪里去了？镜子里面这个人是谁？她不能再看自己了。“啊……”随着一声撕心裂肺的尖叫，九妹晕了过去。

九妹醒来的时候，已是中午时分。她睁开眼，仿佛睡了很久，又像是做了一个很长的梦。她从地上爬起来，拍了拍身上的灰尘，踉踉跄跄地向院外走去。她走上大街，刚开始没有人注意到她，但很快便有人认出了她。“这不是齐家小姐吗？”一个小贩大声说道。听小贩这么一说，很多人便围了过来。

“哟，真是齐家小姐，怎么落到如此田地了？”

“她家遭了大难，齐老爷和夫人都死了，齐家被抄了家，唉，惨啊！”

“以前那么风光的齐家，也有今日啊，当初我因为在他们家门口摆摊，差点没被他们家的狗腿子打死，也是活该，这就是报应！”

“嗯，听说他们仗着自己有几个钱，嚣张得很，连官府都不怕。”

……

围观的人七嘴八舌，有替齐家鸣冤叫屈的，有骂齐家罪有应得的，有看热闹幸灾乐祸的，不一而足。九妹心里无限悲伤，现在又要被人羞辱、被人嘲笑，她只觉得一张张丑恶的嘴脸在眼前晃来晃去，实在忍无可忍了，大喊一声。众人见她这般，感觉她已经疯了，便四下散开了。

九妹感觉饥肠辘辘，一摸兜里，连一个铜板也没有。一转眼，便看见旁边包子铺的王老七正在吆喝：“卖包子，又大又香的包子，又松又软的包子，快来买！”九妹实在太饿了，她许久没吃过这样的包子了。见到又白又大的包子，口水不争气地流了出来。她无法控制自己。她跑上前去，不等王老七反应过来，就从蒸笼里面拿了两个包子，转身就跑。她一边跑一边狼吞虎咽地吃着包子。真好吃啊，真香啊！感觉这是她这辈子吃过的最好吃的包子了。见有人抢了自家的包子，王老七哪里肯善罢甘休，提着菜刀便追了上来。王老七边追边喊：“抓贼啊，快抓贼啊！”九妹吃了包子，渐渐有了力气，奔跑速度明显也快起来了。但王老七人高马大，又身强体壮，跑起来如风一般。眼看着九妹就要被王老七追上，王老七举起菜刀，大声喝道：“再不给老子站住，我的菜刀就砍人了！”说着，王老七便向九妹砍来。王老七的菜刀砍了下去，却感觉菜刀突然被什么东西给缠住了一样，硬是从他的手里被扯走了。王老七停下脚步，定睛一看，只见一人身高七尺，使一条长鞭，将他的刀缠住。来人正是萧天。

“店家，你因何事追杀这姑娘？”萧天问道。

“她偷吃了我的包子，不给钱就跑！”王老七很不服气地说。他说话的时候，双手抱在胸前，头向一边歪着，两眼看着天，嘴巴斜斜的，像被人从下面扯着他的嘴角一样。“你是什么人，凭什么阻止我？”

“她欠你多少钱？”萧天问道。

“两个铜板！”王老七伸出两个指头比画着。

萧天从兜里掏出两个铜板，扔给了王老七，王老七没接住，铜板掉在了地上。他急忙俯下身去拾铜板，然后背着手回店去了。

九妹只顾着逃跑，却不知刚刚险些丧命。忽然听见后面有人说话，而且声音特别熟悉。她仔细一回想，怎么那么像大哥的声音？她回过头来一看，居然真是大哥！她已顾不得体面了，向着萧天冲过来：“大哥……”一语未完，便又晕倒了。萧天听见有人叫大哥，抬眼一看，便认出是九妹。“九妹！”萧天又惊又喜，急忙上前，抱起九妹。萧天心想，刚才如果不是他及时出手，后果不堪设想。九妹为什么只身一人来到齐家镇呢？单芳呢，会不会遭遇了不测？难道神医和胡一刀没有找到他们？一个个疑问在萧天的脑海中盘旋。他抱着九妹，走进了一家药铺。萧天把九妹放在一张床上，对大夫说：“老先生，赶紧帮忙看看！”大夫走过来为九妹号脉。少顷，大夫说：“客官不必担心，她是因过度疲劳所致，并无大碍，只需稍作休息即可。我开几味中药调理调理，不足三日，即可恢复元气。”萧天对大夫甚是感激，连连鞠躬作揖。大夫在九妹的太阳穴处各插了一根银针，很快，九妹便醒了过来。

萧天见九妹醒来，用手抚摸着九妹的头发：“九妹啊，你这是怎么了？几日不见，你怎么成这样了？”九妹看见萧天，像一个失散多年的孩子终于见到自己的父母一样，激动、伤心、委屈，一齐涌上心头。任凭萧天如何安抚，九妹只顾哭泣。这时，大夫端来了一碗药汤，说：“给她服下吧！”萧天接过汤药，一勺一勺地喂给九妹。

“这位壮士，我不得不说你几句。”大夫清了清嗓子，说道，“你作为丈夫，应该照顾好自己的女人，怎么让自己的女人弄成这般模样呢？幸好你送来得早，不然后果不堪设想。”

萧天正欲分辩，但他又觉分辩无意义，就让大夫说去吧。只要九妹能快快好起来。喝了药，九妹平静下来，慢慢地睡着了。听着九妹均匀的呼吸声，萧天总算是放心了些。他决定出去弄些吃的，顺便想办法给九妹弄一身衣服来。不多时，萧天便回来了。大夫在门口站着。“她可好些没？”萧天问。大夫点点头：“还在睡呢。”萧天轻脚轻手走进去。阳光从窗户照进屋里，屋里亮堂堂的。九妹呼呼地睡着，发出轻微的鼾声。

九妹醒来的时候，已经是一更天了。她慢慢坐了起来，一低头，却发现自己身上的脏衣服不见了，取而代之的是一身新衣。再一看，萧天却在旁边的椅子上打盹。

“萧天，你对我做了什么？”九妹大声嚷道。

萧天从梦中惊醒，兀地站起来，说：“九妹，你醒了？”

“萧天，我的衣服呢？”九妹厉声问道。

“你想多了。我是请老先生的夫人帮忙给你换的衣服。”

“算我没认错你这个大哥。”九妹说着，笑了起来。

见九妹精神已经恢复，萧天便问了单芳以及神医、胡一刀的情况。九妹便将她离开灵泉寺的前前后后给萧天讲了一遍。萧天劝慰道：“事已至此，人死不能复生，你也要节哀顺变。胡一刀原本是要救你的家人的，却不想半路上遇上了乌山兄弟，经历了一番打斗。只是县令已死，你目下要报仇取那狗官的性命已没有机会了。县令死了，但神丹下落不明。”

“对。神医说你来搭救我家人了。他们如今在何方？为何我回到家里，并不见一人？”九妹不解地问。

原来，那日萧天与杨神医、胡一刀分别后，径直来到县衙大牢救人。由于县令丧命，县衙一时群龙无首，管理松散。萧天趁着夜色，将一众牢役点了穴，从大牢里把齐府上下二十多口人全部解救了出来。为了稳妥起见，他又找来马车，连夜将所有人送出了齐家镇。现如今，他们被安置到了齐家在山里的一处院子里。他还了解到，齐老爷和夫人被阿东和阿文安葬在了齐家镇的玉泉山。他原本打算直接回灵泉寺与大家会合，又想再打探一下神丹的下落，因而重回齐家镇，这才遇上了九妹抢包子的事儿。

听闻其家人都得到妥善安置，九妹的心里稍稍好受了一些，于是记起她此行的目的是要帮杨神医取回药箱。“大哥，我这次回来，除了想看看家里，还有一件重要的事。杨神医说单姐姐中毒了，命悬一线，如要解毒，需要找到解药，但解药一时半会儿难以找到，为今之计，急需止毒药，如果毒素扩散，恐有性命之忧。杨神医说他的药箱里面有止毒药，但药箱在县衙里。”

“既然如此，真不能耽误。你且在此休息，待我去取了药箱来与你会合。”

“我陪你一起去。”说着，九妹便要下床。

“不，你先休息，我很快回来。”萧天说完便出了门。

望着萧天的背影消失在视线中，九妹的心里却是暖暖的，一种被人关心的感觉涌上心头。她静静地躺下，等萧天回来。

没有了乌山六刀的县衙大院，守卫松懈，萧天如入无人之境。他按九妹的描述，摸进曾经关神医的房间，只见神医的药箱完好地放在桌子上。他打开药箱，看见里面的药物整整齐齐的，没有被人动过的痕迹，便提了药箱，出了县衙，回到了中药铺。

萧天进得屋来。九妹听见脚步声，立马走了过来。一见是萧天回来，又见萧天提着药箱，知道事情办妥了。“大哥，我们现在就赶回去吧，万一迟了，耽误了姐姐的病情就不好了。”九妹语气平和地说。经过一番休整，加之老夫人为她擦洗了身子，她气色好了不少，现在的九妹，又光彩照人了。

“只是你的身体刚刚恢复，如何经得起折腾呢？”萧天不无担心地说。

“有大哥在身边，这点折腾不算啥，走吧！”

见九妹执意要走，考虑到单芳的病情，萧天便收拾了一下，又去找大夫结了账，辞谢了大夫，同九妹走出药铺。

“临走之前，我想去看看爹娘。大哥能陪我一起去一趟吗？”萧天点点头同意了。他们找到阿东。主仆见面，抱头痛哭。阿东说：“对不起，小姐，阿东没能照顾好老爷和夫人，请小姐责罚！”九妹对阿东只有感激，让阿东带路，去看她的爹娘。阿东打着火把走在前面，九妹居中，萧天在后，三人走上玉泉山来。

玉泉山因山间有一股泉水而得名。老爷和夫人被安葬在半山腰。三人来到坟前，九妹双膝跪下，为双亲烧纸。阿东和萧天一左一右，也跪在地上，一齐烧纸。纸钱呼呼地燃烧，火苗跳跃着。九妹泪流满面，她一边烧纸，一边说着话。她没有再放声大哭，而是悲戚地抽泣着。烧完纸，磕完头，九妹站起来，阿东和萧天也跟着站起来。

“爹、娘，你们好好安息，女儿有时间就会来看你们。”

三人一齐下得山来。九妹对阿东再三感谢，请他转告阿文，她九妹无以为报，会铭记他们的大恩大德。因急着赶路，九妹和萧天便就此与阿东告别。

第二十八章　月光女神

话说九妹和萧天与阿东告别后，连夜骑着快马，从齐家镇沿着官道向灵泉寺一路驰骋。月色依旧，九妹的心情却与前两日大不相同。从灵泉寺到齐家镇的那晚，她一个人走在路上，只觉月光寒冷，形单影只，加之对胡一刀心怀怨恨，更担心家里情况，便无心赏月，只是埋头赶路。今夜，她和萧天同骑一匹马，她在后面抱住萧天的腰，便觉得这个夜晚无限美好，只希望时间过得慢一些，希望这个夜晚越长越好。月光照耀下的官道，犹如一条银色的小河，她和萧天仿佛不是骑着马，而是驾着小舟，行驶在铺满月光的小河上。她紧紧抱着萧天，任夜风撩起她的长发，听马蹄嗒嗒，望月明星稀，便想能这样活九百年该有多好。九妹的心里无比甜美，如喝了蜜汁一般。

“大哥，要是能一直这样，该多好啊！”九妹仰着头，看着萧天高高耸起的发髻，出神地说。

“一直这样，是指什么样？”萧天不解地问。

“就是像现在这样，你骑着马，我坐在后面抱着你呀！”九妹说完，咯咯咯地笑起来。她的笑声犹如一串铜铃声，飞上了天空。

听九妹如是说，萧天的心里咯噔了一下。但他的心里只有师妹，他不能做对不起师妹的事情。九妹为人爽快，性格活泼，惹人喜欢，应该没有其他想法。此时，他也无暇多想，“九妹，抓紧了，我要加速了！”说着，萧天抽了马一鞭，马便飞也似的向前跑去。

由于走官道远了些，五更时候，他们才走了一半的路程。一时人困马乏，便停下来歇息。月亮已经开始偏西。萧天和九妹找了一块草地坐下。萧天把酒壶递给九妹，示意让她喝两口润润嗓子。九妹却推辞说：“大哥，你辛苦，你先喝。”萧天便先喝了两口。九妹见萧天喝完，夺过酒壶，咕噜咕噜喝起来，一口气喝了四五口。九妹喝完，站起身，哈哈大笑起来，说道：“好酒，痛快！”夜晚如此宁静，以至于九妹喝酒的声音在这空旷的野外显得格外响亮。

“别喝了，喝醉了我可扛不动你啊！”萧天乐呵呵地说。

“大哥，接着！”喝完酒，九妹把酒壶扔给萧天。萧天急忙起身接住。九妹一时兴起，抽出宝剑，凌空起舞。九妹舞姿翩跹，剑法精妙，令人赞叹不已。九妹师从南派剑法宗师南野仙姑。仙姑剑法不拘一格，实则招招致命，讲究的是一个“心”字，所谓“剑随心往，心随剑起，心之所想，剑之所往”，因而悟性平庸之辈自然难以捉摸，而按套路出招之辈根本没有还手之力。九妹从小聪慧机敏，悟性极高，深受仙姑喜爱。仙姑弟子如云，然得其真传者，唯九妹一人。仙姑将一身绝学倾囊相授，因而九妹剑法精湛绝伦。九妹所配宝剑，乃仙姑专为九妹量身打造，该剑吸取日月之精华，经过七七四十九个月圆之夜的淬炼，故而名为月光宝剑。

后半夜的月色略显朦胧。九妹的剑法时而如潺潺流水优柔舒缓，时而如疾风迅雷令人目不暇接，时而又似轻歌曼舞如梦似幻，时而又像波翻浪涌气势磅礴。九妹身形矫健，仿如月光女神，萧天看得如痴如醉，以至于九妹已经收剑入鞘，萧天还沉浸其中。

“大哥，我的剑法如何呀？”见萧天没有动静，九妹走上前，拍了一下萧天的肩膀。萧天这才回过神来：“哦？哈哈哈哈，妙！妙！妙！九妹的剑法让我大开眼界，妙不可言啊！”

“大哥说的可是真的？不许骗人。”九妹娇声说。

“当然是真的。”萧天也站起身，说道，“休息好了，继续赶路吧！”

第二十九章　不辞而别

话说萧天与九妹稍作休息便继续朝着灵泉寺赶路。

灵泉寺因坐落于灵泉山而得名。传说上古时候，大禹治水路过此地，因行得累了，欲寻水喝。无奈四下寻找，并无水源。于是，大禹便坐下来歇息。无意中，他用锤子敲了一下身旁的石头。这一敲可不打紧，石缝里竟冒出一股泉水来。大禹甚是惊喜，便连敲三下，洞口一下子变得有碗口大小，清甜的泉水从洞里淙淙而出。后人根据这个故事，便将这股泉水命名为灵泉，意为有灵性的泉水，而灵泉所在的这座山则被命名为灵泉山。又不知过了几千年，一位得道高僧路过此地，但见山高而不险，林密而泉清，整座山犹如一个巨大的怀抱，“怀抱”中间是一块平地，站在平地向前放眼望去，前方又不知几百里，灵泉恰好位于灵泉山的正中间。高僧不禁感叹，此乃风水宝地也！于是，高僧便在此落脚，兴建了灵泉寺。据史料记载，灵泉寺当时修建得气势恢宏，从山门拾级而上，一左一右是钟楼、鼓楼，然后依次向上为天王殿、大雄宝殿、法堂、藏经阁、方丈室。寺庙建成后，高僧在此念经布道，广纳弟子，一时声名远播，这里成为方圆百里的名寺。在灵泉寺的鼎盛时期，修行的僧众有上百人，前来烧香拜佛的人更是络绎不绝。后来，灵泉寺毁于战火，这才衰败下来。灵泉寺依山而建，其气势磅礴，风水独特，更兼有上古之传说，虽是衰败失修，然神韵犹存，气象依旧，仍不失古寺风度。

自从齐九妹离开灵泉寺后，胡一刀就陷入了无限的痛苦之中。是夜，他望着九妹远去的方向，呆呆地站了很久很久，直到月已偏西，他双腿一软，跪倒在地上。他感到自己的心一阵一阵地绞痛，九妹走了，他的心也随之空了。他仰天长叹，牛郎和织女尚能隔河相望，每年还可以在鹊桥相会，而他已失去九妹。他的心在滴血，他甚至能听见自己的血滴落的声音。“为什么？这是为什么？九妹！”胡一刀仰天长啸。他犹如一只被激怒的狼，发出嗷嗷嗷的叫声。他双眼噙满泪水，泪水沿着面颊流下，脸上的肌肉痛苦地抽搐着。他感到浑身都在颤抖，每根神经都在颤抖。他的脑子里满是曾经与九妹两小无猜的画面。然而，这一切都已经不复存在了，因为他们胡家的不仁不义以及二人间的阴差阳错。他拿着酒壶，大口大口地喝酒，把自己灌得烂醉如泥。也不知什么时候，他倒在地上睡着了。其间，杨神医也曾劝他不必如此，但他根本不听，还对杨神医出言不逊。杨神医甚觉无趣，便走进去照看单芳。

单芳躺在床上，气若游丝。无奈“巧妇难为无米之炊”，杨神医没有药，纵有天大的本事，也无济于事。眼看着单芳渐渐气衰力竭，杨神医急得团团转，豆大的汗珠子从额头直往外冒。他在房间里踱来踱去，不时看看单芳，不时又看看天色，希望天早一点亮。外面一有响动，他就立刻走出去，看看是不是九妹回来了。胡一刀喝醉了，在外面发起酒疯来，杨神医听了直摇头：“这小子，这又是何必呢？”也不知过了多久，胡一刀的闹腾声没了，杨神医甚觉奇怪，便走出寺庙，却四下不见胡一刀。正在他疑惑的时候，庙门口的梧桐树下传来如雷的鼾声。杨神医苦笑了一下，又回到寺庙里去了。

天亮时分，下起了毛毛细雨，灵泉寺浸在一片烟雨中。两只喜鹊在梧桐树上欢快地叫着。两只松鼠从寺庙东边的屋脊上你追我赶、蹦蹦跳跳着到了西边屋脊。松鼠憨态可掬，它们东瞧瞧西望望，两只小眼睛滴溜溜地转着。雨水淋湿了它们的毛发，但它们只一抖，水珠便四散开去。

杨神医一夜没合眼，临近天亮的时候竟在一张椅子上睡了过去。他隐隐听见有嗒嗒嗒的声音传来，但他迷迷糊糊的，以为在做梦。不一会儿，他又听到马的嘶鸣声。“不对，我得去看看。”他强睁开眼，“天哪，都什么时候了，我却睡得和猪一样！”他站起来，打了个呵欠，又伸了一下腰，然后走到单芳的床边，用手摸了一下她的额头。他正准备走到前院去看看，却听见有人在前院说话。“谁在那里说话呀？”杨神医朝前院大声问道。

“神医，是我们！”

杨神医快步走到前院：“原来是你们啊，你们总算回来了！”

萧天和九妹的衣服都已被淋湿，头发上缀满了密密麻麻的小水珠。萧天把药箱递给神医：“你的宝贝，看看有没有缺什么？”

神医接过药箱，打开一看：“嗯，一样不少，你们辛苦了。”神医提着药箱走进里间，萧天和九妹也跟着走进去。里间只有一扇窗户，有些黑，在这样的阴天，光线更加暗。萧天跟着神医走上前，一眼便看见了单芳。在昏暗的光线下，她显得越发消瘦。她蜷缩着身子，像一只受伤的精灵。神医先为单芳处理伤口，又拿出止毒药，向单芳的伤口上撒去。

萧天一面看着神医为单芳敷药，一面看着单芳憔悴的容颜。他抚摸着单芳的手，单芳的手瘦得只剩骨头，就像一根干柴。他轻轻抓起单芳的手，放在自己的脸上。他看着她，心中无比的疼痛，他多么希望这病痛由他来承受。

九妹看见萧天亲吻单芳的手，她的脸一下就燥热起来，而她的心里像打翻了五味瓶，酸甜苦辣咸一齐涌上心头。不知从何时开始，她已经爱上了萧天，萧天已成了她生命的一部分。这几天与萧天在一起，她甚至忘记了家破人亡的痛苦与悲伤。然而，当她看见萧天如此深情地抚摸着单芳，她感到了从未有过的失落，她的心好像被人硬生生地划了几刀，先前的悲伤和痛苦一齐袭来，她感觉自己呼吸困难。“神医，胡一刀呢？”九妹突然冒出这么一句。但她问出这句话后，就在心里骂自己不争气，怎么突然就想起胡一刀了呢？她明白，萧天是爱着单芳的，她对萧天的感情是一厢情愿，也许永远没有机会说出来。

“他喝多了，在梧桐树下酣睡呢。你们回来的时候没见到他？”杨神医若有所思地说。

“哦，是吗？这个我们还真没注意到。”萧天从单芳的床前站起身。

“九妹，去看看那小子，怎么，我们回来了也不来见见面？”

“我才懒得去看他，又不关我什么事。”九妹不情不愿地说。她话是这么说，可脚却向外走去。不多时，九妹就回来了。“梧桐树下什么也没有，除了这个酒壶！”九妹把一个酒壶扔到了角落。

杨神医为单芳包扎好伤口，两手一摊，说道：“不可能啊，我亲眼看见他在那里睡着了，还打鼾呢！”

“神医，你是什么时候看见他睡在那里的？”萧天问道。

“呃，这……”杨神医摸摸脑袋，“哎呀，瞧我这记性，我是在九妹离开的那天晚上看到他喝了酒倒在梧桐树下睡着的，这都过去两天了！”

听杨神医如此一说，众人都笑了起来。原来，胡一刀酒醒后，就离开了灵泉寺，他觉得灵泉寺是他的伤心之地。他深知九妹无法原谅自己，左思右想，决定离开灵泉寺，去寻一片属于自己的天地，他要活出自己的精彩，让九妹看看，他胡一刀也不是孬种。

第三十章　误入迷谷

话说胡一刀在梧桐树下一觉醒来，已是后半夜。他站起身，拍了拍身上的尘土，望了望破败的灵泉寺，傻笑了一阵后，就下了灵泉山。他沿着一条山道晕乎乎地走着，渴了就喝路边的山泉，饿了就吃随身携带的干粮。他漫无目的地在山路上走着，也不知走了多久，前面一块大石头挡住了去路。石头上歪歪斜斜地写着三个大字和一行小字，胡一刀揉了揉眼睛，仔仔细细地看了一遍石头上的字。由于天还未大亮，加上他的酒劲尚未完全过去，那一行小字他左看看右看看上看看下看看，就是没看清楚，而三个大字他倒是认出来了，还一字一顿地读出来：神——龙——谷。读完这三个大字，他就哈哈大笑起来："好地方啊，我的刀叫降龙火刀，而这里却叫神龙谷，看来我来对地方了，哈哈哈哈……"

神龙谷位于长江南岸，山高林密、云遮雾罩、人迹罕至。当地民谣中有一句："神龙谷啊神龙谷，只见有人进，不见有人出。"凡是进了神龙谷的，就没有一个活着出来的。民间还有一个传言，说神龙谷里住着一个魔头，这个魔头有丈八高、五尺粗，火红色的头发，绿油油的眼睛，长长的獠牙，青面长耳，面目十分狰狞。周边村子里每年都有妇女失踪，据说是被魔头抓去吃了。魔头一般都是在晚上活动，所以，一到晚上，周边村子一片漆黑，家家户户门窗紧闭，村外连一个人影儿也没有。

胡一刀一摇一晃地走进村子。说来奇怪，村里居然没有一点烟火气，路边有几处茅舍，或腐烂断裂，或坍塌破败，几只野山雀从茅舍的破窗户扑腾着飞了出来。胡一刀沿着一条羊肠小道往前走，没走多远，便见一只黄毛狗从林子里走了出来。黄毛狗瘦骨嶙峋，毛发凌乱，尾巴低垂，双耳无精打采地贴着脸，长长的舌头不时舔一舔嘴巴，像是偷吃什么东西。胡一刀继续往前走，这时，路边的杂草堆里，忽地飞起一群乌鸦，随即一股恶臭味扑鼻而来，胡一刀差点被这股恶臭味熏得吐出来。他捂住鼻子，强忍着恶臭味，走上前一看，草堆里，一具尸体已经腐烂，再仔细一看，却是一具女尸。见此情景，胡一刀毛骨悚然，头发倒竖，此前的酒意顿时烟消云散。胡一刀上下左右打量一番，这才发现自己进了一个山谷。

胡一刀抬头一看，天哪，这是一处怎样的所在？从谷底到谷顶，有三四十丈高。山谷两旁是陡峭的山崖，山崖上长满葱葱郁郁、密密麻麻的低矮灌木，左边山崖的灌木与右边山崖的灌木交织在一起。站在谷底，只能隐隐约约看见天空。山谷中空气潮湿，散发出难闻的气味，不时有黑色的鸟从山谷中飞出。一条碗口粗的菜花蛇从一处崖壁上探出头来，不断地吐着芯子，发出嗞嗞嗞的声音。"难不成我进了地狱？"胡一刀自言自语。山谷中异常寂静，植被繁密，光线昏暗，胡一刀走着走着，感觉脊背发凉，手心冒汗，越发胆战心惊起来。

胡一刀进入神龙谷一事暂且不表，却说杨神医为单芳敷了药，又为她打通了经脉，不多时，单芳便慢慢睁开了眼睛。要说神医真是名不虚传，不能说他有起死回生的本事，却也有药到病除的功夫。药敷上去还不足一个时辰，单芳已经清醒过来。

单芳醒来，第一眼便看见了师兄，顿时热泪夺眶而出，呜呜呜地哭了起来。见此情景，萧天、九妹也激动得落下开心的泪来。萧天坐到单芳的身边，握住她的手，饱含深情地说："师妹，你可算是醒过来了呀！"说完，萧天转过脸去，任泪水滑落。单芳还是一个劲地哭泣，她不知道该说什么。在过去的这段时间，她仿佛做了一个很长很长的梦，她也能感觉到一些东西，却说不清到底发生了什么，只是迷迷糊糊地好像去了很多地方，但一时半会儿又什么也想不起来。

"师妹，你暂且休息，待我弄些吃的来。"说完，萧天看了一眼单芳，四目相对，似电流穿过彼此的心，一切尽在不言中。不多时，萧天端着一碗粥走了过来，一边吹气为粥降温，一边将粥喂进单芳的嘴里。单芳慢慢地吞咽着，脸上泛起一丝红晕，眼睛里流露出幸福的神色。九妹抱着剑，靠在一旁的柱子上，看着眼前的萧天和单芳，心里莫名地生出气来。她只觉得自己的心很疼很疼。"大哥，我出去走走。"她说。萧天只顾着照顾单芳，便随口应了一句："好，去吧。"说完，继续为单芳喂粥。九妹以为萧天会看她一眼，可她等了很久，萧天也没有看她。她转过身，气呼呼地走了。

"眼下，单姑娘的毒算是止住了，只是要彻底清除姑娘身上的毒，还需找到解药。如果没有解药，毒一旦发作，姑娘可就有性命之忧。"杨神医说完，叹了一口气。他恨自己有负盛名，愧疚自己无力为单芳解毒。

说来也是奇怪。这单芳敷了杨神医的药之后，过了一夜，第二天天刚蒙蒙亮，她就起了床。她仿佛变了一个人似的，健步走出灵泉寺，来到山门外的空地上练起武来。单芳只觉身体有无穷力量，她气运丹田，迈出脚步，舞动双臂，又将内力运到手心，然后对准山门外的两块巨石，使出金银双环，金环击中左边的巨石，银环击中右边的巨石，只听一声巨响，两块巨石几乎同时被击得粉碎。听到巨大的响声，萧天、杨神医和齐九妹几乎是以闪电般的速度跑出殿外，但见山门外烟尘滚滚，两块巨石已不见踪影，与此同时，单芳的脚尖轻轻点了一下地面，双臂如白鹤展翅一般张开，欻的一下飞到了半空中……一时间，九妹吓得脸色煞白，萧天目瞪口呆，杨神医满脸迷茫。

第三十一章　山崩地裂

话说单芳大病初愈，不仅内力大增，而且轻功也进入一个全新的境界，一大早她便在灵泉寺的山门外练起武来。单芳气运丹田，大喝一声，金银双环如霹雳闪电般击中山门外两块巨石，一瞬间，两块巨石如开了花一般，在巨大的声响中分崩离析。几乎与此同时，单芳双脚轻点地面，如离弦之箭一般飞到了半空中。萧天、九妹和杨神医见此情景，惊得目瞪口呆、哑口无言。他们正要上前去向单芳问个明白，却突然感到地动山摇，紧接着，灵泉寺四周冒起滚滚烟尘，脚下随之传来轰隆隆的响声。“不好……”一语未了，他们三人的脚下突然出现一个黑洞，他们来不及反应，直接掉进了洞里。单芳在半空中看得真切，她急忙向洞口飞去，欲抓住萧天的手，却就在她伸出手的那一刻，一块巨石重新堵住了洞口，任凭她如何捶打这块巨石，都毫无作用。看着师兄、九妹和杨神医被黑洞吞噬，自己却无能为力，单芳急得如热锅上的蚂蚁般团团转。

九妹醒来的时候，四周一片漆黑。她感觉浑身酸痛，四肢乏力，想动却怎么也无法动弹。她隐约听见有呼吸声传来。“大哥，杨神医，你们在哪儿？”九妹大声喊道。没听见回音，九妹感到极度恐惧。“难道是到了阴曹地府？如果是这样，我怎么还有知觉呢？如果已经死了，我怎么会说话？难不成鬼也有知觉？哦，对，鬼也是会说话的……”九妹的心咚咚直跳，她分明听见了自己的心跳声。“不，我没死，我肯定没死，我还活着，我能听见心跳声，只有活着的人才有心跳。但鬼有没有心跳呢？”她不能确定自己是否还活着。

萧天也慢慢清醒过来，他似乎听见有人在喊他，他想移动身体，却感觉自己重若千斤，任凭使出多大力气，就是无法挪动一寸。他感觉自己的呼吸越来越顺畅，他试着气运丹田，却发现无法运气。他慢慢睁开眼睛，什么也看不见。他隐隐感觉有潮湿的气息袭来。“九妹，神医，你们在哪儿？”萧天问道。

“我在这儿！大哥！”九妹听见了萧天的声音，“大哥，我们是不是死了？”

“说什么呢！死了还能说话吗？”萧天反问道。

“可是为什么我不能动？难道肉体已经死了，我们现在已经成了鬼？鬼和鬼之间肯定可以说话。”九妹不敢相信自己还活着。

“你咬一下自己的嘴唇，或者掐一下自己的手，看有没有知觉？要是有，就证明还活着。要是没有，那就真的成了鬼。”萧天的意识已经完全清醒过来，但他还是无法动弹。

九妹按照萧天的办法，咬了一下嘴唇，感到一阵疼痛直钻心底。“大哥，大哥，我还活着！你有知觉吗？”

“我也有。”萧天掐了一下自己的手。

“杨神医呢？”九妹关切地问。

这时，在离九妹和萧天不远的地方传来一个中年男人的声音：“萧兄，九妹，你们在哪儿？”

一听是杨神医的声音，二人激动不已，异口同声地回道：“我们在这儿！”

“这可如何是好？我们根本动弹不得。”萧天说道。

“我们可能掉进传说中那位得道高僧修建的工事里了。”杨神医学识渊博，曾在一些野史上看到过有关灵泉寺的奇闻逸事。

“那我们为何不能动弹呢？好像也没受什么伤啊。”九妹不解地问。

“可能我们被定住了。野史上记载，高僧最后就是在他修建的地下工事内圆寂的。他老人家可能不希望被人打扰，便设计了具有定身术功能的机关，一旦有人闯入，机关便会启动，闯入者就会被定住。一般情况下，被定住者基本上会在饥饿中慢慢死去。”

“如此说来，我们可能真的被定身术困住了。难道我们就这样慢慢等死吗？”萧天不无绝望地说。

正在这时，他们三人的上方突然出现了一点火光，接着，火光越来越大，越来越亮。仔细一看，却是一支火把。借着火光，他们清楚地看到火把挂在墙壁上，他们也看见了彼此。

九妹突然尖叫起来：“啊——我这里有好多白骨！”九妹恐惧极了，她浑身冷汗直冒。随着九妹这一声尖叫，墙壁上又陆陆续续出现了一支支火把。九妹数了一下，共有三十六支火把。火光闪闪，照得四下如同白昼。现在，他们终于看清楚了周围的一切。

第三十二章　梦回大汉

话说萧天、九妹和神医同时掉进灵泉寺下面的黑洞，突然，洞中出现了三十六支火把，三十六支火把平均分布于东南西北四面墙上，照得洞内如同白昼。这时他们才发现，地面上到处是白骨，有白森森的头盖骨、腿骨，还有零散的手掌骨，令人毛骨悚然、不寒而栗。洞穴四四方方，每面墙壁上都有一幅图案。东边墙上是一幅仙女舞剑图，南边墙上是一幅勇士挥鞭图，西面墙上是一幅医者救人图，北面墙上是一幅阴阳八卦图。三人看得痴了，东南西三面墙上的图案竟与他们三人一一对应，这真是奇了！难道当初建造洞穴的人有未卜先知的能力？他们不由得钦佩古人的智慧。

三人正在琢磨墙上的图案之时，三十六支火把又一支接着一支地熄灭了，洞内又恢复到了当初的黑暗。紧接着，一股呛人的烟气扑鼻而来。这气味甚是特别，有一丝丝甜味，又有一丝丝苦味，有一点点酸味，又有一点点辣味，令人在甜蜜中感受苦味，又在酸味中体验辣味。

“这是什么气味，为何如此难闻啊？”九妹问道。

“不好，这气味有毒，快屏住呼吸！”神医说道。

然而，一切都来不及了，烟气已经弥漫了整个洞穴，烟气已包围了他们。

“杨兄，这可如何是好？”萧天感觉头开始发晕。

“现在无法动弹，我也无能为力。”杨神医说道。

九妹感觉呼吸越来越困难：“我快不行了！”

“坚持住！”萧天坚定地说。

“我可能要先你们一步了。如果你们还活着，记得以后每年的今日给我烧炷香！”杨神医不会武功，逐渐感觉体力不支。

“神医，我不想死！”说罢，九妹哭泣起来。

此刻，杨神医心里最想念的还是星辰夫人，他已经许久未见星辰了，也不知她过得怎么样。他和星辰原本可以在一起的，但他行医四方，不希望星辰跟着他吃苦受累，所以，他希望星辰能有个好归宿。然而，星辰的心里装满了他，又怎么可能装进其他人？这么多年，星辰一直住在桃花山庄，静心修炼，只等神医累了的时候去歇息。然而，谁会想到，他们却掉进了这个机关里，又中了毒，将很快死去。想到再也见不到星辰夫人，杨神医眼眶里的泪水滚落了下来。

“九妹，坚持住……”萧天话未说完，便失了声，任凭他如何用力，都说不出话来了。

听见萧天话说了一半，没有了声音，九妹心急如焚：“大哥……大哥……”见萧天没有回音，九妹又对杨神医喊道：“杨神医，你怎么样，你还好吗？”杨神医也没有回音。一时间，九妹只觉一阵困意袭来，然后就什么也不知道了。

睡梦中，九妹来到了一片繁华地，却不知道这里是何地。但见这地方街上人来车往，商铺门庭若市，一派国泰民安的景象。男子峨冠博带，风度翩翩，女子全身绫罗绸缎，婀娜多姿。女子的发式都极为讲究，从头顶中央将头发分成两股，然后将两股头发编成一束，由下朝上反搭，绾成各种式样。有侧在一边的坠马髻，有盘着的旋螺髻，还有瑶台髻、垂云髻、百合髻等，不一而足。

九妹看得如痴如醉。她走上前去，向一个女子问道：“这位姐姐，请问此地是何方？”

那女子转过头来，一看九妹这身打扮，甚是惊奇。只见九妹上身穿着织金短衫儿，下身穿着黄罗银泥长裙，还系着一条乡花裹肚儿，头发则绾在头顶，还插着一支玉簪，耳垂上挂一对金坠子。女子又看了一眼九妹的脚，再看一眼自己的脚，便越发觉得有什么地方不对了，九妹的脚比自己的脚短了将近一半。

见女子不说话，只是从上到下仔细打量自己，九妹甚觉不自在，便问道："姐姐，你这是看什么，我有那么好看吗？"

"小妹，你是从哪里来的？"女子满脸疑惑地问道。

九妹一听这话，心里咯噔一下，心想，这是怎么回事啊？这是哪里？

"小妹，我问你话呢，你怎么不回答呢？你不像我们大汉的人，你是哪里人？难不成，你是奸细？"女子的神情立马警惕起来。

"不，我……我是从……乡下来的。"九妹支支吾吾的，实在不知道自己为何会来到此处，便随口说是从乡下来的。

"我看你也像是从乡下来的。你来这里做什么？"女子继续问道。

"我吧，我来，我来……"九妹急得额头上冒出密密麻麻的汗珠，"我来找一个人，对，找一个人！"九妹实在不知自己是来干什么的，就编了个理由。

九妹扭头看了一眼街边，发现不远处有一座酒楼，一块匾额映入眼帘，匾额上写着三个大字：洛阳苑。九妹眼珠子一转，说："哦，这里就是洛阳啊！"

"怎么，你没来过洛阳？"

"是的，第一次来。"九妹活泼可爱的天性又展现出来，"姐姐可是这洛阳人？"

"对啊，我家就在城南。小妹如果愿意，可去我家小住，一来可以慢慢找你要找的人，二来也可以和我说说乡下的事。听我父亲说，乡下可好玩了，你给我讲一讲。”

九妹想了想，既来之，则安之，再说，她也不知道到底要找什么人，只是随口说说而已。既然有人邀请，索性就顺水推舟，走一步看一步。

于是，九妹随女子上了马车，向着城南而去。

第三十三章　邓府比剑

话说九妹梦回大汉，来到了洛阳城，遇上一个好心的姐姐，并跟着这位姐姐去了她在城南的家。

不多时，二人的马车便到了目的地。九妹扶着姐姐下了马车。抬头一看，门额上赫然写着“邓府”两个金字。接着，就有下人出来迎接：“小姐，您去哪儿了？老爷正派人四处寻您，说皇后传下话来，要您今日进宫，有要事相告。”九妹紧跟着姐姐步入邓府。

这邓氏乃是东汉六大家族之一，祖上邓禹是东汉中兴名将，位列“云台二十八将”之首，为光武帝刘秀中兴汉室立下赫赫战功。如今在位的皇帝乃汉和帝，和帝的皇后名邓绥。邓绥便是邓禹的孙女。邓家满门显贵，是东汉最显赫的大家族。这位带着九妹来到邓府的小姐，不是别人，正是当今皇后邓绥的亲妹妹邓维。

时乃汉和帝永元元年（89年）三月，正是春暖花开时节。九妹跟着邓维走进邓府大院，迎面便是一派生机勃勃的景象。院内种满各色花卉，杜鹃花摇曳生姿，海棠花妖娆动人，杏花清丽夺目……更有一片桃花林，朵朵桃花恣意绽放。在各色花丛间，还穿插着亭台楼阁、小桥流水、假山翠竹、飞鸟游鱼，这便有了诗情画意。行走在邓府之中，仿佛置身于花的海洋，令人陶醉。

九妹随着邓维走过院子，来到她父亲的书房外。邓维轻轻敲了一下门，说道："爹，我回来啦！"

"你这丫头，跑哪儿去了？让我好找。"邓父正在写一封奏折。他抬起头，一眼便看见了站在邓维身旁的九妹，问道："维儿，这个丫头是谁啊？好像从没见过。"

"爹，这是我在街上认识的一个妹妹，她到城里来寻亲，一时半会儿又没线索，我见她机灵可爱，便带她来咱们家了。"邓维说完，转过身，对九妹说道，"妹妹，你叫什么名字？这一路上只顾着和你说话，竟未问你尊姓大名。"

"回禀小姐，我姓齐，名九妹。就叫我九妹吧。"

"哦，九妹，这个名字好记。九妹，这是我爹。"邓维向九妹介绍自己的父亲。

"小女子齐九妹见过大人！"九妹施礼道。

见九妹行礼简单，一旁的下人急忙上前说道："齐姑娘，这是国丈！"

九妹一听，吓得腿都软了，连忙跪倒在地："国丈在上，请受小女子一拜！小女子有眼不识泰山，还望国丈责罚！"

"哈哈哈，不必拘礼，齐姑娘，快快请起！"国丈示意九妹起身，邓维连忙扶起九妹。

"小姐，您应该早点告诉我的。"九妹调皮地对邓维说道。

"我爹在朝中是国丈，但在家里他就是我爹，就是老爷！"邓维振振有词。

"维儿说得对。齐姑娘，以后在家里，就叫我老爷，我批准了！"国丈笑嘻嘻地说。

听国丈如是说，九妹甚是激动，忙回道："是，国丈！"说完，九妹就知道自己又喊错了。

见九妹仍称自己为国丈，国丈也乐了，说："你看，还是国丈！"

"是，老爷！"九妹重新回道。

"这就对啦。"国丈点点头，对邓维说，"维儿，带齐姑娘去玩吧。"

"诺。"邓维答道。

二人正要转身，国丈又说话了："等等，你们回来。"

"又怎么了？"邓维问道。

"皇后传来懿旨，命你今日进宫，说有要事相告。你且尽快准备，然后进宫一趟。"国丈一本正经地说。

"爹，我这就去准备。"邓维说完，刚转过身要走，突然又回过身来，问道，"爹，我可以带九妹一起去见皇后吗？"

"这……"国丈有点犹豫，"齐姑娘可有什么才艺？"

九妹接过话，说道："我会舞剑。"

"哦？看不出来，一个女娃还会舞剑，可否让老夫讨教几招，也让老夫见识见识？"国丈将毛笔放在笔架上，走出书房。

一听国丈要和自己比剑，九妹心头一紧，手心也出了汗，回道："小女子剑法不精，不敢班门弄斧，望老爷收回成命！"

"欸……姑娘不必谦让。"一语未了，国丈已从下人那里拿过佩剑，向着九妹刺来。

九妹来不及推辞，也急忙拿起一旁准备的剑，迎了上去。刚开始，九妹有些心神不宁，剑法略显凌乱。渐渐地，她恢复了平静，剑法也变得行云流水起来。二人在院内你来我往，打得不可开交，剑光闪烁，剑影飞舞，剑声震耳，邓维看得眼花缭乱，一个劲地拍手叫好。二人打了二十余个回合，不分胜负。国丈心想，这可是个奇女子，自己一生练武，未曾遇到对手，今日却不想遇见这么一个姑娘。如能让这个姑娘到皇后身边，则可成为皇后的左膀右臂，这样，皇后虽深居后宫，自己也能放心了。想到这里，国丈便对九妹说道："姑娘好剑法，老夫不敌啊！"

九妹心想，这老爷子剑法十分了得，其剑法之精妙，其功力之深厚，绝对在师父南野仙姑之上，自己又何必要争个输赢呢？听国丈如是说，九妹立马收了剑，单膝跪地，说道："国丈剑法变幻莫测，让小女子大开眼界，小女子不知深浅，冒犯了国丈，还望国丈恕罪！"

"看你又一口一个国丈。"国丈满脸的笑意，对九妹甚是喜爱，走上前说道，"齐姑娘好剑法，让老夫大开眼界。你年纪轻轻，便有如此精湛的剑法，实在让老夫佩服，老夫又如何会怪罪于你呢？"国丈说完，见九妹还跪在地上，便弯下腰，将九妹扶起。

"谢老爷。"九妹站起来，向国丈施礼。

"维儿，你过来。"国丈招呼邓维走到自己身边，说道，"维儿，带上齐姑娘进宫吧，记得给皇后好好介绍齐姑娘。"

邓维见父亲同意她带九妹进宫，高兴地挽着国丈的臂膀，撒娇地说："我就知道爹爹最疼女儿了，谢谢爹爹！"

"不用谢，去准备吧！"国丈捋捋胡须，笑意盈盈地望着邓维牵着九妹的手走出院子。良久，国丈才满意地点了点头，转身走进书房。

第三十四章　皇宫舞剑

傍晚时分，太阳开始偏西，微风轻拂，花香四溢。九妹跟着邓维出了邓府，早有马车在门口等候。见邓维和九妹出来，两个丫鬟立马分立马车两旁，招呼着邓维坐上马车，九妹也跟着上了马车，坐在邓维身旁。“秋叔，快一点啊！”邓维对车夫说道。

“好嘞，小姐坐好了啊！”秋叔说完，抽了马一鞭子，喊了一声“驾”，就朝着皇宫疾驰而去。这秋叔是邓府的老车夫，在邓府赶马车已有三十余载。秋叔进邓家之时，尚不足十五岁，他跟着他爹、人称秋三爷的老车夫学习驾驶马车，深得老车夫的真传。他驾驶的马车，不颠簸，平稳舒适，曾在驭马比赛中拔得头筹，受到朝廷嘉奖。他爱马如子，对养马也深有研究。他驾驭过的马，少说也有几十匹，每一匹马的性格又都各异，但那些马无一不在他面前温驯乖巧。秋叔有一手驭马的好本事，且为人忠厚老实，做事又勤勤恳恳、任劳任怨，虽是一个马车夫，却深受邓府上下尊重，就连贵为国丈的邓训也对他青眼有加。

约莫半个时辰的工夫，邓维和九妹便到了皇宫，在侍卫的引领下，来到后宫仁明殿外。皇后就居住在仁明殿。接着，在众丫鬟的引领下，邓维和九妹走进仁明殿。九妹从未进过皇宫，跟在邓维身后，左看看、右瞧瞧，兴奋异常。不过她也知不能随便开口说话，要注意自己的言行举止。不多时，二人便来了皇后面前。

“民女邓维拜见皇后，愿皇后千岁千岁千千岁！”邓维跪下向皇后请安。九妹也跟着邓维一齐跪下，向皇后请安。

“维儿，快快请起，今日就咱姐妹在，不必行此大礼。来来来，快坐到姐姐身边来。”皇后眉开眼笑，和颜悦色。

听皇后如是说，邓维立马像变了个人，站起身，走到皇后的身边坐下，挽着皇后的手臂，撒娇地说道：“许久不见姐姐，甚是想念，我以为你把我忘记了呢！”

“看你说的，是你把姐姐忘了吧？我不叫你来，你是不是就不打算来看姐姐啦？”说完，皇后用手指点了一下邓维的额头。

“我天天想姐姐，可姐姐日理万机，没有姐姐的宣召，我哪敢私自进宫？”邓维拉着姐姐的手摇来摇去。

“那好，我以后有空就叫你来，你可别嫌烦啊！”皇后慈爱地看着邓维。

“这才是我的好姐姐，我绝对随叫随到！”邓维噘着嘴巴调皮地说。

“对了，咱爹娘最近如何？”皇后问。

“他们都很好，姐姐不必挂怀。爹爹每日舞文弄墨、习武健身，娘每天操持家务。”

“嗯，如此甚好！”皇后满意地点点头。这时，皇后才注意到地上还跪着一个女子，便问邓维道：“这跪着的女子是谁？”

“她是我认识的一个妹妹。她本事可大着呢，一把宝剑使得出神入化，连爹爹都要让她三分！爹爹特意吩咐，叫我隆重向你介绍一番。”邓维说完，皇后说：“这位妹子，快快起来吧。”

“谢皇后！”九妹站起身，抬头一看，眼前的皇后肤如凝脂、气若兰香，一双丹凤眼顾盼生姿，两弯柳叶眉妩媚动人，樱桃小口略施朱脂，粉面含春，似桃花掩映，真是倾国倾城，美艳动人。华丽的服饰，精美的头饰，尽显高贵典雅。九妹不由得说道：“皇后，您好漂亮呢！”

见九妹一副惊讶的神情，又听见九妹发自肺腑的赞叹，皇后和邓维都忍不住笑了起来。

“妹妹，你刚说这个姑娘剑法如何了得，可否让姑娘舞一番，也让我见识见识咱们巾帼的英姿？”

听皇后如是说，邓维便对九妹说道：“九妹，姐姐想看你舞剑，可否为姐姐展示一二？”

九妹看了一眼邓维，又看了一眼皇后。见邓维满脸期待，皇后满脸笑意，她便微微点头。

“既然皇后有令，小女子就恭敬不如从命了。”九妹拿过一旁宫人准备的剑，舞了起来。一时间，剑影如雨，剑气如风，其剑快如闪电、疾如迅雷。九妹身形苗条，体态婀娜，更兼长发飘飘，裙裾翩飞。人剑合一，时而如仙女下凡，时而似金蛇吐芯，时而像大鹏展翅，时而如暴风骤雨，时而似和风细雨，令人目不暇接。到了最后，九妹来了个“雁过无声”，刚刚还亮着的一排蜡烛，眨眼间，已被利剑削去灯芯，且每根蜡烛被削的高度一模一样，如同量了高度再削去的一般。再一看，九妹的剑已入鞘。

皇后和邓维看得痴了，半晌，才从惊愕中回过神来：“这……这……这是真的？”皇后半信半疑地问道。

“肯定是真的啦！”邓维语气坚定地说。

“哈哈哈哈……好！好！好！”皇后喜上眉梢，连声称好。

就在这时，门外也传来鼓掌声：“好剑法啊，好剑法！”

众人听见鼓掌声和说话声，一齐向门外望去，原来是皇上。众人急忙跪下。皇后说道：“臣妾不知皇上驾到，有失远迎，请皇上责罚！”

皇上走进殿内，坐到主位，说道：“有失远迎倒无关系，只是皇后在这宫殿内欣赏如此美妙的剑法，却不邀朕同赏，理应责罚。幸好朕运气不错，刚好遇见，得以一饱眼福。看在这位姑娘的面子上，朕且不作计较。

大家快快平身吧！”

“谢皇上！”众人齐声说道。

皇后起身坐到皇上身边，邓维和九妹分立两侧。

“今日皇后何以有兴致在这殿内欣赏舞剑呢？”皇上问道。

“回皇上，臣妾因思念维儿妹妹，便唤她进宫。这位是齐姑娘，是维儿的朋友，听维儿说齐姑娘剑法了得，便让齐姑娘展示一番。齐姑娘剑法精湛，我们看得如痴如醉，以至于皇上来了，我们却浑然不觉。这是臣妾的罪过，请皇上责罚！”皇后娓娓道来。

“难得皇后有如此雅兴，朕深感欣慰。”皇上喝了一口茶，说道，“既然皇后如此喜欢，何不将这姑娘留在宫中？一则可以成为皇后的左膀右臂，二则朕也可以时常欣赏这美妙的剑法，岂不是两全其美？”

“臣妾亦有此意。既然皇上都如此说，臣妾喜不自胜。但不知齐姑娘意下如何？”皇后望着九妹问道。

九妹急忙跪下，说道：“小女子不知天高地厚，又不懂礼数规矩，承蒙皇上皇后错爱，诚惶诚恐，只怕留下来给皇上皇后添麻烦。”

见九妹如是说，皇后说道：“齐姑娘既然如此说，那就是同意了。从今往后，你就留在我身边吧！”

九妹行了三拜九叩大礼，感谢皇上的恩准，又感谢皇后的赏识。皇上甚是喜爱九妹，一高兴，允许她在宫中随意走动。

第三十五章　山谷拜师

话说胡一刀进了神龙谷之后，感觉谷内阴森恐怖，不觉脊背发凉，冷汗直冒。突然，一股恶臭味扑鼻而来。“不好，有毒！”胡一刀顿感不妙，急忙屏住呼吸。可他还是吸进去了一些，不多时，便觉身上奇痒无比。紧接着，成千上万只蜜蜂铺天盖地而来，一时间遮天蔽日，山谷中转眼已是一片黑暗。蜜蜂的嗡嗡声在山谷中回荡，令人万分恐惧。这时，一个粗犷的声音在山谷中响起：“来者何人？快快报上名来，否则，休怪老夫不客气！”

一听到有人说话的声音，胡一刀心想：“糟糕，我这是闯进了什么鬼地方？眼下，得赶紧想个法子逃将出去，否则，只能葬身于此了。”还没等胡一刀回过神来，那个声音又出现了：“还不快快报上姓名，还想逃跑？门都没有！凡是进到这山谷中的人，如若不听老夫之言，必死无疑！”说完，那人哈哈大笑，笑声中似有万马奔腾，又似山崩地裂，令人不寒而栗。

“这人怎么还会读心术？我刚想逃跑，他就知道了？我且先应付一下他，再找机会杀出去。”胡一刀这么一想，于是答话道：“在下乃公羊山人弟子胡一刀是也。请问前辈又是何人？”

“你说你是谁的弟子？”那人厉声喝道，声音响如洪钟。

“我乃公羊山人的弟子！”胡一刀有些不耐烦地说道。

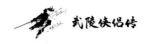

“什么？！公羊山人？！”那人的声音中带着颤抖，充满了愤怒，“好

个公羊山人，害我害得好惨！今天，总算是给我逮着机会了。公羊，我杀不了你，还杀不了你这个徒弟吗？哈哈哈哈哈哈……”那人的笑声在山谷中久久回荡。

“前辈，我师父何以害你，你又是何人？还望前辈明示，也好让晚辈死个明白！”说完，胡一刀拔出降龙火刀，如旋风般使起来。降龙火刀如一条银蛇上下左右翻飞，一群群蜜蜂直往地上掉。很快，他的四周已死了成千上万只蜜蜂。蜜蜂越来越少，胡一刀汗如雨下，降龙火刀上沾满了蜜蜂。转眼间，数万只蜜蜂已被降龙火刀斩杀殆尽。

“好功夫啊，好功夫！”那人鼓起掌来，“本来还想杀了你，但见你功底深厚，是个可塑之才，杀了甚是可惜。只要你拜我为师，我可饶你不死，并将我的一身武艺倾囊相授！”

“刚刚还想杀了我，现在又要收我为徒，这个老东西的葫芦里卖的是什么药？”胡一刀心中盘算，“如若不依，不死也得脱层皮。我若是依了他，又有辱师门，当初我可是立下了毒誓，永不背叛师门，否则，天打五雷轰的。”想到此处，胡一刀精神抖擞，四下张望，恶狠狠地说道：“呸！就你个老妖道，也想收我为徒？我乃是一代刀王的徒弟，怎么会做你这个落魄妖道的弟子！”

“好个不知好歹的东西，那老夫现在就送你去死吧！”说完，那人又是一阵哈哈大笑。接着，山谷中狂风大作，飞沙走石，两边的山崖发出崩裂的声响，似乎随时都会倒塌。

胡一刀被困在山谷中，根本睁不开眼睛，身陷绝境，任凭他左右冲突，就是走不出山谷，只觉在原地打转。就在这时，两个大火球从山谷的两侧向着中间滚来，火球所到之处，都噼里啪啦燃烧起来。热浪袭来，烟雾弥漫山谷，令人窒息。“眼下，最要紧的还是要活下去，如果硬拼，可能真的要把命丢在这里……不如假装答应，然后再作打算。”想到此，胡一刀单膝跪地，大声说道，“师父在上，请受弟子一拜！”

“哈哈哈哈，乖徒儿，你真是不见棺材不掉泪。”那人见胡一刀跪倒在地，甚感得意，“没想到公羊山人的弟子，如今也弃他而去，归入老夫门下。痛快，痛快，真是痛快！”说罢，那人收了功力。一时间，山谷中又风清气爽，恢复了平静。两个火球也停止滚动，只是那熊熊大火却未熄灭。

胡一刀扭头一看，两个火球离他已不足丈余，如果不是刚才灵机应变，此刻或已化作灰烬。

“前辈，我既已拜你为师，你何不快快出来，也好让徒儿与您相认啊！”

胡一刀话音刚落，一个麻衣老道已飞身而至。他抬起头来一看，但见这老道甚是丑陋，浑身上下的衣服破烂不堪，脏兮兮的胡子比头发还长，满脸沟壑纵横，尺余长的眉毛也是白的，大鼻子嗡嗡作响，两个眼睛如牛眼一般大小，一口黄牙散发出难闻的味道。

“好个乖徒儿，还不快快起来！”老道坐到一块石头上。火光照得他满脸红光，脸上的沟壑越发清晰。

胡一刀环顾四周，除了火球还在燃烧，其他的都已恢复平静，心下思忖：“老东西坐在石头上，骨瘦如柴，就是一个看起来个头高一点的老头而已。先前是没有防备才中了他的奸计，如今都在明处，谅他也不能奈我何。我原本也不是真心要拜他为师，我且使个诈，趁他不注意，溜之大吉，这鬼地方，真不是人待的！”

见胡一刀没有动静，老道又发话了：“还不快到为师身边来，让为师好好看看你。”

胡一刀拿定主意，又听老道如此说，便站起身，慢慢走到老道跟前。说时迟，那时快，胡一刀拔出降龙火刀，径直向老者砍去。胡一刀本以为十拿九稳，却不想，就在刀要落下的瞬间，老道化作一缕青烟消失了。胡一刀见势不妙，急忙使出轻功，跳过火球，朝谷口跑去。眼看就要逃出谷口，却不想一张大网从天而降，将他牢牢地网住了。任凭他使出百般力气，就是无法挣脱。

“你这个孩子，既已拜我为师，却为何又对我痛下杀手？”老道恶狠狠地说。

“我生是公羊山人的弟子，死也是公羊山人的弟子。我才不做你这个妖道的弟子！”

“好，很好，哈哈哈……非常好，我就喜欢你这脾气。你要真是个软骨头，我可能一掌就把你给拍死了。你这个徒弟，我收定了！”老道摸着脏胡子满脸带笑，眼里充满欣赏之色。

“你这个卑鄙的老头，天底下哪有强迫人家做徒弟的？难道你不担心，你教了我武功，我把你给杀了？”胡一刀在大网中竭力挣扎，仍无济于事。

“老夫已活了一百二十岁，早已活得不耐烦了。我只求死，又何惧死？”老道又道，“唉，我和你说这个作甚，你个毛头小子，哪里会懂！”

“好吧，既然你不怕死，那我就成全你，先做你的徒弟，到时候我功力大增杀了你，你也不要怪我！”

“哪来那么多废话！”言罢，老道飞身而起，一把抓起胡一刀，朝空中抛起。胡一刀年纪轻轻，足有一百多斤重。老道骨瘦如柴，却不费吹灰之力，便将胡一刀如扔皮球一般高高抛起，足见老道功力之深厚，真乃世所罕见。胡一刀这才明白老道乃是真正的世外高人，心中便多了几分敬佩。胡一刀从空中落下，以为要被摔死，却不想被一股强大的推力顶住，只觉自己像是飘浮在半空中。老道将自己一生的功力输入了胡一刀的体内。胡一刀只觉浑身滚烫，血液沸腾，经脉偾张。半个时辰后，胡一刀才被老道缓缓放到地上。

胡一刀躺在地上，双目紧闭，仿佛就要死去，只觉浑身无力，却也没有感到哪里疼痛。半晌，胡一刀仿佛是从睡梦中醒来，睁开眼睛，发现山崖下，老道盘腿而坐，头发蓬乱，脑袋低垂，一动也不动。胡一刀爬到老道身前，低声喊道："前辈……前辈……前辈……"任凭他大声喊叫，老道一点反应也没有。他伸出手去推老道的肩膀，老道依然没有反应。他把手伸到老道的鼻孔处，一丝气息也没有。再一摸老道的手，早已冰凉。

第三十六章　临危受命

话说单芳看见萧天、九妹和杨神医瞬间从眼前消失，一时急火攻心，口吐鲜血，晕死过去。单芳再次醒来的时候，已是第二天午后。

午后的阳光从窗子照进来，刚好照在单芳的脸上。她慢慢睁开眼睛，只觉光线甚是刺眼。单芳左右上下看了又看，却不知道身处何地。这是一间山野小屋，石头砌的墙，屋顶上盖着大石板，阳光从石板缝隙照进来，照得屋内亮堂堂的。单芳向门口一看，房间的门开着，从里面向外望去，但见一个红衣女孩端坐在门槛上。她双手托着腮，呆呆地望着远方出神。

"这是哪儿？"单芳对着红衣女孩问道。

听见说话声，红衣女孩站起身，走进来，说："姐姐，你可醒了，我这就叫师父去！"

"我……"单芳正要开口，女孩却已跑得不见踪影。单芳双手撑着床，正欲起身，女孩却领着一位老爷子走进屋来。

"姑娘，快快躺下！"老爷子和蔼地说道，又对红衣女孩说道，"韦儿，快去把我熬的药端来。”

红衣女孩听老爷子吩咐，马上应了一声：“是，师父。”转身便出去了。

“前辈，我这是在哪儿？”单芳见老爷子鹤发童颜、慈眉善目，适才紧张的心渐渐放松。

“姑娘不必担心，此乃老夫的静逸山庄。昨日老夫与韦儿路过灵泉寺，原本想在那里歇歇脚，却不想看见姑娘晕倒在地，奄奄一息，韦儿便央求我救救姑娘，所以，便把姑娘带到山庄来了。”

“多谢前辈相救，请受小女子一拜！”单芳说完，便欲起身拜谢，无奈身体乏力，只能勉强坐起来。

“常言说得好，相逢便是缘，姑娘又何必客气！”老爷子扶着单芳躺下，又为她盖上被子。这时，韦儿端着药走进来了。

“韦儿，你怎么去了这么久？”老爷子似有责备之意。再一看，韦儿的衣服破了一条口子，脸上还有泪痕。“韦儿，你这是怎么了？”

“徒儿刚才去端药，却发现有人在山庄外鬼鬼祟祟的，我过去准备问个究竟，对方却嗖嗖嗖朝我射出几支飞镖。幸好我反应快，不然，都见不到师父了！”说完，韦儿就呜呜地哭起来。

“韦儿不哭。我问你，后来呢？”老爷子问道。

“后来，后来……”韦儿吞吞吐吐。

“你倒是说呀，后来怎么样？”老头子满脸焦急地望着韦儿。

韦儿见状，越发战战兢兢，说道：“后来，他们，他们都被我……杀了！”

“什么？！”老爷子很是生气，站起来大声吼道，“我不是警告过你不要杀人吗？你看你，小小年纪，怎么说杀人就杀人呢！”

“韦儿……韦儿知道错了！”韦儿扑通一声跪倒在地。

“知道错也没用！我说过，你要是再杀一次人，就离开静逸山庄！”

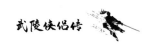

老爷子的眼里满含泪水，但语气异常坚定，听起来似乎没有丝毫商量的余地。

见此情况，单芳劝道："前辈，看在她还是一个孩子的分上，再给她一次机会吧！"

"没有机会了，最后一次机会已经被她用完了。山庄已经不安全了，我们都得走。"

"师父，都是我的错，求师父责罚！"韦儿跪在地上，哭得像个泪人儿一般，不停地磕头，求师父宽恕。

"你走吧，从今往后，不要提你是我吴远山的徒弟！"说完，便不再看韦儿一眼。

韦儿知道师父向来说一不二，见没有挽回的余地，便又给老爷子磕了三个头，然后站起身，说了句"师父，保重"，便走出门去。韦儿出了门，又回过头来，看了一眼吴远山。吴远山却铁青着脸，看也不看她一眼。只听得韦儿的脚步声渐渐远去，良久，吴远山才转过身朝门外看去。门外，除了刺眼的阳光，什么也没有。"姑娘，赶紧把药喝了。"吴远山说完，背着手出了屋。刚走出门没几步，又折回来对单芳说道："姑娘，此地不宜久留，我们得赶紧离开，我马上去准备一下，你赶紧把药喝了。"

"哦。"单芳应了一声，便端起碗来喝药。这药真叫一个苦，单芳觉得这是她这辈子喝过的最苦的药。喝完药，她顿时感觉身体活泛了许多，心想，这真是灵丹妙药。只是，体力却还没完全恢复。她慢慢从床上爬起来，脑子里面却思索道："老前辈得罪了什么人？韦儿姑娘为何因为杀了人就被赶出师门？她所杀的又是什么人呢？为何此地不宜久留？难道……"单芳还在寻思着，吴远山已经将马车拉到了门口。

"我来扶你吧！"吴远山气喘吁吁地说。

“不用，我自己能行。”单芳慢慢站起身，扶着墙，走出了门。吴远山将单芳扶上马车，鞭子一甩，马车便跑了起来。

恍恍惚惚之间，他们已经跑了二十里，马累得不停地喘气。吴远山紧了紧缰绳，将马车停下来，又掏出酒葫芦，喝了几口酒。

“前辈，我们这是去哪儿？”单芳问道。

“我也不知道。走到哪儿算哪儿吧。”说完，吴远山又喝了一口酒。忽然，后方传来马的嘶鸣声。“不好，有人追上来了！”吴远山一甩马鞭，马车又飞奔起来。他们沿着官道又跑了十多里，可后面的马的嘶鸣声却越来越近。吴远山驾驭的这匹青骢马跟随他十多年，已是一匹老马，跑起来本就不是很快，如今又跑了三十里，消耗实在太大了，速度直线下降。吴远山拼命地抽打着青骢马，可任凭他如何抽打，马的速度就是提不上来。

吴远山回头一看，只见一群骑着快马的黑衣人正如潮水般涌来。见此情形，他猛地又给了马一鞭子。青骢马被打得痛了，奋力向前，却不想慌了神，踩在一块滑溜的石头上，顿时失去重心，径直向右侧倾斜。吴远山向右看时，顿时吓出一身冷汗，右下方竟是陡坡！说时迟，那时快，吴远山一拍坐板，飞身下车，一把抓住了马车。然而，青骢马却滑下了山坡。青骢马沿着山坡一路翻滚，山坡上升起滚滚烟尘。转眼间，青骢马便消失在烟尘之中。

追兵向马车这边追赶过来。吴远山来不及多想，急忙从车上将单芳扶下来，并将单芳引到路边一块大石头后面，然后从怀里掏出一个锦盒，递给单芳，说道：“姑娘，这个锦盒关系到社稷安危，绝不可以让它落入坏人之手，我现在交给你。你在这里千万不要动。我去应付他们。如果我回不来，你一定要好好保管锦盒，将这个锦盒交给他的主人。如果你实在找不到他的主人，宁可毁掉，也绝不可以落入他人之手！”单芳听得云里雾里，正欲问个明白，吴远山已走了出去。单芳躲在石头后面，只听见外面一片喊杀声，再看着手中的锦盒，下意识地把锦盒握得紧紧的。

第三十七章　军情紧急

转眼已是四月之初，皇宫内百花斗艳，万木争春。这日午后，雨过天晴，仁明殿外牡丹盛开，蜂鸣蝶舞。皇后心情大好，便派九妹去勤政殿请皇上到仁明殿赏花品茶。

九妹由一个公公带着来到勤政殿外，然后由勤政殿的公公领着步入殿内。九妹见到皇上，当即跪下，向皇上请安。皇上一看是九妹，甚是高兴，便命九妹平身。

皇上站起身，对九妹说道："许久不见，齐姑娘越发光彩照人。今日来见朕，有何事奏报？"九妹回道："多谢皇上夸奖！连日来，仁明殿百花吐蕊，更有牡丹盛开，今天雨过天晴，花香四溢，仁明殿显得生机勃勃。皇后特差我前来请皇上驾临仁明殿赏花品茶。"

皇上一听，大喜道："皇后想得真周到！连日来，朕日夜操劳，甚是疲惫，正欲四下走走。也好，朕这便随你前去。"说着，皇上便要动身。忽有公公疾步上前奏报："陛下，大将军说有紧急军情，正在门外候旨。"九妹听见"大将军"三个字，心莫名地一紧，却又说不上是何缘故。

"宣！"皇上说道。

"宣大将军觐见！"公公抑扬顿挫地朝殿外喊道。

九妹正欲向皇上请示自己是否回避，孰料皇上却似看穿她的心思，说道："齐姑娘不必回避，就在一旁等候即可。"九妹谢了皇上，乖乖地站在一旁。再看时，大将军已步入大殿。大将军身高八尺，体格健硕，走起路来虎虎生风，更兼身穿金盔金甲，气宇轩昂，真是大将风度。九妹看得痴了，寻思着："我九妹行走江湖多年，也见过许多英俊潇洒的男儿，却从未见过如此英雄人物。今日一见，心神往之，如若能与之并肩沙场，岂不是人生一大快事？即便是马革裹尸、战死沙场，又有何妨？"

"臣萧天给皇上请安，愿吾皇万岁万岁万万岁！"大将军跪在地上向皇上请安。听见大将军自称萧天，九妹顿时一怔："萧天？！怎么这名字这么熟悉？他的声音竟然也是这么熟悉……"九妹不敢相信自己的耳朵，她甚觉奇怪，想要开口问一问萧大将军是何方人士，又觉不合适。这时，便听皇上说道："萧将军快快请起，有何军务，快快奏来！"

"八百里加急军情，北方匈奴犯我边境，烧杀抢掠，致使我数千边民惨遭荼毒。在下请领三千精兵，北击匈奴，剿灭贼寇，安抚民众，以保我大汉安宁，壮我大汉雄威，望皇上恩准！"萧将军语气铿锵有力、慷慨激昂。

九妹一听，再也无法控制自己，便走上前跪在地上，向皇上道："皇上，刚才听闻萧将军奏报，匈奴铁蹄践踏我大汉边疆，杀害民众。民女虽为一介女子，却也能使枪弄剑，愿与将军同去，驰骋沙场，消灭敌寇，为国建功，为皇上分忧，望皇上成全！"

九妹说得言辞恳切，义愤填膺，皇上深受感动，大为赞叹道："齐姑娘真不愧是我大汉巾帼英雄。既然你有心报国，又有一身真本事，朕这便封你为骠骑将军，协助萧大将军统兵一万，北击匈奴，朕等你们的好消息！"

"谢皇上！"九妹激动得连连磕头谢恩。

萧天一听，兀自冒出个女子，说要跟自己去出征，皇上都没征求他的意见便封女子做了骠骑将军，这让萧天深感意外。他转过头来，想看一看这个女子到底有何能耐，竟然如此得皇上信任。不看不打紧，这一看萧天激动无比，半晌，他的心才恢复平静。

眼前的这个齐姑娘，是那么熟悉而又陌生，熟悉得他几乎可以叫出她的名字，陌生得又让他即便挠破头皮也想不出她的名字。她仿佛是失散多年的邻家小妹。萧天又看了一眼九妹，越发觉得九妹非同凡响：一双清澈的眸子忽闪忽闪的，弯弯的眉毛似用眉笔画过一样，白皙细嫩的脸蛋上泛着光泽，高挺的鼻子没有瑕疵，薄薄的樱桃小嘴紧抿着，两个小酒窝煞是惹人喜爱……萧天不禁在心中暗暗感叹：“她为何要与我去远征？此去北方，环境恶劣，路途艰辛，战事凶险，能不能活着回来尚是未知数，即便活着回来，也要掉一层皮。”

“萧将军，在想什么呢？”见萧天若有所思的样子，皇上问道。

“在，在下，在下在……”突然被皇上问到，萧天才回过神来，说道，“在思索消灭敌寇的事情。”

“萧将军啊萧将军，你也不是第一次出征了，这次怎么变得心事重重？说吧，还有什么请求，朕为你做主。”

“没，没了。谢皇上，臣告退！”萧天像一头失魂落魄的猛虎，讪讪地退出了勤政殿。

皇上看着萧天离去的背影，摇了摇头，轻轻一笑，道：“唉！这个萧将军，真是有趣！”转身对公公说：“摆驾仁明殿！”九妹跟着皇上出了勤政殿，皇上坐上銮舆，九妹在一旁跟随，队伍向着仁明殿浩浩荡荡而去。

“齐姑娘，虽说答应你随军出征，朕却很是不舍。这一去，少说两三个月，多则一年半载，北地又多风沙，更兼战时难免厮杀，你一个女子，朕甚是担忧啊。你就真的那么向往金戈铁马的生活吗？这可是男人的事。”皇上语重心长地说。

“回禀皇上，民女虽为一介女子，却从小如男儿一般喜爱舞刀弄枪，做梦也想纵横沙场，为国立下功劳，也不枉来这世上一遭。草民谢陛下隆恩，请陛下放心，民女定不辱使命！民女只有一事相求，待班师回朝之日，陛下能答应我一件事即可。”

“只要朕能够做到的，必然满足你。你且说来，让朕听听。”皇上说完，看了一眼九妹。阳光下，九妹英姿飒爽、光彩照人。

“这个嘛，得等我们打败敌人，得胜回朝之时，才能告诉陛下，望陛下切莫责怪。”九妹说完，对皇上莞尔一笑。皇上哈哈大笑起来：“你这个丫头片子，居然在朕面前卖起关子。也罢，朕听你的。”

九妹撒娇地说：“谢皇上！”说完，又笑了起来。九妹的笑声，如一串银铃，陶醉了四月的洛阳，愉悦了四月的天空。

第三十八章　千钧一发

话说单芳与吴前辈离开静逸山庄之后不久，一群黑衣人就尾随而至，他们的青骢马也因失蹄滚下山坡。所幸的是，他们成功从马车上跳下，捡回了性命。吴前辈明白，要想甩掉这群追兵谈何容易。于是，他将锦盒交给单芳，并让单芳藏在了石头后面，自己径直上前阻挡追兵。

为首的黑衣人见此情形，大手一挥，示意其他人原地待命，然后，恶狠狠地说道：“老东西，还不快快把东西交出来，否则，明年的今天就是你的忌日！”

“你们这群走狗，除非我死了，否则，休想从我这里拿走一根毫毛！”吴前辈脸色凝重，眼里射出寒光。风呼呼地吹起他的长衫，吹得他的银发和胡须略显凌乱。

“死到临头还敢嘴硬，如果你乖乖交出东西，我朱十二可留你全尸！”这为首的黑衣人，乃是当朝国舅爷手下的第十二大高手。

国舅爷手下的十二大高手，个个武功高强，心狠手辣，是杀人不眨眼的恶魔。朱十二力大无穷，使一口追云刀，刀锋所至，追云破日。勾十一听力极好，使一杆逐月枪，枪长八尺、重百斤，有万人不可挡之力。季老十轻功了得，使一根索命绳，绳长五尺七寸，每次出手，都直锁人咽喉，眨眼工夫，已绝人命。侯老九动作极快，使一对丧魂锤，往往是对手来不及反应，就已一命呜呼。杨老八使一双绝命棍，双棍齐发，地动山摇。马老七性子暴烈，使一把霹雳剑，剑速快如闪电，其人又特别好色，尤其对有夫之妇情有独钟，也不知多少妇人深受其害。佘老六是十二大高手中唯一的女性，使一夺命钩，钩子锋利无比，钩上带有剧毒，一旦被钩住，五脏六腑都要被钩将出来，即便不被钩住，只要钩破一点皮，也会立马殒命，人送绰号“毒蝎妇人”。龙老五来无影去无踪，使一杆封喉戟，往往是在对手尚未注意到他的时候，神不知鬼不觉，已将对方人头收割，其人尤爱喝酒，嗜酒如命，酒后无德，杀人如麻。突老四是十二大高手中唯一的光头，也是唯一没有兵器的高手，其铁头功无人能敌，气功也独步武林。胡老三声如洪钟，使两把开天斧，在战斗时，往往先大吼三声，武功不高者，十有八九已肝胆俱裂，三声大吼结束，开天斧便随之而至，对手如果来不及躲避，便当场被剁成肉酱。牛老二身强体壮，看起来面容和善，但却阴狠毒辣，使一丈八长槊，每当狂笑之时，便是对手丧命之时。舒老大个子不高，天生一个小脑袋，却是十二高手中最为机敏之人，使一把太极扇，这太极扇中藏有暗器，每每与人打斗正酣时，暗器便从太极扇中射向对方，杀得对方措手不及。国舅爷正是仗着自己手下这十二大高手，才得以嚣张跋扈，欲夺天下为己有。

吴前辈一听是朱十二，朝地上啐了一口唾沫，道：“早知是你们这些恶魔，今天正好替天行道！”说完，也不等朱十二出手，利剑已出鞘，直向朱十二刺去。

朱十二不慌不忙，提起追云刀，迎向吴前辈。

刀剑相撞，火花四溅。朱十二年轻气盛、血气方刚，更兼一身蛮力，其手中的追云刀震得吴前辈连退三步才稳住阵脚。

朱十二趁势进攻，追云刀向吴前辈头顶劈来。吴前辈轻轻一斜身子便躲了过去。可这追云刀如旋风般又追将过来，径直向吴前辈脖颈削来。吴前辈急忙躲闪，无奈，这追云刀速度实在太快，加之吴前辈毕竟年迈，速度慢了半拍。见势不妙，吴前辈急忙用剑来挡，可这追云刀上的力道足有千钧重，根本挡不住。随着刀剑再次相撞，吴前辈手中的剑被震落……可怜吴前辈，就这样死在了朱十二的追云刀下。

杀了吴前辈，朱十二气势高涨，一声令下：“给我搜，就是挖地三尺，也得给我把神丹找出来！”他派人搜遍吴前辈的全身，却一无所获。朱十二心想：“神丹既然没在老东西的身上，就肯定藏在了附近，我且让士兵在周围找找，或有收获也未可知。”于是，便吩咐左右四下搜寻。

且说单芳躲在石头后面，听得前面打斗声突然停止，心下想：“难道吴前辈已将追兵斩杀殆尽？如若不然……不，应该不会的！但就怕万一，万一吴前辈遭遇不测，我该怎么办？如今我身体尚未完全恢复，如果这样贸然出去，丢了性命事小，失了锦盒，即便有九条命也是担当不起的。”

正在疑惑间，忽听见有脚步声传来，接着是说话的声音。单芳凝神细听。其中一人说：“也不知国舅爷抽的哪根筋，为了一颗所谓的神丹，闹得天下不得安宁。”另一人说：“哎，我们只管找便是，别的还是别操心了，小心脑袋搬家了都不知道。”听到这里，单芳才知道，原来这锦盒中的东西竟是神丹！真是“踏破铁鞋无觅处，得来全不费功夫”啊！神丹的主人不就是杨神医吗？可如今他们却生死不明，自己又身陷险境，看这情形，吴前辈十有八九已遭遇不测，该如何是好？

单芳心下正焦急，却听见一个士兵说道：“十二爷，这儿有个香包！”朱十二接过香包一看，哈哈大笑起来：“这个香包肯定是一个女人的，神丹应该在这个女人的手里，你们给我继续搜！”单芳一听，腿肚子都开始打战了，再一摸腰间，空空如也，一直挂在腰上的香包不见了。看来，今天少不了要有一场恶战，是死是活，听天由命吧！如此一想，单芳反而镇定下来，将锦盒装入兜里，并将兜口扎紧。然后从怀里掏出金银双环，从石头后面走了出来。

“你姑奶奶在此，拿命来吧！”

听到说话声，朱十二定睛一看：“哎呀，还是一个大美人！哈哈哈哈……”他难掩激动的心情，大声喝道：“要活的！”

众士兵一哄而上，将单芳围在中间。

单芳手握金银双环，毫无惧色，大声吼道：“识相的给姑奶奶让开，否则，姑奶奶就让你们都去见阎王！”

见此情景，一个个士兵只是将单芳围住，却不敢贸然出击，担心第一个死的是自己。

“一群没用的东西！”朱十二见士兵惧怕，怒发冲冠，提起追云刀，向单芳砍来。

单芳的金银双环，如一对孪生姐妹，一齐向朱十二飞去。朱十二左右挥刀，双环无法近其身。单芳见双环伤不着朱十二，寻思得用个法子才能扭转不利局面。于是，佯装用金银双环进攻，却从袖子里射出两支飞镖。这朱十二真不是吃素的，只见他一个躲闪，金银双环扑了个空，他又使出追云刀来，将单芳的暗器挡了下来。

二人又战了几个回合，单芳体力渐渐不支，朱十二却越战越勇。朱十二心中盘算，这美人我收定了，于是便口无遮拦："美人，你又何必殊死一搏呢？顺了爷，跟着爷吃香的喝辣的，岂不是美事？又何必为了一个一文不值的东西，白白送了性命？看你这花容月貌，爷我真是舍不得伤了你！"

"你这个卑鄙无耻之徒，姑奶奶我就是粉身碎骨，也不会让你得逞！"单芳寻思，如果继续和这个无赖斗下去，必定因体力不支而败下阵来，不如趁现在尚有力气，使个诈，逃出去再说。

单芳故意露了个破绽，朱十二果然上当，连忙提刀杀来，单芳一个转身，到了朱十二身后，气沉丹田，单脚点地，飞出了包围圈。

朱十二发现上了当，见单芳飞出包围圈，恼羞成怒，便将追云刀对准单芳后背掷去。

追云刀在空中划出一道闪电，眼看就要刺中单芳后背。单芳只觉后背一阵发凉，叫声不好，却听见哐当一声，回头一看，朱十二的刀已跌落在了地上，一个青衣男子手握双剑，直刺向朱十二的胸前。朱十二尚未从这突然的变故中回过神来，青衣男子的双剑已插入了朱十二的身体。朱十二一句话也来不及说，便倒了下去。众手下见状，纷纷作鸟兽散。

单芳见此情景，明白自己被救，回想刚才的惊险，竟一时晕厥过去。

第三十九章　老道之谜

话说胡一刀在神龙谷被迫做了老道的徒弟。老道将毕生功力传给胡一刀后，便气绝而亡，一命呜呼。胡一刀功力大增，却一时不明白老道何以要将毕生功力传授于他。胡一刀慢慢回想与老道的对话，这才有些明白。老道听闻他是公羊山人弟子之时，异常愤怒，还说自己被公羊山人害得很惨，原本打算杀了胡一刀解气，却见胡一刀是个可塑之才，杀了可惜，这才转变想法，强收胡一刀做了关门弟子。胡一刀思索，师父和老道之间是什么关系？难道他们真的有什么恩怨？老道说被师父害得很惨，那么，师父又如何害了老道呢……对于这些疑问，胡一刀仍然百思不得其解，他实在不清楚公羊山人和老道之间的那些恩恩怨怨。

胡一刀找来铁铲，挖了坑，将老道安放进坑里，然后盖上土，给老道拢起一座坟，又找来一块木板，在木板上用刀刻上八个大字：神龙谷老道人之墓。刻好字，胡一刀将木板用力插在老道的坟前，又跪下来，给老道磕了三个头，这才站起身来。

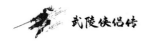

看看天色，已是傍晚时分。胡一刀感觉腹中饥饿，四下望去，全无一点烟火气息。这神龙谷山高林密，又多悬崖峭壁，即便是猿猴也愁攀缘。天色渐渐暗下来，山谷中阴风四起，犹如鬼哭狼嚎。既未找到出去的路，又夜幕将至，胡一刀寻思要在这谷中过夜了。一转身，却发现一条羊肠小道。胡一刀便顺着这小道往前走，走了三四百步，前方传来哗哗的流水声。胡一刀寻思，现在腹中饥饿，又饥又渴，且去找点水喝。只是这小道越走越窄，两边又荆棘丛生，走起来着实困难。但他实在口渴难耐，便又走了百十步，水声越来越大。胡一刀定睛一看，一条溪流自上而下已横亘在眼前。胡一刀慢慢下到溪边，掬起一捧溪水洗了把脸，便喝了起来。溪水清冽甘甜，胡一刀一连喝了十几捧方才打住。喝饱了水，他站起身，感觉神清气爽，先前的精气神又回来了。只是要在这夜色里寻找到一条出路，却无异于异想天开。他索性沿着溪流上溯，看看上面是怎样的一番景色，等待天明，再作计较。

胡一刀沿着小溪向上爬了两个时辰，爬得汗流浃背。待他仔细一看，眼前的景象让他大吃一惊。这上面竟是一片水泊。夜幕下，这水泊有多大面积完全看不清，只觉烟波浩渺，水波荡漾，横无际涯。胡一刀心想，既然遇上如此胜境，我又怎能错过？且在这湖边睡上一晚，待天明了看个究竟。他寻了一块大岩石，便将就着在岩石上躺了下来。仰面躺在石头上，湖边送来阵阵微风，天上繁星点点，全然不似谷底遮天蔽日、阴风怒号，一时心情大好，很快便睡着了。

天渐渐地亮了，金色的阳光照亮了湖面。胡一刀从睡梦中醒来，睁开双眼，但见湖面上笼罩着一层薄薄的雾，金色的阳光穿过这薄薄的雾，营造出一种如梦似幻的景象。他站起身，伸了个懒腰，正要走下石头，却感觉脚下的石头轻微地摇晃了一下。胡一刀连忙跳下大石头，却看见这块大石头下面有一块小石头，甚是特别，小石头呈椭圆形，泛着深褐色的光泽，似乎是被人千百次抚摸过一般光滑。他甚是好奇，便用手去摸一下小石头。却不想，这一摸，居然发现小石头可以转动。他随即转动小石头，只见上面的大石头豁然向一旁移去数尺。再向下一看，又有石阶可以下去，下面竟是一个洞穴。

胡一刀没有多想，便进了洞来。在离洞口不远的石壁上，有一个小石台，石台上放着一对打火石，紧挨着的是一盏松油灯。胡一刀拿起打火石，打了火，点着了松油灯。霎时间，洞中明亮起来。胡一刀端着松油灯四下察看，这洞中温暖干燥，柴米油盐、锅碗瓢盆也一应俱全。他自言自语道："早知有如此归处，昨夜也不至于那般狼狈。"他又自问道："这洞主人会是谁呢？我这样贸然闯入人家洞内，似有不妥，如果等会儿洞主人回来，我该如何解释？"正寻思间，却见左前方有一扇石门。胡一刀走上前，用力一拉，石门便开了。他走进来，这里面原来是一间卧室。在用树木支撑起来的床上，被褥已经十分陈旧，却十分干净。胡一刀愈发好奇，这洞主人会是个什么样的人呢？在床头，有一个木箱子。箱子是用松木制作而成，看得出来，已有些年月。胡一刀无法抗拒内心的好奇，便打开了箱子。箱子里静静地躺着一卷发黄的纸。胡一刀将松油灯放到一旁，轻轻拿起纸张，缓缓展开，纸上的字迹虽有些模糊，却依然看得清清楚楚。

纸上最前面的两个字就让胡一刀倒吸一口凉气，"雪儿"，这……这……这不就是师娘的小名吗？这怎么可能，这肯定是同名，不可能是师娘！胡一刀的脑子里嗡嗡作响。胡一刀越往下看，越发冷汗直冒。但见上面写道："原本，我们才是天造地设的一对。无奈，师父却要通过比武来决定让你嫁给谁。更让我不齿的是，公羊师弟居然在比武前做了手脚……"读到这里，胡一刀的心提到了嗓子眼儿，"公羊师弟"，难道天下竟有这等巧合之事？一个是师娘的名字，一个是师父的姓氏！胡一刀感觉自己的心快要跳出来了。"比武前，师弟递给我一杯酒，说无论输赢，都是好兄弟。谁知，师弟在我的酒中下了药，我却全然不知，一饮而尽，还与他击掌发誓。后面的结果，你都知道，我比武失败，你被师父许配给了师弟。得不到你，我心灰意冷。原本想与师弟理论，却也觉得是徒然。"看到这里，胡一刀的内心犹如翻江倒海，很不是滋味。他已经明白了一切，那位将一生绝学传授给他的老道，就是自己的师伯。他为师伯伤心难过，也为自己的师父不齿。但公羊山人毕竟是自己的师父，上一辈人的恩怨，自己又有什么资格去评判呢？他不想再继续窥探师伯的心思，便将信卷起来，重新放入木箱之中。他一遍遍抚摸着木箱，似有千言万语，却一时又一句话也说不出来。

胡一刀走出卧室，突然想起初进神龙谷时见到路旁草丛里的一具女尸。他只觉后脑勺一阵发麻，便匆匆出了洞。刚出到洞外，便听见不远处有嬉笑声。胡一刀向着嬉笑声的方向走去。

第四十章　挥师北上

夜色笼罩下的洛阳城，充满神秘的气息。洛水哗哗地流着，几只夜莺从洛水上空飞过，发出哀怨的鸣叫声。洛水边驻扎着军队，一堆堆篝火噼里啪啦地燃烧着，将军营照得如同白昼。一万多名将士已集结完毕，只待他们的主帅一声令下，就将挥师北上。此时，他们的主帅萧天大将军及众将士正在中军大帐。萧天坐于上位，其余将士分列两侧。行军的线路及作战部署早已议定。大家屏气凝神，只为等一个人。

寅时，伙夫营开始热闹起来，伙夫们开始烧火做饭。不多时，肉菜的香味已弥漫整个军营。卯时，全军准时开饭。传饭的士兵端着饭菜走进中军大帐。

“大将军，请用膳！”士兵说道。

“放这儿吧。”萧天一脸严肃地说。

“诺！”士兵说完，就退出了大帐。

"你们都去用膳吧！"萧天对众将士说道。

"诺！"众将士齐声应道。

萧天站起身，看着众将士一一出帐，便在帐内踱起步来。此刻，他的内心十分复杂。他既期盼那个人尽快到来，却又不希望她如约而至，他甚至希望她放弃随军出征的想法。此去朔北，路途艰辛，匈奴铁骑的厉害他早有耳闻，两军交锋，必将是一场恶战。

第一遍出征的号角已经吹响，众将士重新回到中军大帐。帐内又恢复了当初的寂静。

"将军，我看您要等的人是不会来了，又何必再等？"左将军申豹说道。

听申豹如是说，其余将士也一并附和，劝萧天下达出征命令。

"不，再等等。"萧天一挥手，斩钉截铁地说。

大家又安静下来。一时间，帐内只听得见将军们铁甲战衣发出的声响。

第二遍出征的号角已经吹响，萧天等待的人还是没有出现。

天已微亮，太阳如一个红红的火球冉冉升起，洛河上空出现了五彩祥云。一只雄鹰掠过军营上空，发出一声长鸣，然后飞向远方。

洛水边，刀枪林立，旌旗飘飘，一派肃穆景象，一万多名将士已整队完毕。

这时，远方忽然传来嗒嗒嗒的马蹄声。这清脆的马蹄声，打破了清晨的寂静，彻底惊醒了洛水。马蹄声越来越近，军士们纷纷转过头来，但见一个身穿银甲的将士，骑着一匹白马，手持一柄宝剑，向着中军大帐飞驰而来，在军营中扬起一路的烟尘。

"她来了！"萧天的神情松弛下来，"走，出帐相迎！"

众将士随着萧天，走出中军大帐。

"将军，九妹来迟了！"齐九妹从马上跳下，向萧天行礼道。

"不迟不迟，正是时候！"萧天扶起九妹，脸色露出欣喜的神色。

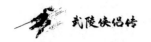

九妹看了一眼萧天，萧天的眼里充满着坚毅和果敢。

“出发！”

第三遍出征的号角吹响，全军将士迈着铿锵的步伐出发了。

大军兵分三路，直捣匈奴王庭。萧天和九妹统领中军，左将军申豹统领左路军，右将军黄铎统领右路军。军旗招展，军容严整，军威浩荡。

汉军北上的消息早有快马报给了匈奴王庭。匈奴单于呼哈沙召集众将商议抵御之策。

大将军绍木奢建议道：“汉军远道而来，我军只需以逸待劳，军士埋伏于燕然山中，待汉军一到，我军一齐杀出，定让汉军措手不及，有来无回。”

“大将军言之有理。其他各位将军意下如何？”单于问道。

左贤王查哈布上前道：“臣以为，这汉军虽是远道而来，但必定计划周密。我军虽可以逸待劳，却是仓促应战。以臣之见，不如先避其锋芒，待其疲惫之时，再寻时机，一举歼灭，此乃上上之策。”

“嗯，左贤王亦言之有理。大家意下如何？”

一时间，大帐内议论纷纷，有附和大将军的，也有附和左贤王的，大致分作两派，文臣支持左贤王，武将支持大将军。文武双方，各不相让，争吵不休。

“众将听令！”单于站起身，道，“绍木奢，你带大军主力，埋伏于燕然山，汉军一到，可立马杀出，挫其锐气。其余军士，固守城池，以待时机。”

“诺！”众将齐声应道。

汉军一路北上，日夜兼程，风雨无阻，不日已至汉匈边境。萧天传下命令，令全军在距燕然山三十里处安营扎寨。

早有探子来报，说有匈奴骑兵在燕然山一带活动。当晚，萧天召开军事会议。

“我军跋山涉水，十分疲惫，先休整三日，第四日午时三刻，发起总攻，左路军从左侧包围燕然山，右路军从右侧包围燕然山，中路军直插燕然山，三军荡平燕然山后，合军一处，直捣匈奴王庭！”萧天吩咐道。

“萧将军，何不先派一支轻骑，深入燕然山，刺探匈奴军虚实？”九妹献策道。

“嗯，如此甚好。”萧天点点头，“哪位将军愿往？”

萧天话音刚落，九妹抢答道：“末将愿往！”

“你……”众将满腹疑惑。

“此去危机重重，敌军凶狠顽强，你一介女流，如何可去？”左将军申豹不无担心地说。

“左将军，我虽是一介女流，却有你们男人不具备的细致。”九妹义正词严，“各位将军，就静待我的佳音吧！”

九妹转过身，对萧天说道：“大将军，您就下命令吧！”

萧天阴沉着脸，一遍遍咀嚼着九妹的话，觉得九妹所说有理，便点了点头，道：“齐将军英勇神武，智慧与胆识过人。我且给你五百精兵，限你两天时间内，摸清敌人虚实。我在中军大帐等你消息。”

“五百士兵太多，容易暴露，五十名精壮士兵足矣！”九妹自信满满地说。

“万万不可！区区五十人，如何是匈奴铁骑的对手？”右将军黄铎道。

“我此去并非与敌军正面交战，是刺探虚实，有何不可？黄将军多虑了。”

“既然齐将军胸有成竹，就由你先率五十精兵，星夜出发。如遇敌军，切莫恋战，速速返回。”

“诺！”九妹得令，走出中军大帐。

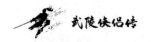

九妹走后，萧天又对其他要务一一作出安排。

是夜，九妹带着五十名精壮士兵，连夜出了大营，向燕然山挺进。

萧天处理完军务，走出大帐，望着北方的天空出神。塞北的夜风，带着丝丝寒气。天上繁星闪烁，偶有流星划过。他在心里祈祷九妹一切顺利，平安归来。

第四十一章　后会有期

话说单芳与朱十二轮番厮杀，因体力不支，眼看就要败下阵来。千钧一发之际，一青衣男子突然出现，紧急关头拔剑相助，这才救下单芳的性命。朱十二虽武功高强，却非青衣人对手，只倏忽间，便被青衣人双剑毙命。可怜国舅爷手下第十二大高手，就这样死了。也只怪这人平日作恶多端，该有此报。

且说青衣人救下单芳，尚未来得及向她问明因何与人厮杀，不料她却先昏迷过去。青衣人走上前，急忙掐她人中，又掐她虎口，无奈她仍旧一丝动不动。青衣人只得俯下身来，为单芳做急救处理。先前匆忙之间，只顾救人。现在俯下身来才发现，眼前是一位绝世美女。青衣人只觉心跳突然加速，血液沸腾，心想这难道是上苍赐予自己的？回想自己闯荡江湖以来，也遇到过许多绝色女子，然与眼前这个女子相比，简直是天上地下，就好比是凤凰之于麻雀，白天鹅之于野鸭子，不能相提并论。一时之间，青衣人看呆了，忽然回过神来，心想救人要紧，也顾不得那么多了，欲按压她的胸部，无奈她的胸部过于丰满，着实无法下手。又欲为她渡气，却见她的薄薄朱唇嫩如凝脂。一时竟左右为难，不知如何下得手去。

这时，忽听得不远处草丛里似有响动。说时迟，那时快，青衣人刚抬头，竟飞来一支飞镖。青衣人紧急闪避，飞镖紧贴眼睫毛飞过，吓得青衣人一身冷汗。

“是谁？还不快快现出身来！”青衣人大声吼道。

只一眨眼工夫，但见一个人影自草木深处飞出。青衣人定睛一看，却是一个红衣少女。

“你是谁家娃娃，为何对我动手？”青衣人问道。

“你管我是谁家娃娃！你哪只手敢动我姐姐，我就砍下你的哪只手去喂狗。”红衣少女恶狠狠地说。

“谁是你家姐姐？”青衣人指着单芳又问道，“难不成这个人是你姐姐？”

红衣少女拔出玉女剑，对准青衣人说道：“请你让开，不许碰我姐姐！”

青衣人原本也没想过要害单芳，只是她过于美艳，这才令他心神摇荡。但他最终也克制住了冲动，没有做出出格之事。听红衣少女如是说，便兀自走到一边，颇有委屈之感。

“你姐姐现在昏迷不醒，我本欲救她，现在既然你来了，就由你为她渡气吧！”青衣人说完，索性坐到一旁的石头上，且看这个红衣少女如何救她口中的姐姐。

红衣少女扶起单芳，用手在她周身拿捏一番，然后端坐其身后，开始打坐运气。一时间，真气升腾，红衣少女头顶如有雾气运转。不多时，只见她双掌对准单芳的风门穴，用劲前推，单芳的身子随之剧烈抖动，继而一口鲜血喷出，她连咳两声，便醒了过来。

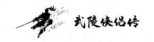

看着红衣少女运功，青衣人暗暗佩服：想不到她小小年纪，居然有如此功力。自己行走江湖也有十年，也练就了一身本领，然与眼前这个少女

相比，真是自惭形秽。

见单芳醒来，红衣少女与青衣人几乎同时走到她面前，异口同声地说：“你可醒了！”

“韦——儿——”单芳见是韦儿，热泪夺眶而出。

见青衣人居然和自己说的话一模一样，韦儿怒目圆睁，道：“臭男人，离我姐姐远一点！”说着，又对单芳说，“姐姐，刚才如果不是我及时赶到，这个臭男人就要非礼你了。”

单芳赶紧查看自己的衣服，却见胸前第一颗扣子居然被解开了，顿时脸颊绯红，说道：“你是谁？你对我做了什么？”

青衣人一副委屈的样子：“我，我，我……”

“我什么我？”韦儿得理不饶人，欻的一下拔出玉女剑，对准青衣人，厉声问道，“你是什么人？你对我姐姐都做了什么？快说！不说，我就要你狗命！”

“在下苏青。因路过此地，忽听附近有打斗之声，遂循声走来，便见你这位姐姐与人交战。眼看你姐姐就要败下阵来，我便出手相救，却不想无意中竟杀了那人。”说话间，苏青指着不远处朱十二的尸首，“谁知，你姐姐却突然晕倒，我掐她人中、虎口均无反应，这才准备为她渡气，孰料，你这个小丫头却一支飞镖过来，险些要了我的性命。”

见苏青言语间并无侵犯之意，单芳对韦儿说道：“韦儿，快扶我起来。”韦儿扶起她。她这才对苏青施礼道：“在下单芳，多谢苏大侠救命之恩！适才不知缘由，多有误会，还望大侠切莫见怪。”

“姑娘不必挂怀，全是苏某的不是。苏某在这里给姑娘赔罪了！”说罢，苏青欲弯腰向单芳请罪。

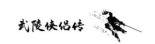

单芳见状，连忙走过来扶起苏青：“苏大侠何必如此！你我萍水相逢，如不是阁下出手相救，我命休矣！”说到这里，单芳突然想起吴前辈来：“韦儿，快，快去那边，看看吴前辈！”

“我师父他老人家怎么了？”韦儿尚不知吴前辈已经殒命。

“韦儿，你可要挺住，吴前辈他老人家……”一股悲伤涌上心头，单芳的泪水便扑簌簌地直往下掉，她哽咽着说，“吴前辈为保护我，在与朱十二厮杀时，不幸被害……”

三人一齐向吴前辈殒命的地方走去。远远地，韦儿便看见了躺在地上的吴前辈。她急忙跑过去，只见吴前辈七窍出血，倒在地上一动也不动。再一摸吴前辈的双手，都已僵硬。顿时，韦儿再也控制不住自己的情绪，号啕大哭起来。

“师父……您怎么说走就走了呢……徒儿这才离开您多久啊……呜呜呜……您就抛下徒儿一个人走了……呜呜呜……为什么要这样……为什么……”韦儿哭得伤心欲绝。

单芳看着韦儿伤心，又想起先前吴前辈救了自己的性命，还为自己医伤，好不悲伤，也放声大哭起来。她抱着韦儿，韦儿也抱着她，两个女子，哭作一团，悲天恸地，这令一旁的苏青忍不住也掉下泪来。

“人死不能复生，我们还是把吴前辈好生安葬了吧。”苏青说道。

可任凭苏青如何劝说，二人却似没听见一般，只顾伤心大哭，直哭到天黑月出，直哭到东方既白。

天渐渐亮起来。三人合力将吴前辈安葬在了高坡上，韦儿和单芳又哭了一阵，这才一步三回头地下得山坡。

“单姑娘、韦姑娘，如今，前辈已入土为安，你们且要宽心些，切莫过度忧伤。苏某因有要务在身，不便久留，就此别过，望二位姑娘保重。”苏青言辞恳切地说。他又看了一眼单芳，但见她眉宇间依然布满忧伤之色，眼角泪痕斑斑，又说道：“不知二位姑娘意欲何往？待苏某办完事，再来看望二位姑娘。”

单芳这才想起灵泉寺的事，便说道："多谢苏兄救命之恩，只因我那师兄并两个朋友在灵泉寺出了事，我们要赶去灵泉寺。既然苏兄有要务在身，咱们就此别过，但愿后会有期。"

"后会有期！"苏青鞠躬还礼。

看着苏青远去，单芳不由得心中一动：这远去的背影，像极了师兄，是那么高大威武，是那么成熟稳重。想到这里，泪水又忍不住夺眶而出。

韦儿见单芳望着苏青的背影出神，便说道："姐姐，你这又是为谁伤心落泪？难不成是舍不得苏大侠？"

说者无心，听者有意。韦儿这么一说，单芳的心却突然加速跳动起来，脸也随之红得像熟透了的苹果。但她不想说自己想念师兄了，就说道："你小姑娘一个，懂什么！"

"姐姐，你瞒得过自己，却瞒不过我，你看你，脸都红了！"韦儿说完，撒腿就跑。单芳甚是不好意思，便来追韦儿。

两个人一前一后，你追我赶，直到实在跑不动了，这才停下来在路边歇息。可屁股尚未坐热，却听见不远处传来马蹄声。

第四十二章　湖光山色

胡一刀正要从神龙谷的山顶石洞走出，忽听得不远处传来嬉笑声。胡一刀寻思，这山顶除了湖光山色，又是何人在此嬉戏？他循着湖边缓步前行，嬉戏之声越发清晰起来。

"那个老怪物都出去几天了，怎么到现在也没回来？"一个细声音的女子说道。

“他死了倒好，否则，我们都要在此被困一生。”一个粗声音女子说。

“我猜呀，他估计是被狼叼走了，回是回不来了！”另一个柔声音女子说。

“死了倒好，我们就自由了。”粗声音女子说。她说这话的语气，充满怨恨与失望。

……

胡一刀听得甚是真切，心想，这是一群怎样的女子，她们为何在此，她们所说的那个老怪物是谁，他为何要将她们幽困于此？这么想着，猛一抬头，却见树枝上挂着许多女子的衣物，红的、粉的、绿的……五颜六色。胡一刀大吃一惊，待要弄个明白，却见烟波里、湖面上，数十个洁白如玉的女子正在嬉戏，仿若一群仙子，沐浴在湖光山色之中。胡一刀看得傻了、看得痴了，不知不觉走到了湖边，不想脚下踩了个空，扑通一声跌入湖中。

这可非同小可，突然的变故，把湖中的女子都惊呆了。她们一齐向湖边看来，只见一个男子慢慢从湖水中冒出头来。见此情景，她们一个个张大了嘴巴、瞪大了眼睛，有的用双手捂住嘴巴，有的用双手捂住胸前，一个个如汉白玉雕像一般。胡一刀从水中站起身来，用双手抹去脸上的水，睁开眼，看到眼前的一切，一时也惊慌失措，不禁失声大叫起来。

这群女子听得这一声喊叫，一个个犹如大梦初醒，发疯似的尖叫起来，随后便如潮水般向胡一刀卷来。胡一刀来不及思索，连滚带爬地往岸上跑去。无奈浑身湿透，鞋子也进了水，加之心慌神乱，脚下就如抹油一般，两条腿根本不听使唤，跑三步摔两步，狼狈不堪。

又一个踉跄，胡一刀重重地摔倒在地。他还未从地上爬起，女子们的尖叫声却突然停止，取而代之的是寂静，除了寂静，胡一刀只听到自己急促的心跳声。他匍匐在地上，余光所及，周边竟全是修长的美腿和飘动的裙裾。他心里兀自生出一种喜悦，刚要抬头，却眼前一黑，随之便是无数双脚如雨点般朝他踢来。他双手紧抱头部，运气护身，任凭这群女子泄愤。胡一刀师从公羊山人，又得神龙谷道人毕生绝学，内力深厚，这一顿花拳绣腿于他而言只如蚊虫叮咬一般。也不知过了多久，只觉脚踢之声势渐缓，到后来，完全停了下来。良久，他才睁开眼睛，只见周围横七竖八倒了一大片女子，都累得气喘吁吁。

胡一刀站起身，拍拍身上的尘土，便要转身离去。不料，他的腿好像被什么东西绊住了。他低头一看，却是一个绿衣女子抱住了他的腿。紧接着，其他女子也都爬了过来，把胡一刀围在了中间。胡一刀心下骇然，不知这群女子意欲何为。

“公子，救救我们！”绿衣女子语气中带着一丝哀求。

胡一刀一听，心中不禁一震，回想先前在湖边听到的女子们的只言片语，心想难不成这些女子是被那个老道给幽困于此的？他蹲下身，仔细打量着眼前这个女子，这女子二十一二的年纪，正是青春年华，面若桃花，眼似杏仁，眉如柳叶，生得极为俊俏。如此美丽的女子，为何会在这山湖之中呢？于是问道：“你们何以在此？”

绿衣女子便将自己及众姐妹来到神龙谷的前前后后向胡一刀一一道来。原来，她们竟是被老道抓来的。老道时常下山去，每每遇到十五六岁的姑娘，便将她们抓上山来，并幽困于此，不允许任何人离开山顶半步。如有谁想逃走，一旦被发现，轻则遭到毒打，重则被直接扔下山崖。绿衣女子说，之前有个姐姐便被老道从后山扔了下去。胡一刀这才想起进谷之时在路边草丛中见到的那具女尸，一时全然明白过来。

“没想到这个老东西居然如此狠毒！”胡一刀心中说道，“可气我居然还拜他为师！”不料这最后半句却说出了口。

绿衣女子突然听胡一刀如是说，一时惊慌失措起来，眼神里充满了恐惧，用试探性又略带颤抖的口气问道：“你说……你……你拜那个老怪物为师？”

“是，我拜了他为师。”胡一刀这句话说得并不响亮，却甚是严肃，然后又提高嗓门道，“不过，他已经死了！”他这句话又说得极快。

众女子听胡一刀说老道已死，一时惊愕不已，几乎异口同声地问道：“老怪物死了？”

“是，他已经死了！”胡一刀一字一顿地说道。

听到胡一刀肯定的回答，这群女子突然如疯了一般，跳起来，哭起来，笑起来，喊起来，跑起来……湖面上，雾气已经散去，一群鸟儿从上空飞过，霎时飞到湖的对岸去了。

看着眼前的这群女子，犹如笼中的鸟儿飞向天空获得了自由，胡一刀深感欣慰。他已经许久没有这样开心过了。自那日在灵泉寺不辞而别，已有许多日子不见九妹。在离开九妹的日子里，他放浪形骸，每日借酒消愁，将自己的心泡在酒里。他多么希望九妹能原谅自己，他还是当年那个他，而九妹也还是原来的九妹。可造化弄人，谁叫他在齐家遭遇大难之时置身事外呢！九妹是不可能原谅他的，更何况九妹似乎对萧天更有好感。看着眼前的情景，他觉得一种责任感油然而生，他要带领这群女子走出山谷，让她们过上幸福的生活。

“姐妹们，大家静一静！”胡一刀朝欢呼的女子们喊道。众女子听胡一刀说话，慢慢地安静下来。胡一刀接着说：“姐妹们，我知道你们是无辜的，我要带你们走出山谷，让你们去寻找属于自己的幸福！”

听闻胡一刀要带她们走出山谷，这群女子却如霜打的茄子般蔫了。见大家闷闷不乐，胡一刀问：“怎么，带你们出去，你们还不愿意吗？”

众女子的头摇得如拨浪鼓一般。

第四十三章　木屋惊魂

话说九妹带着五十名士兵，由一边民引路，进得燕然山。一路上，如入无人之境，甚是顺利。约莫三更时分，已进入燕然山腹地，然仍未发现匈奴军队踪迹。

一个长脸大耳的士兵说道：“将军，我们一路行来，全不见敌人踪影，难不成匈奴人吓破了胆子，早已闻风而逃？”

“不可大意，大家提高警惕，以防有诈。”九妹严肃地对众士兵说道。

燕然山山高林密，只一条大路可以行军。走大路容易暴露，为安全起见，九妹的小分队只能在山林中穿行。

时已深夜，山中霜气渐重，寒气袭人。夜空更无一点星辰，四下一片漆黑，山路越发难行。这期间，有士兵险些落入山谷，幸好九妹及时出手相救，才免于丧命。又行了一个时辰，终于翻过一个山头，下到一片平地，前方树林中隐约有一座木屋，木屋内隐约有灯光。

九妹示意士兵将短刃衔在口中，弯下腰向木屋靠近。这短刃锋利无比，即便是在夜里，依然泛着蓝莹莹的光泽。行至离木屋三丈远时，忽听得木屋内有吆喝之声。

九妹指挥手下四名兵士长，分别带领各自的人马从前后左右包围木屋，自己则跃至墙根，径直到窗户下，蘸了唾沫在手指上，用唾沫润湿窗纸，只轻轻一戳，窗纸上立时出现一个圆洞。九妹从洞口看进去，只见四个汉子正在饮酒。桌子上除了两坛酒，还有一大盘牛肉和一堆花生。

坐在左首的瘦子留着一撮山羊胡子，脸上颧骨高凸，双眼凹陷，满脸的不悦。只见他把脖子一仰，一碗酒便咕噜下了肚。他用衣袖擦了一下嘴，说道："以我之见，还是左贤王说得对，汉军此次前来，必定准备充分，必然锐不可当，我军应避其锋芒，待其疲惫之时，一举歼灭。无奈，单于却听大将军的，以至于让我等在这荒山野岭之中挨冻受饿。这都几天了，却连个汉军的鬼影也没见着。"

"将军如此安排，自有道理，我等照做便是。"坐在右首的是一个彪形大汉，满脸横肉，手臂粗壮。说起话来，声如洪钟。只见他拿起酒碗，将酒一饮而尽。

坐在上首的汉子，是个独眼龙，脸如黑炭，头发蓬松，一口白牙，整个人感觉阴森恐怖。他站起身，给左右二人的酒碗分别倒满酒，然后拍了拍左右二人的肩膀，看着左首的大汉说道："兄弟说得对，咱们啊，就听上面的，上面说怎么干，咱们就怎么干。这燕然山的夜，又冷又长，咱们先干了这一碗酒，驱驱寒气！"说完，举起碗，依次碰了其余三人的酒碗。瘦子和壮汉端起碗，站起身，坐在下首的汉子却一动不动。"哎，老四，愣着干吗？来，喝！"独眼龙对下首汉子说道。这下首汉子背对着窗户，九妹无法看清其面部特征。独眼龙见下首汉子既不举碗，也不说话，还闭着眼睛，以为这人睡着了，便大声喝道："喂！老四！喝酒！"

只见这下首汉子仍不接话，忽地猛然转身向窗户这边看来，一眼便看见窗户上破了个洞，寒气自小洞呼呼而入。"不好，有情况！"汉子脱口而出，箭步奔至窗前，用手指一摸，发现窗户纸尚是湿的。

其他三人见此情形，一时慌了神，也凑到窗户前来察看。幸好九妹反应迅捷，只一眨眼工夫，便闪避开去，这才没被发现。

原来，这汉子坐在下方，背对窗户。窗户纸一破，夜风便从小洞钻入。在瘦子说话之时，他已觉察到有什么地方不对，于是屏气凝神，只觉一股细微的气流徐徐涌入屋内，而这股气流之中还夹杂些许淡淡的清香。

九妹自知暴露，正欲退去。孰料，他们刚迈出前脚，屋内四个匈奴人已破门而出。九妹心下盘算，为今之计，只有杀了这四人方可脱身。九妹一声令下，五十名士兵一拥而上，将四个匈奴人围将起来。

“弓弩准备！”九妹令道。

“预备——”

“放！”

五十支利箭径直射向四个匈奴汉子。

四个汉子挥舞手中兵器阻挡，无奈这弓弩发射之箭速度极快，每个弓弩可连发十箭，箭如雨下，根本挡不过来。最先中箭的是瘦子，接着是那个彪形大汉，然后是独眼龙，最后是叫老四的汉子。这四人虽然都已中箭，却仍极力阻挡，一齐向东边突围。这期间，他们各自身中数箭。独眼龙最先倒下，紧接着彪形大汉也倒将下去。瘦子杀开一条血路，正欲夺路而逃。九妹及时发现，一支飞镖直射瘦子脖颈，取了瘦子性命。

被称作老四的汉子见其余三人相继毙命，知大势已去，自己也必死无疑，当下横了一条心，誓与汉军作殊死搏斗。

“要活的！”九妹命令道。

听汉军说要抓活的，汉子心急如焚，也不等汉军来抓，竟向一棵大树撞去，当场头破血流，一命呜呼。

见四名匈奴士兵已除，且已掌握敌军动向，九妹当即决定，派一个小组回汉军大营，向萧天报告前方敌情，自己则率其余士兵绕过敌军埋伏圈向匈奴王庭进发。一路上，九妹留下记号，为萧天统率的大军打前站。

且说九妹派出的士兵按原路返回汉军大营时，已是第二天下午。早有士兵将侦察兵回营的消息报与萧天。萧天喜出望外，连忙走出中军大帐相迎。自从九妹带着五十人的小分队离开大营后，萧天食不知味、夜不能寐，一颗心总是悬着。但作为主帅，他不能表现出来，还故作镇定，显得胸有成竹。

远远地，一队士兵向中军大帐而来。萧天定睛一看，却只见到十余个士兵，并无九妹的身影。尚未等士兵开口禀报，萧天便急切地问道："你们齐将军呢？为何只有你们这十来个人回来，其余的人呢？"

为首的士兵向萧天施礼道："我等奉齐将军之命，特回来向大将军禀报，匈奴军在燕然山埋伏重兵，只等我汉军钻入他们的口袋，妄想将我汉军一举歼灭在燕然山中。"说完，将一份侦察图交给萧天。

萧天接过图，问道："你们是如何得知敌军布防情况的？"

士兵便将经过向萧天述说了一遍，说道："齐将军率其余士兵绕过敌军埋伏，径直向匈奴老巢而去，并一路留下记号，大军只需按记号行进即可避开敌军。"

萧天听罢报告，深感满意，心想，齐姑娘虽是一介女流，却不失男儿风范，真乃女中豪杰也！又对众士兵说道："你等一路辛苦，先去吃饭休息，听我号令。"

"诺！"众士兵施礼毕，回去休息。

萧天回到中军大帐，迅速召集全军将领，商议进军之事。根据情报，敌军重兵埋伏于自燕然山直抵匈奴王庭的咽喉要道，后方实则兵力空虚。鉴于此，萧天作出安排，令右路军虚张声势、大张旗鼓向敌军重兵埋伏之地缓慢而行，伪装成汉军主力，迷惑敌人，自己则率中路军及左路军，急行军绕过燕然山腹地，直插匈奴老巢。匈奴军一旦获知汉军偷袭王庭，势必撤军回援。倘若如此，则中路军和左路军埋伏于匈奴主力回援路上，右路军则从后包抄，左中右三路军形成合围之势，一举歼灭匈奴主力。而后，再合兵一处，直取匈奴老巢，荡平匈奴全境。

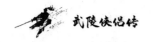

戌时，出征的号角准时吹响。在夜色的掩护之下，三路大军按照既定

部署浩浩荡荡踏上征途。

第四十四章　静逸山庄

话说单芳与红衣少女韦儿姑娘安葬了吴前辈后，单芳打算前往灵泉寺，她心中一直记挂着师兄，当然，也包括九妹和杨神医；韦儿则希望回静逸山庄看看，师父刚刚过世，韦儿想念师父，想念那个家。当下，二人决定结伴而行，先去静逸山庄，而后一道去灵泉寺，因为静逸山庄也在去灵泉寺的路上，不耽误时间。一路上，二人你追我赶，如风一般，倒也有趣。不觉已是日上中天，二人走得乏了，便在一处凉亭歇息。刚坐下不久，忽听得不远处传来阵阵马蹄声。

单芳侧头看去，只见数十名官兵骑着高头大马向凉亭这边疾驰而来，掀起一路尘烟。待走得近了，单芳定睛一看，领头的却是一个光头。这个光头，宽嘴阔脸，满脸络腮胡子，两眼冒着凶光，令人不寒而栗。

“突爷，此地离静逸山庄尚有二十里，刚刚跑了一百多里，人困马乏，我们不如在此稍作休息，再行赶路不迟。”一个副手模样的官兵对光头说道。

光头说道：“也罢，那就在前方凉亭稍歇片刻。”

韦儿一听对方要去静逸山庄，不知所为何事，正欲上前问个明白，被单芳一把拉住。

单芳说道：“傻丫头，静观其变，不可造次。”

韦儿明白过来，看着单芳，噘着小嘴，点了点头。

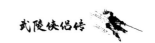

那个副官模样的官兵走进凉亭，对单芳二人说道："两位，我们突爷要在此休息，请你们到别处去。"

"凭什么？我们先到这里的！"韦儿很不服气。

"就凭我们突爷是当朝国舅爷手下第四大高手！我劝你们不要敬酒不吃吃罚酒！"

单芳在看见光头的第一眼，便怀疑此人可能是突老四，但不能断定。现在听他如此说，心下暗道：原来这个光头果真是突老四。前两日与朱十二过招，已然十分吃力，如果不是苏青拔刀相助，险些送了性命。这个突老四是国舅爷手下的第四大高手，远远排在朱十二之前，其武功想必十分了得。我暂且不可与其发生冲突，以免节外生枝。想到此处，便站起身，牵起韦儿的手，说道："走，咱们走。"

韦儿却不清楚这人底细，自然不依，说道："凭什么？为什么是我们走？"言语间极其不情愿。

"乖，听话！"说着，单芳连拖带拽将韦儿拉出了凉亭。

这一伙官兵围坐在凉亭四周，突老四和他的副手坐在凉亭之内。

单芳将韦儿拉到凉亭旁边的一棵大树之下，索性坐在了草地上。她两眼望着天空，手中摆弄着狗尾巴草，假装很不在意的样子，耳朵却留心着凉亭这边的动静。她之所以没走，主要是他们说要去静逸山庄，她想进一步了解一些信息。

"单姐姐，你说他们去静逸山庄做什么？静逸山庄可是师父生前的居所，我绝不允许任何人胡来！看他们的样子，也不似什么好人，我们何不过去问个明白？"韦儿总是盯着那一伙人。

"不可鲁莽，我们不知人家底细，万一因此惹祸上身，岂不是很被动？现在，他们在明，我们在暗，我们见机行事。"单芳小声说道。

韦儿听单芳如此说，也觉得有理，便不再说话。

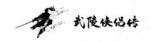

但过了半晌，凉亭那边一点动静也没有。突老四靠着柱子闭目养神，其他官兵也坐在地上打盹，唯有那个副手东张西望。

良久，那个副手对突老四说道：“突爷，我们可以赶路了，去迟了，人溜了，可就白跑一趟了。”

突老四睁开眼睛，问道：“休息多久了？”

“大约一个时辰。”

“出发！”突老四命令道。说着，自行走出凉亭，上了马。其余官兵紧随其后，骑上马，一行人朝着静逸山庄方向绝尘而去。

看着这群人走远，单芳说道：“走，跟上去。”她们没有马，只能徒步而行，速度自然是比那伙人慢了许多，不一会儿，那伙人已经消失在视线之中。

单芳和韦儿走出不到一里路程，忽听后面又传来一阵马蹄声。回头看时，也是一大队人马，正朝这边飞驰而来。这一拨人马与先前那一拨大为不同，都是老百姓装束。领头的是一个鹤发童颜的老头儿。

说话间，这一拨人马已经到了她们跟前。领头的老头儿勒住缰绳，跃下马来，向单芳和韦儿施礼道：“两位姑娘，请问静逸山庄怎么走？”

单芳和韦儿都是一惊。单芳暗道，前面那拨人是去静逸山庄的，这一拨人怎么也去静逸山庄？还礼毕，因问道：“不知前辈从何而来，为何要去静逸山庄？”

“姑娘为何突发此问？”老者心下诧异，寻思我问她去静逸山庄的路，她却来问我从何而来。

“前辈有所不知，就在刚刚，已有一队人马向静逸山庄而去。如今前辈也要去静逸山庄，小女子甚觉奇怪，故有此问。如前辈不便告知，不答便是。”单芳说完，双手施礼。

老者听单芳如是说，心下已然明白国舅爷的人抢了先，心下焦急起来："感谢姑娘相告。事情紧急，不知可有近路去静逸山庄？"

韦儿实在忍不住了，说道："老师傅，你们到底想干什么？我就是静逸山庄的，你们害死了我师父，还想去做什么？"

韦儿口不择言，急得单芳的脸唰的一下白了。

"老先生，小姑娘胡言乱语，您别听她的。"单芳赶忙打圆场。

韦儿得理不饶人，提高嗓门大声说道："我没胡言乱语！"

老头儿听韦儿说自己的师父被害，深感意外："小姑娘，你说你师父被害，请问你师父是谁，被谁所害？"

"我师父叫吴远山，就在前天，被朱十二杀害了！"说着，韦儿眼圈一红，呜呜地哭起来。

"师弟，我来晚了啊！"老头儿掩面痛哭，老泪纵横，对韦儿说，"想必你就是韦儿吧？我是你的袁雄师伯啊！"

"我是韦儿。您真的是袁师伯吗？"韦儿扑入袁雄的怀里，哭得更加伤心，"师伯，您可要给我师父报仇啊。"

"韦儿放心，此仇不报，我就不配做你师伯！"袁雄仰面朝天，忍住泪水。

得知袁雄是韦儿的师伯，单芳也为韦儿感到高兴，连忙向袁雄鞠躬施礼："袁老前辈在上，晚辈有眼不识泰山，多有冒犯，还请见谅！"

"不知者无罪。再说，你也是出于谨慎，并无过错。"袁雄拭去泪痕，说道，"眼下，我们要抢先赶到静逸山庄，你们可知有无近路？"

"有！有！有！"韦儿不等师伯说完，连说三个"有"字，自己便在前面带路。一行人径向静逸山庄而去。

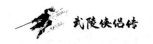

第四十五章　夜静如水

话说胡一刀正欲从神龙谷山顶圣湖离开，却被在圣湖沐浴的一群女子团团缠住，并获悉这群女子乃是被神龙谷老道人所困，心想将她们带出神龙谷，孰料这群女子却如霜打的茄子，一个个面露难色。

“这是为何？”胡一刀不解地问。

“我们都不知自己从何而来，更不知可往何处去，我们觉得在这个地方挺好的。”一个红衣女子说道。

胡一刀听红衣女子如是说，心下一怔，寻思道：如何连自己家在何处都不知道呢？再看这女子，一双眼睛含情脉脉，如婴儿般清澈明亮，鼻子俊俏挺拔，肉肉的下巴甚是可爱，如瀑布般的青丝披在肩上，雪白的手臂几近透明，在阳光的映射下如水晶般折射出迷人的光彩，手指如青葱般又细又长。

胡一刀看得痴了，半晌方回过神来，忙问道：“你们为何不知自己从何而来？你们家在何处，这么简单的问题都不知道吗？”

坐在红衣女子背后的白衣女子不禁落下泪来，呜咽着说：“我们被老怪物抓来之后，便喝了他给我们的一种汤，从此之后，我们便什么也不记得了。”说完，又垂下泪来。

胡一刀看过去，这白衣女子举止端庄，神态安详，犹如这山顶圣湖一般平静。她虽有呜咽之声，却无悲伤之色，眼角挂着两颗晶莹闪亮的泪珠，像是要故意展示给别人看一般。此情此景，胡一刀只觉用“梨花一枝春带雨”来形容最是贴切。她一袭白裙，宛如百合盛开，又似嫦娥下凡，颇有仙子风度。裙子虽然有些破旧，却洗得干干净净，看上去也如新的一般。她呜咽着，却愈发楚楚动人。

“你们可知老怪物给你们喝了什么汤？”胡一刀对老道的所作所为甚是不满，便也以“老怪物”呼之。

众女子一起摇头，都说不知道。

“你们不知道自己从何而来，那总该知道自己叫什么名字吧？”胡一刀心想，要是知道名字，也可去四下问问，说不定会有所收获呢。但他问完，再看众人脸色，便知道自己的这个问题算是白问了，于是说道，“看来你们连自己的名字都不知道了，是吧？”

众女子一齐点头称是。

“公子，给我们起个名字呗！”坐在绿衣女子旁边的青衣女子说道。这青衣女子，天生一张娃娃脸，总是一副笑眯眯的模样，扎着两个马尾辫，一副憨态可掬的样子。

听青衣女子如此说，其他女子也都附和着：“公子，给我们起个名字吧……”“对，给我们起个名字……”

胡一刀不好推辞，于是为每一个女子取了名字。红衣女子取名秋红，绿衣女子取名玉竹，白衣女子取名月儿，青衣女子取名青儿……每个女子都有了自己的名字，一起欢呼起来：“我有名字咯……我有名字咯……”圣湖边，女子们欢呼雀跃。

胡一刀看着眼前的情景，感动得双眼噙满泪水，心想要是九妹在这里就好了。他擦干眼角的泪水，暗暗下定决心，要带着这群女子走上新的人生道路。

当下，胡一刀清点人数，这群女子刚好四十八人。于是，他首先将她们分作四组，每组十二人，又给每组取了雅号。第一组名曰“神出鬼没”，由秋红做头领；第二组名曰“出神入化”，由玉竹做头领；第三组名曰“心驰神往”，由月儿做头领；第四组名曰“炯炯有神”，由青儿做头领。胡一刀之所以为四个组分别取如此四个雅号，自是有一番讲究，此处暂且不表。

分组完毕，胡一刀又在湖边立起一旗杆，旗杆上的旗子迎风招展，旗子上大书三个字：神龙帮。他们决定当晚举行神龙帮成立大会，于是吩咐下去，秋红负责在湖边点起三堆篝火，玉竹负责去湖里捕鱼捞虾，月儿负责采摘野菜山果，自己则去神龙谷道人的石室寻来两坛陈年老酒。

太阳渐渐落山，夜幕降临，湖边晚风徐徐。熊熊燃烧的篝火发出噼里啪啦的声响，火光冲天，将湖边照得如同白昼。烤鱼的香味儿即便三里之外也能闻到。

大家围着篝火盘腿而坐。胡一刀亲自为四个头领倒满酒，又为自己倒满酒。四个头领又分别为各自的手下倒上酒，一时间，酒香中混合着烤鱼的香气，不禁令人心旷神怡。

胡一刀坐在上首。他突然站起身，举起酒碗，朗声说道：“各位姐妹，我胡某何德何能，得到你们的厚爱。我们有缘相聚于此，这是上辈子修来的福分。这第一碗酒，让我们为我们的缘分干杯！”说完，将酒一饮而尽。

众女子见胡一刀喝完酒，也纷纷站起身，举起酒碗，一仰脖子，将酒一饮而尽。

“从今天开始，我们的神龙帮宣告成立。在今后的日子里，我将教习姐妹们武功，希望大家认真练功，一起打造我们神龙帮的招牌，让我们的名号响彻武林。这第二碗酒，就为我们神龙帮的成立干杯！”胡一刀说完，又将满满的一碗酒一饮而尽。

胡一刀红光满面，气宇轩昂。众人被他的豪情感染，也不等胡一刀说完，已将碗中的酒喝得精光。

青儿向前走了一步，站到篝火前，面向帮众，举起拳头，大声喊道：“帮主威武！”

众人见青儿喊“帮主威武”，也都自觉跟着喊起来：“帮主威武！帮主威武！帮主威武！”

胡一刀又倒上第三碗酒，说道：“承蒙大家抬爱，忝为帮主，我自当带领大家，开辟一条崭新的人生道路。这第三碗酒，就为大家的美好明天干杯！”

三碗酒喝完，有些酒量小的已经东倒西歪，四个头领唯有青儿还算清醒，其他三个都已飘飘乎，胡一刀也已迷迷糊糊。一股冷风吹来，胡一刀打了个冷战，他摇了摇头，似乎清醒了些许，但依然双眼模糊。

不知何时，有人开始唱起歌来。歌声在夜空中回荡，令人心神激荡。四个头领不约而同地围着篝火跳起舞来。见头领跳起舞，其余帮众也跟着跳起来。舞姿翩跹，灯影幢幢，胡一刀又喝了一碗酒，便踉踉跄跄地加入了跳舞的行列。

胡一刀醉眼迷蒙，只觉眼前一个女子的身影是那么熟悉，她的身上散发出一股迷人的芬芳，这让他闻不够。他只觉自己的每根神经都为这股芬芳着迷。他越看越觉得这个女子像极了九妹，便将这女子揽入怀中，口中喃喃自语道：“九妹……九妹……”这女子也不挣扎，温柔得像一只小猫，依偎在主人的怀里。胡一刀抱着这个女子围着篝火跳着舞着，又把酒喂给女子喝了，自己也喝。

夜已深，大家跳得累了，便横七竖八地倒在地上睡了过去。胡一刀抱着那个女子也进入了梦乡。

夜静如水，唯有篝火还在吐着红红的火舌，仿佛是专为某个躲在黑夜深处的人燃烧着。

第四十六章　瘟疫横行

话说萧天接到九妹的情报，当下作出部署，右将军黄铎统领的右军向着敌军重兵埋伏之地虚张声势鼓噪而进以麻痹敌人，自己亲率中军并左将军申豹统领的左军昼伏夜出秘密行军，兵锋直指匈奴王庭。

且说右军在黄铎统率之下，为麻痹敌人，每行一个时辰便休息一个时辰，行军速度极为缓慢。士兵们一路耀武扬威，军纪看起来甚是涣散，丢盔弃甲者有之，喝酒闹事者有之，赌博打牌者亦有之，简直极尽嚣张之能事。早有探子将汉军此番情景报与埋伏在燕然山通往匈奴王庭要道上的匈奴大将军绍木奢。

绍木奢听闻汉军如此嚣张，大为恼火，当即召集众将士商议："如今，汉军骄横跋扈，军纪涣散，完全不将我匈奴大军放在眼里，此口恶气不出，我绍木奢无颜执掌匈奴大将军印信！"当下作出部署，决定趁汉军不备，杀汉军一个措手不及。

萧天及申豹统领的中、左两路大军白天藏于山林休整，待到天将擦黑时分便随着九妹留下的记号一路急行军，甚是顺利。眼看就要进入匈奴境内，军中却突生变故，一种瘟疫迅速传播，对军队战斗力构成严重威胁。但凡染上这种瘟疫的士兵，起初浑身浮肿，继而眼睛血红、舌苔加厚，之后便高烧不止，全身生出红疹，直至口吐白沫而亡。一时间，汉军士兵人心惶惶，恐怖的阴影笼罩在每个士兵的头上，形势十分凶险。

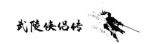

疫情迅速蔓延，萧天心急如焚：大战在即，却突遭瘟疫，如若此时敌

军从天而降，自己性命休矣，九妹休矣，汉军亦休矣！萧天召集全军将士商议应对之策。或曰当务之急乃寻出瘟疫之源，从源头上截断；或曰趁敌军尚未发现之际，立即回撤，以免全军覆没；或曰将染上瘟疫的士兵悉数就地坑埋以免拖累全军。

萧天听罢议论，一言不发，面色铁青，双眼血红。众将士见状，面面相觑。良久，萧天仿如梦中惊醒，兀地站起身，双眼扫视众将，唬得诸将心惊胆战。他说道："诸位将军，我萧天亲率大军北至匈奴，原想一举剿灭贼寇，保我大汉周全，孰料瘟疫横行，扰我军心。值此危急存亡之际，我军上下，当齐心合力，共克危难，又岂可临阵脱逃，甚至做出丧尽天良之事？我萧天既然将全军将士带出大汉，就有责任将你们悉数带回。如今部分士兵染病身亡，此乃我之罪也，我又如何能因个人安危而弃他们于不顾？若如此，我萧天又该如何向成千上万士兵的家人交代，又有何脸面立于大汉？"说罢，抽出神鞭，向着一张长桌砸去。但见鞭起鞭落，木桌已断作两截。"从现在起，如有再敢胡言乱语扰乱军心者，当如此桌！"萧天声色俱厉，令诸将肝胆俱颤，冷汗直冒。

"将士们！"萧天继续说道，"为今之计，唯有背水一战，方有胜算，如若时日迟延，贻误战机，我军危矣！"

"请大将军下令，即便粉身碎骨，也在所不辞！"左将军申豹站起身拱手施礼道。

听申豹如是说，其余将士也纷纷站起，拱手施礼道："请大将军下令，粉身碎骨，在所不辞！"

见将士们的精气神又被调动起来，萧天也精神大振，对帐外守卫说道："快拿酒来！"

"慢！"只听大帐外有人大声说道。

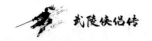

萧天及诸将未听到守卫回答，却听到一个"慢"字，甚是诧异，不由

得向门口望去。

“请问阁下从何而来？容我向将军通报。”守卫说道。

“我乃一山野布衣，特来拜会你们将军。”那人说道。

听说要拜会将军，守卫不敢大意，仔细将眼前人打量一番：这人身长七尺有余，脚蹬草鞋，一身粗布衣服，双眼炯炯有神，鼻梁高挺，嘴巴左右各有尺余长的胡须，头戴一顶破旧小毡帽，手中拄着一根光滑的木杖，肩上挎着一个灰色旧布包。

守卫见这人一身寒酸样，便生出轻蔑之意，道：“你若是要饭的，就赶紧滚，我们将军正在商量大事。如果是来刺探军情的，信不信我现在就要了你的狗命？”

这人也不跟守卫一般见识，反而大笑起来：“哈哈哈哈，你们都快全军覆没了，还商量什么狗屁大事！”语气颇为放肆。

“你……你……”

萧天听这人的声音，越听越觉耳熟，因而问道：“何人在外喧哗？”

“萧老弟，难道你喝了迷魂汤，连你的八拜之交都忘记了吗？”那人说完，又是一阵哈哈大笑。

“哎呀呀，原来是杨大哥！”萧天听出来者是自己的结拜大哥杨三儿，高兴得几乎语无伦次，一边快步走出大帐，一边说道：“这……这是……这是什么风，把你给吹来的？”

“是你这军中的瘟疫之风啊！”

杨三儿是萧天的结拜兄弟，人称“杨神医”。他夜观天象，见西北方瘴气蒸腾，乌云翻滚，判定此番必有灾难。他四下打探消息，这才得知汉军出击匈奴之事，因而断定必是汉军出事。又探得汉军统领乃是自己的结义兄弟萧天，因此便日夜兼程赶来。如今汉军因瘟疫横行，实力大减。值此危急时刻，杨三儿的到来，真可谓雪中送炭。

见萧天出得大帐，杨三儿说道：“亏你还记得我。你要是不记得我，我这就转身走了。”说着，他做出要转身离开的样子。

萧天走上前，一把拉住杨三儿：“大哥，就是再过一百年我也记得你。你可来了，你要是再来晚一步，可能就见不着你的兄弟了！”

“你这话说得也太过悲观。堂堂大汉将军，可是天上星宿下凡，怎么能说见不着就见不着了呢？”

“大哥又说笑了，你可真是我的救星啊！”萧天紧紧地握住杨三儿的手说，“大哥，你是如何找到此地来的？不瞒你说，我正为眼下的形势发愁呢！”

“什么救星不救星的。你为我大汉驱逐贼寇，保境安民，功德无量。我虽是一介布衣，却也是大汉子民。如今汉军遭遇瘟疫，我又怎可袖手旁观？”杨三儿将自己如何得知汉军遭遇瘟疫以及如何得知萧天为统领之事向萧天述说了一遍。

“大哥来了，我悬着的心终于可以落地了！”说完，萧天长长地叹了一口气。

“贤弟不必叹息，我保证你的士兵明天就能生龙活虎、上阵杀敌！”

“若能如此，我代全军将士感谢大哥了！”萧天拉着杨三儿的手，步入中军大帐，让杨三坐在自己身边。众将士见萧天拉着一个着破衣烂衫的人进来，每个人的眼里都充满了疑问。

“各位，这位就是我萧某的结拜大哥，当今世上数一数二的医术高手，人称‘杨神医’。今日有大哥相助，汉军无忧矣！”萧天说完，对身边士兵吩咐道，“快拿酒来！”

“诺！”士兵答应一声，便去取酒。不多时，走进来两个士兵，一个抱着两坛酒，另一个抱着一叠碗。

“来，把酒满上！”萧天说道。

士兵答应了一声，便将酒碗摆成一长溜，为每个碗倒满酒。顿时，帐内酒香扑鼻。闻得酒气，又见萧天神情轻松，众将士紧张的神经这才稍稍放松了下来。

“大哥，此酒乃是愚弟珍藏多年的洛阳醉，原本打算攻克匈奴之后作为庆功酒喝的，孰料军中瘟疫蔓延。我以为没机会喝这酒了，却不想大哥从天而降，一扫我心头阴霾。”萧天举起酒碗，对众将士说道，“各位将士，让我们一起为杨神医的到来，干杯！”

“干！”杨三儿举起酒碗，与萧天碰了一下，随众将士一道将酒一饮而尽。

喝完酒，杨三儿从身旁拿起先前挎在肩上的那个包袱，对萧天说道：“贤弟，可令人速将这包药拿去分成十份，放入十口装满水的大锅，武火煎熬一炷香的时间，而后让全军上下每人喝一小碗，十二个时辰之内，瘟疫必将全部散去。”

众将士听杨三儿如是说，依然满腹疑惑，将信将疑。

第四十七章　火光冲天

话说韦儿带着师伯袁雄一行人抄近路赶往静逸山庄，不多时，便来到五丈河边。五丈河因其有五丈深而得名。

“师伯，不好啦，河面上的桥断了！”将行至河边，韦儿突然惊叫起来。

众人向着河面望去，只见河面上的小桥只剩下两岸的桥头堡。

一行人跑到河边，仔细察看，发现桥是被人炸毁的，看样子，应该被炸不久。

“没有桥，我们这么多人，可如何过河？”袁师伯发起愁来。

“我们可以找个船家，渡我们过去。”单芳说道。

袁师伯点点头，说道：“嗯，也只能如此了。”转过身对韦儿说，“韦儿，你可知附近哪里有船家？”

“我知道，就那边——”韦儿用手指着不远处的一户人家说道，“那是曲二爷家，他们家以捕鱼为生，师父曾带我去过，我们过去问问他吧！”

“好，我们过去看看。”袁雄说道。

又走了约半里路程，韦儿突然停下来，说道：“我怎么感觉有什么地方不对劲……”

“哪里不对劲？”单芳不解地问。

“这……我说不上来。”韦儿哭丧着脸。

“你仔细想想。”袁雄说。

韦儿望了一眼师伯，又望了望曲家院子，恍然大悟，道：“哦，我想起来了，以往这个时候，曲二爷家都是炊烟袅袅，今天却特别冷清。你们看，屋子上方连一点烟儿都没有。”

听韦儿如是说，一行人顿时紧张起来。一种不祥的预感在每个人心头蔓延。

“大家各自注意，小心前行。”袁雄说道。

一行人来到曲家院子外面，但见院门虚掩着，并无异样。袁雄轻轻推开门，向院内张望。院子里静悄悄的，一个人影也没有。一行人进得院来。

“曲二爷……在家吗？”韦儿喊了一声，没人回应，便又连喊了几声，依然无人回应。

一行人走进中堂，但见中堂内家具陈设并无异样，又走进卧房，卧房内各式物件摆放整齐，也无不妥之处。

“难不成你曲二爷走亲戚去了？”单芳疑惑地问。

韦儿直摇头：“不可能，今天又不是什么节日，他们走什么亲戚？”

正说话间，忽见袁雄手下一名武士跑进来：“大人，后院似有哭泣声！”

一行人急忙来到后院，发现后院也井然有序，并没听见哭声。

“你当真听到哭声了？”袁雄问道。

“属下听得千真万确。”武士说道。

就在这时，又一声轻微的抽泣声传来。这次，大伙都听得清楚，但待大伙欲辨明哭声从何而来时，哭声又消失了。

“大家安静，分散开，仔细听。”袁雄吩咐道。

众人四散开来。

不多时，抽泣声再次传来。

“师伯，哭声是从墙角边传来的！”

大家都递个眼色，表示赞同，一起向墙角走去。墙角堆着几个箩筐。武士上前，将箩筐移开，一个井盖展露在眼前。

“打开井盖！”袁雄吩咐道。

两个武士一起将井盖打开，朝下一看，下面黑洞洞的，什么也看不见。就在这时，抽泣声再一次传来，大家听得真真切切。原来抽泣声是从井下传来的，还是一个带着稚气的孩子的哭声。

“这应该是狗蛋在哭！”韦儿显得有些激动。

有武士找来火把，点着了，向井下一照，隐约看见下面有人。武士对着井口喊话，只是无人答话，唯有孩子的抽泣声不时传来。

武士们找来绳索，将一个武士放入井中。武士下到井底，这才发现井里没有水，原是一口枯井，一个十来岁模样的孩子坐在井底，有气无力地哭泣着。

“下面什么情况？”袁雄问道。

“有个孩子！”武士答道。

“快把孩子带上来！”袁雄说。

众人一齐用力，将武士和孩子拉了出来。韦儿一眼便认出这是曲二爷家的狗蛋。见狗蛋奄奄一息，韦儿一时难过地哭起来。

“快救救狗蛋吧！”韦儿呜咽着说。

众人将狗蛋抱进屋，给他喂了一口水，他咳嗽了几声，又见一大群人围着自己，害怕得浑身发抖，竟哇哇地大哭起来。

“狗蛋，我是韦儿姐姐……狗蛋，我是韦儿姐姐啊……”韦儿的泪水不停地流着。她紧紧抓住狗蛋的手，久久不愿松开。

狗蛋认出了韦儿姐姐，紧张的神情终于放松了下来。他的脸上黑乎乎的，嘴唇干涩，也不知在井底待了多久。他喝了几口水下去，才慢慢缓过神来。单芳为狗蛋擦拭干净脸上的污垢，众人又将随身携带的干粮拿了些和着水给狗蛋喂下。狗蛋的脸上这才渐渐有了血色。

这时，一个武士跑进屋来，对袁雄说道：“大人，我们在屋后面发现了一双绣花鞋。”

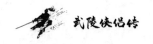

“带我去看看。”袁雄跟着武士走出院子，来到屋后。屋后是一片竹林，绣花鞋便是在竹林发现的。袁雄带着几个武士走进竹林。只见竹林深处，有一片土明显被人动过。他们径直向那儿走去。待走近一看，不远处，还有几把锄头及铁锨。袁雄吩咐众武士刨开土。几个武士拿来锄头并铁锨，慢慢将土刨开。不多时，土中便露出一只手来，吓得一个武士连退三步，大喊：“有只手！”袁雄又令武士们继续挖掘。一盏茶工夫，便挖出三个人来。

“去把韦儿叫来。”袁雄吩咐道。

一个武士答应着去了。不一会儿，韦儿跟着武士跑了过来。

“韦儿，过来看看，这是不是曲二爷他们？”袁雄说道。

韦儿走上前来，看到地上躺着三具尸首，腿肚子一软，跪倒在地，忍不住大哭起来。袁雄蹲下身，问道：“这是曲二爷他们吗？”

韦儿一边大哭一边不住地点头，呜呜地说是曲二爷和他的儿子和儿媳。这时，单芳牵着狗蛋也来到竹林。狗蛋已无大碍。他走上前，一眼便看见爷爷和父母都躺在地上。他过去扒拉自己的亲人，但见他们一动不动，心里便明白了，一时又号啕大哭起来。见狗蛋哭得伤心，韦儿也跟着大哭起来。

“人已死，不能复生，还是就地埋了吧。我们要尽快想办法过河，去晚了，可能就来不及了。”袁雄对众人说道。

“师伯，我要带上狗蛋！”韦儿双眼噙满泪水。

袁雄点了点头，表示同意。

武士们又忙活一番，将曲二爷和他儿子儿媳都埋了。

“师伯，这里这么多竹子，我们可以做个竹筏过河。”韦儿灵机一动。

“这个主意不错。”袁雄对众人说道，“大家一起动手，尽快扎好竹筏，赶快过河。”

不一会儿，三只竹筏已经扎好，由几个武士抬着，一行人朝着河边走去。袁雄走在前面。单芳和韦儿一左一右牵着狗蛋。狗蛋一步三回头，看着自家院子渐渐远去，又想着爷爷和父母都已去世，越发伤心。韦儿不停地安慰狗蛋，有姐姐呢，狗蛋要学会坚强，快快长大为爷爷和父母报仇。

武士们将竹筏放入水中，袁雄、单芳、韦儿、狗蛋以及袁雄的坐骑乘坐一只竹筏，其余武士并马匹分乘另外两只竹筏，三只竹筏齐头并进。

眨眼间，竹筏已行至河心。这时，河对岸树林中突然冒出数十个黑衣人。黑衣人一字排开，手持弓箭，对准他们。

“不好，有埋伏！”袁雄刚说完，数十支箭便射将过来。众人急忙挥舞各自的兵器来挡。可怜了几匹马，被乱箭射中，一时惊厥，纷纷掉进了河里。

“单芳，你们护好狗蛋！”袁雄说完，施展轻功，飞向岸边。黑衣人见袁雄轻功了得，便一齐朝袁雄放箭。袁雄挥舞宝剑，将所有射向他的箭全部挡下。这期间，单芳他们趁着黑衣人对付袁雄的时机，加速前进，不一会儿也相继靠岸，投入厮杀。

这十余个黑衣人哪里是他们的对手，袁雄剑之所至，黑衣人还没看清剑招，已然丧命。单芳也大展身手。经过这段时间的休养，她的身体已完全恢复。加上之前在灵泉寺服用了杨神医的药后，她的功力不知为何突然大增，如今使起金银双环，威力更增数倍。韦儿站在一旁，守护着狗蛋。其余武士也加入战斗的行列。只一会儿，数十个黑衣人都已去了黄泉路上。

“韦儿，你来带路，我们得加快脚步了，我担心此时或已被人抢了先。”袁雄说道。

一个武士背上狗蛋，由韦儿领路，众人向着静逸山庄一路狂奔。

“还有多远？”袁雄问道。

“翻过对面那个山头就可以看见山庄了。”韦儿答道。

“大家再快点！”袁雄吩咐道。

大家一口气上至山头，却见前方火光冲天。其时，天色渐晚，火光映红了半边天。

“不……”韦儿失声痛哭起来。

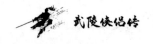

那火光冲天处，正是静逸山庄。看来，他们还是来晚了，静逸山庄已

葬身于火海之中。对方之所以要炸掉桥，又杀了曲二爷一家，其目的只是为了拖延他们的行进速度。

看着师父一点一点建起的山庄就这样化作灰烬，韦儿怎能不伤心？“哭吧，大声哭出来，这样或许好受些。”单芳抚摸着韦儿的头发，安慰着韦儿，自己也禁不住流下泪来。

“走，还是过去看看。”袁雄说。

众人随着袁雄，下得山坡，又走过一片草地，便来到了山庄前。大火还在噼里啪啦地燃烧着，不时有木头烧断垮塌的声响。他们正欲沿着山庄前后走走看看，却听见马的嘶鸣声，随即，便是纷至沓来的脚步声。转眼间，一队人马便向着他们冲将过来。

“哈哈哈哈……我们已经在此恭候你们多时了！”说话的正是突老四。

“先前就是这伙人。”单芳对袁雄说道。

“哟，这一大一小的两个女子不是先前在路上遇到过的吗？早知如此，也省得让你们跑那么远！”突老四的意思是早知道这样，就该在凉亭处杀了单芳和韦儿。“不过，我现在改变主意了，如果你们认得清形势，就乖乖听话，跟着我去京城，定让你们吃香的喝辣的，还有享不尽的荣华富贵。至于那个老头子，袁雄袁大人，我看明年的今日就是你的忌日！”

听突老四如是说，韦儿愤怒至极，一支飞镖射向突老四的咽喉。突老四眼疾手快，一把便接住了韦儿的飞镖。“你这个丫头，怎就不识抬举？四爷我本想饶了你，既然你不听话，那就休怪四爷我手下无情！”说着，突老四双手运气，一股真气便向韦儿打来。韦儿毕竟年纪尚小，内力不足，是根本抵挡不住这股真气的。袁雄见势，急忙挥掌，接住突老四的真气。两股真气相撞，发出震耳欲聋的声响。

“突老四，你如此心狠手辣，居然对一个小女孩下此毒手，如果传出去，岂不让人笑话！”袁雄说道。

“哈哈哈哈……我突老四从来不怕人笑话，谁爱笑由他笑去！你这个老东西，还不快快把东西交出来，如果耽误了国舅爷的大事，就是诛灭你的九族，都不能抵罪！”突老四坐在马上，居高临下，俯视着袁雄一干人。

袁雄一听，知道神丹尚未落入敌人之手，心中一块石头顿时落地。却又寻思：按道理，突老四应该是在搜遍山庄无果之后才放火烧了山庄的，既然山庄没有神丹，那么，神丹又会在哪里呢？袁雄怎么也想不到神丹会在单芳的身上。

单芳听突老四要袁雄交出东西，便明白这个东西就是神丹。她赶紧假装不经意间摸了一下怀里的口袋，发现锦盒稳稳地待在怀里，这才放了心。但她此时决计不能说出神丹在自己身上，因为那无异于将神丹置于危险之中。

为了进一步证明自己的猜测是否准确，袁雄说道：“突老四，你说要我交出东西，我不知你要我交的是什么东西，你倒是说来听听，看老夫有还是没有？”

“老东西，别揣着明白装糊涂！实话告诉你也没关系，我们要找的便是一颗神丹。”突老四凶神恶煞地说，“如果你识相，就乖乖交出神丹，如果被我们找到，你们这些人统统都得死！”

“呸！我还以为是什么宝贝疙瘩，原来是什么狗屁神丹。你要神丹，老夫还真没有，要命倒是有一条。我师弟死在你们手中，如今，你们又烧了他的山庄。你们泯灭人性，人家与你们无冤无仇，你们却为了阻止我们用船，将人家一家三口全部活埋。这笔账，你们不算，我也得跟你们好好算一算！”袁雄语气铿锵有力，越说越气愤。

“你师弟是自不量力而死，这山庄我们找不到神丹，留着又有何用？至于那船家，更是死有余辜，我们起初只炸毁了他的船，谁知他竟为了一艘破船与我们拼命，这不是自寻死路吗？”突老四言语间充满轻蔑鄙视，“不过，你们这些人都好不到哪里去。识相的，就赶紧交出神丹。如果不识相，这便送你们去和你的师弟团聚！”

天渐渐暗下来，但大火依然在熊熊燃烧。两队人马，相距不过三丈，每个人的脸都被火光照得红红的。

“你们这群恶贼，老夫今天就替天行道，除了你们！”袁雄说罢，便提剑向突老四刺去。

突老四向后紧勒缰绳，坐骑便双脚前举，朝着袁雄踏来。袁雄单脚点地，早跃到空中，向着突老四俯冲下来。这突老四也不躲避，反将头朝着袁雄的宝剑刺来的方向迎去。这突老四自幼练的就是铁头功，头上功夫十分了得。袁雄从上俯冲下来连人带剑的力量岂可小觑，如果换作别人，定会剑穿脑心，当场毙命。可当袁雄的剑碰到突老四的头时，突老四不仅皮毛无损，反倒是袁雄的剑如刺到石头上一般，火花四溅，剑身明显弯曲。突老四趁着剑与头相撞的瞬间，用力一顶，将袁雄弹至三丈开外。

见袁雄未能拿下突老四，单芳将身子一沉，登时从手中飞出金银双环。金银双环裹着单芳的内力发出呜呜的声响，径直打向突老四的左胸。突老四急忙举起钢叉相迎。金银双环与钢叉相撞，震得他双臂一麻。突老四心想，如此标致的一个女子，居然有如此深厚的内力，自己着实小觑了她。于是，便驭马向单芳扑来。单芳见势，施展轻功，早已闪身到了突老四身后，迅疾使出金银双环。突老四情知坐骑因为惯性一时收不住，便从马背上腾空而起，又翻转身体，险些被金银双环击中。可怜他胯下的坐骑，被金银双环打中，长嘶一声，倒地而亡。

这时，双方人马已战作一团，场面十分混乱。韦儿一面照顾狗蛋，一面伺机对敌人下手。袁雄重振精神，又举剑向着突老四刺来。一时间，突老四以一敌二。单芳和袁雄轮番与突老四厮杀。如此二十余个回合尚未分出胜负。韦儿一直在等待时机，她要为师父报仇。机会在等待中到来。韦儿见三人打斗正酣，于是瞄准时机，趁突老四背对自己之时，以迅雷不及掩耳之势扔出一支飞镖。突老四只顾着与单芳和袁雄厮杀，没在意后方出现“真空”。飞镖不偏不倚，射中突老四的后颈。

突老四后颈中镖，啊地大叫一声，由于疼痛难忍，速度便慢了下来。单芳看准时机，金银双环再次袭来。突老四来不及躲避，被金银双环打中胸骨，又是一声惨叫，便倒了下去，口内已是满满的鲜血。

见老大倒下，突老四的人马一时乱了方寸，就在这倏忽间，纷纷被斩，竟无一人逃脱。袁雄走到突老四的跟前，只见突老四口内鲜血汩汩而出，便不再理会。一行人稍加整顿，除少数几个武士受了点皮外伤外，并无伤亡。

见敌人已全部消灭，大伙便商量着接下来各自的去处，丝毫没有察觉到危险再一次向他们袭来。突老四倒在地上，尚有一口气。他慢慢睁开眼，看见袁雄一干人正在远去，便用尽全身力气，抓起钢叉，向着韦儿扔去。

第四十八章　决战沙场（上）

话说萧天的大军喝了杨神医的汤药之后，经过一夜的休整，第二日已然痊愈。一时之间，全军上下欢欣鼓舞，士气高涨，惊呼杨神医为天神下凡。萧天听闻，喜不自胜，吩咐摆下酒宴招待杨神医，又派人给杨神医送去黄金百两。无奈，送黄金的士兵却沮丧着脸回来，说杨神医已不知所踪。萧天听了，不由得对杨神医钦佩万分。是夜，萧天下令，全军将士饱餐一顿，重整旗鼓，继续行军。

却说黄铎统率的右路军一路虚张声势原本是为了迷惑敌人，却不想因此惹恼了匈奴大将军绍木奢。绍木奢对汉军不把自己放在眼里大为恼火，一气之下便率全部人马向汉军冲杀而来，意欲一举荡平汉军，然后乘势南下，直捣汉都洛阳。孰料，这黄铎也非等闲之辈。他听从萧天号令，表面是一盘散沙，实则铁板一块。绍木奢大军出动，早有探子将消息报与黄铎。黄铎吩咐下去，命一千士兵继续虚张声势，其余人马则埋伏于匈奴大军来路两侧，为绍木奢布下口袋阵。

绍木奢统率万余人马，浩浩荡荡，如潮水般向着汉军席卷而来。一时间，山间路上烟尘滚滚，杀气腾腾，马的嘶鸣声此起彼伏，喊杀声震天动地，更有数不清的刀光剑影以及旌旗战甲，气势之磅礴、声势之浩大，山中飞禽避之不及，林中走兽逃之夭夭。

黄铎亲率两千精兵埋伏于山林之中，每个士兵都背负一捆火箭，这些火箭的前端都扎着一个小布包，小布包均用桐油浸透，一点即着。汉军们匍匐在山林中，听着敌军的喊杀声由远及近，他们一个个摩拳擦掌，跃跃欲试。

绍木奢领着匈奴大军来到一处隘口，只觉隘口阴气重重，四周满是肃杀之气，于是，便命全军停止前进，并派出探子四下查探。探子回去报告，均说未见异常。殊不知，绍木奢派出的探子一进入汉军伏击范围，便被当场捉拿。汉军士兵换下自己的衣服，穿上匈奴军的衣服，扮作匈奴军的样子，前去用匈奴语向绍木奢报告。绍木奢不知自己的探子已被替换为汉军，便听信了探子之言。于是，马鞭一挥，大军继续前行。

眼看着绍木奢的前军徐徐进入汉军伏击圈，黄铎一声令下，两千汉军一齐张弓搭箭，两千支火箭嗖嗖嗖地飞向匈奴大军。与此同时，另外一千虚张声势的汉军也投入战斗。一时间，箭如雨下，火从天降。面对突如其来的变故，匈奴军尚未回过神来，又有数千支火箭飞来。转眼间，绍木奢的前军已陷入一片火海之中。中箭的人和马都着了火，惊慌失措，四下逃命。马的嘶鸣声混杂着人的惨叫声，更增恐怖气氛。着了火的马在逃窜中又引燃了别的马，被马蹄踩踏而死的士兵不计其数，皮肉烧焦的味道在空气中弥漫，撕心裂肺的喊叫声不绝于耳，场面一片混乱。

见前军遭遇埋伏，绍木奢紧急调整战术，急忙勒住中军，迅速组织起对汉军的反击。匈奴铁蹄向着汉军阵地发起冲锋。虽然匈奴大军人多势众，但三千汉军亦不畏强敌，纷纷冲出阵地，举起武器迎敌。匈奴军凭借着兵力优势以及强大的骑兵战力，横冲直撞，杀得汉军人仰马翻。眼看战局迅速向有利于匈奴大军的方向转变，绍木奢却收到了从匈奴王庭送来的十万火急的紧急军情：汉军主力绕过燕然山从西侧直扑王庭，单于令绍木奢率部急速回援。送信的士兵还说，他们抓获了一小股试图偷袭的汉军。

听罢送信士兵的话，绍木奢目瞪口呆，叫苦不迭，险些背过气去。绍木奢渐渐从惊愕中清醒过来，紧急下达撤军命令。匈奴士兵接到撤退命令，在慌忙之中撤离。汉军见匈奴大军撤退，乘势掩杀。无奈匈奴大军无心恋战，一心只顾撤退，多有被汉军从背后射落或中箭身亡者。见匈奴大军潮水般退去，黄铎命令汉军停止追赶，并迅速打扫战场，清点人马，整顿一番。经此一役，黄铎部伤亡惨重，付出了将近一半兵力的代价，但也极大地牵制了绍木奢部，完成了萧天下达的战略任务。

却说九妹自木屋遇险之后，改道西行，继而又沿着燕然山西边径直向北行。一路上，小心谨慎，并仔细留下记号，为萧天大军开路。

这日傍晚，天阴沉沉的，不久便淅淅沥沥下起了小雨。时已深秋，这冷雨滴在头上、脸上、身上，便如冰水一般，冻得人瑟瑟发抖。九妹与众士兵已摸至匈奴王庭之外。他们匍匐在地，暗中观察前方的一举一动。前方便是匈奴人的城堡，在淡淡的夜色掩映中，城堡显得越发威严，仿佛一个神情肃穆的老者，正用威严的目光注视着周边的一切。每半个时辰，便有巡逻的士兵骑着高头大马从城堡外围走过。他们的手里或提着灯笼，或持着重兵器，要么三五人一队，要么七八人一队，来回巡逻。

九妹瞅准机会，迅速穿过城堡外围的空地，潜到城墙之下。战士们将带着挂钩的绳索抛上城墙。挂钩牢牢地抓住城墙，他们顺着绳索如猴子一般鱼贯而上。九妹也上得城墙来。正在这时，城墙上一队巡逻的士兵走过来。其中一个士兵突然发现了他们，大喊起来："有刺客！"他话音刚落，一支飞镖便射中了他的咽喉。其余士兵见状，急忙四散奔逃，可尚未跑出五步之远，便全部中镖，纷纷毙命。

"弟兄们，我们得抓紧时间。"九妹小声吩咐道，众士兵一齐点头回应。

九妹在城墙上望去，但见不远处有一座宫殿。这座宫殿即便在夜里也熠熠生辉，其四周更是岗哨林立。九妹寻思，想必这便是单于的住所，但戒备如此森严，硬闯肯定不行，必须智取方有些许胜算。九妹一行人，快速下了城墙，在宫殿四周进行侦察。他们发现西北角戒备稍有松懈。于是，便决定从西北角下手。为了更有效地牵制敌人，九妹命人先去东南角放火。

东南角的火越烧越大，浓烟滚滚，匈奴士兵纷纷前去救火。九妹趁机带着其余士兵摸到了西北角。这西北角上，果然防守松懈，岗哨自然也不少，但明显不如其他方位部署得密集。九妹不禁在内心感叹：此真乃老天爷相助也！她又再三察看，发现这些匈奴士兵除了在议论东南角着火之事外，并无其他异样。于是，她右手一挥，汉军士兵们便如鸟一般扑过去。他们手起刀落，一个个匈奴士兵的项上人头纷纷落地。然而，令他们万万没想到的是，这些士兵的人头落了地，却没有鲜血涌出。待他们明白眼前的士兵竟然全是假人之后，这才知道上了当。

面对突如其来的变故，九妹的脑海中一片空白。他们尚在惊愕之中，却听见有人哈哈大笑起来，这笑声从宫殿的门里传出来，接着那人说道："老夫恭候你们多时了！"九妹正寻思是何人，只见一群士兵簇拥着一个大汉从宫殿中走了出来。这人厉声喝道："给我全部拿下，如有胆敢抵抗者，杀无赦！"直到这时，九妹才看清此人的真实面目：这人虎背熊腰，双眼炯炯有神，胡须垂于胸前，头戴插着三根孔雀羽毛的王冠，身穿绣着五彩祥云的锦袍，腰系刻着飞禽走兽的玉带，足蹬缀有鹰头的金靴。

"来者可是左贤王？"九妹问道。

"正是老夫。"左贤王捋着胡须说道。他说话时，双眼半睁，眉宇间英气逼人。

九妹四下环顾，只见四周早已刀枪林立，他们已成了瓮中之鳖，心中不禁生出一丝恐惧。她看看身边的士兵，大家紧紧围绕着她，并无一人有退缩之意。她心想：与其束手就擒、坐以待毙，不如以死相拼，多杀几个匈奴，也不枉到这塞北走一遭。只是未能杀得贼首，更不能见证萧天大军的胜利，实在遗憾。这么一想，先前那一丝怯意早已不知去向，取而代之的是无畏的英雄之气。

"弟兄们，是人都有一死，你们怕也不怕？"九妹的声音充满着慷慨悲壮。

"死则死矣，又有何惧！"为首的一个士兵大声说道。

"对，死有何惧！"另一个士兵也大声说道。

"既然如此，我们便与狗贼决一死战，去了阴曹地府，我还继续和你们做兄弟！"九妹感觉热血在胸中激荡。

"决一死战！决一死战！"汉军士兵们喊着、叫着，举起手中的兵器，向着匈奴士兵冲将过去。九妹亦拔出宝剑，向着左贤王刺去。

就在这时，一股扑鼻的香气钻入了他们的肺腑，由于气味异常清香，有汉军不知就里，还多吸了几口。随着这股香气进入体内，士兵们的手脚便不听使唤，手中的兵器也随之跌落。转眼之间，全身的力气似乎被人抽走了一般。不一会儿，所有汉军倒在了地上。

九妹也未能抵挡住这股香气的入侵，她勉强支撑，怒声吼道：“狗贼，要杀要剐，随你们的便，又何必使这卑鄙手段！”

“哈哈哈，这又如何是卑鄙手段？只因你们太过愚蠢，这才落入我的掌心。也唯有如此，你们才会乖乖就范。”左贤王不无狡猾阴险地说。

“呸！卑鄙无耻！”九妹毫不示弱，“你们使的是什么下三烂的手段？”

左贤王身边的一个士兵站出来说道：“这是我们贤王发明的独门神药，名唤如泥香，吸入如泥香的人，便会如泥巴一样顿时瘫软，瞬间失去力气。”

“为何你们的人都没事？”九妹不解地问。

“我们早已先行服了解药，这么简单的道理，难道你都不懂？”士兵甚是得意。

左贤王下令道：“全部拿下，严加审问。若不如实招来，就地正法！”

九妹一干人犹如一群待宰的羔羊，眼睁睁地看着自己被匈奴士兵五花大绑起来，却毫无还手之力。

第四十九章　决战沙场（下）

话说九妹一干人潜入匈奴王庭，不幸落入左贤王的圈套，又中了左贤王的如泥香之毒，因失去战斗力而全部被俘。

九妹被俘之后面临的生死考验暂且不表，却说萧天大军恢复元气之后，便马不停蹄直扑匈奴王庭，意欲一鼓作气，拿下王庭，荡平匈奴。眼看距离匈奴王庭已不足百里，却突然刮起大风。大风裹着黄沙漫天飞舞，以致天昏地暗，日月无光，给行军造成诸多不便。无奈之下，萧天便下令全军就地休整，养精蓄锐，待风沙稍停，再作打算。同时派出得力干将，前去打探匈奴王庭的动静及九妹的讯息。

大军安营扎寨完毕，萧天却无法安息。他在大帐中躺下，翻来覆去无法入睡。他索性披衣起床，在帐内徘徊。派去打探消息的士兵尚未回来，也不知前方是何状况。他太担忧九妹的安危，已有许多日子不见九妹，不知她现在何处。大军一路行来，都是依着九妹留下的记号前进。在过去的这段日子，他每天最迫切的希望就是看到九妹留下的记号。然而，现在大战在即，却突遭恶劣天气，又没有九妹的消息，他哪里还能安然自若？

萧天走出大帐，外面北风呼啸，飞沙走石，依然看不到风沙要停的迹象。他折身回帐，从箱子里找来一本兵书。这本兵书跟随他已有许多年了，是萧家的传家之宝。父亲去世之后，这本兵书便到了他手中。虽然书皮早已发黄，但里面的书页却完好无损，他爱如珍宝。每每看到这本兵书，他都更加振奋，心想不能给萧家祖宗丢脸。然而，今晚他心中忐忑。

之前行军打仗，他只身一人统率千军万马，都能心静如水，临危不乱。这次，他心里有些不安。

在昏黄的油灯下，萧天的脸色显得格外蜡黄，胡子也长了出来。他记不清上次刮胡子是在什么时候，如果没记错，应该是去面圣的那天早上。他已有许多日子没有睡个安稳觉了，加上边地苦寒，气候干燥，脸上的皮肤已变得分外粗糙。油灯下，萧天看起来似乎苍老了许多。

“将军，夜已深，还是早点休息吧。”士兵说道。

“知道了。”萧天答应了一句，却又埋头看起兵书。

突然，寂静的夜空传来嗒嗒的马蹄声。萧天连忙走出大帐，问道：“何处的马蹄声？”

“应该是从前方传来的。”士兵回道。

说时迟，那时快。转眼间，一个骑着黑马的士兵便来到了萧天大帐外。只见这士兵灰头土脸，除了两个眼睛，身上其他地方都是厚厚的一层灰尘。萧天急忙上前，将士兵扶了下来。

“将军，我……我是……我是奉右将军之命，前来，向大将军复命的……”士兵气喘吁吁地说。

此刻，萧天的心中十分焦急，他急切地想知道前方军情。但看士兵冒着风沙一路行来，他又于心不忍，心中兀地生出许多怜惜之情，便说：“走，进帐慢慢说。”

几个士兵扶着送信士兵进入帐内。萧天将一杯水递到士兵面前，说：“先把水喝了吧。”

送信士兵接过水杯，咕噜咕噜几下就把一杯水喝完了。士兵抹了一把嘴上的水，由于满脸灰尘，这一抹，脸上霎时变得如魔鬼一般，看着怪吓人的。几个士兵看了，都忍俊不禁地笑了。唯有萧天一脸肃穆，他看了，心里越发不是滋味。

喝完水，送信士兵便将右路军如何与绍木奢决战，以及绍木奢急速撤退之事和右路军如何配合萧天大军的计划向萧天作了详细汇报。萧天听完，深感战情紧急，一面安排送信士兵下去休息，一面传命诸将前来大帐紧急商议。

诸将刚刚入座，萧天也正准备在上首坐下，帐外忽然有人高声叫道："报——"大家忙向帐门望去，只见一个士兵直扑入帐内。定睛一看，原来正是萧天派出去打探消息的士兵。士兵双手一拱道："报告大将军，绍木奢正在以急行军回援匈奴王庭！"

"距离王庭尚有多远？"萧天问。

"大约二百里。"士兵回道。

萧天这才缓缓坐下，对诸将说道："眼下黄沙漫天，大风不止，敌军火速回援，对我军原来的作战部署构成严重威胁。战机稍纵即逝，我军务必要抢在敌军抵达之前拿下王庭。否则，一旦被动，就将前功尽弃，腹背受敌，我军危矣。大家都说说，下一步该如何打算？"

诸将你一言我一语，一时热议起来。这时，又有打探消息的士兵回营。可这名士兵刚走进大帐，就晕了过去。萧天急命人给士兵喂水、掐人中。过了好一会儿，士兵才缓缓睁开眼睛。大家看着士兵浑身上下都脏兮兮的，一时都无言静默。

"怎么样？兄弟，慢慢说。"萧天虽然焦急，却表现得异常平静。

士兵艰难地从牙缝里挤出一句话："齐将军夜闯王庭被俘了！"说完便晕了过去。

萧天一听，大惊失色，只觉后脊发凉，一种不祥的预感油然而生。他急忙俯下身去，大声问道："什么？你说什么？再说一遍！"然而，无论他如何大声询问，这名士兵都没有立马醒来。

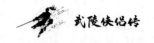

这名士兵被抬了下去。萧天呆呆地望着士兵被抬出大帐，良久说不出

一句话来。此刻，他心乱如麻。漫天的黄沙阻挡去路，敌军主力正在火速回援，九妹却深陷敌营生死不明，这叫他如何不揪心？他的脑海中浮现出洛水边九妹初入军营的画面：九妹身穿银盔银甲，骑着一匹白马，手持宝剑，向着中军大帐飞驰而来，在军营中扬起一路的烟尘。战机稍纵即逝。他迅速调整心情，转过身来，脸上却还有来不及掩去的愁容。诸将见了，心里都隐隐作痛。

“将士们，为今之计，唯有速战速决，方有胜算。如若迟了，必然陷于被动。现在，我军距离匈奴老巢不足百里，敌人援军尚有二百里，我们有距离优势。我们已休整半日，将士们正欲上阵杀敌，只因天气原因，以致稍有耽搁。但敌军骑兵占据速度优势，我军务必加快行军，方有机会在敌人援军到达之前杀到匈奴老巢。”萧天重新回到上首，站着说道，“诸将听令！”

二十余名将士分列大帐两旁，肃立恭听。

萧天继续说道：“大军连夜出发，以急行军直扑敌贼老巢。左将军申豹领两千人马，从左路进攻；我自领三千人马，从正面进攻；其余两千人马，由宋虎将军指挥，从右路进攻。胜败在此一举，得胜回朝，我为大家请功！”

“一鼓作气，拿下贼巢！”众将一齐喝道。

“拿酒来！”萧天令道。

“来，为了胜利，干！”萧天举起酒碗，大声说道。

“干！”众将士举起酒碗，一饮而尽。

外面，风沙依然未停，出征的号角再次吹响。七千汉军将士，冒着风沙，向着匈奴王庭火速前进。

却说左贤王将九妹及众汉军关进大牢后，一开始并没有严刑拷打，而是采取威逼利诱，希望从汉军口中获取有价值的情报。无奈汉军一个个守口如瓶，对各种威逼利诱毫不动心，这令左贤王深感失望。

左贤王问计于属下。其中一个叫沙查尔的下属建议道：“贤王又何必大费口舌？这些汉人都是不识好歹的主儿，依在下之见，不如这样，如果他们不交代，就杀一个人，再不交代，就再杀一个人，我不相信他们全都是硬骨头。如果都不交代，全部杀了也没什么可惜的，因为留着也没有什么作用。”左贤王听了，虽觉此计残忍，但值得一试，于是便命沙查尔负责继续审讯。

沙查尔威风凛凛地走进大牢，直接抓住一个汉军，也不问青红皂白，一刀便刺进了汉军的胸脯。其余汉军见状，都被震慑住了。九妹也吓得脸色发白。此时，敌人尚不知道她是女儿身，也不知她是领头人。

沙查尔见汉军被震慑得面露惧色，说道：“这就是不交代的下场！接下来，我数一二三，如果你们还是不老实交代，我就再杀一个人，直杀到你们交代为止！”

大牢里顿时弥漫着恐怖的气息，胆小一些的汉军开始浑身发抖。九妹心想，看来，这条命要交代在这里了。但无论如何，都不能透露汉军的作战部署。否则，死去的就不仅仅是他们这区区五十人，整个大军都可能遭殃。思至此，九妹大声说道：“弟兄们，死则死矣，有何惧哉！狗贼杀得了我们的头，但杀不了我们的心。我们死了，自然会有人给我们报仇。我们在黄泉路上再收拾这些畜生！”

见九妹如此大义凛然，众汉军备受鼓舞，群情激奋。

“好啊，既然你这么不怕死，那就先成全你！”沙查尔说道。两个匈奴士兵走上前，将九妹拉到了沙查尔的面前，要九妹跪下。

九妹宁死不跪，大声说道：“我上跪天地，下跪父母，却从来没有想过要给狗下跪。弟兄们，如果活着出去，记得给我报仇！”说着，便伸首就戮。

这时，一个汉军士兵再也无法控制自己的情绪，哭着爬了过来：“将军，万万不可啊，你不能死啊！”

沙查尔见此情景，一下子就乐了：“哈哈哈哈……没想到，你还是个将军啊，我说谁有你这份胆识呢！”

“我不是什么将军，要杀要剐，随你的便！”九妹威武不屈。

沙查尔命人将哭泣的那个汉军拉到身边，厉声喝道：“快说，你们汉军主力今在何处？如果不说，我立马杀了你！”说着，便将刀架到了这个汉军的脖子上。

这个汉军看了一眼九妹，但见九妹的眼里充满着坚毅。他早已吓破了胆，还没待沙查尔动手，便一命呜呼了。沙查尔一看，吐了一口唾沫，说：“没用的东西！”又吩咐抓来一个汉军。这个汉军十分壮实。

“快说！说了我可饶你一命。”沙查尔喝道。

“饶你妈的狗头，老子和你拼了！”壮实汉军怒吼一声，忽地站起身，向着沙查尔撞过来。沙查尔急忙提刀相迎，长刀直接刺进了这个汉军的胸膛。由于他速度极快，长刀穿过了他的背心。沙查尔正待松手丢刀，却已来不及，他被这个壮实汉军用头撞得鼻青脸肿、头破血流。

沙查尔被壮实汉军激怒了，他一脚踢在壮实汉军的肚子上，壮实汉军倒地身亡。他又拔出长刀，朝着壮实汉军的尸体连砍数刀，方才住手。地上，早已是血流成河。沙查尔杀红了眼，又抓住九妹，以歇斯底里的声音吼道：“快说你们的主力在哪里？如果不说，我就把你的部下全部杀光！”他这一抓，却突然发现，九妹没有喉结。这让他大吃一惊。在惊愕之余，他扯掉了九妹头上的布巾，盘起的头发散落下来。再一看，却是一个大美人。

沙查尔惊呆了，过了半晌，突然狂笑起来，满是血污的脸奇怪地扭曲着，眼睛里露出狼一样可怖的目光。他决定暂停杀人，先将这个情况报告给左贤王。

左贤王一听，也不敢相信，忙跟着沙查尔来到大牢察看。左贤王进得大牢，沙查尔将九妹带到跟前。左贤王定睛一看，他几乎不敢相信自己的眼睛，一个女子居然敢独闯匈奴王庭，真是胆大包天。他揉了揉眼睛，又仔细瞧了瞧，心想：没想到汉军之中，居然有如此绝色的女人，更难能可贵的是，居然还是个将军。如果杀了，真是可惜。于是，他将沙查尔拉到一旁，低声说道："不如这样，先将她作为人质留着，另行关押，将来可能用得着。如果到时候用不上，我们再作处理不迟。"沙查尔点头答应，又问："其余汉军作何处理？"左贤王道："继续审问，看能否挖出我们想要的情报。"

九妹被关进了单独的牢房。沙查尔继续审问其他汉军，他仍采用先前的高压态势，用杀人的方式进行恐怖审问。

"你们的将军已经被处决，我看你们还是尽快招供，以免白白送了性命！"沙查尔冷冷地说。说话间，他又抓来一个汉军杀了。

其余汉军士兵听闻主帅已经被杀，又被眼前的恐怖气息所震慑，先前的斗志霎时之间便崩溃了。沙查尔又抓来一个汉军士兵，将刀架在他的脖子上，厉声问道："你是想死还是想活？"

这个士兵浑身颤抖，哆嗦着说："想活……想活……"沙查尔终于找到了突破口，获悉了萧天大军西出燕然山直捣匈奴王庭的计划。左贤王得到这个重要情报，并迅速将情报上报给了单于。

且说萧天大军冒着漫天黄沙摸黑向着匈奴王庭而来，早有探子将这一消息报给了左贤王。左贤王迅速组织起王庭守军迎战。萧天大军到达王庭城堡外围，已经是天明时分。三路汉军从左中右向匈奴城堡发起总攻。匈奴守军共计两千余人，哪里抵挡得住七千汉军的猛攻。就在王庭要被攻克的关键时刻，左贤王却将九妹带了出来。他传过话来，说如果汉军还要他们的女将军活着的话，就退后三十里，匈奴愿意交出女将军。如果不想要女将军了，就拼个鱼死网破。

萧天接到匈奴使者送来的信件，甚是气愤，没想到匈奴居然用一个女人要挟汉军。但想到九妹还活着，萧天又备感欣慰。他知道，这退后三十里，可能将汉军置于危险之中，绍木奢的援军可能随时会到。可九妹为汉军立下汗马功劳，他怎么可以置九妹性命于不顾呢？思考再三，他决定退后三十里，同时做好再次进攻的准备。

双方就如何交人达成一致。汉军先退后一里，之后每退后一里，匈奴就把九妹往前送一里。双方始终保持一里路的距离。直到汉军退到三十里，匈奴就放开九妹。九妹由一队匈奴士兵押着，嘴巴里还塞着布条，两把刀架在她的脖子上，她的双手被反绑在身后。

九妹终于回到了汉军大营。萧天再次见到九妹，激动得热泪盈眶，他把九妹紧紧地抱在怀里，久久没有松开。九妹在萧天的怀里，回想离开萧天大军闯入王庭的艰难历程，也禁不住泪如雨下。

他们来不及叙说分别之后各自的经历，又点起大军，向着王庭发起第二次总攻。当汉军冲到距离匈奴王庭城堡只有十里的时候，又有探子飞奔来报，说匈奴援军距离王庭也不足十里。看来，一场恶战在所难免。

第五十章　梦醒重逢

话说九妹从匈奴王庭虎口脱险回到汉军大营，来不及与萧天叙说别后之苦，便接到探子急报，说绍木奢统率匈奴大军正急速回援，距离王庭已不足十里。在这生死危急之际，萧天传令三军，务必快马加鞭，争取赶在绍木奢部到来之前拿下城堡，取得战局主导权。九妹重回汉军大营，全军将士斗志高涨，士气大振，人人摩拳擦掌，誓与敌军决一死战。

却说绍木奢获悉汉军距离王庭不足十里的消息，心急如焚，心想匈奴危在旦夕，成败在此一举，如果迟了，匈奴亡矣，他绍木奢也将成为丧家之犬，成为匈奴的罪人。于是乎，绍木奢传令全军，加速前进，务必赶在汉军之前抵达王庭。

初冬天气，北风萧萧，塞外一片萧瑟肃杀之气。高远的天空中无一朵白云，似是刚刚洗过一般。太阳高悬天空，给大地带来一丝暖意。阳光下的匈奴宫殿，熠熠生辉。这样的日子，如果不是因为一场战事即将到来，倒是个悠闲的日子。

城墙上弥漫着紧张的气息。在左贤王的组织下，守城士兵们井然有序地忙碌着。他们心里明白，这将是一场关乎生死存亡的对决。谁也不知道这一仗下来，谁还能活着。或许，明年的今日，就是自己的忌日。每个人的脸上都没有表情，仿佛是木头人一般，相互之间也没有只言片语。每个人都在自己的位置上，等待着那个未知的时刻。

萧天大军如潮水般涌向匈奴王庭，高高的城堡就在眼前，却见右前方烟尘滚滚，铁蹄如雷声般震得大地不停颤抖。萧天明白，绍木奢的大军来了。

“萧将军，我请求率一队人马迂回到敌人后方，待敌我双方展开决战之时，出其不意，从其后面杀出，打敌人一个措手不及。”九妹见萧天满脸肃穆，提议道。

萧天一听，心想这确实是一个好主意。但一转念又觉得危机重重，九妹刚刚脱险归来，怎能让她再入险境？这些日子，他最放心不下的就是九妹。他绝不能让九妹再离开自己，于是说道：“此计甚妙。然齐将军刚从敌营脱身，疲惫之身尚未恢复。不如这样，由左将军申豹率部包抄过去，齐将军熟悉城堡内部部署，待汉军攻破城堡，也好助我捉拿匈奴老贼。”

申豹明白萧天的用意，也不容九妹分辩，便抢着说道：“请萧将军和齐将军放心，申豹领命，即刻出发，绝不辜负将军厚望！”萧天点头应允，拨给申豹精兵一千。申豹领着一千精兵去了。

汉军和匈奴军几乎同时抵达城墙之下。这边，汉军军旗猎猎，战车严整，刀枪林立。那边，匈奴军旌旗招展，万马长嘶，刀剑如麻。城墙上，守城士兵威严挺立，手握兵器，严阵以待。

萧天骑着战马，居于中军，对匈奴军喊话道：“匈奴狗贼，尔等常年犯我边境，杀我大汉子民，十恶不赦。今我奉大汉天子之命，前来剿灭尔等狗贼，以还我大汉边境安宁，为我大汉子民报仇雪恨。尔等识相的，就放下武器，我可向陛下求情，免尔等一死。如若不然，我大汉将士将血洗匈奴，杀个片甲不留！”

绍木奢听不懂汉话，便问身边的通译。通译便将萧天的话译成匈奴话，原原本本地告知了绍木奢。绍木奢听完，勃然大怒，对着汉军吼道：“尔等汉贼阴险狡诈，卑鄙无耻之极！你们不敢光明正大地与我大军决战，却偷鸡摸狗般地来偷袭我王庭。孰料老天有眼，没让尔等占到丝毫便宜。你们汉贼不是口口声声说什么‘识时务者为俊杰’吗？如果你们识时务，就马上投降，我可向单于求情，饶你们不死，做我们的奴隶！”绍木奢说到这里，匈奴大军哄然大笑，笑声震耳欲聋。笑声很快停了下来，他接着说：“如果你们不识时务，那就让我们的士兵将你们碎尸万段，叫你们尸横遍野，拿你们的肉去喂狼！”说完，绍木奢哈哈大笑，匈奴士兵也跟着哈哈大笑。

萧天身边的通译将绍木奢的话原原本本地告诉了萧天。萧天听完，怒发冲冠，神鞭高举，大声喊道：“杀——”顿时，汉军如决堤的洪水向着匈奴大军奔腾而去。绍木奢见状，马鞭一挥，大喊："杀——"刹那间，匈奴士兵如山洪一般向着汉军杀来。

一时间，两军犹如排山倒海的两排巨浪相向而来撞在一起，喊杀声震天动地，扬起的烟尘遮天蔽日，转眼间，地上已是血流成河，双方死伤的士兵不计其数。

萧天与绍木奢战在一起。萧天的神鞭令人目不暇接，绍木奢的长刀如影似幻。二人周围数丈之内根本无人敢近。有不小心闯入者，不是被萧天的神鞭打得血肉横飞，就是被绍木奢的长刀砍得粉身碎骨。

九妹与绍木奢的大将多因布战在一起。九妹的月光宝剑穿云破日，多因布的金刚刀呼风唤雨。二人周围也无人敢近。多因布虽然勇猛无比，九妹却是以柔克刚。多因布的凌厉攻势总是被九妹轻易化解。反而是九妹的绵里藏针令多因布防不胜防。多因布一招不中，又是一招，可每一招都扑了个空，心中便生出无名怒火。于是，攻势更加迅猛刚强。见多因布怒火中烧，九妹更加淡定从容。二人斗过五十个回合，多因布便渐趋下风。九妹见时机成熟，于是故意卖了个破绽。多因布果然中计，急忙挥起金刚刀去迎接九妹的剑，不想九妹的剑却从斜刺里以迅雷之势划过了多因布的咽喉。多因布似乎连疼痛都没有感觉到，便滚鞍落马，倒地而亡。

就在此时，九妹不经意间看了一眼城墙之上，只见左贤王举起弓箭，看样子是要向萧天放冷箭。九妹再一看萧天，他的背部正好对着城堡。而城堡上，左贤王的箭已向萧天射来。她来不及多想，脚蹬马背，飞向萧天身后。左贤王看见有人挡箭，登时眼睛瞪得滚圆，叹气不已。这支原本可能要了萧天性命的箭，没有射中萧天，却射入了九妹的右腹。萧天听见九妹中箭时的喊叫声，回头一看，这才明白九妹救了自己一命。他正寻思如何去救九妹，绍木奢的长刀又递了过来。

眼看情势万分危急，忽听匈奴大军后方传来一阵喊杀声。这喊杀声把绍木奢给镇住了。萧天明白，这是申豹的奇兵来了。绍木奢无心继续与萧天搏斗，要了个虚招，掉转马头，回到他的军中去了。萧天因顾念九妹，也就没去追赶，双腿夹住马肚，急忙弯下身子，双手抱起九妹，也回到了军中。

萧天正要察看九妹伤情，忽听又一阵喊杀声从匈奴大军的侧后方传来。放眼望去，却是汉军旗帜。再仔细一看，只见旗帜上乃是一个“黄”字。萧天大喜，知道这是右将军黄铎到了，于是传令三军，奋勇杀敌。汉军主力从正面向匈奴军发起总攻，左将军申豹和右将军黄铎从匈奴军后方发起冲锋。

匈奴士兵听见前后都是汉军的喊杀声，不知汉军有多少人马，一时军心动摇，乱作一团，互相踩踏而死者不计其数。汉军乘势击杀，匈奴军大败。绍木奢率部向北突围。左贤王见大势已去，急忙回宫，护着单于从北门仓皇而逃。

不过半个时辰，宫殿之外已没了匈奴军的影子，剩下的只有横七竖八的尸体和不计其数的战甲，当然，更有汉军士兵的欢呼声。

萧天无心庆祝胜利，看着九妹奄奄一息，他心急如焚。九妹此次随军出征，为汉军立下汗马功劳，又在关键时刻为自己挡下一箭。如果不是九妹，萧天真不知道这个胜利还属不属于汉军，而他是否还活着。萧天心想，无论如何都要救活九妹。于是，一面吩咐班师回朝，一面在战车内将自己的内力输入九妹的体内，希望以此挽救九妹的性命。

然而，无论萧天如何发功，九妹依然没有醒来的迹象。一天下来，萧天已累得精疲力竭，由于发功过度，他只觉自己的身体也开始虚弱起来。但他不想放弃，他绝不能让九妹为自己而死。如果一定要有一个人死去，他宁愿这个人是自己。

经过三天三夜，汉军已进入大汉境内。早有快马将汉军得胜的消息奏报朝廷。和帝听闻捷报，龙颜大悦，决定率文武百官出城十里相迎，并派出贴身公公连夜出宫，向萧天传达圣旨。连日来，萧天一心只想着救活九妹，便不顾自己的性命给九妹传输内力维持生命，以致内力消耗太大，终于支撑不住，发起高烧。申豹和黄铎得知萧天病倒，纷纷赶到中军探望，并叫来随军大夫赵卫为萧天和九妹诊治。无奈赵卫也无能为力，被申豹和黄铎二位将军痛骂一顿赶出军营。

赵卫被赶出军营，惭愧难当，寻思自己身为随军大夫，却不能救主帅于危难，无颜苟活于世上，于是便来到一山崖上，欲跳崖自尽。当他一步步走向悬崖时，却听见一个声音从身后传来。

“年轻人，有什么事让你如此想不开？”

赵卫听到这句话，心为之一颤，顿时泪如雨下，心想此时萧将军和齐将军或许已死去，这都是自己的无能造成的，便说道：“我身为一个随军大夫，却不能救死扶伤，又有何面目存活于这个世上？”

“那或许是因为你还年轻，医术还不够精湛。但只要你刻苦钻研，假以时日，你或许会成为一个医术高明的人。”那人说道。

听了这个人的话，赵卫长长地叹了一口气，说道：“即便如此，又有何用？我已经错失救人的良机。”

“那也未必！”那人说道。

“你何出此言？”赵卫在山崖边停下脚步。他隐约感觉后面这个人非同一般。

“你为何不转过身来看看我是谁？”那人的声音很低沉。

赵卫心想，反正也不想活了，再看一眼是谁也无妨。于是，他转过身来。这一看，却把他惊得呆住了。眼前这个人太熟悉了！在萧天大军遭遇瘟疫的时候，不正是这个头戴毡帽、手拄木杖、肩挎布包的人救了汉军吗？他那时候还帮着对方熬制汤药呢。他如见到菩萨一般，扑通一声跪下，放声大哭起来，说道：“杨神医，快救救我们的主帅吧！”

“年轻人，快快起来！你们主帅到底怎么了？快一一给我道来。”杨神医说道。

赵卫便将萧天和九妹的病情一五一十地告诉了杨神医。杨神医听他说完，忙道：“快快起来，我们赶紧去军营，去晚了或许就真的来不及了！”

见杨神医满口答应，赵卫转忧为喜，但却跪着不起来，说道：“神医，我有个请求，如果你答应，我就起来，如果你不答应，我就还是死了算了，我不想辱没了医者的名声。”

杨神医一听，觉得奇怪，问道：“我都答应去救治你们将军了，你为何还要寻死？”

“我想拜神医为师，求神医收在下为弟子！如果神医答应，我今后定会刻苦钻研，学好医术，将神医的医术发扬光大，造福更多的人。神医若不答应，我即便这样苟活于世，每天也是行尸走肉一般，又有什么意义？倒不如死了干净。”赵卫说得诚诚恳恳，说得泪如雨下。

见赵卫如此恳切，杨神医走上前，扶住他的双臂，说：“傻小子，快起来，我答应你，这样总可以了吧？但有一条，今后行走江湖，无论病人富贵还是贫穷，都得一视同仁。为医者，德第一，医第二。你可做得到？”

“弟子谨遵师父教诲！”赵卫这才起身，然后在前面带路，领着杨神医来为萧天和九妹医治。待得赵卫走进军营，有士兵一眼便认出了赵卫。一个士兵走上前拦住赵卫的去路，厉声喝道：“你这个庸医，怎么还有脸回来？还不快快走开，否则，别怪我等刀剑不长眼睛！”

赵卫看了一眼这个士兵，说道：“我是庸医没错，但请你睁开眼睛好好看看，这一位是谁？”说着，用手指了一下杨神医。

这个士兵根本不认识杨神医，又看杨神医一身粗布衣服，毡帽也十分破旧，便说道："你装什么装，带个叫花子来，就想糊弄将军？快滚，再不滚，可就对你不客气了！"另外几个士兵也围上来，拦住赵卫和杨神医的去路。

赵卫见此情景，本来十分气愤，但心想刚刚拜杨神医为师，如果对士兵动怒，不免让杨神医看扁了自己，于是心平气和地对士兵说："难道你们忘了那次横行全军的瘟疫了吗？如果不是眼前这个人，你们早去见了阎王！他可不是叫花子，而是救汉军于危难的杨神医！"

听赵卫说出"杨神医"三个字，士兵们便将信将疑起来。但他们真的不认识杨神医，于是派人前去中军报告。很快，左将军申豹和右将军黄铎便朝军营门口飞奔而来。二人一眼便认出了杨神医，急忙下马，快步跑向门口。

"不知神医驾临，未能远迎，请神医见谅！"申豹说完，向杨神医深深一鞠躬。

"快，带我去见你们的主帅！"杨神医也不与他们客套。

黄铎见赵卫也在一旁，怒目而视，说道："你这庸医何以在此？还不快快滚开！"

"黄将军莫责怪赵大夫。如果不是他，我还不知道你们主帅身患重病。"杨神医淡淡地说。

黄铎听杨神医如是说，甚觉羞愧，拱手对赵卫说道："黄某粗人，不知深浅，得罪赵大夫，请莫介怀。"

"黄将军也是为萧将军和齐将军心急。在下原本医术不精，不能救主帅于危难，理应问责，将军何罪之有？"赵卫诚恳地说。

四人说话间，已来到中军大帐。申黄二位将军和杨神医步入帐内，赵卫紧随其后。申黄二位将军见神医进入，便放下大帐，双手一横，不让赵卫进入。

“二位将军这是何意？”赵卫不解地问。

“萧齐二位将军有神医救治，无须赵大夫进去打扰，请赵大夫在外候着吧！”申豹不屑地说。

“二位将军有所不知，如今，我已是神医的徒弟，还请二位将军高抬贵手，让在下进去，也好在神医需要的时候搭把手。”面对申黄二位将军的刁难，赵卫并不生气，反而以礼相待。

“两位将军，让赵卫进来吧！”杨神医对着门口说道。

听了杨神医的话，申黄二位将军这才放赵卫进入大帐。赵卫谢过申黄二人，走入大帐。

其时，萧天和九妹都躺在榻上。萧天的高烧仍然没有退去，九妹依然昏迷不醒。杨神医为二人把脉完毕，从包中取出红、绿两颗药丸。将红药丸塞进萧天的嘴里，令赵卫倒来半碗水，给萧天服下。又将绿药丸递给赵卫，叫他碾碎药丸，用水冲了，喂九妹服下。然后，又从包里拿出一片膏药，叫赵卫将膏药贴在九妹的箭伤处。

一切处理完毕，杨神医站起身，说道：“赵卫，我们走吧。”

“师父，这就走？”赵卫心下疑惑。

“嗯。”杨神医应了一声，便向帐外走去。

申黄二位将军走上前，问道：“神医，如此便好了吗？可萧将军和齐将军还没醒过来啊！”

“二位将军，不必多言，今晚子时过后，他们自会醒来。”神医说完，背着手，头也不回地走了。赵卫见神医已经走远，自己也悻悻地跟了上去。

子时的更声响起，萧天和九妹尚未醒来。夜半时分，大帐外寒风呼啸。申黄二将守在一旁，急得满头大汗。就在这时，九妹的手指动了一下。这一幕，申黄二将几乎同时看见。他们走上前，对着九妹喊道：“齐将军，快醒醒！齐将军，快醒醒！”奇迹就这样发生了，但见九妹缓缓睁开双眼。

九妹醒来，开口第一句话便问：“萧将军呢？”

申黄二将见九妹醒来，激动得语无伦次，忙说道：“萧……萧……萧将军，在……在……在这儿！”

九妹便要起身来看萧天，却听见萧天咳嗽了两声。申黄二将又跑到萧天榻前，见萧天果然也醒了过来。萧天见申黄二将目不转睛地看着自己，问道：“齐将军怎么样了？”

九妹听见萧天问自己，便坐了起来，说道：“将军，我在这里！”九妹感觉自己好像是睡了一觉，现在才醒过来，她活动一下手臂，只觉身轻如燕，竟似无病之人一般，便翻身下榻，走到萧天的榻前。

萧天看见九妹走过来，激动不已，竟然一下坐了起来。九妹在萧天的榻边坐下，一把握住了萧天的手，声泪俱下：“萧将军，我以为再也见不到你了呢……呜呜呜……”

萧天握住九妹的手，说道：“没事了，没事了！”

申黄二位将军半晌方回过神来。他们真不敢相信这是杨神医的回天之术，不由得赞叹道：“杨神医，果真是神医啊！”二人似乎觉察到了什么，便向帐外走去。

“你们回来！你们说谁是神医？”萧天叫住申黄二人。申黄二将便将杨神医前来为他们医治的经过述说了一遍。萧天听了，问道：“神医如今在何处？”

“他早走了，还收了赵卫做徒弟！”申豹说。

萧天一时默然，心想杨神医总是在自己最危难的时刻出现，却从不图回报，对杨神医的敬佩之情又多了几分。他看着九妹也已康复，心下欢喜。

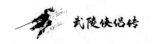

申黄二人见状，知趣地走开了。萧天和九妹康复的消息传遍全军。是夜，全军上下无不欢欣鼓舞。

第二天一早，太阳刚刚从地平线上冒出头来，皇帝派出的公公便带着圣旨来到了汉军大营。萧天率领诸将跪地接旨。公公宣读圣旨：

奉天承运，皇帝诏曰：大将军萧天，统率汉军，北出匈奴，剿灭贼寇，扬我国威，保我子民，特赐天命将军，封万户侯；骠骑将军齐九妹，巾帼不让须眉，只身潜入敌营，临危不惧，临战不乱，舍生忘死，尽显我大汉女儿荣光，特封武贵妃，赐黄金万两，居永安宫。其余诸将，论功行赏。钦此！

九妹听到皇帝封她为武贵妃，只觉脑子里嗡的一声，然后便是一片空白。皇帝封她为武贵妃，这无论如何都是她想不到的，也是她无法接受的。皇帝都没有征求过她的意见。然而，普天之下莫非王土，她又怎能抗拒得了皇命？殊不知，抗旨不遵，不仅前面的功劳都将一笔勾销，而且还会犯下死罪。萧天听到这个消息也惊呆了，他知道九妹不愿成为皇帝的妃子。

公公宣读完毕，等了半晌，仍不见萧天及诸将谢恩，于是训道："圣旨已经宣读完毕，皇上如此厚恩，尔等为何还不谢恩，难道还不知足？"

萧天这才想起还没谢恩。在此情景之下，他们也无法抗旨，只得含泪说道："谢主隆恩，吾皇万岁万岁万万岁！"

公公甚是不解，将圣旨递到萧天的手里，一甩手便走了。但没走几步，又回过头来，对萧天说道："陛下说要率文武百官出城十里相迎，你们可要加快速度，切莫等陛下到了你们还没到。"说完，公公头一扭，手一挥，便与其他几个公公回宫去了。

公公走后，萧天和九妹及诸将站起身，将士们奔走相告，议论着皇上如何赏赐他们，唯有萧天和九妹却高兴不起来。

中午时分，萧天下达拔营的命令。全军将士意气风发，向着洛阳进发。行至傍晚，已到了洛水。第二日午时，已到了洛阳城外的十里凉亭。萧天吩咐下去，全军就地休整，等待皇上驾临。一路上，萧天和九妹都没有说话，各自的内心却是波涛起伏，痛苦万分。

到了下午，和帝率文武百官也来到了十里凉亭。萧天率诸将跪拜在地，山呼万岁。和帝满面微笑，宣众将平身，又赐下御酒千坛，犒赏三军。全军将士无不奔走欢呼，十里凉亭方圆数里，成了欢乐的海洋。皇上叫九妹坐到自己的身边。九妹看了一眼萧天，萧天的眼里有愤怒、有杀气，她不希望萧天没有战死沙场，却死在皇帝的手下，于是给萧天使了一个眼色，示意他不要动气。萧天原本有意发作，见九妹暗示，便寻思再图他法。

是夜，九妹入住永乐宫。她从没想过会成为皇上的贵妃，更没想过要在这深宫大院里居住。看着窗外天上的一弯月牙，九妹愁肠百结，泪水模糊了双眼。她多么希望自己是一只鸟，能飞出这深宫大院，飞到萧天的怀里。然而，此时此刻，萧天在哪里呢？他会不会也在看天上的月牙儿？他会想念她吗？他会不会为了她，做出冒险的行为？想着想着，泪水竟止不住地流下来。

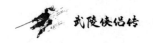

就在这时，九妹听见屋外有了一声响动。她寻思，难道是皇帝来了？今夜无论如何，她都不能成为皇帝的女人！她赶紧拭去脸上的泪水，让自己勉强微笑起来，然后走出门四下察看，却什么也没看到。她正欲转身回屋，突然，一双手从后面拉住了她。她差一点惊叫起来，但一下子就明白过来，这是萧天。她转过身来一看，果然是萧天。她心想萧天还是了解她的，他俩刚坐在床上准备诉说心情。突然，屋外传来密集的脚步声。紧接着，公公宣道："皇上驾到！"

萧天和九妹一听，一时不知所措。九妹说："萧将军，你快走吧，再不走就来不及了！"萧天急得满头大汗。他心中犹豫不决。九妹见萧天还不肯走，便取出一把匕首，对着自己，说道："萧将军，快走！不然，我现在就死在你面前！"萧天明白九妹的意思，知道她不想自己白白送了性命。但他又怎么可以看着九妹被困深宫呢？他叹了一口气，说了一声"后会有期"，便纵身一跃，从窗户跳到了后院。

萧天刚跳出窗户，皇帝便进到屋里来了。九妹甚是慌张，急忙用手理了理头发，又理了理衣裳，匍匐在地上，说道："臣妾不知皇上驾临，蓬头垢面，请皇上恕罪！"

皇上一看九妹甚是慌张，疑心顿起，四下一看，便发现窗户被人打开，遂问道："夜已深，爱妃为何没有关上窗户？"

九妹紧张之极，沉默片刻，才说道："臣妾在外奔波惯了，初进这深宫大院，很不习惯，所以打开窗户透透气，望皇上勿怪。"九妹说完，心里长长舒了一口气。

皇上站起身，在屋内四下走动，却在床上发现了一枚玉佩。皇上弯下腰，捡起玉佩一看，玉佩上写着"天命将军"四个字。皇上将玉佩递与九妹，说道："萧将军的玉佩为何在此？"

九妹的脑子一下蒙了，一下子找不到理由来搪塞，便支支吾吾起来："这……这……我……我也不知道……"

"来人，快去给我把天命将军请来！"皇上的语气中充满怒火。

公公得到旨意，便带人去天命将军府请萧天。公公本来就对那天萧天怠慢自己甚为不满，如今逮着机会，正好报复，所以，在去往将军府的路上，不断催促抬轿的士兵加快速度。公公气冲冲地便往将军府里面冲，却被将军府守卫拦住。公公说道："我是奉皇上之命，前来请萧将军的，尔等鼠辈还不退下，难道想造反吗？”众守卫一听，便退了下去。公公长驱直入，进入府内。“快，叫你们萧将军出来见我！”公公对一个将军府的仆人说道。

“萧某在此，不知公公有何要事？”萧天气定神闲地从里屋走出。

“萧将军，皇上有请，请随我去趟宫里吧！”公公的眼睛斜看着天上，完全不把萧天放在眼里。

萧天见公公如此神气，心想此次进宫可能并非好事。回想刚才在永乐宫的惊险一幕，不禁头皮发麻，心想：难不成皇上发现了什么？他下意识地在腰间摸了一摸。这一摸可把他吓出一身冷汗来。皇上御赐的玉佩没有了。他在脑海中回想，却想不起来玉佩会丢在何处。

“萧将军，请吧！”公公催促道。

皇命难违，萧天只得硬着头皮跟着公公进了宫。公公在前方带路，萧天越走越感觉不对劲，怎么是去往永乐宫方向？遂问道：“公公，这是要去哪里？”公公没好气地说：“去了你就知道了！”萧天只觉危险正向自己一步步逼近。他隐约感觉四周杀气腾腾，似有重兵埋伏。

果不其然，他们进了永乐宫。

“萧将军，请稍候，容我进去向皇上禀报。”公公让萧天在永乐宫的门口等候，自己进去里面。

不一会儿，里面传来公公的声音：“宣萧将军觐见！”

萧天提步走进殿来。殿内灯火通明，四周早已甲胄林立。萧天知道大祸临头，心想今日必死无疑，在临死之前，再看一眼九妹，便也死而无憾了。于是，便大踏步走进殿来。

萧天见到皇上，慢慢跪下，说道：“臣萧天拜见皇上，吾皇万岁万岁万万岁！”

皇上却不叫他平身，反而将那块玉佩令公公送到萧天的面前，然后问道："萧将军，这块玉佩是你的吧？"

萧天看了一眼玉佩，说道："是！"

"爱卿的玉佩为何会出现在永乐宫中？"皇帝问道。

萧天抬起头，看了一眼九妹。只见九妹双眸泪光闪闪，早已成了泪人儿。他心如刀割。心想如何才能让皇帝打消怀疑，让九妹逃过此劫。就在这时，他只觉头痛欲裂，这种疼痛感越来越强，越来越强，疼着疼着，便感觉一道白光闪过，然后便什么也不知道了。

萧天和九妹再次醒来的时候，却发现他们正躺在灵泉寺的草床上，杨神医也躺在一边，一个熟悉的身影映入他们的眼帘。这个人不是别人，正是单芳。而在单芳的旁边，还有两个孩子，一个是红衣少女韦儿，一个是韦儿救下的狗蛋。

见萧天和九妹相继醒来，不一会儿杨神医也醒了过来，单芳喜极而泣。九妹甚是不解，问道："单姐姐，我们刚刚好像被审问了，怎么会在这里？"

单芳不明白九妹在说什么，以为她在说胡话。随后，便将韦儿如何破解机关，从地下救出萧天他们的经过说了一遍。

第五十一章　帮主夫人

话说胡一刀在神龙谷圣湖收下一群不知自己姓甚名谁的女子，创立了神龙帮，又将这群女子编成四组，分别取名为"神出鬼没""出神入化""心驰神往"和"炯炯有神"。是夜，篝火照亮了半个夜空，胡一刀和帮众们欢歌载舞、喝酒猜拳，好生痛快。酒喝得多了，眼前的情景便朦胧起来。迷迷糊糊之中，他看着一个女子，像极了九妹，便将这个女子揽入怀中。他抱着这个女子，踉踉跄跄地走进了石室。

昏暗的灯光下，胡一刀将女子放在了床上。他见女子含情脉脉地看着自己，便喃喃自语道："九妹，你……你何以如此看我？"女子斜倚着，双眸露出迷醉的神色，白嫩的脸蛋上浮起淡淡的红晕，薄薄的嘴唇紧抿着，一头青丝如瀑布般倾泻在床上。

胡一刀看得痴了。他一眼瞥见床头的石桌上放着一壶酒，便大步走过去，一把拿起酒壶，揭开壶盖，就要往嘴里倒酒，却被一股清香吸引住了。"好酒啊，好酒啊，这真是好酒啊！哈哈哈哈……"他放声大笑起来，笑声在石室内久久回荡。他只觉这天地间仿佛只有他一人，便举起酒壶，咕噜咕噜喝起来。酒顺着下巴流下来，像一串透明的珠子，散落到地上，浸湿了地上的灰尘。女子静静地看着他喝酒，小嘴依然紧抿着，脸上泛起红晕，眼睛里是说不尽的柔情。不一会儿，胡一刀已将一壶酒喝得精光。

他一边喝酒，一边嘴里嘟囔着："九……九……九妹……我就知道，你心里是有我的，是不是，你说，是不是……"喝完酒，他三步并作两步地走到床边，慢慢解开女子的衣裳。淡黄色的灯光下，女子的肌肤如汉白玉般光洁，又如水晶般透明，仿佛这个石室顿时明亮了起来。胡一刀抹去嘴角的酒，便上了床。

夜色如水，篝火还在噼里啪啦地燃烧着，圣湖的水一遍又一遍地拍打着岸边的岩石，发出水花飞溅的声响。众女子都喝得酩酊大醉，横七竖八地倒在篝火四周呼呼睡去。胡一刀抱着女子，已酣然入睡。他在梦中一遍遍呼唤着九妹的名字，而他怀中的女子却还醒着。她不知道九妹是谁，也不知道九妹是一个怎样的女子，更不知道九妹靠什么令她们的帮主如此着迷。当胡一刀再一次呼唤九妹的时候，她便轻轻地说："九妹在这儿呢。”胡一刀听了，不由得把她搂得更紧了。

天亮了，光线透过缝隙照进石室。胡一刀睡醒，只觉手臂酸麻，感觉被什么东西压着。正欲挪动手臂，忽听见外面吵吵嚷嚷起来。他睁眼一看，却见怀里躺着个女子。再仔细一瞧，却是月儿。胡一刀一惊，便要抽出手臂，却发现手臂被月儿牢牢抱住。

“帮主，不要离开我……”月儿的声音柔软缠绵。

胡一刀一时记不起昨晚发生了什么，因问道：“这是怎么回事？”

月儿见问，兀地喉咙哽咽，说不出话来，泪水不由得簌簌而下，呜呜地哭了起来。

胡一刀一时不知所措，便掀开被子，却见床单上印着一片殷红的血迹。他顿时明白过来，月儿却哭得更伤心了。

“月儿，我……我……”胡一刀语无伦次，不知说什么好。

月儿呜咽着说：“帮主，从此以后，我便是你的人了。你若不要我，我也无颜活在这世上，倒是死了干净！”

胡一刀急忙用手捂住月儿的嘴，说：“不许说这样的话！”他在心里寻思：如今，月儿已是我的人了，九妹更加不会原谅我了，我若真拒绝了她，不仅会伤透月儿的心，而且会寒了神龙帮帮众的心。我已经伤透了九妹的心，我绝不能再让另一个女人为我伤心。想到这里，胡一刀的心一沉，说道：“月儿，从今往后，你便是我的夫人了。”

月儿一听，心里便乐开了花，犹如黑夜突遇明灯，犹如数九寒冬突遇暖阳，犹如命悬一线突遇救星。她破涕为笑，笑着笑着，又哭了，哭着哭着，又笑了。她紧紧抱住胡一刀，久久不愿松开。

“起来吧，我要向帮众宣布我们的好消息！”胡一刀对月儿说道。

月儿听了，满口答应，帮着胡一刀穿好衣服，自己也穿戴整齐。二人洗漱完毕，便来开门。外面，帮众早已议论纷纷。

当石室的门缓缓打开，外面也慢慢安静下来。大家的目光都向石室这边聚集。只见胡一刀牵着月儿走出石室，站在了门外。所有人凝神静气，用惊异的目光凝视着胡一刀和月儿。

“各位帮众，下面，我宣布一个重大消息。”胡一刀看了一眼帮众，又看了一眼月儿。帮众们把石室外的一片空地围得水泄不通，一个个等待着帮主宣布重大消息。胡一刀接着说道：“自今日开始，她，月儿，就是我们的帮主夫人了……”

胡一刀话音刚落，帮众便欢呼起来：“我们有帮主夫人咯……我们有帮主夫人咯……”在热闹的人群中，有两个女子显得有些落寞，她们是“神出鬼没”的头领秋红和“出神入化”的头领玉竹。秋红听到这个消息，首先是愕然，继而悻悻地离开了欢呼的人群，独自走到圣湖边，坐在一块岩石上发愣。玉竹听到消息，甚觉惊讶，继而想着帮主夫人为什么不是她玉竹？回头看见秋红走向湖边，便也跟了过去。唯有“炯炯有神”的头领青儿，依然是欢天喜地，她从帮众中间挤到最前面，走到月儿面前，拉着月儿的手说：“恭喜月儿姐姐！”说着，又走到胡一刀的面前，抱拳施礼道：“恭喜帮主！”其余帮众见青儿向帮主和月儿道喜，也纷纷走过来，向他们道喜。

胡一刀没有看见秋红和玉竹前来道喜，便四下张望，却没有见到她们，便对月儿说：“月儿，你招呼一下大家，我去去就来。”说完，便走出人群。刚走到昨晚篝火会的场子，便远远地看见湖边坐着两个人，一个穿着红色的衣服，一个穿着绿色的衣服。胡一刀知道，那是秋红和玉竹。于是，他向湖边走来。

秋红和玉竹听到脚步声，回头一看，却见是帮主，忙站起身，说道：“帮主不陪夫人，跑到这里来做甚？”

“我没看见你们，所以过来找你们。我还以为你们要另寻门户呢！”

胡一刀打趣地说。他心里非常清楚，秋红和玉竹这是对他有意见，在生他的气呢。

听帮主如是说，秋红接话道：“我们哪里敢抛弃帮主，分明是帮主抛弃了我们！”秋红说完，嘴巴嘟得高高的，脸也拉得长长的。

“哈哈哈哈……”听了秋红的话，胡一刀大笑起来，“我抛弃谁，也不可能抛弃你们。要知道，这神龙帮，我一个人撑不起来，我们要壮大神龙帮，要让神龙帮威震武林，没有你们，那是不可能实现的。”

秋红和玉竹听了胡一刀的话，心里略感宽慰，但一想到月儿，心中又生出许多不平。她们四人曾经是形影不离、平等相待的好姐妹，如今，月儿突然做了帮主夫人，便高出了她们一截，她们觉得自己在月儿面前矮了一截。可她们哪里知道，胡一刀是因为要对月儿负责才阴差阳错地选了月儿做帮主夫人，而对于这一点，胡一刀又怎么可能自己说出来呢？事实上，月儿听到胡一刀在睡梦中一遍遍呼唤着九妹的名字，她的内心也是波涛翻滚，月儿内心的煎熬又有谁知？

胡一刀说得郑重其事，但事实上，月儿就是做了帮主夫人。玉竹撇了撇嘴，说道：“神龙帮离了谁都可能不行，但唯独离了我们可行。”

秋红也跟着附和道：“就是，帮主言过其实了。神龙帮没有我们，或许可以更好。”

秋红说着说着，黄豆大的泪珠子便扑簌簌滚了下来。玉竹见了，也忍不住流下泪来。

却说月儿一边招待帮众，一边寻思着胡一刀去了哪里。等了良久，依然不见胡一刀回来，便让青儿张罗，自个儿跑出来寻找胡一刀。

月儿没走多远，便见胡一刀和秋红、玉竹站在湖边说话，又看见秋红和玉竹不住地抹着眼泪，胡一刀不住地安慰她们，月儿心中一酸，昨夜的委屈还在心中没有消散，清早的话还言犹在耳，却不想这时又看见如此一幕，原来她们不愿自己当帮主夫人，这怎不叫她心里难过！她对着湖边大喊：“胡一刀！你……”还想说什么，却不知说什么好，扭头便走了。

胡一刀听见有人喊自己，回头一看，见是月儿，赶紧抽身去追月儿。

第五十二章　袁家剑谱

且不说单芳与韦儿如何合力破解灵泉寺机关救出萧天等人，却说那日袁雄、单芳、韦儿与突老四一干人血战之后正欲离开，原以为突老四已然丧命，孰料他还剩下最后一口气，居然用尽全力抓起钢叉，向着韦儿扔将过来。说时迟，那时快，这一幕恰好让袁雄看见。他来不及多想，大喊一声“韦儿闪开”，便飞身过去，以年迈之躯挡住了刺向韦儿的钢叉。这钢叉来势迅猛，直刺入他的胸部，穿透后背。单芳回过神来，正欲出手，却已来不及。单芳怒气喷薄而出，金银双环同时飞出，直击突老四的太阳穴，打得突老四头破血流，脑浆迸裂。

单芳收回金银双环，来到袁雄的身边。韦儿跪在袁雄身前，不停哭泣。袁雄带来的人都围在四周，有的抹着眼泪，有的神情凝重，有的咬牙切齿，却都无可奈何。

袁雄躺在地上，鲜血已经染红了衣裳，嘴里的鲜血汩汩而出。袁雄慢慢睁开双眼，从牙缝里艰难地挤出三个字：“我……兜……里……”说完，头一歪，便气绝了。

韦儿抱着师伯，哭得呼天抢地：“师伯……我不要你死……呜呜呜……不要你死……”

看着已经死去的袁雄，单芳泪如雨下。她伸手去摸袁雄的兜，只轻轻一按，便摸到一个硬邦邦的东西。单芳把手伸进袁雄的兜里，掏出一个布包，布包上沾满了血迹。单芳小心地打开布包，从里面取出一本书来。书的封面赫然写着四个字：袁家剑谱。袁雄的属下见单芳从袁雄的身上掏出一本书来，纷纷凑过来，要将书拿了去。单芳寻思，若将这本书交给老前辈的属下，他们之间为了这本书难免要生出一场内斗。老前辈尸骨未寒，属下们却要为这本书争得头破血流，岂是老前辈之所愿？但如果将这本书据为己有，则又名不正言不顺。韦儿是老前辈的师侄，老前辈的遗物由韦儿继承，也是顺理成章的事情。

“各位，这是袁老前辈的遗物，你我都非袁门弟子，无权继承，韦儿却是名正言顺的袁门弟子，由她继承再合适不过。至于韦儿要如何处置这本书，则是她的权利。”单芳说着，便将书递给韦儿。

“慢！”袁雄属下一个络腮胡子喝道。

“你有何事？”单芳问道。

那人说道：“我们虽不是袁门弟子，但跟随袁大人多年，也算是袁门中人。我们之前从未见过这个小姑娘，我们也不知道她的袁门弟子身份是真是假！”

其他人也附和起来：“就是……就是……”“我看八成是假的！”“就凭她喊一声师伯就是袁门弟子，那我也可以喊一声师伯！”“我们跟随袁大人出生入死，难道还不如一个小丫头片子？”

络腮胡子见自己人多势众，又见对面不过一大一小两个女子外加一个小男孩，感觉自己吃定了对方，便嚣张起来：“单姑娘，看今天这个架势，我劝你还是乖乖把书交给我们，否则，后果你也是知道的！”

单芳正要分辩，却听韦儿怒声吼道：“你们这群无耻之徒，师伯还躺在地上呢，你们眼里还有师伯吗？”说话间，数支短箭便从袖口射出。谁也没料到这小姑娘脾气居然这么大，更没料到她的袖里会射出箭来。有两个反应慢了的，便中了箭，好在都没伤到要害，只是痛得嗷嗷直叫。

单芳也没想到韦儿会突然放出箭来。她情知韦儿的箭正好给了对方借口，一场厮杀已经迫在眉睫，于是索性将书装入了自己的兜里。

“弟兄们，还等什么？既然她们不仁，那便不能怪我们不义了，大家一起上！”络腮胡子话还没说完，其余人已拿起武器，向单芳和韦儿发起攻击。只是狗蛋没有见过这样的阵势，害怕得哭了起来。

“韦儿，你照顾好狗蛋，我来对付这群无耻之徒！”单芳说。

“明白！”韦儿答应了一声，便护住了狗蛋，并伺机发射暗器助单芳一臂之力。

单芳与这一干人战在一处，不过十个回合，已打得他们满地找牙，求饶不止。“姑奶奶，求你放过我们，那书我们不要了！”络腮胡子跪在地上哀求。其余人也如鸡啄米一般对着单芳不住磕头。

“我早就说了，你们非要蛮横无理。”单芳双手抱在胸前，看着跪在地上的这群人，说，“看在袁老前辈的面子上，今天就饶你们不死。不过，谁叫你们做了对不起他老人家的事情呢？也罢！你们让他老人家入土为安了，我便放你们离去。”

听单芳如是说，络腮胡子及其他人哪里还敢讨价还价，纷纷感谢单芳的不杀之恩，也顾不上浑身的疼痛，挖坑的挖坑，砍树的砍树。待到夜半时分，坑已经挖好，棺材也已做成。众人合力将袁雄的尸首装入棺中，又将棺材放入坑里埋好，一座新坟便拢好了。单芳找来一块木板，在上面刻上“袁雄老前辈之墓”，然后插在坟前。

其时，天已微亮，单芳领着韦儿及众人跪在袁雄的坟前，磕了三个头。韦儿磕完头，又伤心地哭起来。单芳好一番安慰，韦儿才慢慢止住哭声。

单芳站起身，对络腮胡子等人说道：“如今，袁老前辈已入土为安，你们这便去了吧！”

络腮胡子寻思：袁大人已经死了，我等也不知该去何处。这个单芳武功确实不简单，不如跟着她，也好有个照应。更何况袁大人那本书尚在她的身上，如果就此离开，今后更是与那本书无缘了，倒是跟着她，或许还有一线希望。他想至此处，便说道：“姑奶奶，我们如今已成了无主之人，也不知该去往何处。我们愿意投奔在您的门下，但凭驱使，绝无二心，即便赴汤蹈火，也在所不辞。之前多有冒犯，您大人有大量，还望您别作计较。”

单芳心想：这帮人如今确实是走投无路，今后行走江湖，多个帮手总是好的。既然他们愿意跟随，我且收了他们。于是说道：“我本不想收你们，但看你们态度诚恳，也确实是走投无路，念在老前辈的分儿上，我且收了你们。但丑话说在前，今后尔等如有二心，休怪姑奶奶我不留情面！”

众人见单芳爽快地答应了，纷纷磕头谢恩。唯有韦儿，对这一干人不冷不热，淡淡地说：“姐姐干吗要收他们？这天底下除了他们就没人了吗？我看他们是居心叵测，没怀好心！”

“韦儿不必担心，我自有打算。”单芳侧过身，对众人说道，“你们今后谁敢欺负韦儿，我就叫他吃不了兜着走！”

络腮胡子听了，心里一颤，连忙说道：“韦儿姑娘，之前多有得罪，还请您看在袁大人的面子上，不要跟我们计较。”

韦儿哼了一声，便不再说话。

单芳看了一眼韦儿，对众人说道：“韦儿年纪尚幼，你们以后都得让着她，记下了吗？”

众人一口答应。

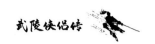

单芳又说道：“如今，有个要紧的事情，我们要赶去灵泉寺救人，大

家这便动身吧！”

单芳在前，韦儿牵着狗蛋走在一旁，络腮胡子一干人紧随其后，一起朝着灵泉寺的方向进发。

第五十三章　月儿之谜

话说胡一刀宣布月儿为帮主夫人，却在湖边与秋红和玉竹拉扯，这一幕恰好被前来寻胡一刀的月儿看在眼里。见此情景，月儿只喊了一句“胡一刀”便撒腿跑了。胡一刀知道月儿误会了，忙丢下秋红和玉竹二人径自去寻月儿。秋红玉竹见月儿又将胡一刀勾了去，心下甚是不快，对月儿的嫉恨便又多了几分。

却说胡一刀眼看着月儿在前方一路奔跑，却总是赶不上，心想月儿是不是长了翅膀，居然跑得那么快。于是一边追一边喊：“月儿……你等等我……听我解释……”月儿似乎发疯了一般，不仅没有要停下的意思，而且奔跑的速度明显加快了。胡一刀心下着急，速度便不由得又提了两个等级。距离月儿不足丈余之时，胡一刀脚尖点地，忽地腾上空中，而后落到前面挡住了月儿的去路。可令胡一刀万万没想到的是，当他费尽心力终于跑到了前面，却发现眼前这个女子竟然不是月儿。他又仔细打量一番，发现这个女子的身材相貌居然与月儿颇为相似。

“你……你……你……”胡一刀惊讶得说不出话来。

“你什么你，你什么你？你是哪里来的臭男人，为什么在后面追我？快闪开，别挡了姑奶奶的去路！”女子恶狠狠地说。

“嘿嘿，我今天就挡了，怎么的！”胡一刀甚是气愤，“先前跑在前面的分明是月儿，怎么追着追着变成了你？你到底是何方神圣，为何要装成月儿来骗我？我奉劝你老实交代，否则，休怪我对你不客气！”

“你这个臭男人，说什么呢？什么月儿，什么追来追去的，又什么装成月儿骗你，你在胡说八道什么！”女子对胡一刀说的话好像大惑不解。

“我再问你一遍，到底把我的月儿藏到哪里去了？！”胡一刀的脸涨得通红，脖子也红得发紫，愤怒之火已经在他的心中熊熊燃烧。

“我也再说一遍，我不知道你在胡说八道什么！”女子依然是毫不知情的样子。

“看刀！”胡一刀大喝一声，降龙火刀径直向女子砍去。

女子也不出手，只把身子轻轻一斜，便避开了胡一刀的凌厉攻势。一招不中，胡一刀恼羞成怒，第二刀便磅礴而来。这一刀，却是从中间杀出，势要将女子削成两段。眼看着降龙火刀逼近腰身，女子却如鲤鱼打挺一般，先是将身子向上一跃，接着便如风中落叶般从降龙火刀的上方轻巧飘过。待到胡一刀要使出第三刀时，女子却已站在了他的身后，一把锋利无比的宝剑已横在了胡一刀的脖颈处。

胡一刀怎么也没想到，眼前这个女子的武功居然如此厉害，三招之内，自己竟然被对方制服了。他不由得冒出一身冷汗，遂问道：“你到底是谁？还请如实相告，便是死在你的剑下，也要做个明白的鬼！”他的心渐渐恢复平静，说话的语气也缓和下来。

女子见胡一刀如此说话，便将宝剑从胡一刀的脖颈处移开，说道：“本姑娘行不更名，坐不改姓，姓钟，名霜，乃是钟家村人。不知公子如何称呼？”

“多谢钟姑娘的不杀之恩！”胡一刀转过身来，再看一眼钟霜，便觉得她越发像月儿，只是她看起来要比月儿略胖一些，年纪也似乎要大一点。“在下胡一刀，原是齐家镇人士，如今流落到这神龙谷，因遇上一帮被困于此的姐妹，便创立了神龙帮。适才多有冒犯，还请钟姑娘见谅。”

“公子不必多礼。我本来也没想过要杀你，你又何必言谢。”钟霜说，“只是我实在不明白，本姑娘做错了何事，以至于让公子穷追不舍？还说我装成什么月儿来骗你。”

胡一刀便将月儿因为误会他而愤然离去的前前后后向钟霜说了一遍，因说道：“请恕胡某冒犯，钟姑娘确实与我家月儿生得相似，以至于我误将姑娘看成了夫人，这才穷追不舍，却不想惊扰了姑娘，实在抱歉！”

“如此说来，倒是令我更加好奇，很想见一见尊夫人，不知公子同意否？”女子说着把宝剑收入鞘中。

“这倒不难，只是如今我家夫人突然不知所踪，还得等我寻得夫人，方可与姑娘相见。”胡一刀面露难色。

“公子不必担忧。既然有缘相遇，我愿助公子一臂之力，随公子一同去寻找夫人，不知公子意下如何？”钟霜问道。

“如此甚好，只是耽误了姑娘，心下难安。”胡一刀言语中多有歉意。

“公子不必挂怀。”钟霜说，“其实，我也是在帮我自己。这些年，为了寻找失散多年的胞妹，我已不知多少次踏入神龙谷，但每次都是抱着希望而来，却带着失望而归。”她说着说着，便簌簌地落下泪来。

“钟姑娘且莫伤心，相信苍天不负有心人，你家妹子一定吉人自有天相。”胡一刀安慰道。

钟霜擦干泪水，说道：“多谢公子！但愿托公子的福，我家妹子能平安无事。”

二人你一言我一语地说着，沿着原路往回走，边走边四下察看。

“钟姑娘，有件事不知该问不该问。”

“公子但问无妨。”

“你说你一直在寻找你家妹妹，却不知你家妹妹是如何与你们失散的？”胡一刀心里明白，神龙帮的这一群女子，原本就是被神龙谷道人从四下抓到山上来的。

钟霜清了清嗓子，说：“事情是这样的。数年前的一个夜晚，我家小妹突然失踪，这可急坏了我们家上上下下几十口人。我娘天天盼着小妹归来，却一直杳无音信，终因思女心切，前两年得了一场病，就再也没有起来。爹爹也因为无法接受小女儿失踪的事实，而整日借酒浇愁，将自己喝得烂醉如泥，身体也一天不如一天了。小妹失踪后，我们找遍了周围大大小小的村庄，却一无所获。大家都以为妹妹死了，但我始终相信她还活着。我不知多少次梦见她。我四下打听，有人说她被人掳进了这神龙谷。我知道，这神龙谷方圆百里，要在这么大的山林里寻一个人，简直就是大海捞针。但我不想放弃，我相信她一定还活着。”

听钟霜如是说，胡一刀的心猛地咯噔了一下：月儿可不能重蹈钟霜妹妹的覆辙啊，她才刚刚成为我的夫人呢，我们的婚姻生活才刚刚开始。他转念一想，如果月儿真的就是钟霜的妹妹，那可是一件天大的喜事啊！这么想着，便不由得加快了脚步。钟霜也紧紧地跟着他。眼看太阳渐渐偏西，却还没寻得月儿的踪影，真是令人心下焦急。

第五十四章　胡子老道

话说单芳领着韦儿及络腮胡子一伙人风风火火朝灵泉寺而来，不过半日光景，便到了灵泉山下。这时，天却突然下起雨来。眼见山下有一座茅屋，大家便想着过去避雨。

络腮胡子跑在最前面。他刚推开茅屋的门，就被一支飞镖射中了左肩。他一声“哎哟”没叫完，第二支飞镖又飞将出来，直插入了他的左胸。他刚转身准备逃命，却不想第三支飞镖不偏不倚从他的后背插入了心脏。这第三支飞镖也要了络腮胡子的命，他的嘴里很快便涌出鲜血来，不一会儿便倒在了地上不再动弹。

“什么人？”单芳厉声喝道。

只听茅草屋里面传出一阵大笑声：“哈哈哈……我在这里等候你们多时了！”说话间，一个白胡子老道从茅屋里面飞将出来。

单芳定睛一看，却不认得这个白胡子老道，寻思道：这老道来得蹊跷，我却不认识他，也不知在何处得罪了他，竟惹得他飞刀夺命。今日如果是我在前头去开门，此时躺下的或许便是自己了。想到这里，她看了一眼躺在地上的络腮胡子，见络腮胡子的身下已流了一大片鲜血，心中陡然生出许多同情。毕竟这络腮胡子已投奔自己门下，如今他却死于非命，自己心中甚是愧疚。她在心中告诫自己：当务之急是救师兄，切不可节外生枝。单芳想到这里，问道：“前辈是何人？你我无冤无仇，你为何要杀我的门人？”

老道用带着劲风的右手从上到下徐徐地抚摸了一下他的长胡子，说道：“你且不必管我是何人，又为何取了你门人性命。如果尔等识相的话，就赶紧交出神丹，以免老夫不留情面！”

单芳一听，这才明白，原来老道也是冲着神丹而来。只是，他又如何得知神丹在我的身上呢？于是，便假装糊涂，说道：“前辈可能有所误会。你所说的神丹又是何物？我却从未听说。”

“少给老夫揣着明白装糊涂！你真把老夫当三岁小儿吗？”老道说话时，眼里露出凶光，“我告诉你也无妨。我乃当朝国舅爷的师弟，人送外号‘铁胡子’。先前，尔等连伤国舅爷手下多名勇士。今日，特奉国舅爷之命，在此恭候尔等。如果尔等敬酒不吃吃罚酒，那就休怪老夫的铁胡子不答应！”说完，他又抚摸了一遍长胡子。看他的样子，倒是对自己的胡子很有信心。

趁着老道说话的间隙，单芳又仔细打量了一番眼前这个老道。他身高七尺有余，身材魁梧，鹤发童颜。如此一位长者，却为奸贼卖命，想来真不可思议，但如今事实摆在眼前，不容她不信。她又看了一眼老道的长胡子，但见每一根胡子都遒劲有力，直如钢丝。她此前对“铁胡子”的作为也略有耳闻。江湖上说他心狠手辣，杀人不眨眼，他的胡子更是了不得。在她的想象中，“铁胡子”应该是个凶神恶煞、满脸横肉的家伙。眼前这个“铁胡子”竟是慈眉善目、仙风道骨，她无论如何也无法将他与想象中的“铁胡子”画等号。

单芳心想，眼前这一关是过也得过，不过也得过，她没有选择的余地。只是，这老道的功夫该如何了得，她也未曾见识过，万一打不赢，丢了性命事小，失了神丹却是大事。她不由得看了一眼韦儿、狗蛋以及其他门人，心想无论如何，今天都得赢了这个老道，否则，所有人都得死。韦儿和狗蛋还是小花骨朵儿，其他人随着络腮胡子拜入自己门下，也还没过几天安稳日子。想到此处，她便觉得自己肩上的担子一下子沉重了许多。不过，无论如何，绝不可将神丹交出去，就算搭上所有人的性命，也不可交出神丹。

单芳抱着视死如归的决心，对老道说道：“前辈一定是找错了人。晚辈连神丹为何物都不知，更未见过所谓的神丹。前辈非要我交出神丹，那只能拼个鱼死网破。只是到最后，就算前辈赢了晚辈，却还是找不到神丹，那便是白费功夫了！”

“不要在我面前耍嘴皮子，老夫可没闲工夫。听话，就乖乖交出神丹；不听话，就看招！”说着，老道捋起胡须，只在空中做了个挥舞的动作，一股劲风便向单芳他们袭来。这股劲风确实厉害，将地上的沙石尘土都卷起来，直吹得单芳他们后退三步方才稳住阵脚。

单芳还是不想硬拼，便又说道：“我看前辈鹤发童颜、仙风道骨，理应疾恶如仇，又何必为虎作伥，非要做个恶人，背负万世骂名呢？晚辈虽是一介女子，却也深明大义，难不成前辈要做个连女子都不如的人吗？”

她这番话，确实会让一般人感到羞耻，甚至因此放弃作恶的念头，但这个老道却不吃这一套。他听了，一股怒火在胸中熊熊燃烧：“既然尔等不听老夫之言，那就拿命来吧！”说话间，他已发起攻势。但见他的袖袍鼓满了风，满头的白发和那直如钢丝的长胡子都向四周伸展开去。他的手里握着两个乾坤球，乾坤球飞快地旋转。他就如一个恶魔携带着巨大的威力向单芳他们扑来。

见这阵势，狗蛋吓得大哭起来，一些胆小的门人也吓得浑身哆嗦，有几个竟吓得腿都站不直，在地上连滚带爬地后退。韦儿却十分镇定，她在仔细观察这个老道。

“韦儿，保护好狗蛋儿，其他人赶紧闪到一边！”单芳也是第一次见到如此阵势。她无暇顾及，举起金银双环，对着老道砸去。却说单芳自箭伤恢复之后，功力兀地大增。这金银双环犹如两个火轮，冒着金色的火焰，发出震耳欲聋的呼啸声，向着老道胸口飞去。老道见了，心头为之一震：这女子的武功确实不简单，她的功力或在我之上，难道今日老朽的一世英名就要毁于一旦了吗？他思至此，便运足内力，手中的两个乾坤球射出一连串飞镖。

单芳催动金银双环将飞镖一一击落。就在此时，她脑中突然闪现那日在灵泉寺山门外练功时的情景，她便如那日早上一般调动内力，向着老道打去。她这一招地动山摇，霎时间，狂风大作，飞沙走石，金银双环上的火焰点着了老道的头发和胡子。借助风力，火苗越来越大。一时间，老道变成了一个巨大的火球。老道无论如何也没有想到，自己的长胡子向来杀人于无形，怎么就突然着了火？他心乱神失，自顾不暇，使出浑身解数来灭火。可他动作越大，头发、胡子燃烧的速度越快。

单芳正欲发动新的攻势，只听嗖的一声，一支短箭已射向老道的咽喉。她猛一回头，只见韦儿正缩回自己的右手。原来，韦儿一直在寻找机会。她这一箭，瞄准时机，出其不意，命中要害。老道突然停了下来，接着便倒在地上翻滚，却不想又一阵风起，他身上的火更大了。转眼间，他已被大火吞噬。

看着老道被大火无情地烧死，单芳又禁不住一番感慨，这真可谓自取灭亡啊。她又看了一眼韦儿，只见韦儿面无表情，好像刚才什么事都没发生。她心头突然一紧，顿觉不寒而栗。小小年纪，出手如此狠毒，将来长大了又如何了得!

雨已停，天渐晚，西边天上烧起一抹淡淡的晚霞。一行人向着山上默默地行进着，大家没有言语。韦儿也不说话，独自一个人跟在最后面。

狗蛋或许是被老道恐怖的阵势吓着了，也或许是被韦儿的果决镇住了，他一直在发抖。他走到单芳的身边，抓住单芳的手，用颤抖的声音说：“单……姐……姐……我……想……爹爹……娘亲……”他说话时，牙齿咯咯作响。

单芳听了，想起狗蛋父母遭人杀害的情景，再看一眼狗蛋，便觉得他更加可怜。她抚摸着狗蛋蓬松的头发，轻声说道：“好狗蛋，你要想他们就好好地想吧！”说着，她把狗蛋的手握得更紧了。

第五十五章　重见天日

话说单芳领着韦儿、狗蛋等一干人赶往灵泉寺。山路两旁，杂草丛生，树木高大粗壮。行走在林间，空气清新，凉风习习，不时有山雀叽叽喳喳地飞过。正行着，忽听前方隐隐传来哗哗的流水声。众人加快脚步向前赶去。水声越来越近、越来越响。韦儿蹦蹦跳跳跑在最前面，狗蛋紧跟着韦儿，嘴里不停地喊“姐姐等等我”，可韦儿像没听见一样，只顾在前面一路小跑。眼看天色渐暗，单芳对后面的人说道：“大家都跟紧点！”又走了一盏茶的工夫，便出了树林，在淡淡的暮色中，书写着“灵泉寺”三个大字的山门最先映入眼帘。

“快来看啦，这里有好大一片湖水！”韦儿冲在最前面，刚进山门，突然兴奋地喊道。

“什么？”单芳听了，心中一紧。心想，昔日这灵泉寺前面却是一片草地，如今为何变成了一片湖水？如此想着，她不由得加快脚步跑上前，眼前的景象让她倒吸一口凉气。

原来的一片草地，如今已是一片湖水。湖面热气腾腾。站在湖边，只觉热浪扑面，令人呼吸困难。天色已经完全暗下，一轮弯弯的月儿挂在天边。大伙沿着湖边小心翼翼地走着，只见左上方的石壁上，有一个水桶般大小的洞，哗哗水流从洞口奔腾而下。

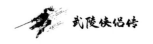

说来甚是奇怪，水流倾泻进湖里，按理说湖水应该外溢才对，可这湖的四周竟然没有一处豁口，湖面却始终没有任何升高的迹象。大家满腹疑

惑，小心四下察看，却一无所获。

“这水还是热的！”韦儿伸手触摸了一下湖水。

听韦儿如此说，众人纷纷俯下身去触摸水面。果不其然，湖水真如韦儿所言是热的，还略有些烫手。“真是热的！”众人不约而同地说道。

淡淡的月色下，湖面发出微弱的光芒。高大的树木以及天上的云和月一起倒映在湖面上，使得湖水看起来深不可测。山林中，蛐蛐的叫声响成一片，时而传来咕咕的鸟叫声。

单芳在湖边走来走去，脑子里思索着湖水的成因，以及该如何救出师兄他们。她时而望望天上的月亮，时而看看水中的月影，时而又连声叹息。可任凭她想破脑袋，一时也毫无头绪。

袁老前辈留下的那一帮人虽然跟了单芳，背地里却从不把单芳放在眼里。他们远远坐在一块石头上，摆出一副事不关己的样子。一个尖嘴的小个子对一个壮汉说道：“老牛，我们就真的一直做这臭婆娘的马前卒？”壮汉老牛瞥了他一眼，道：“如今，不跟着她还能咋样？”尖嘴凑到老牛耳边，低声说：“老牛，这婆娘也有几分姿色，哥儿几个把她办了，岂不逍遥快活？她在那里瞎转，转得老子头都晕了！”与老牛背靠背坐着的高个儿瘦子附和道：“尖嘴说得对，这么漂亮的妞儿，牛哥难道还真舍得让一块肥肉被狼叼走？”那老牛自从络腮胡子死后，便成了他们这队人中的老大。他听尖嘴如是说，禁不住又多看了一眼单芳。月光下，单芳的婀娜身姿更加凸显。他看得痴了，便在脑子里面勾画起自己与单芳厮混的情景来，以至于哈喇子从嘴角流下来都浑然不知。

“你们在干什么？”单芳见他们聚在一起交头接耳，便走过来询问。或许是因为心里有鬼，或许是真的出了神，这老牛居然如从梦中惊醒一般，兀地站起来，却不想一脚踩空，扑通一声跌入了湖中。

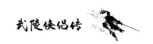

见有人跌入湖中，众人急忙跑过来，大家一遍遍呼唤老牛的名字，一

遍遍围着湖水寻找老牛的踪迹，还想出各种办法试图在湖中打捞，可结果一无所获。

恐惧的气息笼罩在每个人的头顶，弥漫在每个黑暗的角落，悲伤充斥着每个人的心。那一弯残月也隐入云里，整个世界变得一片漆黑。

湖边的阴森恐怖气息令人心惊肉跳，大家便退到山门外，在无言中度过了艰难的一夜。

当太阳从东方渐渐升起，金色的光芒穿过树梢越过林子照到山门前的时候，单芳睁开疲惫的双眼，四下顾盼，却发现韦儿不见了。

单芳一个激灵站起来，大喊："韦儿不见啦！韦儿不见啦！"

"什么？"所有人如被电击了一般，一下子从迷糊中清醒过来。

"姐姐，姐姐……"狗蛋听见韦儿不见了，急得哭了起来。

大家四处寻找，却毫无线索。

单芳望着灵泉寺，回想昔日灵泉寺的破败情景，再看如今的样子，更加破败，荒草丛生，到处是断垣残壁，这一切都是拜自己上次无意中毁掉山门外的两块巨石所赐，深深的自责和悔恨袭上心头。如今，经过艰难曲折总算再次回到了这里，原本想着能尽快找到师兄他们的下落，可眼前的一切都发生了改变，而老牛的不幸落水以及韦儿的突然失踪，更让她愁肠百结。她望着破败的灵泉寺，泪水在眼眶里转了又转，珍珠大的泪珠从面颊滚落……

就在大伙儿漫无目的地四下找寻韦儿的时候，大地突然剧烈地晃动起来，湖水水面直线下降，那个洞口也停止流水，一时间，烟尘漫天，紧接着是一阵巨大的连环爆炸声，之后，一个黑乎乎的大家伙从地下缓缓升起来。

此时，单芳他们已经异常恐惧，他们以为世界末日已经到来，面对如此恐怖的场景，他们只能坐以待毙。因为，在如此强大的阵势面前，一切抗争都是徒劳的。

山风吹来，烟尘散去，眼前的景象逐渐清晰起来，但见一座十余丈高的堡垒出现在眼前。

众人正在惊讶之际，一个熟悉的声音从城堡方向传来：“我成功啦……我成功啦……”大家定睛一看，却是韦儿。

单芳风一般地跑上去，她的长发在风中飞舞，泪水再一次模糊了她的双眼……其他人也紧随其后，那种劫后余生的感觉已经超越了一切恐惧和害怕。

单芳跑上去，一把搂住韦儿，久久不愿松开。

“姐姐，你搂痛我了！”

单芳这才意识到自己把韦儿抱得太紧，几乎让韦儿窒息。她赶紧松开手，立马站直身子，把脸一沉，厉声说道：“韦儿，你跑哪儿去了？让大家好找！”

韦儿将手里的一张羊皮卷递给单芳，说：“姐姐，你先别生气，看看这是什么？”

“我——不——看！”单芳一字一顿地说道，显然怒气未消。

“姐姐，我错了还不行吗？让大家担心了。不过，你还是看看这个东西吧！”韦儿把羊皮卷递到单芳的手里。

单芳勉强转过脸来，接过来看了一眼。这一看，却让她大吃一惊，原来这是一幅机关图，上面是整个灵泉寺的地下机关构造图。

单芳蹲下身来，再一次抱住韦儿，说道：“姐姐不该生气，都是姐姐的不是，韦儿别生气！”

“我不生气，我让你们担心了！”韦儿也紧紧地抱住单芳。

“你是怎么找到这张图的？”单芳问道。

韦儿便将找到这张图以及如何启动机关的经过述说了一遍。

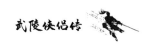

昨天韦儿和大伙儿在山门外夜宿，可她实在睡不着。眼见着月亮又从云里爬出来，她看着天上的月儿，又思念起师父来。这时，一只萤火虫飞来。韦儿想起小时候师父为她捉萤火虫的情景，于是，就不由自主地去追萤火虫。却不想，追着追着，萤火虫没入了草丛。她便在草丛里翻找，突然，她触摸到一个硬邦邦的东西。她很好奇，便用手拧了一下这个东西。谁知，这一拧竟然打开了机关。她还没反应过来，已经掉入了一个滑道。她顺着滑道一路下滑，也不知滑了多远，只听见砰的一声响，她似乎进了一道门，紧接着，四周便亮起了数盏灯。她四下一看，在墙壁之下，有一个金色的箱子。她走过去，小心翼翼地打开箱子，里面居然有一张羊皮卷。她打开羊皮卷，只见上面赫然写着“灵泉寺机关构造图”。她喜出望外，兴奋之情无法掩饰。她从墙上取下一个火把，按图索骥，一步步打开机关，最后来到了萧天他们所在的那个密室。她看到地上躺着三个人，但她不知道这三个人就是萧天、九妹以及杨神医。她按照机关构造图上的标识，启动机关，密室便缓缓上升，直到露出地面。

“我从密室走出来，就看见了你们！”韦儿难掩兴奋之情。

单芳听后，突然问道：“密室里面的人呢？”

“在里面呀！”韦儿指着密室的门说道。

单芳快步走进密室，只见萧天和九妹都躺在地上，还紧紧地挨在一起，杨神医躺在密室靠里边的位置。

想象着师兄和九妹在过去几天就一直这样躺在一起，单芳的心里很不是滋味，好似刀绞一般。但眼下救人要紧，她暂且不去想那些令人揪心的事。

单芳和众人一起努力，将萧天他们从密室抬出，放到了灵泉寺的床上。她发现三人都没有脉搏。正在百感交集的时候，韦儿突然说：“这图上说了，闯入密室的人，会被封住穴道，只需解开穴道，就会苏醒过来。”

单芳连忙接过图一看，果然如此。她和韦儿一起动手，为三个人解开了穴道。

又过了一炷香的工夫，萧天第一个醒来。他睁开眼睛，一眼就看见了单芳。看到许多人都用奇怪的眼神看着自己，他甚是不解，问道：“师妹，我怎么会在这里？”

单芳对萧天解释了事情的来龙去脉。

不一会儿，九妹和杨神医也相继醒来。

单芳早已安排尖嘴等人去四下找吃的。一时间，灵泉寺又热闹了起来，充满了欢声和笑语。单芳内心其实有些后怕，幸好三人都有保命手段，萧天和九妹有功夫在身，可以半个月不吃饭，而杨神医也有独门保命法宝，不然后果不堪设想。

“给，给，给口水……”一个微弱的声音从门外传来。

大家回过头朝门外看去，只见一个衣衫褴褛、浑身是血的人匍匐在门槛上，伸着手，有气无力地向他们打着招呼。

第五十六章　风云突变

话说萧天、九妹及杨神医刚从昏迷中苏醒过来，还没来得及与单芳说上几句话，就听见门外传来有气无力的呼救声。大家循声望去，只见一个蓬头垢面、衣衫褴褛、满身血污的人正爬到门槛。

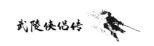

见此情景，大家一时愣住了。韦儿反应最为迅速，跑上前去，然后蹲

下身定睛一看，但见这人的嘴唇已经干裂得渗出血来，他的眼睛深深地凹陷下去，颧骨高高突起，乱蓬蓬的头发下面是一张脏兮兮的脸。

“你，你是谁？你怎么了？”韦儿战战兢兢地问。

“给……给……给……口……水……”那人的眼睛半睁半闭，声音断断续续，显然十分疲惫。

“狗蛋，快，去拿一碗水！”韦儿对坐在一旁的狗蛋说道。

狗蛋看了一眼，也不答话，继续玩自己的。

韦儿白了一眼狗蛋，自己站起身舀水去了。

单芳看了一眼萧天他们，又看了一眼那人，然后走到他的面前，蹲下身来，说：“你是做什么的？何以落得如此地步？”

那人抬起头，看了一眼单芳，说：“我……我是……是……当兵的……”他说话的时候似乎嗓子被人死死掐住，又像被一块巨石压住胸口，说得甚是吃力。

这时，韦儿端来一碗水，把水递给那人。那人接过水，咕咚咕咚一口气喝完了。

“你说你是当兵的，你在哪里当兵？”单芳满腹疑惑地问。

那人喝了水，精神头明显好转，回答道：“我从襄阳来。”

单芳又问：“你是当兵的，不好好当兵，却当逃兵，这又是为何？”

那人坐起来，扫视了一眼屋里的人，然后说：“大宋要完了！”

萧天一听，犹如遭到电击一般站了起来。杨神医和齐九妹也是一个激灵便坐了起来。单芳一脸错愕。大家几乎异口同声地说：“什么？”

见大家反应如此激烈，那人又一字一顿地说：“大宋要完啦！”

“大宋好好的，怎么可能要完了呢？你是不是疯了！”单芳看他如乞丐一般，便觉得他可能是在说疯话。

那人见尖嘴手里拿着一只烧鸡，便伸手指着烧鸡说道：“把那只烧鸡给我分一点！”

尖嘴看了看那人的模样，感觉不寒而栗，又看了看手中的烧鸡，舍不得将烧鸡给他。

“尖嘴，给他分一点儿！”单芳说道。

尖嘴慢慢挪到那人面前。那人还没等尖嘴给他分，一把就从尖嘴的手里将整只烧鸡夺了过去，然后就开始撕扯鸡肉，狼吞虎咽地吃了起来。

那人夺了尖嘴的烧鸡，尖嘴很是不快，正要与那人理论，单芳却使了个眼色，示意尖嘴不必在意。尖嘴噘起嘴巴，他的嘴巴变得更尖了。

那人吃得津津有味，仿佛几百年没吃过东西一样。他一边吃一边不停地说“好吃”，说话时唾沫横飞。看得出，他已经很久没有吃过如此好吃的东西了。

一会儿，那人已经将整只烧鸡吃进了肚子。他摸一摸肚皮，脸上露出了一丝笑容：“可把老子给饿死了！”他说着，便站起身向门外走去。

“站住！”单芳双手抱在胸前。

那人回过头，说道：“多谢你们的烧鸡！”说完，又迈开步子往前走。

“你给我站住！”单芳的语气明显加重了几分。

那人又回过头，问道：“还有什么事？我已经说谢谢啦！”

“你还没把话说清楚！”单芳严肃地说。

那转过身，一脸无奈，说道：“我是从襄阳战场上逃出来的，我们坚守了六年的襄阳城已经被元军攻破，我们的将军大人已经向蒙古军投降了。我们的国舅爷还与蒙古军勾结，意欲自立为帝。很快，蒙古军就会继续挥师南下，咱们大宋朝已经危在旦夕了！”

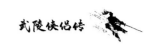

那人的话犹如晴天霹雳，萧天听了，只觉血气上涌，头晕目眩，一时间，竟然吐出一口鲜血来，随即便晕了过去。众人见萧天晕倒，急忙围过来施救。那人见状，便深一脚浅一脚地走下山去，嘴里一遍又一遍地念着："大宋要完了，大宋要完了……"

经过杨神医一番救治，萧天很快醒了过来。见大家焦急地看着自己，他深感惭愧，道："萧某让大家受惊了！"他转过身对杨神医说道："杨兄，我这是怎么了？"

杨神医略略顿了顿，说："贤弟不必担忧，你这是急火攻心所致，调整好心情便会很快好起来。只是，你这个病根除却需要下一番功夫才行。"

"这是为何？"萧天不解地问。

大家一齐看向杨神医。

"不知贤弟是否还记得在南昆山的神侠峰上病倒后，曾服了我给你开的特效药这件事？"杨神医说完，满脸的歉意。

"当然记得。"萧天点头说道，"那次若不是杨兄，我几乎要耽误大事。但这有什么问题吗？"

杨神医长长地叹了一口气："唉！这都是我的过失啊！"他接着说道，"当初，如果按照我的要求，你服药之后三日便可痊愈。但你急于下山去救单姑娘，因而要我给你配了特效药。在那之后，我一直担心你会落下后遗症，却不想这个后遗症在今日暴发了。"

单芳听杨神医说萧天为了救自己而服了特效药导致落下后遗症，心想师兄原来这么在乎自己，可自己一直对师兄怀有不满，当下心里十分难过。她在萧天的身旁蹲下，紧紧握着萧天的手，说道："师兄，都是我害了你……"她说着，不禁落下泪来。

"傻丫头！你师兄可是铁打的，天不塌下来，我就不会有事！"萧天为单芳拭去脸颊上的泪水。

"神医，可有什么法子？"九妹关切地问。她一直站在一旁，默默地看着单芳落泪，又看到萧天好生安抚她，突然觉得自己变得有些多余，尤其是看到萧天亲手为单芳擦拭泪水，她的心里就如打翻了五味瓶，百般不是滋味。但她不能将这些情绪表现出来，她只能把自己对萧天的仰慕之情深埋心底。看着萧天旧病复发，她的心里也十分焦急。

神医沉吟一会儿，说道：“法子倒不是没有，但很难做到。”

“神医，你快说，到底是什么法子？便是上刀山下火海，我也在所不辞！”单芳不假思索地说。

“其实说难也难，说不难也不难。”杨神医慢悠悠地说。

“杨兄，你就给句痛快话吧，我扛得住！”萧天说完，又连着咳嗽了几声。单芳见状，赶紧为他拍后背。

“就是要保持一颗平常心，凡事不可动气。动气超过三次，恐有性命之忧！”杨神医忧心忡忡。

大家听杨神医说前半句的时候，都感觉松了一口气，但待杨神医说完，又都紧张了起来。

“神医，你这说了跟没说有什么区别？以师兄的性格，让他不动气，那不比登天还难吗？”单芳气呼呼地说。

“其实，依我之见，这对大哥而言，也并非难事。”九妹插话道。

“那是因为这事没有发生在你的身上，你这是站着说话不腰疼！”单芳大声朝九妹说道。她这姿态着实把九妹吓了一跳。

自从将九妹和萧天救出密室之后，单芳对九妹一直怀有怨气。如今，听闻萧天因为救自己落下病根，她深感自责，又听杨神医说萧天动气超过三次恐有性命之忧，一时心乱如麻。却不想正在此时，九妹与自己唱起了反调，这让她忍无可忍。她一发而不可收，继续说道：“齐九妹，我忍你多时了，你知不知道羞耻，一天大哥大哥地叫着，谁允许你这么叫的？”她说到最后，情绪几乎失控。

九妹被她说得脸红一阵白一阵，待单芳停了下来，她便说道：“单姐姐……”但她刚一开口，单芳就接过话：“谁是你的单姐姐？我不是你的单姐姐！我也没你这样的妹妹！”九妹见单芳如此不留情面，一时也怒火中烧，但她还是十分克制，说道：“姐姐，你是不是误会我了？”单芳听了，突然哈哈大笑起来，笑完了接着说道：“误会？误会什么？你以为我眼瞎啊？你走吧，这里没你什么事，你走得越远越好，不要让我再看到你！”

韦儿、狗蛋以及尖嘴等人见单芳对九妹大发雷霆，都不敢言语。狗蛋吓得浑身发抖，韦儿也低下了头。

“你们吵够了没有？”萧天大声吼道。他这一动气，病又增了几分，紧接着又咳出一口血来。

单芳听到萧天的怒吼，方从对九妹的愤怒中回过神来，恰好见到萧天咳血的一幕，顿时吓得花容失色，双腿打战。

“贤弟，你如今知道这动气的厉害了吧？切不可再动气了啊！”杨神医拍了拍萧天的肩膀，说，“我给你开几服草药，你每日服用，如此三日，应可大愈。但切不可再动怒，否则，后果不堪设想。”

单芳知道自己险些要了萧天的性命，心中更加惭愧，于是便安静下来，流着泪对萧天说：“师兄，我再也不让你动气了！”

九妹看着萧天躺在床上，面无血色，本想多安慰几句，却又担心引起单芳的不满，故此不再言语。

杨神医让单芳好生照看萧天，自己去山上找些药材。单芳便命尖嘴等陪着神医去。神医说不用了，他自己去即可。九妹站起身，说：“神医，我陪你去。”神医点点头同意了。

天快黑的时候，神医和九妹回到灵泉寺，将药煎熬了，给萧天服下。萧天服完药，便安然睡去。

单芳趴在萧天的床边，看着萧天，回想自己离开武陵山寻找师兄以来的曲折经历，偷偷抹起眼泪。也不知想了多久，到了后半夜，困意袭来，便不由得睡去。

夜渐渐地深了，屋内响起一片鼾声，而九妹怎么也难以入眠。她靠墙坐着，两眼望着天上的星星，想起自己的家人，便觉得爹娘在天上看着自己。她多么希望自己能和单芳一样，可以和萧天朝夕相处，如此，她也不会觉得孤单。但单芳对自己的态度发生了巨大变化，看来，以后难在一起相处了。她又想起胡一刀，也不知他如今身在何方，他的心中是否还有她，或者已经把她忘记，又或者已经成了别人的夫君……

第五十七章　深夜密谋

话说元军持续加强对大宋的攻势。一时间，大宋朝廷风雨飘摇、人心惶惶，国舅爷趁机与元军勾结，欲废帝自立，却苦于师出无名而迟迟不敢贸然行动。

这天夜里，国舅爷躺在床上辗转反侧，思索着如何师出有名。迷迷糊糊之中，他又想起了那句：“得神丹者得天下。”

“是啊，我怎么差点把这茬给忘记了呢？难道，冥冥之中上天已经为我得帝位做好了准备吗？如果是这样，我可顺应天意了！”国舅爷一骨碌从床上爬起来：“不行，我得加快行动了。”他一边自言自语一边披衣起床，对门外喊道，“来人哪！”

门口守卫的士兵听到国舅爷招呼，急忙推门而入，问道：“国舅有何吩咐？”

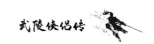

“快去把舒老大他们给我叫到书房说话！”说话间，国舅爷已经穿好

了衣服。

守卫“诺”了一声就出去了。

国舅爷穿戴完毕，走出卧房，来到中庭，抬头看了看天空中的星星。只见天空有一颗流星自东向西划过。国舅爷见了，暗自欣喜地拍了一下手，然后缓步走向书房。

此时的书房，早已灯火通明，又异常肃穆。国舅爷的心腹均已到齐。

书房门口的士兵见国舅爷走过来，连忙为国舅爷打开门。

国舅爷径直走到书房的上首，在主位坐下，并示意心腹们全部落座。见众人纷纷坐定，国舅爷说道：“今夜召集各位前来，是有要事相商。”他说话时双眼环视了一遍在座的诸位心腹，接着说道，“如今之世，天下纷争，正是英雄建功立业之时。民间传言，得神丹者得天下。我刚才在睡梦中得见神丹，适才又仰观星象，竟然看到一颗流星划过夜空，这是大宋即将陨落的征兆。天意不可违，民心不可拂。我等需上顺天意、下应民心，创立万世之功业。不知诸位意下如何？”

众心腹听了国舅爷的一番宏论，顿时犹如在平静的池塘里丢进了一颗炸弹，议论纷纷。

坐在右首最靠近国舅爷的舒老大摇了摇手中的太极扇，看了一眼国舅爷，又看了一眼在座各位，首先站起来说道：“国舅爷心系天下苍生，胸怀宏图大志，是我等上辈子修来的福分。我等愿誓死追随国舅爷，建立万世功业，也好享那荣华富贵！”

“舒老大言之有理。上有苍天护佑，下有黎明拥戴，更有神丹托梦，大事可成！”杨老八一副老谋深算的样子。

“你们说了这么多，关键是神丹在哪里？”国舅爷手下十二大高手中唯一的女高手、有“毒蝎妇人”之称的佘老六一语惊醒梦中人。她的话一出，顿时让在场的所有人如被当头泼了一盆凉水。当然，她这一盆凉水没有泼进国舅爷的心里，相反，她说出了国舅爷的心思。

一时之间，众人哑然无语。

良久，国舅爷捋了捋山羊胡子，说道：“佘老六说得对。为今之计，是要尽快找到神丹。”

“之前朱十二和突老四去寻找神丹，不仅未能找回神丹，还丢掉了性命。如今，神丹流落民间，要想再次找到它，无异于大海捞针。”

“别说丧气话，长他人志气灭自己威风！”

“这哪能叫丧气话？这是癞子头上的虱子——明摆着！”

“办法总比困难多！”

……

众人你一言我一语，谁也说服不了谁。这时，有人在书房门口说道：“你们这群没脑子的东西，没有找到神丹，我们的大事就不做了？”众人向书房门口看去，却是国舅爷的长子贾不同，人送外号“吸血公子”。这吸血公子的名号，可不是浪得虚名。他自幼得了一种怪病，每每发病之时，必须喝人血才能保住性命。为此，不知多少人成了冤魂野鬼。贾公子为人心狠手辣，骨子里充满了对权力的渴求，几乎没有什么事是他不敢做的。即便国舅爷手下这些高手见了他，也都是心惊胆战，双腿发抖。

众人连忙起身，向贾公子致意，生怕一不小心得罪了他。贾公子走到他父亲身边，说道：“父亲不必忧虑。神丹固然重要，却并非离了神丹我们就束手无策。当然，如果真能找到神丹，那对我们而言无异于锦上添花。但如果实在找不到，我们也有应对之策。”他说到此处便俯身到国舅爷的耳边，低声说了一番。国舅听了，频频点头，连说三个“好”字，禁不住发出由衷的赞叹：“我儿真乃聪明绝顶之人啊！”

众人见他们父子二人眉来眼去，却不知葫芦里卖的什么药，一个个面面相觑，心中发怵。

见众人都噤若寒蝉，国舅爷笑眯眯地说："各位不必惊慌。我儿说了，如果连我们都找不到神丹，那别人就更找不到了。既然大家都找不到，我们就造个假神丹，以假乱真，瞒天过海，这样不愁大事不成！"

众人听了，纷纷起身，匍匐跪地，异口同声地说道："公子真乃神人也！"

"大家不必客气。我们都是同一根绳上的蚂蚱。要想成大事，关键还是要靠各位勠力同心啊！"国舅爷语重心长地说。

"我等誓死追随国舅爷，肝脑涂地，在所不辞！"舒老大领头说道。其他人也跟着说了一遍。

国舅爷见时机已到，吩咐道："自明日起，我命尔等分作十路，奔赴各地寻找神丹。期限三个月。找到神丹者，记一等功，赏黄金千两，赐良田万亩，封上将军，享万世荣耀。如若三个月过后仍未找到神丹，我们就启动第二套方案。"

众人领命，各自回去准备。

第五十八章　节外生枝

话说九妹与单芳闹了别扭后，一个人郁郁寡欢，独自跑到山门外，望着星空发呆。思来想去，觉得到该离去的时候了。

是夜，九妹踏着沉沉夜色，走出了灵泉寺。她回头看了一眼夜色掩映下的灵泉山，心情还是无法平静。夜色中的灵泉寺，仿如一个默默无语的姑娘披头散发地坐在那里，那一声声鸟的叫声，听着令人格外揪心，灵泉寺的断垣残壁似乎在黑夜里哀嚎，却又那么坚毅地挺立着……

九妹行走在山路上，路旁的草丛中不时传来窸窣的声响，这让她一度心生恐惧。走了有一个多时辰，来到了官道上。她在官道上前行着，情不自禁地想起童年的一些事情来。

那时候，她刚进入私塾。胡一刀长她两岁，每次下学后，她总是缠着胡一刀，闹着要胡一刀陪她一起玩。胡一刀走到哪里，她就跟到哪里。为此，胡一刀总是叫她“跟屁虫”，可她还是爱跟在胡一刀的身后，很享受做“跟屁虫”的感觉。

后来，他们慢慢长大，九妹心里想的和实际做的就有了分别。那时候，她每天在闺阁之中，整天想的无非是八子哥哥什么时候到齐家来，可每次胡一刀真的到了齐家，她又有些羞涩。

犹记得有一年的端午，胡一刀陪着父母来齐家做客，九妹或许是许久不见胡家哥哥了，先是精心打扮一番，然后又从下人手中接过茶盘，自己将茶送到中堂，并分别给胡家伯伯和伯母奉上。她端着余下的一盏茶走向胡一刀，心怦怦直跳，脸不自觉地红了。胡一刀也是许久未见九妹，这一见更觉九妹越发标致。九妹穿着淡绿色碎花长裙，略施粉黛，薄薄的嘴唇上涂了一层淡淡的口脂，浑身散发着一股青春逼人的气息。胡一刀见了，心不由得快速跳动起来。九妹端着茶走到胡一刀的面前，说：“哥哥请吃茶。”说完，头也不抬，就把茶递过去。胡一刀似乎还在神游，突然听九妹说话，蓦地站起来，刚好碰到茶杯。只听哐当一声，茶杯摔在了地上，再一看，茶水把胡一刀的衣服都淋湿了。九妹羞愧难当，脸一下子变得通红。

“这丫头，怎么毛手毛脚的！”齐老爷有些生气地说。

“孩子小，不小心，这是常有的。”胡伯母微笑着说。她心里却在想，这孩子，真是毛手毛脚，如何做得了我胡家的儿媳妇！

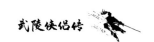

胡老爷看胡一刀傻傻地站在那里，以略带责备的语气说道：“八子，傻站着作甚？还不快帮妹妹收拾！”

这时，一个老妪从后院走到前厅，说道：“少爷，让老奴来吧！”

见有人来收拾，九妹红着脸，头也不回地向后院跑去。胡一刀紧随其后，追上来说：“九妹，等等我，等等我！”九妹听了，方才止住脚步。她不好意思地对胡一刀说：“八子哥，都怪我不好，弄湿了你的衣服！”胡一刀拍了拍衣服，说道：“不碍事。也不能怪妹妹，是我自己没注意，还请妹妹别往心里去。”

见胡一刀如此说，九妹的心情明显好转。她转过身对胡一刀说道：“八子哥，你怎么这么久才来看我？”

胡一刀摸了摸后脑勺，说道：“我也想早点来，可我爹不允许。”

这时，先前那个老妇人走到后院，朝九妹和胡一刀说道：“少爷，老爷叫你过去前厅说话。”

胡一刀应了一声，又对九妹说：“我有空再来看你……”说完，他就朝前厅去了。

九妹看着胡一刀离去的背影，暗自神伤，心想自己精心打扮一番，胡一刀连一句赞美的话都没有。都怪那一杯茶，打乱了节奏。想到此处，她又怨恨自己为何要去奉茶，如果不是因为奉茶，也不会把事情搞得如此糟糕……

想到此处，九妹不由得为自己当初那颗懵懂的少女心苦笑起来。如今，她流落江湖，原本以为会和萧天在一起，即便做不了妻子，做个妾也行，可单芳哪里容得下她。回想与萧天在一起的日子，尤其是那个逃亡的月夜，她为萧天月下舞剑的情景，她就越发责备自己怎么就离开了灵泉寺。

“如果萧大哥醒来，发现我不见了，该有多着急，他的病情会不会因为我而加重？如果真的因为我的不辞而别加重了他的病情，我的罪孽可就深重了……”她这样想着，天渐渐亮了，前方出现了一个村庄。

走了一夜，九妹感到十分疲惫。她想找个地方吃点东西，或者略作休息，再好好考虑一下是应该回去找萧天，还是四下去打探胡一刀的下落。

她又向前走了一程，却见村庄上空升起滚滚浓烟。她寻思道：“好端端的村子上空，怎么冒这么大的烟呢？难不成这个村庄着火了？”这样想着，她加快脚步往村子的方向走去。

村子上空飘荡着浓重的焦煳气味，接着是一片嘈杂的声音。她小跑着进了村子，迎面而来的一幕让她大吃一惊：三个大兵正在追赶一个妇女。妇女披头散发，边跑边喊救命。后面那三个大兵穷追不舍，还一边追一边嬉皮笑脸，嘴里不停地喊：“站住，小爷们不会亏待你的！”

九妹见状，大喝一声：“混账东西！”三步并作两步，早已挡在了妇女前面。这三个大兵见半路杀出个程咬金，而且还是个女的，又生得甚是标致，心里突然就乐呵起来。其中那个大个儿兵说道：“原以为那个女人是最漂亮的，没想到，现在又送来一个更漂亮的……哈哈哈……我们这是走了什么运？”走在左边的胖子兵说道：“这就是传说中的狗屎运，我们哥儿几个有福了！”大个儿兵说道：“那还等什么，全部拿下啊！”说着，三个大兵如疯狗一般扑上来。但他们哪里是九妹的对手，只一会儿工夫，他们仨就被九妹打得鼻青脸肿，趴在地上不停地哭爹喊娘。

那妇女见九妹转眼之间已将追赶她的人全部打得爬不起来，急忙给九妹跪下：“活菩萨，谢谢你的救命之恩！谢谢救命之恩！”说完，不住磕头。九妹将妇女拉起，问道：“大姐何以被这群人追赶？”妇人心神未定，说道：“小姐，快走，再不走就来不及了！”她说完，连滚带爬地向村外跑去。

九妹望着妇人渐渐远去，叹了口气，然后走过去抓住躺在地上的胖子兵，问道：“你们是什么人？为何在此行凶作恶？”胖子兵看了九妹一眼，说道：“睁大你的狗眼看看，你得罪的可是蒙古神兵，你等着！”九妹经他这么一提醒，向他后背看了一眼，就明白过来。原来，这几个人都是元军大兵，他们衣服后面印着一个大大的“蒙”字。

九妹倒吸一口凉气，暗叫不好，只见一大队人马已朝这边走来。见这阵势，九妹料定是跑不掉了，索性站在原地不动。

“大哥，快救救我们，我们的腿被这个臭娘们儿给打折了！”大个儿蒙古兵嚷道。

元军头儿看见自己的弟兄被一个女子打得趴在地上，顿时怒火中烧，走到三个趴在地上的士兵跟前，恶狠狠地说道：“你们几个尿货，真是丢尽我蒙古士兵的脸，蒙古要你们有何用？”三个人一听，吓得魂不附体，不住求饶，可这个头儿哪里听得进去，挥起大刀，如切菜一般，咔嚓三声，三颗人头已滚落地上。“弟兄们，还犹豫什么？给我拿下这个不知天高地厚的女人！”他大手一挥，数十名蒙古士兵如马蜂一样向九妹围过来。

九妹摆开架势，拿出看家本领，与这一群蒙古士兵展开搏杀。蒙古士兵人多势众，又身强体壮，而且武功也非同一般。

双方斗了三十多个回合，九妹渐渐感觉体力不支。她原本一夜未眠，已是疲惫不堪，如今与这样一群凶神恶煞的人斗在一起，慢慢地感到力不从心。她寻思如果与这群人硬斗下去，吃亏的肯定是自己，得尽快想一个脱身之计才行。

她曾数次寻找机会跳出包围，可这群蒙古士兵异常勇猛，根本无法突破重围。看来，只能以死相拼了。九妹抱定必死的决心，重新振作精神。在这一轮刀光剑影之中，九妹连伤数名蒙古士兵，可她的手臂和小腿上都受了伤，左胸上方也被击中，所幸没有伤到要害，但伤口的鲜血与身上的汗水混在一起，将她的衣服染红了一片。

这时，只听蒙古军后方传来一阵喊杀声。喊杀声越来越近，看那旗帜，却是宋人旗号，上书一个“赵”字。蒙古军忽然听到有人从后方攻来，忙掉转枪头，准备应战。九妹趁势追杀，与赵字军对蒙古军形成夹击之势。转眼间，数名蒙古士兵又倒在了九妹的剑下。

赵字军头领身长七尺，身材魁梧，使一把飞月长矛，骑一匹枣红马。只见他左击右突，如入无人之境，杀得元军魂飞魄散。先前杀了自己手下的蒙古军头儿怎么也没想到，他只顶住这个赵字军头领的三招，就被人家一矛刺中咽喉结束了性命。其他蒙古军见头儿被杀，纷纷四散逃窜。可赵字军头领哪里肯饶，他大手一挥，手下士兵张弓搭箭，将这一群蒙古军全部射杀。

九妹战到后来因失血过多，晕了过去。她再次醒来的时候，已在赵字军的山头了。

第五十九章　月下飞瀑

话说胡一刀与秋红、玉竹在湖边拉拉扯扯惹得月儿一气之下跑得没了踪影，在追寻月儿的路上，他遇见一直苦寻胞妹而不得的钟霜。眼看天色渐晚，森林中阴气袭人，寻不着月儿的胡一刀心下焦急。钟霜抱着对月儿的好奇，主动要求与胡一刀结伴而行。不多时，二人忽听前方有水声。循着水声，二人继续往前走，不过数百步，只见前面山崖上挂着一条巨大的飞瀑。瀑布水流充沛，气势如虹，水声震耳欲聋。向上看去，瀑布如从天而降，几乎是贴着天飞流而下。再向下看，只见下方水雾迷蒙，似是深不见底，看得人心中发怵，双腿打弯儿。

“没想到这山中居然有如此大的瀑布！”胡一刀不由得感叹。

“是啊，我在这山中少说也穿行了十次有余，但还是第一次见到如此奇观！”钟霜也甚为惊奇。

他们二人又围着瀑布仔细察看，却发现瀑布的下方有一潭水，可能是由于天色已晚，加上水雾迷蒙，所以先前看不清。胡一刀捡起一块石头向潭中扔去，石头在潭中发出巨大的扑通声。听得出，这潭水可能也不浅。

此时，天已完全暗下，森林中一片黑暗。二人寻了半日光景，都觉疲乏得紧，索性在瀑布前的一块大岩石上坐下休息。

这块岩石之大，超出想象，足足有半亩方塘大小。石面长年被风吹雨淋日晒，呈灰白色。人坐在上面，颇有心旷神怡的感觉。

两个人坐在石头上，不知说什么好。半晌，胡一刀说道：“看来今夜要在这里以天为被、以地为席了！”

“可不是嘛！”钟霜接过话来，胡一刀不无感慨地说：“唉，也不知月儿跑到哪里去了！”

“你这么在乎月儿姑娘，真令人羡慕。”钟霜若有所思地说。

胡一刀感觉钟霜似乎话里有话，却又不好深问，于是说道：“那是自然，我们刚刚结为夫妻，只因一些误会，才惹得月儿一时想不开。这崇山峻岭的，也不知她在哪里？”

月亮渐渐升起，月光照进森林，照到这块巨大的岩石上。对面崖壁上的瀑布，仿如一块银色巨幕从天垂下。轰隆隆的水声把森林衬托得越发安静。一阵山风吹来，夹杂着瀑布溅起的水花，落在胡一刀和钟霜的脸上、身上，湿漉漉的。

“公子不必担心，相信吉人自有天相！我们就此分别，我要去别的地方寻找胞妹。”钟霜虽答应胡一刀要一起寻月儿，可夜里要一起宿在这里，男女有别，还是不妥，所以找了个借口告辞。

他站在潭边，望着天上的月儿发呆，心里却想着自己的月儿。希望天上的月儿尽快离去，让白天尽快到来，这样，他就可以继续寻找月儿了。可漫漫长夜，越是盼着天亮，夜晚反而变得更长了。

一阵山风吹过，水潭上的水雾随风散去，瀑布下方现出水潭的真面目。那可真是一方好水潭啊，就如一块宝镜镶嵌在这万籁俱寂的山谷中，瀑布的倒影、周围树木的倒影、夜空的倒影，就连潭边杂草的倒影，都看得一清二楚。潭面触手可及，却又似乎遥不可及。

又一阵山风吹来，潭面上的雾气已然散尽。胡一刀望着潭水不住地唉声叹气。突然，潭里出现了一个人儿，胡一刀揉了揉眼睛，仔细一看，真是一个人儿。但见银色的月光下，一个白衣女子在潭面上翩翩起舞。“这，这，这……是真的吗？”胡一刀不住地问自己。他看看天空，又看看周围的景物，掐了自己一下，确定他不是在做梦。他朝潭中喊道：“喂！下面潭里的是人还是神啊？”他这么喊了几遍，下面的人像是没听见一样，依然在水面上舞袂飘飘。

无奈之下，胡一刀决定亲自下到潭中去看个究竟。他施展轻功，向着潭中飞去。当他的脚尖碰到水面，看清白衣女子面容的瞬间，他差点忘记了自己是在水面上，以至于那一瞬间险些因忘记运功而跌落潭中。

“月儿！”胡一刀失声喊道。

不待对方开口说话，胡一刀已将女子抱入怀中。他双脚轻点水面，如白鹤展翅，朝着先前他与钟霜休息的那块大岩石飞去。

“月儿，真的是你吗？我没有做梦吧？月儿……”胡一刀激动不已，他把月儿抱得紧紧的。他担心这是一场梦，更担心会再次失去月儿。

“当家的，你把人家都快憋死了！”月儿在胡一刀的怀里撒着娇，“你仔细看看，不是我，还能是谁呢？”

胡一刀抱着月儿，一种失而复得的幸福感包围着他，任凭月儿如何挣扎，他都舍不得松开。胡一刀问：“月儿，你怎么会在这里？”

“这么给你说吧，我先前生你的气，一气之下撒腿跑了，但跑着跑着，见你追来，我就不生气了。后来我就琢磨，要不想个法子戏弄一下你？”月儿说话时，歪着脖子，仰着头望着天空，脸上洋溢着得意的神情，“我想啊想，就想到这个好地方。没想到还是被你找到了。”月儿说完，又咯咯咯地笑起来。她的笑声就如铜铃一般，在夜空中久久回荡。

胡一刀听完月儿的话，真是哭笑不得，只觉一股热血在浑身上下迅速奔涌：“你个小蹄子，看我怎么收拾你！”

月色如水，飞瀑如银，胡一刀和月儿的嬉笑声渐渐没入淡淡的月色与隆隆的水声中。胡一刀还和月儿说了偶遇钟霜寻找胞妹的事情，并觉得钟霜的胞妹可能是月儿，让月儿有机会去找一找她。

第六十章　凤鸣山庄

话说九妹醒来的时候，已是第二天的上午。阳光从窗户照射进来，照在她躺着的那张木床的前面，她感觉身轻如燕，仿佛做了一个梦。她睁开双眼，看到一个陌生的男人坐在床边。这个男人，满脸的络腮胡子，浓密而漆黑的眉毛下面是一双炯炯有神的眼睛，眼睛里布满血丝，正目不转睛地看着九妹。

见九妹醒来，男人说道：“姑娘，你总算醒过来了！”他的声音浑厚而粗犷，听了令人踏实。

“你是谁？这是哪里？我为什么会在这儿？”九妹满脑子都是疑问。

“姑娘，在下乃是本山庄的庄主赵晔。我们这个山庄叫作凤鸣庄，因传说上古时候有凤凰在此落脚并发出长鸣声而得名。姑娘昨天与元军打斗之时，我等恰巧路过，见姑娘只身与元军厮杀，心生佩服，于是从后向元军发起攻击。待我们打败元军之时，姑娘却身负重伤昏厥过去。因担心姑娘安危，故而未经姑娘允许，擅自将姑娘抬到山庄来。姑娘不必担心，这里很安全。”

听赵晔如是说，九妹深受感动，连忙起身欲向赵晔施礼致谢，不想用力过猛，以致伤口崩裂，鲜血又从伤口处流出。九妹哎哟一声，还想挣扎着坐起来，却被赵晔扶住。赵晔说：“姑娘身负重伤，不必行礼。”九妹这才安心躺下，说道：“多谢庄主相救！小女子不便施礼，还请庄主见谅。”

“姑娘说的哪里话！你只管好生休息，如有什么需要，尽管吩咐。”赵晔说完，看了一眼九妹，见九妹额头上冒出密密麻麻的汗珠，吩咐贴身侍卫道：“快去叫大夫来。”侍卫刚转身，赵晔又说道，“等一等，快拿一块帕子给我！”

侍卫转身取了一块白色的帕子递给赵晔，而后出门去请大夫。赵晔接过帕子，为九妹拭去额头上的汗珠。九妹躺在床上，看着赵晔轻轻为自己擦拭汗珠，心中十分感动，因说道：“庄主对小女子如此照顾，让小女子情何以堪？”

“姑娘不必在意。能有幸照顾姑娘，乃是赵某的福气！”

看着赵晔憨厚的表情，九妹的脸不由得红了。

见大夫匆匆进来，赵晔急忙起身让位，说道：“大夫，这边请！”

大夫看了一会儿，说道：“庄主，夫人的伤虽未危及生命，却也伤得不轻，尤其是腿部的伤口较为严重，已经开始化脓，如不及时医治，有可能留下伤疤。我先给夫人开三服药口服，再开一些敷的药，相信假以时日，悉心调理，月余或可初步康复。”

听大夫将九妹称作自己的夫人，赵晔心中不由得咯噔了一下，心想，如若真有这样一位夫人，这辈子也就圆满了。但他不想占人家一个姑娘的便宜，正欲分辩，九妹却说道：“大夫，您误会了，小女子并非庄主夫人。”

大夫一听，连忙双膝跪下，说道：“小人有所不知，冒犯了夫人……不，冒犯了姑娘，还请姑娘恕罪！”

他这一举动，惹得大家都笑了起来。

“大夫，你快去给姑娘配药吧！”听赵晔如是说，大夫连忙起身，随着侍卫走了出去。

赵晔憨憨地笑着说道：“我若真有姑娘这样一位夫人，那就算是死了也值得！”

九妹侧身躺在床上，听到赵晔的这番话，心中想，莫非这个赵庄主救我是要我做她的夫人不成？但她并未想过要以身相许，遂道：“庄主切莫拿小女子取笑。庄主英雄过人，还怕这天底下没有喜欢庄主的姑娘吗？”

“哈哈哈哈……”赵晔听了，不由得放声大笑，说道，“也许喜欢赵某的姑娘大有人在，但让赵某喜欢的却一定不多。姑娘不仅武艺过人，而且美若天仙，像姑娘这样的女子，这世间可真不多。赵某行走江湖多年，又创立这山庄，却从未见过像姑娘这样出众的女子。”

“庄主总是拿小女子取笑，着实让小女子羞愧难当！”九妹知赵晔此话不假，但她的心中第一个挥之不去的是萧天，第二个想着的是胡一刀。萧天与她看来是此生无缘，胡一刀又不知现在何方。赵晔于她而言，更多的是救命之恩，她无法对他产生感情，便说道：“庄主的救命之恩，小女子无以为报，还望庄主宽宏大量，不与小女子计较。”

赵晔听出九妹话中的意思，知她对自己无意，乃说道："区区小事，何足挂齿！如今，元军大举入侵，大宋朝廷风雨飘摇，作为赵氏子孙，我也有保国守土之责。姑娘虽是一介女流，却敢于向元军亮剑，这份胆识和勇气，实令赵某佩服。我赵某虽是一介武夫，却也懂得'仁义'二字。能救姑娘于危难，乃是赵某的荣幸！"他说到此处，突然打住，问道："我们说了这许多，还不知该如何称呼姑娘？"

"小女子姓齐，名曰九妹。庄主对我有救命之恩，可以叫我九妹。"

"如此甚好！"赵晔听九妹允许他叫她名字，心中十分欢喜，"既如此，九妹且在山庄好生养伤，待伤完全恢复，再做打算不迟。"

"多谢庄主！"

"九妹也不必一口一个庄主地叫我，干脆叫我赵大哥吧！"

"好，赵大哥！"九妹说完，开心地笑了。

赵晔答应了一声，满意地笑着走出了九妹的房间。

在接下来的半个月时间，赵晔像是消失了一样，没有再来看过九妹，这反倒让九妹的心中充满疑惑。她的身体日渐康复，已经可以下床行走了。连日来，都是山庄中的一个妇人负责她的饮食起居。这日，妇人又给九妹送来饭食。九妹拉住妇人的手问道："大娘，庄主去哪里了？我好像很多天没看见他了。"妇人回答道："姑娘，庄主下山去了，还没回来，具体去了哪里，我也说不上来。"妇人说完，转身走了。九妹望着妇人的背影，傻傻地发呆。她猜想庄主下山肯定是去消灭敌人了，但都过去半个月了，庄主还没回来，他会不会出什么事？她在心里默默地为庄主祈祷，希望他平安归来。

又过了三天，妇人走进九妹的房间，脸上神情凝重。九妹见了，心下疑惑，问道："大娘为何愁容满面？"

"庄主回来了，但受了重伤！"妇人说道。

“快带我去看看！”九妹听说赵晔身受重伤，心一下子提到嗓子眼儿，上前拉住妇人的手就往门外走。

在妇人的带领下，九妹来到了赵晔的房间。房间内灯火通明，床头的架子上插着庄主的飞月长矛，长矛折射出道道寒光。庄主躺在床上，先前为九妹医治的大夫正在聚精会神地为庄主把脉。几个浑身沾满鲜血的兵丁在一旁肃立，神情紧张地看着庄主和大夫。九妹的出现，让几个兵丁大为紧张。他们走过来，拦住九妹，说道：“请问姑娘来此做什么？”

“我来看看赵大哥！”九妹说道。

“你是庄主什么人？”其中一个兵丁问道。

赵晔听见是九妹来了，对身旁的侍卫说：“让她进来！”

九妹走到赵晔的床前，只见赵晔满脸是血，浑身有多处伤，最要命的是他的胸前有一处箭伤还在向外渗血。大夫有些手忙脚乱，双手抖得十分厉害。

九妹见状，甚是难过，含泪说道：“让我来给大哥包扎吧！”大夫用怀疑的眼神看了一眼九妹，然后不由自主地退到一边。但见九妹不慌不忙，她首先为赵晔清理干净伤口，然后为他做消毒处理，之后撒上创伤药，并裹上纱布，所有动作都是那么娴熟，仿佛经过专业训练。大夫在一旁看得傻了眼。

“大娘，麻烦您去为庄主熬些粥来！”九妹吩咐道。

妇人答应了一声，退出径自去熬粥。九妹收拾停当，将大夫打发走了，这才坐到赵晔的床边，问道：“许久不见，大哥去了哪里？何以受此重伤？”她的语气中尽是关切之意。

“劳九妹牵挂。我遭奸人暗算……”赵晔说着叹了一口气，“唉……这事说来话长，容我慢慢告诉你。”

那日，赵晔从九妹房间出来后，召集庄上将领商议破敌之策。连日来，蒙古军活动猖獗，山庄附近的村镇都遭到蒙古军的洗劫，如若不对蒙古军予以打击，山庄将失去生存的根基。到时候，无须蒙古军进攻，山庄就会因没有补给而土崩瓦解。危难之际，赵晔召集诸将商量破敌之策，一来消灭敌人，二来保住山庄命脉。一时间，大家议论纷纷。二庄主曲虎说他获得情报，蒙古军在距离山庄三十里的野云坡安营扎寨。那里地势险要，易守难攻，但他知道一条小道，凤鸣庄的兄弟们只需从小道摸到蒙古军身后，然后从后方发起攻击，即可出其不意，一举消灭这股蒙古军。众将都对这个主意赞不绝口。赵晔见大家都很激奋，思想当下也无其他更好的选择，于是就同意了曲虎的建议。

是夜，四更造饭，五更出发，山庄人马直插野云坡后山。约莫傍晚时分，队伍来到野云坡后山脚下。向上看去，却是一处悬崖。这如何上得去？就在大家为此烦恼之际，曲虎走到赵晔的跟前，说道："庄主，请随我来。"众人跟着曲虎沿着山脚往前走了大约半里地，只见一条小路从山脚蜿蜒至山林中。

"就是这条路！"曲虎十分肯定地说。

"二庄主，你是怎么知道这条路的？"赵晔的贴身侍卫问道。

"对呀，老曲，你是怎么知道的？"赵晔也觉得奇怪。

曲虎看了一眼赵晔和侍卫，说道："哦，这个嘛……我之前来这里采药，发现了这条路。"

队伍沿着小路向上攀爬，行了约莫一个时辰，来到一块大岩石下。这时，天已暗下，每个人的心都提到嗓子眼儿，就连窸窣的脚步声都听得一清二楚。

赵晔说："大家稍作休息，争取一鼓作气，拿下野云坡！"他话音刚落，岩石上方就响起一片喊杀声。

第六十一章　古井兵法

话说胡一刀和月儿在飞瀑前的大岩石上缠绵的时候，无意之中触动了岩石上一个毫不起眼的机关，顿时，大岩石向着地心直坠而下。他们二人根本来不及呼喊，随着一声巨大的轰隆声，掉进了深井之中。

良久，胡一刀和月儿才从惊恐中清醒过来。他们抬起头，看见上面的洞口只有拳头大小，足见这口井有多深。这时，耳边隐隐传来哗哗的流水声。流水声越来越清晰，好似从他们身边流过。

“当家的，我好怕！”月儿紧紧抱住胡一刀，“我们是不是掉进了阴曹地府？”

“不用怕，有我呢！”胡一刀环顾四周，居然在左前方发现了一丝微弱的亮光，“月儿，快看，有光！”

“哪里有光？我没有看见。”月儿四下寻找，却没有发现亮光。

“左前方，仔细看，若有若无。”

月儿顺着胡一刀指的方向仔细看去，果真看见了忽明忽暗的亮光。

“真的，真的有光耶！”月儿无比兴奋。

“眼下还是夜晚，我们最好在这里等到天亮，待天亮后，井内光线好一些了，我们再做打算。”胡一刀把月儿搂得更紧了。

天渐渐亮起来，外面的鸟叫声也隐约能听见一些了。太阳光从洞口射下来，他们看清了周围的景象。在他们的身旁，真的流淌着一条小溪。小溪有一丈余宽，溪水冰冷刺骨，静静流淌。左前方的光线这时候也十分明显，应该就是从瀑布下方的深潭与洞壁之间的空隙透进来的。由于潭水被风吹动，兴起水波，这个空隙的水流就时小时大，故而光线也跟着时明时暗。令他们深感奇怪的是，从井底到井口，少说也有数十丈高，那块大岩石从井口直落地面，居然完好无损。

他们四下察看，突然，胡一刀听见哎哟一声，回头看去，月儿由于踩到了一块松软的石板，向溪中滑去。胡一刀纵身而起，就在月儿跌入小溪的瞬间，抓住了她的手，又一用劲，将她成功拉回。可月儿脚下的那块石板却滑入了溪中，连一点声响也没有。他们这时才发现，眼前这条丈余宽的小溪，其实深不见底。如果刚才胡一刀出手稍微晚一点，后果不堪设想。胡一刀紧紧抓住月儿的手。月儿的手冰凉冰凉的，看来着实被吓得不轻。

他们定了定神，继续四下寻找出口。不知不觉中，他们来到了一通石碑前。这通石碑足有一人高，约莫三尺宽，立于井壁之前。

“这里怎么会有石碑？”胡一刀惊奇地问道。

“你看，上面有字！”

月儿蹲下身，用手轻轻拭去石碑上面的灰尘，但见石碑上面模模糊糊地出现“楚千秋之墓”五个字。楚千秋是何许人也？他们对此一无所知，也从未听说过这号人物。

“前辈，多有打扰，还请见谅！”胡一刀站到石碑的前方，对着石碑三鞠躬。

当他鞠完第三个躬，石碑却缓缓缩进地下，继而，在石碑的后面，出现了一道石门，石门慢慢打开，一束亮光从石门内射出，几乎令人睁不开眼。

胡一刀牵着月儿走进石门，首先看见的是一副漆黑的棺材，在棺材的四周，安放着七颗夜明珠，将室内照得一清二楚。他们被眼前的景象惊得目瞪口呆。胡一刀心想，一颗夜明珠就已价值连城，七颗夜明珠的价值简直无法估量，由此推断，墓主人绝对非富即贵。而墓主人叫楚千秋，或许是一个楚国人。但他为何要葬在这样一个人迹罕至的地方呢？

他们二人又虔诚地对着棺材三鞠躬，然后围着棺材仔细察看，发现棺材不仅油漆完好，而且棺木状态也十分完好。

“当家的，墙上有字！”月儿拉扯了一下胡一刀的袖子。

胡一刀转过身来，但见墙壁上有一行小字，写道：进入密室，即为楚千秋之关门弟子，需遵照本人遗命，方可全身而退，否则，室内机关将自行启动，来者将遭受万箭穿心而死。

胡一刀看完这段话，大惊失色，急喊“不好”，正欲和月儿夺门而出，却为时已晚，石门就在此时完全闭合。无论他们如何推石门，石门都纹丝不动。

“这可如何是好？我们要被关在这里困死不成？”月儿焦急万分。

“既然前辈要我们遵从遗命，我们先看一看他的遗命是什么再说。”胡一刀说完，就犯起愁来，“对呀，前辈的遗命是什么呢？”

“难不成前辈的遗命在棺材之中？”月儿猜测道。

“我们不妨打开棺材看看！”

胡一刀和月儿走近棺材，用力推动棺盖，可任凭他们使出浑身力气，也无法移动棺盖分毫。

“找一找，许是有机关才可打开！”胡一刀说道。

当他们转到棺尾时，发现棺尾的中间有一个圆形的突起。胡一刀在这个突起上轻轻一按，棺盖就徐徐向一边移去。

他们走向棺材，向棺内一看，里面居然空空如也。

正在胡一刀失望的时候，月儿却惊奇地发现，这棺底甚是特别：“当家的，你看这棺底的颜色何以与棺身的颜色迥异？棺身是浅黄色，而棺底却是深褐色。”

胡一刀弯下腰仔细察看，颜色果然不一样。但这又有什么稀奇的呢？棺底紧挨地面，受地面潮气影响，颜色自然要比棺身深一些。但只要稍作思考，也不完全对。如果真的是受潮气影响，这棺材不应该早就腐朽了吗？但眼前的棺材却保存完好。由此断定，这棺材必有蹊跷。

胡一刀又转到棺尾，重新按了一下那个圆形的按钮，只听一声响动，吓得胡一刀兀地从地上蹦起来。再去看棺内，先前的棺底不见了，出现在眼前的是石阶梯。

他们二人弯着腰向下看去，下面一片漆黑。胡一刀灵机一动：“何不就地取材，一人拿两颗夜明珠下去，岂不就看得见了？”他们一人从棺材旁取了两颗夜明珠拿在手上，然后跳进棺材，沿着台阶走了下去。

石阶梯有二十余级。到了底下，面前又是一道石门，门上挂着一个羊头。用手一摸，这羊头却是用青铜铸造的。但如何进入这道石门，他们二人一时又摸不着头脑，只得用那夜明珠四下照看。唯一感觉奇怪的地方乃是那羊头的眼睛却是空的。“莫不是要将这夜明珠放入羊的眼眶内？”胡一刀如此想着，就试着将两颗夜明珠放入羊的眼眶。果不其然，石门就此打开。

他们走进室内，只见一具骷髅端坐于前，在骷髅的左右两边，各有一颗夜明珠，照得骷髅阴森恐怖。胡一刀心想，这或许就是那位楚千秋前辈了。他和月儿对着骷髅拜了又拜。就在他们弯腰拜祭之时，发现骷髅的脚下有一个盒子。胡一刀双手捧起盒子。原来是一个铜盒，上面长满了青绿色的锈。

“想必这盒子里就是那遗命了。”胡一刀对月儿说道。

“快打开看看！”月儿有些迫不及待。

胡一刀摇了摇铜盒，发现盒子中明显有东西，但盒子需要钥匙才能打开。他们四下寻找，却不见钥匙。难不成钥匙被楚老前辈弄丢了？按理说应该不会啊。难道钥匙被老鼠叼走了？可这石室之内，完全没有老鼠活动过的迹象。既然如此，钥匙就应该在这个石室内。

他们四下寻找钥匙，可找遍了所有角落，一无所获。胡一刀再一次站在了骷髅的前面，这一次，他跪下来给骷髅磕头，心中祈祷着能得到前辈的指点。在他磕完第三个头，抬起头的瞬间，他看见骷髅的胸口处挂着一个物件。

胡一刀小心翼翼地从骷髅身上取下这个物件，仔细一看，居然就是他要找的那把钥匙。只是这把钥匙甚是特别，形如一根细针，做工极为精细。他急切而又谨慎地将钥匙插入铜盒，盒子应声而开。

盒中乃是一部兵书。兵书的第一页，赫然写着八个字：欲得本书，必入本门。接下来是金、木、水、火、土五个章节，讲的是排兵布阵之法。其中，金、木、水、火四个篇章对应四种阵法，每一种阵法又有十二种变化，土章是总章，统揽四大阵法。另外，还有一个后记，乃是遗命。

胡一刀如获至宝，对月儿说：“我们神龙帮如今有四个小组，正需要一部这样的兵书来训练帮众。这可真是天意啊！”胡一刀将兵书揣入怀中，正欲牵着月儿离开，只听哗啦一声，骷髅竟然散架了。骷髅的后面出现了一把宝剑。之前，由于被骷髅挡住了，他们没有发现隐藏在骷髅后面的宝剑。胡一刀走上去，欲将宝剑带走，可无论如何都拔不出来。月儿也过去帮忙，但依然无济于事。无奈之下，他们只能作罢。

他们走上石阶，准备返回上面，却发现原来的棺材口不知何时已经闭合，再想打开已是不可能。只见顶上也是八个字：欲得本书，必入本门。他们若有所悟，重新回到下面，翻开兵书的最后一页，按照上面的遗命，面对骷髅的方位，行三叩九拜之礼。

二人按照遗命上的要求，异口同声地念道：“师父在上，请受徒儿一拜！自今日起，我自愿拜在楚千秋门下，是为古井派弟子。我自当刻苦研习兵书，将古井兵法发扬光大。如若违背，天打雷劈，永世不得超生！”念完，各自又念出自己的名字，“弟子胡一刀谨遵师命”“弟子月儿谨遵师命”。

他二人如此叩拜完毕，刚站起身，上方洞口就豁然打开。原来在他们跪拜的地上，装有机关，跪下的同时，就相当于按下了机关，当拜祭结束起身，机关启动，上方的棺材底板就自动打开了。这时，只见先前那把宝剑也颤动起来。胡一刀走过去，双手握住宝剑，只轻轻一拔，随着一道寒光闪出，宝剑已经在他的手中。

他们带着兵书和宝剑拾级而上，重新回到放置棺材的密室。密室的大门早已为他们开启。他们走出大门，一道绳梯早已从井口垂降下来。月儿在前，胡一刀在后，攀着绳梯，很快上到了地面。

已是中午时分。胡一刀领着月儿，径直回神龙帮去了。帮众见他们平安归来，欢喜异常，载歌载舞，迎接帮主和夫人。

胡一刀回到神龙帮后，潜心研习古井兵法，一连数日将自己关在房间，除了吃喝拉撒，其他事务一概交给月儿主持。

二十一天过去，胡一刀已将古井兵法研习得滚瓜烂熟，遂按照兵法所云对“神出鬼没”“出神入化”“心驰神往”和“炯炯有神”四个小组进行严苛训练。

经过三个月的苦训，大功告成。这四个小组分开是四把尖刀，合在一处则是一支劲旅。

秋红的“神出鬼没”组，按照“金”章进行训练，她们快如闪电，所到之处，具有摧枯拉朽的威力。

玉竹的“出神入化”组，按照“木”章进行训练，不仅将速度发挥到了极致，而且具有一招毙命的绝招。

月儿的“心驰神往”组，按照“水”章进行训练，成员选的都是帮里最为标致的女子，她们姿色迷人，最为要紧的乃是那令人迷醉的微笑后面，隐藏着致命杀机。

青儿的“炯炯有神”组，按照“火”章进行训练，在与人对视之中，即可令对手走火入魔、肝胆俱裂。

四个小组，阵形千变万化，如果缺少统一指挥，则会形如散沙，这就是胡一刀自己所练的“土”章的重要性之所在。“土”章将其余四章统领起来，形成合力。四个小组在胡一刀的指挥下，变化自如，所到之处，飞沙走石，威力无穷。

转眼间，已近中秋。中秋佳节，本是团圆之日。这让胡一刀对九妹的思念又在心头泛起。一场秋雨一场凉，季节的变化，也让胡一刀平添了几分愁绪。与九妹分别已一年有余，也不知如今九妹身在何方，过得可好。如此想着，他决定带着帮众下山，一来打探九妹的下落，二来希望找个机会，试一试古井兵法的威力。

第六十二章　牛刀小试

话说胡一刀领着神龙帮帮众出神龙谷径直向南行，不日就来到了长江北岸，一打听，方知已进入归州境内。

这一路上，胡一刀走在前头。他背上背着古井宝剑，腰间挂着降龙火刀，穿一身黑衣，走起路来虎虎生风，颇有侠者风范。

紧随其后的乃是帮主夫人、“心驰神往”的头领月儿及其手下，她们都着一身白衣，腰间挂着一把玉女短剑；“神出鬼没”的头领秋红及其手下均一袭红衣，人手一把红叶弯刀；“出神入化”的头领玉竹及其手下则全着绿色长裙，每个人的手里拿着一支翡翠色的玉质长箫；走在最后的乃是“炯炯有神”头领青儿及其手下，她们全是青衣打扮，背上插着青龙双剑。队伍浩浩荡荡，白、红、绿、青四色连成一片，犹如一条五彩斑斓的蛇在山路上游动。帮众长发飘飘、英姿飒爽，所到之处无不引得众人侧目，俨然成了一道流动的风景。沿途的百姓见了，无不驻足惊叹，拍手称奇。更有甚者，遥遥地跟在队伍后面，犹如尾巴，甩都甩不掉。

秋风渐起，清凉如斯，江水清清，碧波荡漾，山上的树叶飘落。队伍沿着长江东下，沿途的美景虽说也很迷人，但大家都走得乏了，不免对美景提不起兴趣。有人说不如找个自在的地方，住个一年半载再走不迟；有人建议就在这江边安营扎寨，天天沐浴江风，吃那江中的鱼虾，过神仙一般的日子；胡一刀并四大头领商议，若能寻得一艘船，然后乘船东下，岂不快哉？众人听闻要乘船东下，一个个兴奋得又蹦又跳。但连日来，江面根本没有一艘船的影子，更别提一艘能载得下他们一帮人的船。如此寻思，众人又不免有些失望。

中午时分，秋阳高照，江风温暖，大伙饥肠辘辘。胡一刀吩咐下去，众人开始埋锅造饭。早有人去江边叉鱼，抑或是去寻些柴火。不多时，江边青烟升腾，柴火烤的江鱼香气飘起，更有野菜清香扑鼻，勾引得帮众馋涎欲滴。午餐准备就绪，胡一刀一声令下：“开饭！”江边顿时变得嘈杂纷乱，帮众们完全失去了女子应有的那份矜持，一个个仿若被饿了十年的狼，迫不及待地抓起烤得金黄的鱼狼吞虎咽起来。胡一刀及四头领相视而笑，也加入热火朝天的行列。

大伙儿正快活地吃着，青儿的一个手下突然喊起来：“快看！船！船！船……”她扔下手中吃了一半的鱼，一路惊呼着向江边跑去。她的喊叫声犹如扔进湖中的石头，激起千层浪。众人纷纷放下碗筷，一齐跑向江边，果见江面上驶来一条大船。

胡一刀及四头领也跟随帮众走到江边观看。只见下游江面上，一艘大木船挂着鼓鼓的风帆，向上游破浪而来。看那速度，还颇为迅速。船头的旗杆上，挂着一面杏黄色大旗，旗子迎着江风猎猎翻卷，发出呼啦啦的响声。因那船与他们尚有一段距离，故而一时看不清旗子上的字号。

船越来越近，旗子上的字号已看得甚是清楚，却是一个大大的“蒙”字。胡一刀寻思，这是哪路人马，却书一个“蒙”字，难不成在他隐在神龙谷的日子，大宋出了一个蒙家军？之前却是从未听闻过。也不知他们来到归州所为何事，如若能等他们办完事，然后乘他们的船顺江东下，岂非好事？只是这船径向上游驶去，丝毫没有要停靠的意思。

胡一刀哪里知道，在他隐在神龙谷的这段日子，天下已经大乱。蒙古军的铁骑长驱直入，攻破襄阳城后，又将战线往南推进了数百里。宋军无力抵抗，只得一路往临安方向败退，以至于如今这归州境内眼看也要遭受兵灾。

帮众站在江边，朝着江面上的大船手舞足蹈、欢呼雀跃，兴奋异常。这很快引起了船上蒙古军的注意。放哨的士兵见此情景，迅速将岸边的情况报告给了主帅。主帅听闻江北岸边有情况，立马出船舱观望，却见江边全是长发飘飘的年轻女子，当下哈哈大笑，随即大手一挥：“靠岸！”并对部下说道：“给你们每人赏个媳妇！”众士兵听闻赏赐媳妇，一个个摩拳擦掌，一鼓作气，将船划得飞快，径直向江北岸边驶来。

见大船向着岸边驶来，神龙帮的帮众哪里知道，危险在向他们逼近。他们还在欢呼着终于可以坐船了，但他们不知道这是一条贼船。不仅帮众不清楚船只的来历，就连他们的帮主胡一刀也只是奇怪这艘大船竟然准备靠岸，却丝毫没有想到一场搏杀即将上演，以至于他没有任何防备。

船离岸边已近在咫尺，这时，胡一刀顿时感到了某种莫名的威胁，他的脊背隐约有冷汗冒出。他看得一清二楚，船上的人不仅全副武装，而且一个个眼冒绿光，对着帮众指指点点。他对着船上的人喊道：“请问军爷，你们是哪路人马？”但无人应他。

“居然还有个男的！”蒙古军主帅身旁的汉子对站在船头的主帅说道。主帅听了，点头示意。汉子会意，随即拔出佩刀，纵身一跃，已从船上飞起。他头上裹着白色头巾，身材魁梧，使一把三尺银月长刀，如凶神恶煞般砍向胡一刀，大有一刀结果胡一刀性命的架势。

胡一刀见此情景，已无暇顾及，顺手抽出降龙火刀迎战。降龙火刀与银月长刀相碰，火花飞溅，发出震耳欲聋的声响，震得胡一刀后退三步，手臂发麻。那人步步紧逼，杀气腾腾，招招致命。胡一刀连接三招，只觉力道之大，难以抵挡，心想此人臂力如此了得，如果与他硬拼，只怕是要吃亏，不如以柔克刚，看他又能奈我何。如此想来，他抽刀转身，果然，那汉子使出蛮力却扑了个空，胡一刀使出“回心转意”招式，降龙火刀径直刺向汉子的下肋，汉子躲闪不及，挨了一刀，顿时鲜血涌出。可这汉子竟毫无惧色，如没事人一般，又挥起长刀向胡一刀砍来。胡一刀脚下步伐先是左移，引得汉子向左扑来，可他却抽回脚步，移身到了汉子右侧，使出“顺手牵羊”招式，降龙火刀已在汉子的脖子上划出了一条长长的口子。汉子还要转身，却感觉脖子上似有黏糊糊的东西流出，伸手去摸脖子，可手只举起一半，就轰然倒下。

帮众见来者不善，方如梦初醒，四头领领着手下纷纷退后，在数丈之外摆开阵势。

这时，船已靠岸，蒙古军从船上鱼贯而出，直向帮众扑来。

蒙古军主帅铁盔铁甲，手持一杆丈八长枪，大踏步向胡一刀杀来。

胡一刀左手握着古井宝剑，右手拿着降龙火刀，站在原地，只等蒙古军主帅杀来。

“来者何人？我等与你们无冤无仇，何以刀兵相向？”胡一刀吼道。

“我乃大蒙古第十三路军第二十支队第三小队主将佐尔木！如今，大宋江山已大部落入我蒙古军之手，尔等宵小之辈，如果识相，我可留你们全尸，如若胆敢与我蒙古军作对，我将你们碎尸万段！”佐尔木声如洪钟。

胡一刀听后，心中不寒而栗。他相信眼前这个蒙古军主帅的话，凭他们已经深入长江腹地，就可以断定大宋江山已经千疮百孔。但他胡一刀重出江湖，如果第一战就败了，从今往后，他又有何颜面立足江湖？为今之计，只有背水一战，或可置之死地而后生，除此之外，别无他法。即便是付出全帮覆灭的代价，他也不能卑躬屈膝苟活于世。

胡一刀对帮众喊道：“神龙帮的帮众，我们今天所面对的乃是大宋的死敌蒙古军，今天不是他们死就是我们亡，屈膝投降不是我胡某的做派。怕死的，就赶快自行逃走，不怕死的，就留下来和我胡某一起与敌人殊死一战。黄泉路上，我胡某与大家同在！”

帮众听了胡一刀的话，高声齐呼：“殊死一战，殊死一战！”神龙帮竟无一人逃走。一时，帮威大振，士气高涨。

胡一刀与佐尔木战在一起。四头领率帮众摆成阵形，与蒙古军战作一团。

江风阵阵，黄叶纷飞，鲜血横流。月儿的“心驰神往”的水字阵已摆成，一众蒙古军见了，心潮澎湃，热血沸腾，心中只想着如何抱得美人归，以至于战斗力全部消失。不多时，这一众蒙古军已经神魂颠倒，就在迷迷糊糊之中，他们的人头已经被帮众的玉女短剑如切瓜一般切下。秋红的“神出鬼没”的金字阵，红衣翩翩，她们忽而向东、忽而向西，时而令蒙古军觉得似乎伸手可及，时而又令蒙古军感觉远在天边。可怜这些蒙古军在晕晕忽忽之间，已将自己的性命交给了秋红和她的手下。只见红叶弯刀所至，人头纷纷落地。再看那玉竹的“出神入化”的木字阵，更是变幻无穷，她们清一色的翠绿长裙，舞得蒙古军心醉神迷，更有那玉制长箫吹出的婉转乐曲，迷得蒙古军如梦似幻。就在片刻之间，围着她们的蒙古军已经七窍出血，魂归西天。青儿的“炯炯有神”的火字阵威力也令人胆寒，她们用勾人心魄的眼神将蒙古军的魂勾了去，这些蒙古军转眼间就成了待宰的羔羊。在青衣的舞蹈里，青龙双剑若隐若现，蒙古军纷纷倒下，鲜血沿着斜坡流入江中，染红了半边江水。

胡一刀与佐尔木已战了三十几个回合。佐尔木回头看了一眼，只见身后尸横遍野，血流成河。他已无心恋战，知道如果再战，自己也将葬身此处。于是，他使了个诈，意欲趁机逃走。无奈胡一刀早看穿了他的心思，就在他使诈的当儿，胡一刀的古井宝剑已经刺入了他的胸口。鲜血从他的口中涌出，他双目圆睁，倒地而亡。

帮众们见帮主杀死了蒙古军主帅，一齐欢呼起来。尽管她们的身上沾满了敌人的鲜血，但胜利的喜悦写在了她们每个人的脸上。她们以零伤亡的战绩取得出山以来的全胜。

胡一刀见帮众情绪高涨，大声说道：“神龙帮的姐妹们，你们是好样的，我为你们骄傲！”他说完，顿时响起热烈的掌声和欢呼声。他又吩咐道：“感谢蒙古军为我们送来的大船，大家收拾一下登船，我将带你们沿江东下，去咱大宋朝的京城看看！”帮众们听了，异口同声地说了声“好”。

胡一刀飞身上船，将蒙古军的旗子撤下，挂起“神龙帮”旗帜，又吩咐四位头领安排人手轮流划船，自己和四位头领站立船头。大船开动，向着下游驶去。胡一刀回头望了望刚才的那片战场，又看了看脚下的甲板，感慨万千。在落日的余晖里，江水拍打着岸边的岩石，江风徐徐，两岸山上的人家开始亮起灯火。世界是如此静谧，仿佛刚才那场搏杀从来没有发生过。

大船顺风顺水，快如飞舟。此情此景，令胡一刀想起了诗仙李白的《早发白帝城》。他还记得小时候与九妹一起诵读这首诗的情景……想着想着，他已轻轻地念起来："朝辞白帝彩云间，千里江陵一日还。两岸猿声啼不住，轻舟已过万重山。"

第六十三章　山雨欲来

话说贾国舅命手下十大高手各带一队人马，分赴各地寻找神丹下落，寻得神丹者，赏黄金千两，赐良田万亩，封上将军，享万世荣华；如若三个月内仍未找到神丹，则自造神丹，以假乱真，并以此兴风作浪，意欲窃取风雨飘摇的大宋江山，好让他贾国舅也做一回皇上。

古语有云：重赏之下必有勇夫。贾国舅手下十路人马一出临安城，就变成十路凶神恶鬼，所到之处，烧杀抢掠，无恶不作。他们打着搜寻宝物的旗号，搅得本已千疮百孔的大宋江山越发不得安宁，多少无辜百姓惨遭毒手。

消息很快传到了身在柳家镇的萧天等人的耳朵里。在过去的一个多月里，得益于杨神医的精心治疗和单芳的悉心护理，萧天的身体已经完全康复。自打那日听了从襄阳逃出来的宋军说大宋将亡之后，萧天寝食难安，日夜思索着如何为国尽忠。算起来，他们离开灵泉寺来到柳家镇已有数日。连日来，他们所住的客栈不时有人议论当前的时局，人们对国舅爷的所作所为恨之入骨，却又无可奈何。

萧天听了这些人的议论，对贾国舅的目的已经猜得十有八九。他日夜思索着该如何化解眼前的这场危局。如果交出神丹，无异于为虎作伥，这是绝对不可能的事情。但如果悄无声息地将神丹毁灭，倒是容易，只是这解决不了根本问题，没有了真神丹，贾国舅完全可以造一颗假神丹，然后以假乱真，这岂不是更便宜了老贼？但如果一直这样隐忍着，看着无辜百姓为此白白送命，他的心又有如刀绞。

单芳和杨神医见萧天愁眉不展，问他何故犯愁。萧天道出缘由，单芳和神医听了，一时也抓耳挠腮，想不出一个好办法，反倒一起跟着苦恼。大家在客栈日夜讨论，茶饭不思，愁眉不展。

如今，韦儿和狗蛋已开始练习袁家剑谱。袁雄老前辈不幸去世后，袁家剑谱一直由单芳保管着。她原本想着等韦儿再大一些了，就将剑谱还给韦儿。但一个偶然的机会，让单芳决定提前将剑谱交予韦儿。

那还是在灵泉寺为萧天疗伤的时候，单芳无事，从衣兜里翻出了袁家剑谱。她也想看一看这是一部怎样的剑谱，却不想刚打开第一页，就见上面写着一行字："欲练袁家剑，需童男童女合练，方可练成。"单芳感慨万千，寻思道：难道这就是天意吗？眼下，我身边就有一对童男童女。更为可贵的是，这个女童还是继承袁家剑谱的不二人选。她将这个想法告诉了萧天。萧天听后，极为赞同，并对单芳说道："天意不可违，眼下天下纷乱，我等也不可能一直守护在孩子们的身边，何不让韦儿和狗蛋尽快一起练习，一则不辜负袁老前辈的遗愿，二则也可以让他们的武艺多些长进，岂不两全其美？"单芳见萧天的意见和自己一致，深感欣慰，随即叫来韦儿和狗蛋，将事情的前因后果对他们述说了一番。他们二人听了，欢呼雀跃，在寺内蹦着跳着，嘴里喊着："可以练袁家剑咯！可以练袁家剑咯……"

在和韦儿合练袁家剑之前，狗蛋已经拜萧天为师，并跟着萧天练习神鞭。狗蛋虽然年纪小，却十分懂事，深得萧天喜爱。他每日为萧天端茶递水，有时候和韦儿跑去山里打了野鸡回来给萧天熬汤滋补身体，有时候还滚到萧天的怀里撒娇。萧天看着怀里的狗蛋，心中升腾起无限父爱，这让他心里开始产生了娶妻生子的想法。

萧天看着眼前的师妹，不由得怦然心动。如今，师妹浑身散发着迷人的青春气息，经历了世事和岁月的历练，师妹看起来越发光彩照人。即便是隔着十里，他也能感受到师妹那扑面而来的青春气息。

他自幼和师妹一起长大，跟着巴野子师父学习武艺。在他的心中，早已把师妹当成了那个陪着自己一起变老的人，但他一直把这份感情藏在心里。如今，他卧病在床，师妹不离左右，他感觉自己的心和师妹的心更近了。但真要他捅破师兄妹这一层窗户纸，却又是极难极难的事。

狗蛋拜萧天为师是在一个大清早。那天清晨，萧天很早就起了床，来到灵泉寺的山门外耍起他的神鞭。当他练完一整套鞭法后，却发现狗蛋静静地蹲在山门前全神贯注地看着自己。萧天走上前，俯下身，问道："狗蛋，想学吗？"狗蛋听了，一双明亮的眼睛盯着萧天，过了良久，说道："想学！"萧天听了，乐呵呵地说道："那你还坐在地上干什么，还不快快拜师？"狗蛋一听，高兴得不知所措，连忙跪倒在地，说道："师父在上，请受徒儿一拜！"他说完，接连磕了三个响头。自此之后，萧天每天早上习武，都让狗蛋在一旁观看。狗蛋的悟性极高，不过五天，他已将整套鞭法的路数悉数记下。只是他的内力修为不够，还无法像萧天那样把神鞭耍得虎虎生风。

如今，狗蛋又和韦儿一起练习袁家剑。说来也是神奇，他们二人自从练习袁家剑以来，内力修为居然跟着有了很大长进。韦儿本来已有相当不俗的内力，如今练了袁家剑，内力直线上升。狗蛋原来的内力几乎可以忽略，如今也有了两三成的内力。两相结合，他再耍起神鞭，就多少有了一些气势。

在过去的这段日子里，萧天和单芳说了许多话。单芳将她苦苦寻找萧天的历程一一道来。萧天听了，心中又升起万千怜惜之情。

“师兄，有一件事，在我心里许久了，我不知当问不当问……”单芳说道。

萧天听了，心下诧异，说道：“师妹有何疑问，尽管直说，你我兄妹二人，有什么话不可以说呢？”

“师兄，你可知我为何离开武陵山？”

“你难道不是想出来看看这大千世界？”

“不是。说出来不怕你笑话师妹我愚钝。我之所以出来，是因为听闻你在如来镇上抢了一个女子。”单芳说完，脸红得如天边的晚霞，但她的眼里，全是脉脉深情。

萧天听师妹如是说，心中不由得一惊，心想师妹原来是担心他喜欢上别的女子，继而忍不住扑哧一声笑出声，说道：“我的傻妹子，你有没有闻到一股酸酸的味道？”

“哪有什么酸酸的味道？”单芳还沉浸在刚才的羞怯之中，但她转念一想，师兄这是在取笑她，“师兄，你欺负我！呜呜呜……”她说着，簌簌地落下泪来。

萧天见单芳突然哭了起来，一时心里乱了，连忙上前安慰单芳，说道：“师妹，都是为兄不好，你且听为兄给你慢慢道来。”

那个女子名叫玉儿。她的亲爹去世得早，她娘带着她嫁给了如来镇上开面馆的王麻子。这个王麻子的眼里只有钱。玉儿的娘嫁给王麻子后不久，得了一场怪病去世了。王麻子想着玉儿又不是自己的亲生骨肉，心中盘算着如何将玉儿卖个好价钱，不仅可以省一笔开支，而且还可以赚一笔银子。他还没找到买主，买主就主动找上了门，乐得王麻子嘴都笑歪了。

这个买主就是镇上有权有势的高太爷。高太爷的第五房小妾在上一个冬天不知何故死了。他决定再找一个补上。听说镇上开面馆的王麻子家有一个如花似玉的女儿，高太爷按捺不住，主动找上门，要将玉儿买去做他的小妾。王麻子当然求之不得，但他假装不乐意，为的是多要些银子。银子对高太爷而言，就是叫花子身上的虱子——多得是。高太爷爽快地答应了王麻子的要求，决定以五十两银子成交，并约定择个日子叫人抬着花轿把玉儿接回去。

玉儿得知这个消息后，整日以泪洗面。她年纪轻轻，怎么可能愿意给一个老头子做妾？一个偶然的机会，玉儿认识了萧天。说来，萧天和玉儿的相识，也是一段佳话。

那还是冬月里的一天，如来镇上刮着刀子一样的北风。萧天下了山，行走在如来镇上。他下意识地裹紧了衣服，正准备走进一家包子铺喝一碗豆浆吃一屉包子，却见一个白衣女子飞身跳入不远处的池塘中。他来不及多想，奋力向池塘跑去。就在女子的双手将要没入水中时，他牢牢抓住了女子的手，然后用力向上一拉，就将女子从水中拉出。他脚尖点着水面，施展轻功，转眼间，已将女子救上岸来。女子从惊恐中睁开双眼，看见自己躺在一个男人的怀里，她羞愧难当，哭着说："为什么不让我死……"萧天说道："你年纪轻轻，有什么过不去的事，非要死呢？你既然连死都不怕，还有什么可怕的？"萧天的话，犹如漆黑的夜里突然出现的一盏明灯，将女子的心照亮。

寒风中，女子冻得瑟瑟发抖，嘴唇也已冻得发紫，她浑身的衣服均已湿透。这时，周围聚集了许多看热闹的人。萧天也顾不上别人的议论，抱起女子就进了附近的一家客栈，并让老板娘找来衣服为女子更换，又吩咐店家熬了姜汤给女子喝。

在鬼门关走了一遭的女子，渐渐回过神来。看着眼前这位救了自己性命的男人，她忍不住又呜呜地哭起来。萧天问道："姑娘年纪轻轻，何以轻生？"女子这才将自己的遭遇吐露出来。萧天听了，深表同情，说道："姑娘何不一走了之？"那女子听了，哭得更加伤心。原来，她的身契和她母亲留给她的遗物都被王麻子收着。她必须拿了这两样东西才能离开。萧天说道："姑娘不必悲伤，待我寻个机会，助你一臂之力。"

机会终于到来，也就是那年的腊月初八，萧天帮助王麻子赶走了收保护费的衙役，而后以此为筹码，迫使王麻子放了玉儿。之后，萧天带着玉儿出了如来镇，玉儿说，自己的爹娘都已过世，她无依无靠，如今遭此变故，心灰意冷，决定去清云庵做个道姑，了此余生。萧天虽苦苦相劝，但玉儿心意已决。玉儿感念萧天的救命之恩，认他做了大哥，说自己从此以后，每年的腊月初八都会为萧天祈福，以报答他的救命之恩。

单芳听完萧天的述说，一颗心算是平静下来。

第六十四章　不期而遇

转眼间，萧天一行人在柳家镇已待了足足一月光景。这日傍晚，狗蛋闹着说想吃烧鸡，萧天看着徒儿连日来刻苦练功，心下欢喜，就带着众人来到街头的一家"李记饭庄"，挑了临街的位置坐下。杨神医坐上首，单芳和萧天分坐神医左右，韦儿并狗蛋坐在下首。萧天吩咐道："店家，来一只烧鸡，切一盘牛肉，来一盘花生米，外加一壶烧酒。"店家听了，应了一声，自去准备。不多时，店家就端着烧鸡走过来："客官，您要的烧鸡来咯！”他口中高声喊着，脸上洋溢着得意的神情。

店家将烧鸡放到了桌子中央，说道：“这烧鸡是我们店的特色，用榆木烤的，肉质鲜美，香味浓郁，客官请享用。”

“多谢店家！”萧天说道。

烧鸡在夕阳的余晖中显得越发金黄，浓郁的香味在傍晚的微风中飘散，惹得路过的行人都忍不住放慢脚步，细细地闻上一闻。

狗蛋有些迫不及待，索性趴到桌子上，用鼻子一遍又一遍地闻那烧鸡，还不停地吞着口水。

“狗蛋，你的口水都要流到烧鸡上去了，还让不让人吃啊！”韦儿担心狗蛋的口水真的落到了烧鸡上。

“我就是看看而已嘛！”听韦儿如是说，狗蛋方才有些羞惭地回到自己的座位。

“客官，您要的烧酒来咯！”店家抱着一坛酒，满脸堆笑地走过来，“这可是本镇最好的酒，名叫‘五步倒’，可不要贪杯啊！”

萧天从店家手里接过酒坛，放到桌上，又吩咐店家拿两个碗来。

“怎么，就兴你们男人吃酒啊，我们女人就不可以吃酒了吗？”单芳见萧天只让店家取两个碗，说道，“店家，三个碗！”

“好嘞，三个碗！”店家回应道。

“四个碗！”狗蛋喊道。

“不，五个碗！”韦儿斩钉截铁地说。

“你们小孩子喝什么酒！”单芳说道。

“你们大人是人，我们小孩子就不是人啦？”韦儿瞪着眼睛说道。

狗蛋接着韦儿的话，补充道：“对，我们小孩子也是人，是小大人！”

“哈哈哈，好，五个碗！”萧天爽快地答应了。

“好嘞，五个碗！”说话间，店家已拿过五个碗来。

萧天将五个碗一字排开，双手捧着酒坛，向碗里倒酒。他只给其中的两个碗倒满，另外三个碗只倒了半碗。酒从酒坛中奔流而出，一股浓烈的香气扑鼻而来，五个人几乎是异口同声地说：“好香啊！”

“师兄，你怎么一碗酒不端平呢？”单芳问道。

萧天说道：“我怕你们喝不了。你们先喝，不够再加！”

菜已上齐，萧天说了声“开吃”，狗蛋已将一只鸡腿撕下塞入了自己的嘴巴。韦儿白了一眼狗蛋，嘴里念叨着“馋死鬼”，却将另一只鸡腿撕下来递到单芳的面前，说：“单姐姐，这个鸡腿给你！”

“韦儿，你吃吧！”

“姐姐，这些天你指导我们练剑，甚是辛苦，你吃吧，吃了好继续指导我们！”韦儿言辞恳切地说。

“不，你吃吧，吃饱了好练功！”单芳说完，用眼神示意韦儿赶快吃。

韦儿明白单芳的用心，也就不再推辞。她重新坐回板凳，正准备吃的时候，手中的鸡腿却不翼而飞，回头一看，鸡腿已在狗蛋的手里。

“还我鸡腿！”

见韦儿来夺鸡腿，狗蛋的反应那叫一个迅速，立马下了板凳，围着桌子跑起来。韦儿也不甘示弱，一个翻身，已追赶过来。

“还我鸡腿！”

“不给！”

“还我鸡腿！”

“不给！”

……

他二人围着桌子一前一后如旋风般追赶。

见他们追逐嬉戏，萧天和神医乐得合不拢嘴，单芳也忍俊不禁，大家甚觉有趣。

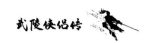

“来，他们跑他们的，咱们走一个！”萧天说着，举起酒，和神医碰了一下，又和单芳碰了一下。

萧天和神医都把脖子一仰，一碗酒已入了腹。这酒犹如烈火，从喉咙直烧到五脏六腑，真叫人痛快。单芳喝了一口，只觉喉咙如火烧，不停地喊“辣”，脸也一下子变得红红的。萧天和神医看了，忍不住大笑起来。

狗蛋跑不过韦儿，只得把鸡腿还给韦儿，自己跑过来喝碗里的酒。这个小鬼，根本不知这酒的烈度，以为和水相似，端起碗就喝了一大口。当他吞下这口酒后，就感觉和吃了毒药一般，尖叫起来。只见他满头大汗，脖子红得如鸡冠。

见狗蛋被酒呛着了，韦儿刚开始还笑，说：“看你下次还敢不敢抢我的东西！”她虽这么说着，但见狗蛋呛得厉害，就赶紧用手轻轻地为狗蛋拍打后背。狗蛋被呛得着实厉害，眼泪鼻涕一块儿流了出来。单芳也赶紧过来帮忙。

萧天正与杨神医推杯换盏，忽听楼上传来争吵声。仔细一听，却是店家在与客人争吵。店家说道：“大爷，我们是小本生意，您吃了东西不能不给钱啊……”

说话间，五个官爷模样的人已走下楼梯。为首的人手里拿着一根金色绳索。那人长得五大三粗，下巴上还蓄着胡须，一副凶神恶煞的样子。

“老子从京城一路吃来，还没有哪个敢收爷爷我的酒钱。你这不知好歹的东西，是吃了熊心豹子胆，敢问你爷爷要钱？”那人恶狠狠地说道。

“就是，你也不睁开你的狗眼看看，站在你面前的是谁！”跟在那人身旁的汉子说道，“这可是当朝国舅爷手下，大名鼎鼎的季大爷！得罪了季大爷，让你吃不了兜着走！”

“我不管你是什么鸡大爷还是狗大爷，一天来这里吃饭喝酒的人，个个都说自己是鸡大爷狗大爷的，都不给钱，我这个小店还怎么开下去？

别说你是鸡大爷，你就是天神爷爷，也没有不给钱的道理！”店家甚是较真。

萧天一下子明白过来，这就是贾国舅手下第十大高手，人送外号“绝命索”的季老十。他手里拿的就是索命绳。他正要上前劝阻，却被神医一把拉住：“他们是来找神丹的！”神医低声说道。经神医一提醒，萧天这才反应过来，兀自惊出一身冷汗。

“他奶奶的，我看你是活腻了！”季老十甚是恼火，一脚踹将过去，正中店家的胸口。可怜那店家，一头撞在桌子上，顿时头破血流，倒地而亡。见店家倒在地上不省人事，老板娘和店小二也慌了，跑过来抱着店家又哭又喊。

韦儿见店家被人欺负，早已忍无可忍，现在又见店家被那人一脚踢死，顿时怒火中烧，早将一支飞镖射向季老十。季老十可非等闲之辈，只将身子一斜，就轻松避开了飞镖。韦儿见一镖不中，又连发两镖，但都被季老十轻松躲过。

季老十本来就在气头上，现在被人连射三支飞镖，早已恼羞成怒。他使出索命绳，径直向韦儿头上打来。这索命绳果然名不虚传，犹如一道金色的闪电，在强大内力的作用下，其势若飓风，令人不寒而栗。若不是萧天果断出手，后果不堪设想。

索命绳被萧天的神鞭挡住，这令季老十更加气愤：“弟兄们，给我上！”他一声令下，其余四人也纷纷举起武器，向单芳他们杀来。

如果说季老十的索命绳具备闪电的速度，那么，萧天的神鞭就具有十倍的闪电速度。只五个回合，季老十已渐趋下风。见打不赢萧天等人，季老十赶紧下令：“撤！”他话音刚落，连同他的四个手下早已夺路而逃。

萧天正要追赶，却见老板娘并店小二在一旁抱着店家哭得伤心欲绝，于是走过去，从怀里取出十两银子，蹲下身递给店小二，说道：“请节哀顺变！”说完，萧天等人走出饭庄回客栈去了。

却说季老十等人逃出饭庄之后，越想越觉得哪里不对劲。其中一个手下从怀里掏出一张布帛画像，说道：“季爷，请看！”不看不知道，一看吓一跳。季老十接过画像看了一眼，果真吓了一跳，刚才在店里遇到的人不正是他们一直在寻找的人吗？季老十不由得感叹道：“这真可谓‘踏破铁鞋无觅处，得来全不费功夫’啊！”

“弟兄们，这可是天上掉下来的大馅饼啊，你们切不可告诉别人，我们如果抓住他们，又得到神丹，将是大功一件，今后就有享不尽的荣华富贵！”季老十难掩兴奋。众手下点头如捣蒜，一个个激动得说不出话来。

第六十五章　临危受命

话说凤鸣山庄庄主赵晔从野云坡回到山庄，已是深夜。九妹听闻庄主身负重伤，生命危在旦夕，跟着妇人急忙来到赵晔房间探视。九妹亲自为赵晔包扎，又吩咐下人为庄主熬粥熬药，甚是殷勤。赵晔见此情景，心中感慨万千，只觉今生今世与九妹相见恨晚，遂将诸多事情和盘托出。

原来，赵晔乃是大宋皇室宗亲，他的祖上是当朝皇帝的太皇叔，因当初开罪皇帝，被流放至这鄂州境内。然他祖辈一直心系大宋江山，纵然遭受朝廷百般刁难亦不改初心。及至其父辈，遭奸人所害，以致家破人亡。从此，赵晔流落江湖，辗转已是十多个春秋。十多年来，他的足迹遍布大江南北，他广结英雄豪杰。后来，蒙古军大举入侵南宋。眼看山河支离破碎，盗贼无恶不作，百姓流离失所，作为皇族子孙，他心怀天下，遂举起义旗，召集昔日结交的豪侠义士，创立凤鸣山庄，并以此为依托，专做那拔刀相助、保境安民之事。如今算来，已两年有余。谁能料到，赵晔领着山庄弟兄跟着二庄主曲虎上野云坡，意欲消灭盘踞于此的一股蒙古军，却惨遭暗算。

赵晔躺在床上，继续说道：“我们的队伍抄小路行至半山腰，眼看就要摸到蒙古军的后方，我正吩咐弟兄们一鼓作气冲上去，却万万没想到，我们还没冲，岩石上方就响起了一片喊杀声。当时我脑子一片空白，心想这下可能完了，慌乱中急传二庄主。不料，手下人说没见着二庄主的踪影。我正寻思着二庄主是不是阵亡了，就听见有人在上面喊话‘庄主，你们已经被包围了，快快投降，我可保你全尸’。当时，夜幕已经降临，我看不清那人的面孔，但听那声音，就知道是曲虎。我那个气呀，我被这个狗杂种给出卖了！”

他说到此处，懊恼不已：“我真是有眼无珠啊，被这个狗杂种给害惨了……”他说得太过激动，跟着咳嗽起来：“咳咳咳……我要……咳咳咳……把他五马分尸……咳咳咳……方解我……咳咳咳……心头之恨啊……”他咳到最后，胸前的伤口崩裂，鲜血从纱布渗了出来。

九妹见赵晔伤口崩裂，鲜血直流，吓得脸色煞白，急忙吩咐下人去传大夫，又对赵晔好生安抚：“大哥切莫动气，当前养伤为要。待大哥伤好，九妹必当与大哥一道，取那叛徒的人头，为大哥出这口恶气！”

大夫匆匆进来，还喘着粗气。

“快，快，快给庄主看看……”九妹催促道。

大夫仔细看那伤口，双手突然抖动起来：“姑，姑，姑娘……不好……不好……”

“什么不好？快说！”

“庄，庄主的……伤……伤……伤口……”

“你这大夫，真是要急死人，快说！”

“伤口好像有……有……有毒……”

“啊……”一屋子的人都紧张起来。

“你怎么这会儿才发现？”九妹甚是恼火。

“姑娘，小人医术浅薄，之前没有看出来。”大夫紧张得浑身直打哆嗦，“这血呈黑色，是中毒的表现！”

“你这庸医，如果庄主有什么三长两短，我要了你的狗命！”三庄主走上前一把抓住大夫的衣领，恶狠狠地说道。

九妹命人取来酒，用纱布沾了酒为赵晔清洗伤口，伤口暂时清理干净，但又慢慢地开始往外流血。她撸起袖子，俯下身去，要用嘴为赵晔吸毒。

赵晔见了，连忙用手捂住伤口，说道：“九妹，万万不可！我烂命一条，怎可让你一个女子为我吸毒，我不允许你为我搭上自己的命！”

“我的命都是大哥救的，就算死了，也是把我的命还给大哥，我们才算是互不相欠。”九妹说完，用力将赵晔的手推开，不由分说地为赵晔吸起毒来。她吸出一口血，吐进盆子，又吸出一口，吐进盆里，不一会儿，盆里已是黑乎乎的血了。

众人看着九妹冒死为赵晔吸毒，不由得又敬佩又心疼。赵晔早已泪流满面。

九妹吸了十几口毒血，又用酒为赵晔擦拭伤口。她擦着擦着，只觉头晕目眩，四肢乏力，冷汗直冒，还没待她擦完，就倒在了地上。

见九妹为自己吸毒晕倒，赵晔勉强支撑起来，吩咐大夫赶紧为九妹医治。

大夫不敢怠慢，赶紧为九妹医治。九妹毕竟只是吸了些毒血，毒液并未进入肺腑，经过一番抢救，不到一个时辰就苏醒过来。她醒来时，见到妇人坐在她的身边，连忙问道："大哥怎么样了？"

妇人望着九妹，说道："傻丫头，你真是不要命了！"

"大哥怎么样了？"九妹心里牵挂着赵晔的伤势。

"庄主……庄主……"妇人说着说着，泪珠子滚落下来。

九妹也顾不了许多，急忙从床上爬起来，可能是体力尚未完全恢复，她差一点摔倒，幸好被妇人一把扶住。

"庄主的病情好像加重了！"妇人说道。

"快，快扶我去看看……"九妹说道。

她们二人走出门，穿过一条廊道，又转过一个屋角，就听见庄主的屋里传出呜呜的哭声。九妹的心提到了嗓子眼儿。她们三步并作两步地走进屋来。三庄主及一众弟兄都低垂着头，默默流泪。有两个年龄比较小的跪在地上，呜呜地哭着，他们是赵晔的义子。大夫也跪在地上，像是一个犯下重罪的人，头低得都快挨着地板了。

见九妹进屋，大夫爬着来到九妹身边，说道："姑娘，庄主的箭伤……"

"我知道了，你退下吧。"九妹坐到赵晔的床边。在昏暗的灯光下，她看见赵晔的脸上已经了无血色，看起来有些吓人。她抓住赵晔的手，发现他的手凉凉的，她的心不由得一紧，说道："大哥，你放心，九妹一定会治好你的伤！"她说话时，早已泪流满面。

赵晔看着九妹为自己流下热泪，好不伤怀。"能认识九妹，又得到九妹的悉心照料，我赵某虽死无憾，只是没能亲手宰了那狗杂种，我死不瞑目！"他说到这儿，又咳嗽起来，半晌后，又接着说，"九妹，你虽是一介女流，却聪明伶俐，又颇有侠义心肠。我知道，我要去阎王那里报到了，但这山庄怎么办？我决定把这山庄和弟兄们托付给你，希望你带领山庄开创出一片新天地。我若在天有灵，一定会保佑你……"

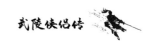

"不！大哥，你会没事的。"九妹边说边抹着泪水，她的眼睛已经红

肿，泪流不止，“等你好了，我们一起努力，将山庄做得更大更强，继续为大宋效力！”

赵晔看了一眼三庄主，又看了看他的两个义子以及众弟兄，说道：“三庄主，子恒、子山，以及各位兄弟，你们统统给我跪下，听我命令……”

众人一齐跪倒在地。

赵晔说道：“各位兄弟，这些年，你们跟着我东征西讨，吃了很多苦，受了很多罪，我赵某对不起你们！如今，我要先行一步，不能继续和你们杀敌建功。我思考再三，决定将庄主之位传给九妹。九妹深明大义，又有侠骨柔肠，更兼武艺高超，是凤鸣山庄庄主的不二人选。或许，这是上天的安排。九妹就是那金凤凰，必将带领你们，开创我凤鸣山庄的大好未来！”他说这些话时，中气十足，并不像身受重伤、生命垂危之人。实则，他这是在用全部的力气说话。

“子恒，取我的庄印来！”赵晔说道。

子恒从赵晔床头的柜子里取出一个包裹，并将包裹打开，递到赵晔的面前。

赵晔接过庄印，然后缓缓地放到九妹的手上，说道：“各位弟兄，请拜九妹为庄主！”

众人齐声喊道：“齐庄主！”

九妹见众人一齐来参拜自己，连忙擦干眼泪，对众人说道：“各位弟兄，我齐九妹何德何能，怎敢接这山庄的庄主之位？如今，大哥身体抱恙，我们最要紧的是赶紧寻找良医为大哥医治，请大家快快起来！”她说完这话，回头看赵晔，发现赵晔双目紧闭，再上前一探，他已经没了呼吸。

“大哥……大哥……”九妹失声痛哭起来。

天渐渐亮了，东方的太阳没有按时破云而出，天阴沉沉的，山风吹来，黄叶纷飞，整个山庄笼罩在无限的悲伤之中。

第六十六章　火海逃生

却说萧天等人在柳家镇李记饭庄与季老十等人交手之后，迅速回到了客栈。萧天寻思着季老十一伙人在柳家镇出现的真正目的：难不成是冲着神丹而来？如若这样，神丹危矣！是夜，他召集众人一起商议。

杨神医道："为今之计，只有尽快毁掉神丹，方乃上策。"

"甚是！毁掉神丹已在所难免，只是如何毁掉，才能让他们的阴谋不能得逞？"萧天说道。

"关于这个问题我已思考良久。我们何不广撒英雄帖，召开毁丹大会，邀请天下英雄于某月某日到某地一会，而后当众毁掉神丹？如此一来，就算他贾国舅能造一颗假神丹，也无济于事。"单芳说道。

萧天和杨神医听罢，由衷称赞道："这确实是个好主意！"萧天说道："如此一来，就彻底断了他们的后路。只是，这毁丹大会势必是一场凶险至极的大会，天下英雄云集，万一有个闪失，又该当如何？"

"这确实是一个不可忽视的问题。"杨神医说道，"我们一旦发布召开毁丹大会的消息，贾国舅绝不会善罢甘休，他必定要兴风作浪，神丹的安全以及各路英雄的性命，都将经受严峻考验。"

萧天听了神医的分析，频频点头，道："神医说得极是。但与大宋江山相比，区区个人生死又何足挂齿？现今蒙古军铁蹄大举入侵大宋，我大宋子民饱受战乱之苦，举国上下本应同仇敌忾，他贾国舅却趁火打劫、卖国求荣。我相信，但凡是有良知的大宋子民，都与窃国者不共戴天，更何况是天下英雄！古语有云，大行不顾细谨，大礼不辞小让。为了大宋江山，为了天下百姓，纵然粉身碎骨，又有何惧？”

萧天的话，令杨神医和单芳深受感染，就连在一旁听得似懂非懂的韦儿和狗蛋，也都为之一振。韦儿说：“就是！又有何惧？谁要害人，韦儿的飞镖第一个不答应！”狗蛋也义愤填膺地说：“谁敢与师父作对，我也不会答应！”他俩虽然不是特别明白其中的利害关系，但他们所展现出来的少年英雄气概却也令人备感振奋。

夜渐深，外面灯火阑珊，客栈内一片寂静。萧天又和杨神医、单芳围绕着如何散发英雄帖以及在何时何地召开毁丹大会等问题进行了深入讨论。这一切都定下来后，已是三更时分。韦儿和狗蛋不知何时已经靠在椅子上睡着了。萧天抱起狗蛋、单芳抱起韦儿，回到各自房间。杨神医也去了自己的房间。

萧天躺在床上，望着窗外透进来的清辉，难以入眠。回想起自己小时候在武陵山的光景。那时候跟着师父，成天就是习武，有时候练得烦了，就偷偷跑下山，去山下的河里摸鱼。有一次，他又溜下了山。师父寻不见他，就问单芳。单芳却帮他撒谎，说他上山砍柴去了。师父是多么精明的人，便假装信了单芳的话。等到傍晚，萧天刚在院子冒头，就被师父逮住。师父问他干什么去了，他支支吾吾地说上茅房去了。师父听了非常生气，说我都等你半天了，你居然说上茅房。师父把单芳喊过来当面对质，二人的谎言不攻自破。师父罚他们跪了整整一个晚上。那一晚，月色也是如此美丽。也就是那一晚，他的心里装进了师妹，再也没有改变过。每每想起这段往事，他就特别怀念师父，以及和师父生活的那段岁月。那时，师父是严厉了些，但严厉里都是对他们的爱。如今，师父已经离开他们许多年，他已经从失去大徒弟静德、二徒弟静默的伤痛中走出，又做了狗蛋的师父。但师父的音容笑貌依然在他的脑海中，任凭岁月如何冲刷，都不能改变师父在他心中的形象。他默默地告诫自己，要好好教育狗蛋，努力做个好师父。他又一遍遍捋着有关毁丹大会的事情，不知不觉间竟迷迷糊糊地睡了过去。

萧天睡得正沉，忽听有人大喊："师兄，快醒醒……"接着又是急促的敲门声，他从睡梦中惊醒，方知是单芳在敲门喊他。他一骨碌爬起来，赶紧打开门，一股浓烟扑面而来，差点让他喘不过气来。

"这是怎么回事？"萧天不解地问道。

"好像是着火了！"单芳说道。

"不好，有人放火！"萧天一下子明白过来，"快走，迟了就来不及了！"

萧天返回房间，直接将熟睡的狗蛋抱起，快步走出。

狗蛋经此折腾，醒了过来，问道："师父，这是要去哪儿？"

萧天见狗蛋醒来，索性将他放下，说："有人想害我们，快走！"

客栈早已乱成一锅粥。火苗迎着夜风呼呼上蹿。木质结构的客栈眼看就要陷入一片火海。有人四下奔逃，打翻了客栈的桌椅等物；有人身上着了火在地上打滚，又点着了其他的物件；有人往前门冲，无奈火势太大，冲不过去又折回来……哭声、喊声此起彼伏。

前门已经被大火封死，根本无法接近。萧天带着众人跑去后院，却发现后院也是一片混乱。原来，后院的门被人牢牢钉死，里面的人根本无法出去。萧天令众人后退，他从腰间抽出神鞭，对着院门来了一鞭，便将院门砸得稀烂。众人如潮水般涌出。

只听嗖嗖嗖的声响，冲在最前面的人纷纷倒下。后面的人见了，急忙退回来。原来，外面埋伏了弓箭手。

"单芳，看来我们已经被包围了。你和杨神医带着韦儿和狗蛋在里面稍候，待我先杀将出去，杀出一条通道，你们再一起冲出。"萧天说道。

单芳甚是担心，说道："师兄，我和你一起去！"

"不可，人多反而容易引起注意，再说我们俩都走了，谁来照顾他们三个?"萧天反问道。

韦儿紧紧抓住狗蛋的手，说道："你们去吧，这里有我呢！"

"你们都留下，我一个人去！"萧天说完，纵身跃上院墙，转眼间，已消失在夜色之中。

火势越来越大，前厅已陷入火海，情况万分危急。所有人都挤到了后院。一时间，后院已有数十人。人们惊恐万分，不知所措。又有几个人试着冲出去，无奈刚走到门口，就被箭射了回来。

萧天从前门旁边出了客栈，顺着墙根向东行了数丈，到了一个黑暗的角落。他捡起一块石子，扔到前方三丈开外的地方。随着石子撞击到地面的声响，只听嗖嗖嗖，几支箭射过去。萧天侧耳细听，已辨识到对方的准确位置。他再一次捡起三块石子，向着既定的方位射过去。只听见三声惨叫，已有三人毙命。他如此这般三次，又有数个弓箭手死在他的石子之下。他脚一蹬，犹如离弦之箭，倏然之间，已潜入对方弓箭手所在区域。他逐一查探，果见地上倒了数具尸体。他一路杀将过去，转眼间已到了客栈后院的对面。只见这里还埋伏了数十名弓箭手。他挥起神鞭，向着这群弓箭手横扫过去。神鞭所到之处，无不血肉横飞。可怜这些弓箭手，都做了神鞭下的鬼。

萧天来到后院，对着里面的人喊道："里面的人快出来！"里面的人听了，谁也不敢出去。单芳一听，是萧天的声音。她带着杨神医、韦儿和狗蛋走了出去。其他人见状，这才跟着跑出客栈。众人回头看时，大火已经吞噬了整个客栈。

第六十七章　夷陵城外

胡一刀率神龙帮一众人乘着从蒙古军手中夺得的大船一路沿江东下，不日即来到夷陵城下。众人下船登岸，却见城头立着蒙古军旗帜。胡一刀当下寻思，如果此时贸然进城，与蒙古军短兵相接，敌众我寡，会吃大亏。不如等到天黑，再见机行事。乃对众人道：此时正值午时，蒙古军必有防备，我等暂且在江边寻个隐蔽之处，稍作歇息，待夜过三更，蒙古军或疏于防备，我等突然袭击，杀他个人仰马翻，而后再趁乱脱身，各位以为如何？众人听闻，连连点头，唯有月儿若有所思。

“月儿，我看你不以为然，可有什么妙计？”胡一刀问。

月儿看了看众人，说道：“以我们的实力，不足以与蒙古军硬拼，即便是半夜三更，我们也无必胜的把握，要想全身而退，更是难上加难。我看今日江风阵阵，我们何不等到夜深人静之时，点一把火扔进城里，乘着江风，火势蔓延，岂不烧得蒙古军屁滚尿流，而我等却可以以逸待劳？”

“此计甚妙！”胡一刀点头称是。他正要再说些什么，却被青儿打断。青儿说道：“帮主且不急称是。月儿姐的计策虽妙，只是那城中却有百姓居住，如果我们只管纵火，不顾百姓死活，岂不是和蒙古军并无二致？”

“青儿言之有理。”胡一刀对青儿刮目相看，心想青儿颇有仁爱之心，不由得对她多出几分喜爱，遂殷切地望着青儿，说道，“那依你之见，可有良策？”

青儿被这么一问，一时竟不知如何作答，头摇得像拨浪鼓。

秋红看了看众人，说道："我们何不等到后半夜，待蒙古军最是困顿之时，悄悄潜入兵营，伺机放起火来，等到蒙古军发现着火，我们已经撤出数里。如此一来，既不伤害百姓，又灭了蒙古军威风，我等也可全身而退，岂不快哉？"

众人听了，都觉秋红的主意甚好，遂决定依计行事。

太阳渐渐偏西。一行人在江边树林里潜伏着，忽听前方道路上传来说话声。循声望去，却是几个武林人士。为首的一个青衣说道："我们得加快速度，不然就赶不上毁丹大会了。"

胡一刀听见青衣人说"毁丹大会"，顿时一怔，继而寻思道：什么毁丹大会？为何要开毁丹大会？他一时也想不明白，心想且再听他们说说。遂小声对月儿等叮嘱，叫她们不可造次，他去跟着那几个武林人士，看看他们作何高论。月儿等自是唯命是从。

却说胡一刀潜伏于路边的树林之中，一路尾随几个武林人士，希望听到更多有关毁丹大会的消息。可这几个武林人士却再也不提那毁丹大会的事，只顾赶路。眼看离开神龙帮帮众已有数里，他心下焦急，如果一直跟下去，他们也不提毁丹大会之事，岂不要误了晚上的大事？他思来想去，决定绕到他们前方，假装与他们相遇，然后主动询问毁丹大会的事情。

胡一刀加快脚步，不多时已绕到前方，之后便急匆匆地往回走。行了半里，正好遇上先前那几个武林人士，遂拱手问道："请问几位大侠可是要去参加毁丹大会？"

那几个武林人士见来人站在道路中央，似有来者不善之意，遂不约而同地握住宝剑。青衣人上前问道："阁下何以如此发问？"

"恕在下冒昧，在下近日听江湖传言，说要召开什么毁丹大会。但在下久居山野，对江湖之事知之甚少，我看几位大侠应是江湖上的有识之士，故而相问，还请赐教。”

这几个武林人士见胡一刀言语诚恳，并无恶意，遂放松警惕。一个年长者上前问道：“请问阁下尊姓大名，何以对这毁丹大会感兴趣？”

“在下乃一山野樵夫，姓胡名一刀，在江湖上并无什么名气。然当今天下纷乱，大宋岌岌可危，如果这毁丹大会对我大宋有益，我虽一介布衣，却也有守土保国之责，自当竭尽所能，也不枉男儿七尺之躯。”胡一刀虽对自身身份多有隐藏，却句句发自肺腑，引得几个武林人士频频点头。

“我看阁下虽久居山野，却心系天下，更有宏图大志，绝非奸邪宵小之辈。”长者说道，“这毁丹大会颇有来头，也非三言两语能说完，不如阁下随我等一路前去，也好慢慢向阁下道来。”

胡一刀略沉思，此时万不可随他们而去，月儿她们还在江边，需得大致了解些缘由，回去带上神龙帮再赴那毁丹大会，方为上策。于是说道：“不怕先生笑话，在下还有一些俗务缠身，需得回去稍作处理，方可前去。还望先生简言告知，我也好便宜行事。”

长者见胡一刀态度诚恳，遂道：“再过几日，就是八月十五中秋节。一代宗师武陵山巴野子老先生的大弟子神鞭大侠萧天发出英雄帖，邀请天下英雄于八月十五在汉水之滨参加毁丹大会。当前，蒙古军大举入侵，大宋朝廷风雨飘摇，更有以贾国舅为首的内奸作乱。贾国舅作乱的资本乃是一颗神丹。因江湖传言，得神丹者得天下。贾国舅意欲夺得神丹，并以此号令天下，篡夺大宋江山。神鞭大侠乃是一代宗师的弟子，岂会将神丹拱手相让？因而邀请天下英雄，齐聚汉水之滨，当众毁掉神丹，以破贾国舅之阴谋。英雄帖发出之后，贾国舅已在江湖上掀起一场场腥风血雨，意欲将参加毁丹大会的各路英雄灭于半途之中，其用心真可谓险恶之极！”

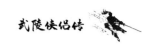

胡一刀听到神鞭大侠四个字时，已对事情的前因后果有了一些了解，

待听完，已冒出一身冷汗。心想离开萧天他们也不过一段时间，却不想今日之天下已危如累卵。他越发担心萧天他们的安危，九妹的身影也在他的脑海中浮现。

老者接着说道：“阁下，我有要事在身，我们就此别过，后会有期。”

胡一刀还在沉思之中，忽听老者说“后会有期”，急忙回过神来，拱手道：“后会有期！”

胡一刀与这一行武林人士道别后，眼看天色渐渐暗下，心里担心月儿她们的安危，又盘算着距离毁丹大会的日子越来越近，不禁焦急万分，遂加快脚步，向江边跑去。

第六十八章　大显身手

胡一刀回到江边树林的时候，天色已经暗下来。见众人安好，他心中的焦急方才缓和下来，遂将当今形势一一说与帮众。众人听罢，深感事情重大。几经商议，胡一刀决定放弃夜袭夷陵城，连夜取道汉水，直奔毁丹大会，以免节外生枝。

却说九妹带领凤鸣山庄众弟兄安葬完赵晔，即召集坐山庄前十把交椅的弟兄商议为赵晔复仇之事。赵晔在世之时，山庄诸弟兄貌合神离，唯有赵晔能将众人统领于麾下。如今赵晔撒手人寰，各势力自然暗流涌动。许多弟兄对九妹接掌山庄颇有微词，然碍于赵庄主新逝，尚只在下面议论。今日九妹召集众弟兄商议复仇大计，众人都觉得是个机会，意欲借此机会除掉九妹，而后再论功排座次。不想众弟兄均已到齐，唯独九妹迟迟未到。

三庄主最坐不住。赵晔不在了，二庄主曲虎叛变了，按道理，应由他接任山庄庄主之位。岂料庄主临死之前，将山庄托付给了九妹，这让他无论如何也想不通。他最先叫嚣起来。

“各位弟兄，我是个直肠子，要论资排辈，无论如何，我排在大家的前面，如今这个庄主之位……”三庄主说着说着，就坐到了庄主的座位上去了，然后左拍拍、右拍拍，好像他已经是一庄之主了，“理应是我的。各位如有不服，可以到外面较量较量。”

“老三，你只不过比我来山庄早那么一点点而已，承蒙老庄主看你憨厚老实，”四庄主双手作揖说道，“这才让你坐了第三把交椅，但要论才学武功，你哪一样比得过我？”他说完，就大踏步走向庄主之位。

三庄主见四庄主朝庄主之位走来，心中慌乱，遂拔出佩剑，厉声吼道：“老四，你胆敢再往前走一步，休怪我手中的宝剑不认你这个弟兄！”他说这话时，眼睛四下打转，希望有人前来帮忙，却不想其他弟兄都只作壁上观，一个个哈哈大笑，就等着一场好戏上演。

四庄主确非等闲之辈。赵晔在世之时，凡事都会征求他的意见。如有战事，也多是他在前冲锋。他作战勇敢，每次交战就数他的战果最为丰盛。他又颇有谋略，每次交战，都能以小胜大，出奇制胜。因而在山庄中，弟兄们都称他为“小诸葛”。如今的山庄，如果没有九妹，这庄主之位，极大可能是四庄主的。

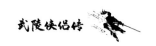

四庄主昂首阔步向前，三庄主早已没有了刚开始的自信，但碍于颜面，他又不肯相让。情急之下，三庄主竟持剑向四庄主刺来。但他哪里是四庄主的对手。四庄主只稍稍闪避，三庄主不仅未能刺中，自己反而来了个狗吃屎，重重地栽倒在地，引得全屋子的人哄堂大笑。可他爬起来依然不知收敛，又向四庄主刺去。四庄主拿起他的长枪，只用力一挡，已将三庄主手中的宝剑打出三丈开外，而后顺势将长枪向着三庄主的咽喉刺去。

说时迟，那时快。就在四庄主的长枪即将刺到三庄主咽喉的瞬间，一支飞镖不偏不倚打在了四庄主的长枪上。长枪经此一击，偏了方向。四庄主顺着飞镖射来的方向抬眼看去，却是九妹从门口走来。

三庄主见九妹救了自己的性命，连忙匍匐在地，向九妹磕头谢恩。九妹却不加理睬，径直向庄主之位走去。四庄主知自己绝非九妹的对手，亦唯唯诺诺退到自己的座位上去。其余人见此情景，尽皆肃然。

“各位弟兄，如今庄主新逝，你们却在这里争权夺利，你们良心何在？赵庄主在世之时，待尔等可是不薄。如今，你们一个个看看自己的德行，对得起赵庄主吗？我本无心居此大位，无奈庄主临终嘱托，庄主于我又有救命之恩，我怎可让庄主之心血付之东流，放任尔等为争夺权利而兄弟相残？为今之计，我们必须勠力同心，同仇敌忾，剿灭蒙古贼，追杀叛徒，为庄主报仇！”她走到四庄主的桌前，手起剑落，以迅疾之势将桌角砍下，然后说道，“从今往后，谁胆敢滋事，当如此桌！”见九妹砍下自己面前的桌角，四庄主吓得魂飞魄散。刚才见九妹在自己面前拔出宝剑，他原本以为九妹要杀了他，却不想九妹砍下的是桌角。九妹的这招，令他肝胆俱裂，再也不敢对九妹有半分不敬。他甚至庆幸九妹砍下的是桌角，而不是他的脑袋，以至于他长时间看着掉在地上的桌角而忘了一切。

“四庄主，你说是也不是？”九妹厉声问道。

四庄主还沉浸在刚才的惊吓之中，一时没有听见九妹的问话。九妹用力在四庄主的桌子上一拍，吓得四庄主双腿一软，立时跪倒在地。九妹将声音提高八度，又问：“四庄主，你说是也不是！”

“是！是！是！”四庄主连忙回答。

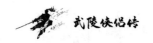

九妹重新坐回庄主位，用舒缓的语气说道：“各位弟兄，我和你们都是一根绳上的蚂蚱，都在同一条船上，我们必须上下一心，才有机会战胜

凶神恶煞的蒙古军，才能实现为赵庄主报仇的目标。还望大家抓紧时间准备，我们择日攻打野云坡！”

众人听罢，高声齐呼：“愿听号令，杀灭贼寇，报仇雪恨！”

事后，九妹又领着各个头领分赴各分庄查看庄务，对各分庄存在的问题一一进行指点，要求逐一整改落实。一时间，凤鸣山庄焕然一新，庄纪严明，庄务有序，庄威大振。

又十日，见山庄要务日趋完善，攻打野云坡已是万事俱备，九妹遂召集全庄弟兄，发出攻打野云坡的号令。是夜，山庄全体弟兄人手一支火把，每支火把都浇上桐油，不骑马、不声张，在夜色的掩护下，一行人浩浩荡荡出了山庄，径直向野云坡进发。

一路上，无风无雨，甚是平静。行了两个时辰，队伍到了野云坡的山脚下。众人在山脚下埋伏至后半夜，待到蒙古军疲惫困顿之时，沿着后山小路向上爬去。这条路，就是赵晔中箭之路。如今这支队伍，经九妹的严格训练，已经变成一支纪律严明、作战勇猛的队伍。每个人都觉得自己正行进在一条复仇之路上，因而个个摩拳擦掌，急于报仇雪恨。

九妹行在前面，偶遇零散站岗放哨的蒙古兵，略施小计，就将他们全部制服，队伍几乎是兵不血刃地来到了蒙古军营地。深夜的野云坡静悄悄的，蒙古军的营帐里不时传出鼾声。九妹令十路弟兄悄悄潜伏至蒙古军营地的四周，然后以九妹的信号弹为号，一齐放起火来。一时间，野云坡上大火燃起，烟雾弥漫。许多蒙古军尚在梦中，忽听有人大喊“着火了”，连衣服都来不及穿，纷纷四散逃命，十有八九葬身火海，少数侥幸者刚逃出火海，就被山庄弟兄斩杀。

或许是上天早有安排，山庄曾经的二庄主曲虎从火海中逃了出来，被四庄主抓住，并扭送到九妹的面前听候发落。九妹吩咐四庄主对曲虎严加看管。四庄主得令，将曲虎绑得结结实实。九妹见蒙古军大势已去，遂发出信号，收兵回庄。打了胜仗，全庄上下无不欢呼雀跃，人人称颂齐庄主领导有方。

九妹领着山庄弟兄、扭着曲虎径直来到赵晔的坟前。早有弟兄在赵晔的坟前摆上香案及酒食。九妹当着全庄弟兄的面说道：“各位弟兄，在大家的共同努力下，我们取得了野云坡大捷，并活捉了叛徒，我们为赵庄主报了仇雪了恨。但这还不够，我们必须要让叛徒付出应有的代价。今天，我们乘着胜利的气势，要用叛徒的头来祭赵庄主，以慰他的在天之灵！”

听九妹要用自己的头来祭奠赵庄主，曲虎吓得魂不附体，连忙磕头求饶。

众弟兄见曲虎求饶，一齐高喊：“杀！杀！杀！……”

在山庄弟兄的喊杀声中，四庄主早已取下曲虎的头，放在了赵庄主的坟前。见此情景，山庄弟兄无不肃穆，再次高呼：“庄主威武！庄主威武！庄主威武！……”喊声不绝，响彻云霄。

九妹回到山庄，大摆宴席，并对作战勇敢者给予奖赏，山庄呈现出空前热闹的气氛。看着弟兄们喝酒吃肉，九妹独自坐在庄主位上，心中不由得想起与萧天、胡一刀他们相处的日子。也不知萧天如今身在何处，他和单姐姐是否已经结为夫妻？胡一刀自从在灵泉寺一别，至今未见，也不知他过得如何……看着眼前热闹的场面，她的心中又涌起许多担忧，如果此时蒙古军突然来袭，凤鸣山庄该如何御敌？她越想越担心，越担心越停不下乱想，感觉蒙古军已经在攻打凤鸣山庄的路上，她仿佛看到弟兄们在蒙古军的铁蹄之下尸横遍野、血流成河。她不敢再多想，索性出去四下看看。

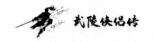

九妹骑上赵晔的那匹枣红马，出了庄门，向着野云坡方向而去。行了数里，不见蒙古军一兵一卒，这才放下心来。她从马背上下来，牵着缰绳信步而行，时而蹲下身来割一把青草喂马儿，时而采了路边的花儿放在鼻子前嗅一嗅。心想，如果赵庄主还在该多好，自己也不至于像现在这样孤单一人。她此刻更有些想念胡一刀，曾经的那些不快早已烟消云散，她回忆起儿时的趣事，对胡一刀的思念不由得又增了几分。看着山上的树木渐渐枯黄，想着八月十五中秋佳节又将到来，她对故人的思念突然就变得越发强烈了。

她漫不经心地在回山庄的路上行着，忽然听见后方传来马蹄声。她警觉地藏进了路旁的树林里察看，却见一匹黑马驮着一个人向这边跑来，马上的人摇摇欲坠，像是生命垂危。见后方也无来人，她干脆跳出树林，在路旁等着马匹过来。不多时，那匹马跑到了她的近前。她一伸手，将黑马的缰绳牢牢攥在手里。因为马被勒住，马上的人反应不及，掉了下来。九妹赶紧上前将那人扶起，并将随身携带的水壶取出，为那人喂了几口水。那人缓缓睁开眼睛，用微弱的声音说道："姑……姑……姑娘……快……快走……"说完，就气绝而亡了。九妹心想，看来后面必有追兵，我何不继续埋伏于此，且看个究竟。

果不其然，不多时，就有三个黑衣人骑着快马飞奔而来。这三个人见路中央站着一匹马，又见路上躺着一个人，顿时兴奋无比，急忙下马。

一个黑衣人来到死者的身边，探了一下死者的鼻息，确认他死了，又用脚踢了死者一脚，说道："跑啊，我让你跑，让你参加什么毁丹大会！就你这样的，只配参加毁尸大会！"

"就是！"另外一个黑衣人从死者的后背拔出一根针一样的东西，说道，"只要中了我们的九毒夺魂针，别说你这样的凡夫俗子，就是阎王老子，也必死无疑！"

九妹在树林中听见后，心中一惊。这九毒夺魂针，是当今世上十分狠毒的暗器，为国舅爷手下人称"毒蝎妇人"的佘老六所制。佘老六从蛇、蜈蚣等九种毒虫身上提取毒液，然后进行提炼，并将特制的针浸泡在毒液中长达九九八十一天。中了九毒夺魂针的人，必死无疑。据说佘老六的手下都会使这一门暗器。看来，眼前这三人都是佘老六的人。

“老大，算起来，我们已经杀了数十名江湖人士。这样杀下去，何时是个头？他们不就是去参加什么大会吗，让他们参加好了，我们为何一定要赶尽杀绝呢？”一直没说话的那个黑衣人问道。

“我们只管杀人拿银子，又何必问那么多？知道得多了，我们的小命也许就没了！”老大说道。

九妹听到这里，觉得这三个黑衣人虽然不是好东西，但他们之间还是有些区别。心想何不将另外二人杀了，留下这个良心还没泯灭的，来问个究竟。

九妹使了个诈，向他们三人的方向扔了一块石头。石头落地，发出声响，三个黑衣人应声回头望去。九妹右手一挥，两支飞镖飞射而出，转眼间另外二人已经毙命。见老大和老二说话间已经死去，老三吓得浑身如筛糠一般，忙跪地求饶。九妹在树林里压着嗓子说道：“你们作恶多端，罪该万死！菩萨念你良心未泯，暂且不要你性命。将尔等杀人的原因如实招来，否则，立马送你去见阎王爷！”

黑衣人老三听见从树林中传出的声音，真以为是他们作恶太多，菩萨要来拿他们性命，遂将要杀害武林人士的原委一一道来，还求菩萨饶他性命，他愿意出家为僧，皈依佛门，忏悔罪恶云云。过了良久，黑衣人老三见四下没有动静，又向树林方向拜了又拜，方才起身离去。

九妹从树林后方回到山庄，立马吩咐全庄弟兄前来商量要事，最终众人一致认为应前往汉水之滨参加毁丹大会，且越快越好。九妹遂吩咐众人整顿庄务，打点行李，早点休息，明日卯时就启程。

第六十九章　狭路相逢

话说那日萧天在柳家镇将单芳、杨神医以及韦儿和狗蛋从火海中救出后，一行人就马不停蹄地向着汉水之滨进发，并沿途散发英雄帖，召集天下英雄豪杰于八月十五日在汉水之滨举行毁丹大会。

眼看离毁丹大会的日子越来越近，贾国舅心急如焚，给其手下十路人马下达死命令，一方面要抓紧搜寻神丹下落，一方面在江湖上制造恐怖，极力破坏毁丹大会。他们将惨遭杀害的武林人士的头颅高悬于各个道口，企图用血腥手段吓退前往参加毁丹大会的各路英雄。

萧天等人尚未到达汉水，贾国舅已经在汉水布下天罗地网，等待着萧天等人自投罗网。荆门城外方圆百里，也是杀机重重，各处山林古道或是必经路口，都埋伏了一等一的高手，专待参加毁丹大会的人士出现，然后逐一捕杀。

却说胡一刀领着神龙帮从夷陵城外向东而行，行了一夜，天方亮时，来到一处寺院前。这座寺院名曰兰若寺。胡一刀和秋红、玉竹、月儿、青儿走进寺来。但见寺院幽静冷清，院内打扫干净，物品摆放整齐，香烟缭绕。胡一刀在前，领着众人向大雄宝殿走去。这时大殿内传出木鱼声、念经声。他们拾级而上，果见大殿内有僧人正在打坐参禅。

见有人来，一位僧人迎将出来，说道："阿弥陀佛，施主驾临敝寺，老衲有失远迎，望施主见谅。"

胡一刀见这位僧人慈眉善目，不敢怠慢，连忙施礼道："不敢不敢！

我等连夜赶路，人困马乏，想在贵寺稍作休息，用些斋饭，打扰贵寺清静，还请大师多多担待。”

“哪里哪里！施主不必客气。老衲这就去安排斋饭，各位请在殿外歇息。”那僧人说完，转身进了内殿。

“多谢！”胡一刀道完谢，招呼众人进来，在殿外的台阶上自行歇息。

那僧人进到内殿，向坐在上首的一个黑面汉子禀报：“五爷，外面来了一伙人，三四十人，但只有一个男的，其余都是女的，说是要讨口斋饭吃。我看这一帮人，定是去参加毁丹大会的。如今，他们人困马乏、饥肠辘辘。我们何不在斋饭里放些毒药，将他们一网打尽，岂不便宜了事？”

黑面汉子闭着双目，也不看那禀报之人，拿起酒壶，喝了一口酒，说道：“如此甚好。你且去准备斋饭，其他人听我号令。”他说完，摸了摸胡须，又对一旁的人说道：“薛儿，去给我把封喉戟取来！”

“是，五爷！”薛儿领命。原来，这个五爷就是贾国舅手下的龙老五。

这时，坐在下首的汉子发话：“老五，你打算把这一帮人全部毒死？”

“不毒死，难道还让他们去参加毁丹大会？”龙老五反问道。

“非也，非也。你可以毒死那个男的，至于其他的美人儿，哈哈哈……就留给我，我保证将她们慢慢折磨至死。”说这话的就是好色如命的马老七。

“老七啊，你这个臭毛病什么时候才能改？色字头上一把刀，小心你什么时候死在这把刀上！”龙老五劝道。

“这就不需要五爷操心了，哈哈哈……”马老七说完，拿着他的霹雳剑，站起身走了出去。

看着马老七的背影，龙老五摇摇头，又喝了一口酒，叹道：“唉，真是狗改不了吃屎，迟早死在女人手上！”龙老五又对身边的几个干将说道：“一会儿，我摔碗为号，切莫听马老七的，耽误了大事，我等吃不了兜着走！”那几个干将领命而去。

不多时，五六个僧人送来斋饭。胡一刀站起身，向送斋饭的僧人施礼道谢，却隐隐感到有什么地方不对。他再次向分发斋饭的僧人看去，发现这些人目光飘忽，甚是诡异，遂对送斋饭的僧人说：“各位师父，这么多的斋饭，我们也吃不完，各位师父要不一起用斋吧！”他说话时，上前拉住一个僧人的衣袖。这个僧人本来心中有鬼，见被拉扯，心中慌乱，手中的碗竟掉落地上，斋饭撒了一地。

院内夹壁中埋藏的武士听见碗掉到地上的声音，以为是龙老五的摔碗信号，纷纷从夹壁中冲将出来，将神龙帮围住，却发现龙老五不在现场，一时不知所措。

神龙帮众人见寺院突然冒出许多武士，个个凶神恶煞，一时有些慌乱。胡一刀已知他们进了虎穴，乃对众人说道：“神龙帮的姐妹们，快摆古井阵法！”霎时间，秋红的“神出鬼没”的金字阵、玉竹的“出神入化”的木字阵、月儿的“心驰神往”的水字阵以及青儿的“炯炯有神”的火字阵都已就位，胡一刀居中指挥。一时间，四个阵法运转起来，寺院内顿时飞沙走石，那些武士根本无法近身。

突然听见殿外的喊杀声，龙老五还不知是哪里出了差错，急忙提着他的封喉戟快步走出大殿，却见外面已经战作一团。他也顾不上多想，举起封喉戟就向阵中杀来。可这阵形实在古怪，千变万化，他不仅从未见过，而且闻所未闻，因而在阵中左冲右突，却找不到一丝破绽，难以脱身，心下不免焦急万分，嘴里不住地骂马老七此时死到哪里去了，也不出来相助。

“哈哈哈……我说五爷啊，我的话你不听，这下可好了，哈哈哈……”说话的正是马老七。他提着霹雳剑站在大殿之前只顾观看，却不上前搭救。马老七似乎是在赌气，责怪龙老五坏了他的好事，心里却另有一番打算。他们这一队人马，都是由龙老五指挥，他马老七虽然排行第七，但论武功也绝不在龙老五之下。可自离开京城以来，龙老五处处压着他，他憋了一口恶气始终没有机会出。如今见龙老五深陷阵中出不来，他心中得意。如果龙老五获胜，他也不损失一根头发；如果龙老五失败，就算他顶上去，也是必败无疑；如果龙老五战死，他就成了这一帮人马的总指挥，从今以后，他想干什么就干什么，没人会再阻拦他。这么一想，他就更加铁了心要坐山观虎斗。

龙老五真是大意失荆州，如今陷在阵中出不来，已经累得口吐鲜血。他的许多手下早已倒在血泊之中。眼看败局将定，马老七大喝一声："弟兄们，撤！"那些还未陷入阵中的手下听见喊撤，仿佛是得了圣旨，一窝蜂地随着马老七从后院小路逃走。可怜这龙老五，在阵中苦苦支撑，却终因寡不敌众，战至最后，已无招架之力，被青儿一剑封喉，倒在了血泊之中。困于阵中的手下也尽皆死了。

胡一刀一声令下，阵法停止，清点人数，神龙帮竟毫发无损。再看兰若寺，已是血流成河。他们踏着龙老五和他众多手下的尸身走出兰若寺，只见不远处尘土飞扬，却不知是何方人马。考虑到距离毁丹大会只剩下五天，他们无暇再作纠缠，遂加快速度，向着荆门方向进发。

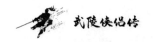

胡一刀离去不久，又一支队伍来到了兰若寺，为首的却是九妹。原来，那日九妹得知萧天要在荆门举行毁丹大会的消息后，就对庄内事务一一作了安排，只留下少部分人照顾山庄，带着其余人火速赶往荆门。九妹老远就嗅到一股浓浓的血腥味，遂提醒全庄弟兄加强警戒。待来到兰若寺前，只见一片杂乱。她提着宝剑，领着弟兄们走进山门，但见沿途躺着许多尸体，大殿前的院子，更是尸横遍地，就连那台阶上、窗户上、横梁上、屋檐上都是尸体。而这些死者都是清一色的黑衣打扮。九妹仔细察看，在大雄宝殿前面的台阶上发现了一杆戟。她蹲下身仔细察看，发现这杆戟的手柄上刻着三个字：封喉戟。她顿时心中一紧，这封喉戟不是龙老五的兵器吗？他的兵器怎么会在这里？作为武人，兵器就是自己的命，如果不是人死了，兵器怎么会被丢弃？看来，龙老五肯定凶多吉少。她又四处察看，希望证实自己的想法。但这些尸体血肉模糊，根本难以辨认，再说，她也没见过龙老五，也不知龙老五长什么模样。可以肯定的是，龙老五要么已经死了，纵然不死，也距离死不远了。

弟兄们看到院内的景象，一个个也是面露惧色。

“庄主，此地不宜久留，我们还是快快离开此地！”四庄主说道。

“嗯，说的极是。”九妹手一挥，众人依次退出山门。

“哈哈哈哈……美人儿，哪里去？七爷在此等候你多时了！”

九妹回头看时，只见这人手里提着一把宝剑，身后站着数十名黑衣武士。

“你是什么人？胆敢对你姑奶奶不敬！”九妹说道。

“我就是名震天下、威震武林、好色如命的马老七，哈哈哈……”他说完就放声大笑起来。

“原来你就是臭名昭著的马老七，失敬失敬。可惜姑奶奶今天没空搭理你！”九妹心中想着毁丹大会的日程，担心出了差错，便不想与他纠缠。

“你不搭理我，我可要搭理你！”马老七纵身一跃，已到了九妹的面前。

马老七指着九妹，对手下人说道：“弟兄们，这个娘们儿留给我，其他的就交给你们啦！”

“庄主，让我去会会这个老色鬼！”三庄主说着，也不等九妹答话，举起宝剑就向马老七刺去。但他哪里是马老七的对手？他的剑尚未碰到马老七，马老七已经一剑刺中了他的心脏。

看着三庄主转眼间已经死在了马老七的剑下，一些弟兄面面相觑。四庄主见三庄主死了，气愤至极，举起长枪就向马老七刺去。九妹急忙伸手将四庄主拉了回来。

“大家不可鲁莽行事！”九妹对弟兄们说道。她心想，看来今天想顺利退出这山门已是万万不能了。狭路相逢勇者胜。为今之计，只能以攻为守，方有一线生机。

“弟兄们，你们对付那些毛贼，我来对付这个丑八怪！”九妹吩咐完毕，拔出月光宝剑，与马老七战在一处，四庄主及众弟兄与马老七的人马战在一处。转眼间，院内又展开一场厮杀。刀枪棍棒碰撞之声、厮杀惨叫之声不绝于耳。

却说胡一刀领着神龙帮向着荆门方向疾驰，脑中总是浮现先前走出兰若寺时看到的尘土飞扬的画面。他心想，如果是贾国舅的人，此刻应该紧跟上来才对，为何一直不见追兵？如果不是贾国舅的人，那又会是何人？无论是谁，肯定是要去参加毁丹大会的。既然都是去参加毁丹大会的，那就是同路人。但如果是同路人，为什么没有跟上来呢？他心中生出许多疑问，遂将诸多疑问抛出，与秋红等商议。月儿说：“既然帮主心中有疑惑，我们何不回去看个究竟？如果是同道中人，我们也可结伴而行，万一他们遇到危险，我们也可上前搭救。就算是敌人，先前的龙老五都不是我们的对手，我们还怕谁？要是那马老七回来了，正好将他杀了，也好为武林除害！”听了月儿的话，众姐妹深以为然。胡一刀思考再三，决定返回兰若寺看看。

马老七一边和九妹打斗，一边用言语挑逗，惹得九妹怒火冲天。九妹使出百般招式，却奈何不了马老七。马老七的剑法快如闪电，而且招招致命，但他有意不伤九妹，仿佛是在玩猫捉老鼠的游戏。另一边，山庄弟兄与马老七的人也打得不分上下。双方陷入胶着状态。

就在这时，山门外传来密集的脚步声。九妹听了，心中不禁有些慌乱。但横竖都是一死，总要死得轰轰烈烈，于是奋力作战。她和马老七时而战在大殿内，时而战到屋顶上，时而战在大殿外。马老七虽也不知门外来者何人，但他心想，肯定是援军到了。因为距此不到十里的云来庄，有杨老八的人。想到这里，马老七对九妹说道：“美人儿，你听，我的援军到了。你乖乖从了我，我绝不会亏待你！你的人，我也可以不杀，放他们一马。你看如何？”

“此话当真？”九妹不想山庄弟兄与自己一起白白死掉。

“当然当真！”马老七甚是得意，心想这傻姑娘，真以为我会放了她的人。

“九妹，万万不可！”一个熟悉的声音从门外传来。

马老七一听，来者居然不是自己的帮手，而是自己的对手，心想，完了，到嘴的肥肉吃不了了。他使了个诈，飞身上了房顶，径自逃走了。他这一跑，手下的人顿时没了主心骨，战力马上被瓦解，转眼间，就被山庄的弟兄们全部拿下。

九妹向门口看去，却是胡一刀。

“九妹，我来迟了！”胡一刀说道。

九妹却不领情，好像没看见胡一刀一般，大踏步走上前，对弟兄们说：“弟兄们，我们走！”说着，领着山庄弟兄出了山门。

胡一刀知道九妹对自己一直怀恨在心，如今他又和月儿成了婚，如何对得起九妹！但千错万错都是他的错。他跟在九妹的后面，出了山门。

“帮主，马老七已被擒获，请帮主发落！”青儿见帮主走出山门，急忙上前禀道。

“在哪里？带我去看看！”

“帮主跟我来。”

青儿领着胡一刀走到兰若寺旁的一片空地上，果见马老七被结结实实地绑在一棵杨树上。

原来，在山门外，胡一刀已从山庄弟兄口中得知是马老七在里面兴风作浪，遂吩咐秋红、玉竹、月儿和青儿带着各自的人马在寺外设下埋伏，等着马老七自投罗网，而他自己单枪匹马闯入寺内救九妹。马老七原本以为飞上房顶就可以逃之夭夭，却不想一时大意，刚一落地就掉进了青儿布置的机关中。

胡一刀走上前，对着马老七就是一口唾沫，说道："你这个无耻之徒！我真要感谢你，如果不是你袖手旁观，我真不知道能否打败龙老五。为了向你表示感谢，你自己说，想怎么个死法，我成全你！"

"大丈夫虽死犹生，如今落在你手里，杀则杀也，随你的便！"这个马老七虽说老奸巨猾，却也不失男子汉气概。

"哈哈哈……就你这样的，也配称为大丈夫！"胡一刀说完，又对马老七吐了一口唾沫，说道，"你祸国殃民，助纣为虐，罪该万死！"

九妹带着山庄弟兄准备离去，忽见胡一刀带着一群女子去了寺院旁边，心生疑惑，遂也跟了过去。她从神龙帮众姐妹中间挤到前面，见马老七被捆在树上，胡一刀正在大骂马老七。想起刚才的屈辱，九妹拔出宝剑，就向马老七胸前刺去。胡一刀正要阻止，却终究慢了一步，九妹的剑已经刺进了马老七的胸口。九妹连刺了两剑，方才收回宝剑。一股鲜血从马老七的胸口流出，他脑袋一耷拉，就此死了。

九妹也不看胡一刀，独自走出寺院，头也不回地带着山庄弟兄往荆门方向而去。胡一刀知道此时追上去解释也是多余，遂带着自己的人马，远远地跟在后面。

第七十章　道阻且长

话说萧天一行人急匆匆赶往汉水之滨，行至半路，发现前方道路上隐隐有杀气。

“小心，前方可能有埋伏。”萧天说道。

众人把心提到了嗓子眼儿。

“让我先去打探一番，如何？”单芳说道。

“不可。敌在暗，我在明，贸然前去，恐遭不测。”

“那可如何是好？”单芳有些焦急。

“不如改道行进，以免节外生枝。”杨神医说道。

“赞同神医的看法。”单芳点头道。

“从目前的形势看，敌人四下设了埋伏，纵然我们改道，或许别处也有埋伏，岂不是白白浪费时间？”萧天思忖道。

“不是说狭路相逢勇者胜吗？”狗蛋说道，“我正有些手痒，想检验一下连日来苦练师父教授武功的成果呢！”

众人听了，心中无不感叹：这真是初生牛犊不怕虎啊！

“既然他们在暗处，我们何不将他们引到明处来，我们到暗处去呢？”韦儿低声说道。

“韦儿，快说，你有什么办法？”单芳问道。

韦儿说道：“我们何不在此点上一堆篝火，再做几个稻草人围在火边，我们则藏在周围密林中，来个守株待兔，如何？”

萧天摸了摸韦儿的脑袋，说道：“小脑瓜子真灵活啊，看来，我们是老喽！”

众人分头行动，找柴的找柴，扎稻草人的扎稻草人，不多时，道路中央已堆起一堆柴草，几个稻草人也放在了四周。一切准备停当，萧天点燃柴草，迅速消失在夜色里。火噼噼啪啪地燃烧起来。果不其然，不一会儿，从前方道路奔来数十名手持利刃的武士。他们上来对着稻草人就是一顿刀砍斧剁，稻草人纷纷倒地，他们这才发现砍下的不是人头，而是几个稻草人。这些人尚在惊愕之中，萧天等人一齐出手，转眼间，已将他们杀得七零八落。

萧天留下一个活口，废了他武功，问道：“说，你们是什么人，为何在此设伏？你们有多少人？说了可以饶你不死，不说，立马送你去见阎王！”

这人被废了武功，又见同伙都已丧命，早已吓得魂飞魄散，连忙磕头求饶：“求大爷饶命，我什么都说！”

“快说！”萧天厉声吼道。

这人瑟瑟发抖，说道：“我等是国舅爷手下侯九爷的人，奉命在此截杀武林人士，但凡从此路过者，格杀勿论。”

“你们的侯九爷现在何处？”萧天问道。

“这个……这个小人的确不知，求好汉饶命！”

“前面是否还有你们的人？”萧天追问道。

“这个……不是小人有意隐瞒，小人的确不知。”

萧天看他态度颇为诚恳，想必此人也就是一般的武士，所知可能确实甚少，遂对其呵斥道：“还不快滚！休叫我再遇到你，否则，绝不留你狗命！”

“谢谢大侠，谢谢大侠！”那人拱手作揖，连滚带爬地跑了。

萧天领着众人向前刚走几步，忽听后面传来一声惨叫，回头看去，却是刚才那人。

“师伯不必惊讶，是小女子给他留下个记号，免得他再作恶时认不出来。”韦儿说道。

原来，就在萧天等人转身的时候，韦儿使出飞镖，削去了那人的一只耳朵。

萧天摇摇头，心有不忍，叹了一口气，大踏步地往前走去。

“韦儿，今后不可乱行杀戮！”单芳训诫道。

“韦儿知错了！”韦儿走上前，挽着萧天的手臂，娇滴滴地说道。

“你呀，小小年纪，不可杀气太重。我们既答应不杀他，就应该信守承诺。”萧天轻声细语地说。

“知道了，师伯，韦儿记下啦！”

“这才是乖孩子！”萧天说道。

一行人说着笑着，不知不觉已走出十余里。这时，天渐渐亮起来。忽然，前方草丛中一群鸟儿好像受到惊扰一般扑棱一下飞了出来，吓得众人一愣。

萧天等人尚未刹住阵脚，草丛中兀地腾空飞出一群蒙面杀手。这群人一字排开，向着萧天等人而来。居中者手持一对大铁锤。看他轻功，更是了得，他脚尖只在草尖上轻轻一点，即飞出数丈距离，犹如飞禽一般。他手中那对大铁锤，足有百十斤，远远就能感受到铁锤散发出来的威力。顷刻之间，他们已挡住萧天等人的去路。

“来者可是侯九爷？”萧天问道。

“汝既认得洒家，还不快快束手就擒，以免洒家的丧魂锤让尔等脑浆迸裂！”侯老九气势汹汹，根本不把萧天等人放在眼里。

“侯老九，自古以来，助纣为虐，都没有好下场。我劝你放下屠刀，立地成佛。否则，休怪我的神鞭不听使唤，万一伤着尔等性命，可是不好！”萧天见侯老九不识好歹，也就不再跟他客气。

“我呸！”侯老九向地上吐了一口唾沫，“废话！拿命来！”他说完就向萧天杀来。

萧天举起神鞭迎将上去，二人战在一处。侯老九手下也一拥而上。见此情景，单芳吩咐道：“韦儿、狗蛋，你们保护神医，我来对付这帮浑蛋！”韦儿哪里肯听单芳吩咐，不等单芳说完，早已飞身杀将过去。狗蛋原本也想上前杀敌，见韦儿已经杀入敌阵，知道保护神医要紧，只得待在神医的身旁。

一时间，山间道路尘土飞扬。萧天的神鞭威力无穷，所到之处，树木被连根拔起，碗口粗的树拦腰断者不计其数。侯老九的大铁锤上下翻飞，砸在山石上，顿时碎石横飞。二人你追我赶，不多时已战至山崖之上。侯老九贴着山崖飞，萧天也紧随其后。萧天飞到树梢之上，侯老九也追至树梢。再看山下道路上，单芳和韦儿也与一众毛贼杀得不可开交。单芳的金银双环犹如两股飓风，杀得毛贼们闻风丧胆。韦儿的袁家剑虽只练了七成，但威力已然巨大，杀得毛贼们只有招架之功，没有还手之力。

萧天已与侯老九战至百十回合，他们从悬崖上又一路打到山下的河沟里。这时，天下起雨来，又开始打雷。双方在雨中继续打斗，不决出生死，誓不罢休。萧天心想，这侯老九着实厉害，如此与之缠斗，恐怕有失，我何不诱其到山顶，让老天爷帮我教训这个浑蛋？他主意已定，遂作败退之势，只顾向山顶飞去。侯老九果然中计，径直追来。

“哪里逃！”侯老九以为萧天怕了他，要逃跑，嘴里骂道，“好你个怕死鬼，有种别跑，洒家留你全尸……”

不多时，他二人已到了山崖之上。这时，一阵雷声传来，紧接着就是一道闪电。说时迟，那时快。就在雷声之后，萧天飞身而起，举起神鞭，佯装打向侯老九。侯老九急忙招架，高高举起铁锤。就在他举起铁锤的瞬间，一道闪电袭来，正好击中他的铁锤。侯老九啊地惨叫一声，从山崖上径直滚下去。铁锤也一齐和他滚下山崖。铁锤砸在山石上，火花四溅。单芳等人见了，急忙闪向一旁。侯老九的手下见了，一个个吓得目瞪口呆。可怜那几个忘记躲闪的，竟被铁锤砸得血肉模糊。

见老大毙命，他的手下夺路而逃。韦儿还想赶尽杀绝，被萧天及时喝住，她才极不情愿地收住脚步。

伴随着雷鸣电闪，雨越下越大。此时虽已是午时，却因乌云密布，一片昏暗。萧天等人冒雨前行。行了两里有余，见前面是一片农田，想来此处定有人家，遂继续前行，果见前方有一个村子，坐落着数十户农家屋舍。

他们五人走进村来，却见村中处处断壁残垣，破败不堪，那些农舍中也不见农人。从柳家镇出来，他们一路上遭遇数次伏击，又累又困，更兼腹中饥饿，迫切需要休息和填饱肚子。他们四下察看，希望找到一户人家。可走完整个村子，除了看到几只野猫和骨瘦如柴的老狗，再不见活着的东西。无奈之下，他们只得硬着头皮继续赶路。

又行了半日，遇到了一条河。河水不深，清澈见底。河的下游不远处，有一个戴着斗笠钓鱼的人。萧天等人便向钓鱼者的方向走过去，可还没来得及与那人搭话，那人却飞也似的跑了。众人见状，甚是纳闷。

他们沿着河向下游走去。眼看天黑了，可还没有吃一点儿东西，韦儿和狗蛋早已叫唤起来，说肚子咕咕直叫，实在没力气走路了。

他们有气无力地继续走着，忽然，韦儿喊道：“大家快看，前面有个酒家！”大家一听，喜出望外，连忙向前面看去，果见前面河边有一个酒家，门口的酒幡还在风中飘荡。众人勒紧裤腰带，向前跑去。

当他们来到酒家门口的时候，却发现酒家四门紧闭，仿佛没人一般。他们敲门，却不见有人来开门。

正在大家失望的时候，韦儿又惊叫起来：“快看，这台阶上的泥巴好新鲜啊！”

“难不成是先前那个钓鱼的人带来的泥巴？”单芳自言自语道。

“极有可能。”萧天说道，“或许人家以为我们是坏人，故意躲着我们吧。”

神医也点头说道：“我看十有八九是这样。”

“店家，我们不是坏人，开开门吧！”韦儿从门缝朝里面喊道。

萧天也试着对里面说道：“店家，我们路过此地，因腹中饥饿，想来讨口饭吃，还请店家不必担心！”

他们五人坐在门外耐心等待。等了约莫一盏茶的工夫，门开了，从里面走出一个老者。

老者将萧天等人打量一番，说道：“各位客官，本店早已不对外营业，各位如要用餐，还是另寻他店吧！”

“老先生在上，请受晚生一拜！”萧天说完，对着老先生拱手拜了三拜，又道，“在下乃是武陵山人士，此番要去汉水，路经此地，多有打搅，还望老先生见谅。”

老先生一听萧天说自己是武陵山人士，遂问道：“阁下不必行此大礼。方才阁下说自己是武陵山人士，不知阁下可认得一代宗师巴野子？”

萧天一听，喜从心起，知道遇着师父的故人了，遂拱手道：“不瞒先生，他老人家是在下的师父。在下乃是他老人家的大弟子萧天，这一位是我师妹单芳，这一位是杨神医，这两个孩子，一个叫韦儿，一个叫狗蛋，狗蛋是在下新收的弟子。”萧天一一向老先生介绍，单芳等人一一向老先生施礼。

老先生一听，心下甚喜，问道：“既然阁下是巴野子老先生的大弟子，可会什么独特武功？”

萧天从容取出神鞭，就着门前的一片空地舞起来。霎时间，神鞭犹如一条巨龙，横穿纵绕，看得人眼花缭乱。萧天打完一套神鞭鞭法，双手握着神鞭，拱手施礼道："这是师父独传的神鞭，不足之处，请老先生赐教！"

老先生看完萧天打的这一套鞭法，赞不绝口，老泪纵横，说道："今日算是见着故人了！"说着，将萧天一行人引进屋，又对里屋的人喊道："快出来，来贵客了！"萧天等人跟着老先生走进屋。众人分宾主之位坐下。这时，从里屋走出两大两小四个人来。萧天一眼认出，其中一男子就是先前在河边钓鱼的人。但见他们的脸上和身上都沾满灰尘，头发上还粘着一些杂草。

老先生见四人的狼狈情形，深感不安，对萧天说道："这是老朽的犬子田贵，这是儿媳妇李氏，这是孙子俊儿，这是孙女香儿。方才不知是贵客临门，他们都躲进地窖，以至于如此莽撞，还望贤侄不要见怪！"他说完，又命四人上前拜见萧天。

萧天连忙上前，将他四人扶起，笑着说道："田贵兄弟我已见过。"

老先生问何以见过，萧天遂将在河边如何见着田贵，然后一路追来，又在门前发现新泥等情形一一道来。众人听了，都忍不住笑了起来。

"看来，这真是有缘千里来相会啊！"老先生感叹地说，又吩咐儿媳去烧些水来，吩咐田贵在一旁陪坐。说话间，韦儿、狗蛋和俊儿、香儿四人已经玩在一块儿。

不多时，李氏端来茶水。老先生又吩咐儿媳去准备饭菜，叫田贵把家里的那只公鸡杀了。萧天等听了，连忙劝老先生不必杀鸡，有一口饭吃就行了。老先生执意杀鸡，说贵客临门，喜从天降，如何不杀鸡！萧天知道老先生是真心的，遂顺其意。

萧天喝了一口茶，说道："先生在上，请恕晚生愚昧，尚不知先生与家师有何故事，还请先生赐教。”

老先生遂将自己与巴野子的故事娓娓道来。老先生姓田名恒，原也是武陵山人。他比巴野子小十五岁。有一年闹饥荒，眼看着一家人就要饿死，他四下求救，却无人搭救。眼看母亲已命在旦夕，作为儿子却无能为力，他心下焦急。一日，他到镇上去乞讨，希望有好心人能施舍点吃的，挽救他母亲的性命。可眼看天快黑了，也没有等来哪怕一丁点儿的施舍。因为四下都是饥民，谁也救不了谁。他怀着无比绝望的心情向家里走去。由于自己也饿得有气无力，没走几步，就倒在了地上。这时，一个人掐了他的人中。

老先生对萧天说道：“这个救我的人，不是别人，正是你的师父巴野子。当然，这是我后来才知道的。你师父把我扶起来，搀扶着我回到家，把他随身携带的干粮都给了我们，还给了我一些银两。我们就靠着你师父的救济，终于熬过了春荒，幸运地活了下来。”

田老先生为萧天重新沏了一杯热茶，继续说道：“当时，你师父救了我和我娘，并没留下姓名。后来，我多方打听，才得知他就是鼎鼎大名的巴野子先生。我几经周折，终于找到了他。还记得第一次到你师父家的情形。那是一个秋收时节，我背着自家种的瓜果去你师父家。当时，他正在院内练功，练的就是贤侄刚才打的那一套鞭法。你师父见我走进来，连忙放下鞭子迎上来，说贤弟别来无恙，一别又数年了。我听了，感动得不知如何是好。我一个寻常百姓，你师父却是一代宗师，居然还记得我。他详细询问了我的近况，我说幸得他搭救，我和母亲的日子过得越来越好了。我离开你师父家后的第三年，我母亲病逝。安葬了母亲，我开始四处流浪。后来到了这个地方，遇到了孩子他娘。她家原来是开酒坊的，算是比较富裕的人家。因灶上缺人手，见我年轻力壮，遂将我留了下来。他娘见我人好心善，处处偏着我。后来，我们产生了感情，他爹娘见我是个可靠之人，于是，决定把女儿许配给我……”

老先生说到此处，不禁长长叹了一口气。

“先生何故长叹？”萧天关切地问。

“贤侄有所不知。田贵娘生了田贵后不久，竟得了一种怪病，从此瘫痪在床，我们四方寻医，却无人能够医治。如今算来，她已经在床上瘫痪了三十多年。”田老先生说完，又是一声长叹。

“先生不必忧虑，这可真是‘踏破铁鞋无觅处，得来全不费功夫’啊！如今，我们这里就有一位神医，何不请他一试？”萧天指着杨神医对田老先生说道。

田老先生将信将疑，说道：“瘫痪三十多年了，能请的大夫都请了，无人能够医治，又何必让杨神医费神呢？”

“老先生，就让在下一试吧！”杨神医站起身，鞠躬施礼道。

老先生领着众人走进里屋。田贵早已点上灯烛，屋内顿时亮堂起来。田老夫人躺在床上，突然见这么多人走进来，对老先生说道：“你这是作甚？”

老先生说：“我给你介绍一下，这就是我经常给你提及的当年救我性命的巴野子先生的大弟子萧贤侄，这是巴野子先生的二弟子单侄女，这是杨神医！”

老夫人虽然瘫痪在床三十年，却神志清醒，见老先生一一作了介绍，乃说道：“老身不能起身，切莫见怪啊！”

杨神医一进门，就仔细观察，又仔细询问了老夫人一番，心中已有八分把握，因说道：“老夫人不必在意，晚些时候起身也不迟。”

老夫人说：“先生是在说笑吧？老头子给我请遍了方圆百里的名医，所有大夫都摇头叹气，只怕又让先生白费功夫了！”

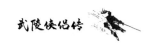

“请老夫人放心！”杨神医说完，又让老先生和萧天去外面候着，叫

单芳帮忙。杨神医取来随身携带的一个箱子，从箱子里取出三根银针，然后，吩咐单芳将老夫人的身子翻过来。杨神医将三根银针刺进了老夫人的盆骨处。

“老夫人保持这个姿势半个时辰，我再来为夫人除针。”杨神医说道。

“难道这样扎一针我就好了？”老夫人不敢相信，心中充满疑惑，又充满期待。但她还是不相信奇迹会发生，毕竟三十多年了，多少大夫为她医治过，均无效果。她就在希望与失望之间摇摆。

“老夫人听我的话即可。”

“对，夫人听杨神医的话即可！”单芳补充道。

杨神医和单芳走出里屋。田老先生和萧天见杨神医和单芳走出来，连忙起身。萧天问道：“杨兄，老夫人的病有治吗？”

“老夫人的病其实并不严重，可能由于生孩子的时候，经络紊乱，导致血液瘀塞，以致瘫痪。我已为老夫人施针，且等半个时辰再看效果。”杨神医说着，坐回先前的位置。

“若承蒙先生妙手，他娘得以重生，就是三生三世为先生做牛做马，都无法报答先生的恩情！”老先生激动不已。

杨神医说道：“救死扶伤本是医者天职，先生不必如此。”

半个时辰很快过去了。杨神医再次进入里屋，在单芳的协助下，取下了老夫人身上的三根银针，说道：“夫人可以试着动一动，看看有什么感觉？”

老夫人试着动了一下，感觉腿好像能动了，之前一直动弹不得。她又试着动了一下，好像腿能做弯曲动作了。

“老夫人不妨试着坐起来看看。”杨神医说道。

老夫人用手撑着床，居然真的坐了起来。要知道，她已经在床上躺了三十多年。她根本不敢相信这是真的。

“老夫人再试着下床看看。”杨神医让单芳扶一把老夫人。

在单芳的搀扶下，老夫人居然下了床，自个儿站了起来。单芳扶着老夫人走了出来。

“老头子，我真的可以行走了！”老夫人一出门，就朝老先生喊道。

儿子媳妇听见老夫人的说话声，也从厨房跑了出来，见母亲神奇地站了起来，他们二人扑通一声跪倒在地，痛哭起来。田贵双手合掌，说道：“谢谢老天爷啊，我娘可以走路啦！”

见到这一幕，老先生也是泪如雨下，对儿子说：“你应该谢谢杨神医，是杨神医救了你娘！”

田贵和他媳妇一起向着杨神医跪下磕头不止，嘴里不停地谢着杨神医。

杨神医连忙将二人扶起，说道：“能医好老夫人，也是缘分，你们不必行此大礼。”

“这真是天大的喜事啊！”老先生对儿子和儿媳妇说，“还不快去做饭！”

不多时，一顿丰盛的饭菜已经摆上桌。老先生把他岳父埋藏在后山的一坛老酒也挖了出来。老先生把杨神医和萧天请到上席，但萧天执意不肯，说无论如何他不能坐上席，杨神医也不肯。最后，老两口坐上席，萧天和杨神医分坐左右首，单芳坐在萧天的身边，天贵陪着杨神医。韦儿和狗蛋被安排坐下席，可他俩又想和俊儿、香儿玩，最后，萧天说话，让他们四个小孩子都挤在下席。李氏负责添饭递茶。老先生亲自为萧天和杨神医斟酒，大家一起举杯，为故人重逢、为神医的妙手回春干杯。

席间，萧天向老先生说明此番前往汉水的缘由。老先生听了，对萧天的义举大为称赞，为巴野子先生能有如此杰出的弟子感到由衷敬佩，乃说道：“萧贤侄，我有一个故人，在汉水之滨的观涛寺做住持。我修书一封，你带着我的书信去找他，或可为你的毁丹大会助一臂之力。”萧天听闻，感激不尽，又详细打听这位住持的事迹，得知这位住持是一位得道高僧，法号圆真。

老先生又对杨神医说道："神医，你医好了孩子他娘，我们无以为报。老朽有个不情之请。"

"先生但说无妨。"神医说道。

"神医医术堪比华佗再世、扁鹊再生，老朽想让俊儿拜你为师，从此跟随于你左右，一来听你使唤，二来跟你学些本事，将来长大了，也好积德行善，报答神医的恩情。不知神医意下如何？"老先生说，"如果神医觉得不妥，也不必勉强，权当老朽未说此话。"

"老先生哪里的话！"杨神医看着俊儿说道，"俊儿生得乖巧可爱，我喜爱还来不及呢。既然老先生舍得，我杨某岂有不收之理？"

见神医乐意，田老先生对俊儿说道："还不快快拜师！"

俊儿看了一眼爷爷，又望了望自己的父亲，见田贵也点了头，便走到杨神医的近前，跪在地上，说道："师父在上，请受徒儿一拜！"他连磕三个响头。

神医顺手夹了一块鸡肉，说道："俊儿，来，吃了这块鸡肉，你就是我杨某的弟子了！"

在众人的笑声中，俊儿吃下了那块鸡肉，这才站起身来。

吃罢晚饭，天已黑定。老先生安排萧天等人歇息。

第二天一早，萧天等人吃罢早饭准备出发。见哥哥要走，妹妹香儿好生不舍，哭得眼睛红肿。众人安慰许久，说哥哥只是暂时出门一段时间，还会回来的，香儿这才露出笑容。田老先生将夜里写好的书信封好，交给萧天，又将萧天等人送至村外十里方回。

萧天一行六人径直向东又行了数日。来到汉水之滨，已是八月初五，距离毁丹大会还有十天。此时的汉水之滨，虽已入秋，但酷暑的余热尚未完全散去，那金黄的大豆叶一层层铺排开来，直到天的尽头。一群群麻雀随着秋风起舞，在汉水边上下翻飞。清澈的江水倒映着瓦蓝的天空以及天空中的云朵。不远处的几艘渔船随意地停在江边，颇有“野渡无人舟自横”的意趣。

他们沿着汉水向上游而行，行数里，见前方赫然出现一座小山。经询问，此山名唤观涛山。再一看，山上有一座寺院，想必就是观涛寺了。一条青石路从江边一直延伸到山上。

据田老先生讲，这观涛寺却有一段来历。传说上古时候，汉水泛滥，曾有仙人下凡救万民于水火，并在此山之上观察汉水的涛势。后来洪水退去，后人为纪念这位仙人，便称此山为观涛山。又不知过了几百几千年，有一个得道高僧到此落脚，遂有了观涛寺。

萧天领着一行人沿着青石路向山上走去。

第七十一章　齐聚汉水

话说萧天一行人来到汉水之滨，但见一条青石板小路自汉水边向一座小山延伸而去，最后隐没于一片竹林之中。他们踏着青石板路走上山来。

山风轻拂，路旁的竹林发出沙沙的响声，数只秋蝉在路边的大树上不停地叫着。一行人行走其间，只觉秋意盎然，浑身有说不出的舒适自在。说话间，他们已来到观涛寺的山门前。山门由石料打造，看起来虽然古老破旧，但山门上方“观涛寺”三个字却苍劲有力。山门前面有两尊石狮，左边墙上写着一个大大的“禅”字，右边墙上是一个大大的“佛”

字。他们整理衣冠，走进山门，前面乃是一个放生池。其时，荷花已然凋谢，池中仅有几许残荷。他们又走了数十级台阶，来到天王殿前。早有一个小和尚走上前来，问道："各位施主，请问是来烧香还是礼佛？"萧天还没答话，韦儿却抢着说道："小和尚，快去告诉你师父，就说有故人求见。""韦儿，不得无礼！"萧天说道，"小师父，我们是来求见圆真大师的。"小和尚仔细打量了他们这一帮人，然后说道："各位施主请到正殿等候，我这就去通报。"说完，小和尚就飞也似的向殿后跑去。他们穿过天王殿，来到大雄宝殿前面的院子，但见这大雄宝殿虽比不上那些名寺古刹，却也庄严肃穆、气势恢宏。院内东西两边又各有一棵菩提树，巨大的树冠犹如两顶巨伞，在院内洒下大片绿荫。

"各位施主，老衲来迟，让你们久等了！"圆真大师走出大殿对院内的人说道。

萧天抬眼看去，见圆真大师两道白眉、一撮白须，神情和悦，天庭饱满，果真神人风采。连忙深鞠一躬，道："晚辈萧天拜见大师！"

"原来是萧大侠，老衲有失远迎，有失远迎哪！"圆真大师乐呵呵地走下台阶。

萧天连忙上前扶住圆真大师的手臂，说道："晚辈沽名钓誉、浪得虚名，本不应登这宝殿惊动大师。无奈晚辈能力微薄，又有要紧事情，因而只得前来向大师请教，还望大师不吝赐教！"

"哪里哪里！"圆真大师和萧天一起走进大殿，边走边说，"大侠神功盖世、声名远播，老衲早有耳闻，只恨不能相见。却不想今日大侠驾临敝寺，实令老衲备感荣幸！"

"多谢大师抬爱，晚辈实在羞愧难当。"

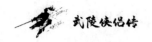

众人随着圆真大师和萧天步入大雄宝殿。萧天领着众人为菩萨上香，并再三拜祭。之后，萧天又向圆真大师逐一介绍同行人员。当得知眼前这位穿着粗布衣裳、挎着深色布包的人就是名动江湖的杨神医，圆真大师更是喜不自胜，连连感叹：“老衲在此修行已二十余年，对杨神医仰慕已久，今日有缘相见，此生足矣！”杨神医听圆真大师如是说，心中自是无比感动，乃说道：“大师言重了，是我三生有幸，能得大师垂爱。”

圆真大师将萧天等人引入方丈室坐下，早有小僧奉上茶。众人又寒暄一番后，圆真大师问道：“萧大侠先前说此番前来是为一要紧事，却不知是何事？”

萧天见问，便将要在汉水之滨举办毁丹大会事宜和盘托出。圆真大师听完，深为赞同，乃说道：“大侠此番作为，实令老衲钦佩不已。如今天下纷乱，外有强敌环伺，内有乱臣祸国，大宋江山危在旦夕。大侠胸怀天下，扶江山于既倒，救黎民于水火，真可谓侠者仁心。老衲虽已年迈，却有一把硬骨头，自当与大侠同仇敌忾，纵然粉身碎骨，也在所不辞。”

萧天听罢，感动不已，道：“大师之言，感天动地。能得大师相助，真可谓人生再造、三生有幸，何愁神丹不毁，何愁天下不安！”说到此处，萧天又说起前些日子与田老先生相会之事。圆真大师甚是挂念田老先生，对诸般细节一一过问，萧天和杨神医都一一回答。其间，萧天将田恒所托书信转交圆真大师。圆真大师接过书信，随即拆开，见是田恒亲笔，一时激动不已，说道：“田老兄啊，多年不见，没想到我们竟然还能以这种方式相见，这真可谓一大快事啊……”他又一字一句读起信来：“圆真吾弟，一别多年，不知可好……”他停下来说道：“废话！我肯定好，你不死，我怎么可能舍得死！”说完，他又接着读：“老兄我虽已年过七十，却精神矍铄，每餐尚能食三碗干饭，又能负百十余斤，望弟切莫牵挂……”读到此处，圆真又自言自语道：“这么能吃，老衲当然是不会牵挂了！”他捋一捋胡须，继续读：“今次托萧大侠等洪福，特致书信一封，一来略表吾之挂牵，一来又有一要事托于老弟……”他念到此处，突然不再读出声，而是嘴唇微动，过了一会儿，乐呵呵地对着萧天和杨神医说道：“你们说这个田老夫子，他不托老衲，老衲难道会袖手旁观不成？”原来，田老先生在信中嘱托圆真大师为萧天的毁丹大会助一臂之力。萧天不希望圆真大师的出手相助是因为看在老朋友的情分上，如果那样，就太勉为其难了。他正是考虑到了这一点，所以才没有在一开始就将田老先生的书信交与圆真大师，而是等圆真大师作出决定之后，这才拿出书信。

“大师切莫感伤。”萧天说着，转过头对杨神医说道，“神医，还不把你的弟子叫来与大师相见！”

神医一听，马上明白过来，连忙招呼俊儿过来与圆真大师相见。

田俊跑过来，问道：“师父，找我什么事？”

杨神医摸了摸俊儿的头，说：“这是圆真大师，和你的祖父是八拜之交，快快拜见大师！”

“大师在上，请受俊儿一拜！”俊儿说完，就跪下给圆真大师磕头。

圆真大师还有些疑惑，萧天连忙解释：“这是田老先生的长孙田俊。”

“哎哟，这长得可真俊啊！”圆真大师将俊儿扶起，仔细端详，赞不绝口，“嗯，颇有祖父遗风，小伙子，真不错……”又问了许多事情，俊儿都一一作答。得知俊儿已拜在杨神医门下，圆真大师更是喜不自胜、羡慕不已，只恨田老先生偏心，将一个好孙儿给了神医做徒弟，却不认他做师父。

又过了一炷香的时间，天色渐渐暗下来，小僧前来禀报，说斋饭已好，可以用斋了。圆真大师遂领着萧天、杨神医一行人去后面饭堂用斋。

是夜，圆真大师又领着萧天到藏经阁。藏经阁位于观涛寺的后山偏僻处，虽少有人至，却打扫得一尘不染。二人走上楼来，站在窗前，放眼望去，窗外一片朦胧，只一弯月牙儿挂在天边。圆真大师点亮油灯，霎时间，灯光照亮藏经阁的一排排书架。

“萧大侠，藏经阁乃是观涛寺立寺以来保存最为完好的部分，其中珍藏的武功秘籍多达数十种，各种文化典籍也有上万册，而诸如《观涛心法》和《竹林绝技》等秘籍可谓高深莫测，老衲曾试图参悟一二，无奈生性愚钝，未能成功，只得作罢。如今，秘籍都摆在大侠面前，就看大侠与秘籍的机缘了。如能参透一二，也不枉这几部秘籍在此存放数百年。”圆真大师向萧天逐一介绍经书的分类以及摆放位置，说道：“距离八月十五尚有十天，对大侠而言，这十天足够参悟出个子丑寅卯了。大侠尽管静心修炼，外面一概事务，自有老衲应付。”萧天感激不尽，向圆真大师深鞠一躬，目送他离开藏经阁。自此，萧天开始闭关修炼。

却说毁丹大会的日子一天天临近，各路武林人士已陆续赶到汉水之滨。观涛山下的汉水边搭起的帐篷绵延数里。各色帐篷犹如一朵朵盛开在江边的花朵，远远看去，甚是壮观。连日来，圆真大师在杨神医、单芳等人的协助之下，动用观涛寺全寺力量，早已在山下平坦之处搭起一座毁丹台，又在台的四周搭起专供各路人马观看的座位，还在外围插上各色旗帜。一时间，万事齐备，只等萧天出关。

八月十三这天，最为热闹。江边人流如潮，江水碧波荡漾，江风轻柔舒爽。九妹率领的凤鸣山庄以及胡一刀率领的神龙帮也相继抵达观涛山下。

那日在兰若寺邂逅之后，九妹和胡一刀因各有顾忌，遂一前一后分开而行。九妹偶尔向后望望，如果与胡一刀的队伍离得远了，她就放慢脚步等一等。她虽然对胡一刀颇有意见，但内心深处其实有说不出的欢喜。在兰若寺时，如果不是胡一刀的出现，她或许就成了马老七的猎物。但碍于曾经种种，她又一时难以转过弯儿来。更何况很久不见，也不知该从何说起。胡一刀跟在后面，心里却无时无刻不在盘算着该如何跟九妹解释过去的许多事情。在见到九妹的那一刻，他的心早已乱作一团，他很想鼓起勇气跑到前面，拉住九妹的手，和九妹好好谈谈。可他又不能扔下神龙帮的姐妹们，尤其是月儿对他寸步不离，这让他更难脱身。于是，就这么走着，除了在当阳看到被烧得只剩残垣断壁的街道以及路边倒着的数十具散发着恶臭的尸体外，没有再遇到大的阻碍，还算顺利地到了观涛山下。

九妹安排好山庄弟兄，就开始四下打听萧天的下落，可她找遍了江边所有的帐篷，也没见着萧天的影子。正在疑惑之时，一个声音在她的耳旁响起："会不会在山上的寺庙里？"九妹转过来，这才发现是胡一刀。九妹也不好再驳胡一刀的面子，便接过话说道："很有可能。我们上去看看吧！"胡一刀欣然同意。"你的人马呢？"九妹问。胡一刀笑笑，说："都安排好了！"

二人回头看了一下各自的营寨，走上山来。没走几步，就听见后面一个声音喊道："等等我……"

第七十二章　毁丹大会（上）

话说九妹和胡一刀将各自人马安排妥当，正欲去观涛山寻萧天，却听见后面有一个声音叫他们等一等。二人回头看去，只见一个白衣女子飞也似的朝他们跑来。

"这女子是……"九妹疑惑地望着胡一刀问道。

"哦，她呀……"胡一刀寻思，如果此时告知九妹实情，可能会节外生枝，倒不如暂不言明，待时机成熟再说不迟。想到此处，他对九妹说道："她呀，我们神龙帮'心驰神往'队的头领月儿是也。"

“什么？你……你对人家心驰神往？”九妹心想，好你个胡一刀，居然对人家心驰神往，看我还会理你不！她说完，就大踏步地向山上走去。

“九妹！”胡一刀喊道，“九妹，你误会了！”胡一刀紧追上去。

月儿见胡一刀没有要等她的意思，在后面喊道：“帮主，你等等我呀……”她一边喊着，一边加快脚步赶上来。

胡一刀看九妹自顾自地往山上走去，已经没入竹林中，月儿又还没赶到，一时急得直跺脚，对月儿不耐烦地喊道：“快点，再快点……”

月儿终于赶上了胡一刀。她跑得满头大汗，气喘吁吁地说：“帮主……你……你跑那么快……是要做什么？”

“我哪里跑快了，我这不是在等你吗？”胡一刀有些不耐烦地说。

“哼，别以为我不知道！”月儿狠狠地说，“我看你就是去追前面那个女子。在兰若寺你救了她，她不仅不领情，还对你爱理不理。我这就去帮你讨回公道！”

胡一刀一看眼前这阵仗，心里急了，如果依月儿这么胡闹，事情可能不好收拾，姑且先安抚好她的情绪，以后再向她解释。他拍了拍月儿的肩膀，轻声说道：“月儿，别添乱，这个事情以后再给你说。今天，我最重要的事情就是去会一会主持毁丹大会的盟主。你先回到我们的营中，和秋红、玉竹还有青儿管好各自的属下，切不可惹是生非，一切等我下山后再说。”

月儿见胡一刀对她甚是温柔，说的话也颇有道理，于是乖乖听话，说道：“那行，你快快回来，免得大家记挂。”其实，自从那日在兰若寺听见胡一刀喊“九妹”，月儿就知道她是胡一刀心心念念的女子。这么多日，她一直忍着，不敢多问，也不敢直言。生怕自己与胡一刀的关系因此而走到尽头。但她心里难过极了。

胡一刀见月儿不再胡闹，心下顿感宽慰，道：“嗯，放心……回吧，别担心我！”

月儿乖乖地转身走下山去。胡一刀看着月儿孤单的身影，心中突然涌起一种酸楚的感觉。心想，如今这局面，都是他造成的，但愿事情不要闹得太僵，不然，他将在愧疚中度过。

胡一刀进了观涛寺正好遇到了单芳，单芳看见胡一刀，说道：“请问阁下是谁？”

胡一刀摸一摸他那并不是很长的胡须，若有所思地说道：“我是胡一刀，你先带我去见萧大哥，待见了萧大哥，我再慢慢告诉你。”

“师兄还在闭关修炼，你暂时不能去见他。”单芳说完，做出一副无可奈何的样子。

胡一刀很是不解，问道：“萧大哥还需要修炼，而且是闭关修炼？”

单芳嘿嘿笑道：“不信，你可以去问方丈。”

说话间，方丈已走出大雄宝殿，捋捋花白胡子，说道：“阿弥陀佛！”

单芳对胡一刀说道：“这是住持圆真大师。”

胡一刀连忙施礼道：“晚辈胡一刀拜见大师！”

“施主不必多礼。刚听施主与单姑娘的对话，说是来寻萧大侠，不知施主找萧大侠所为何事？”圆真大师问道。

“大师，我与萧大侠相识已久，但已有段时间未见了。今通过毁丹大会的英雄帖，获悉萧大侠在此，特来拜访。刚单姑娘说萧大侠在闭关，我以为她是故意忽悠我，意欲上前查明真假。”

“既然施主是萧大侠的故友，且随老衲去后山藏经阁。”

胡一刀跟随方丈向后山走去，远远地就见一座飞檐阁楼好像兀地从山林间生长出来。又走了半晌，方来到藏经阁下。天气晴好，藏经阁倍显雄伟。他随着方丈上得楼来。

“施主，萧大侠就在此间闭关，最快或在今天晚些时候即可大功告成。如若施主不急，老衲可陪施主在此品茶赏景，静候萧大侠出关。不知施主意下如何？”

“如此甚好，只是有劳大师了。”胡一刀说完，对圆真大师深鞠一躬。

“施主不必客气。”圆真大师说完，吩咐一旁的小僧取些茶水来。那小僧说了声“是”，便转身离去。他二人站在阁楼上眺望远方，良久，不见小僧送茶来。圆真大师有些难为情，埋怨道：“这个法远，怎么取个茶却一去不回……”他正埋怨间，忽地就从斜刺里嗖嗖嗖地射来数支飞镖，每一支飞镖都射向他二人面门，如若不是他们耳力极强，及时闪避，早已命丧镖下。二人回头看时，飞镖已稳稳射在藏经阁的柱子上，足有三分之深，看这力道，来者绝非等闲之辈。他二人略点头，圆真大师喝道：“来者何人？”

“哈哈哈……哈哈哈……你要的茶在这里……”只见一个黑色的东西从空中落下，重重摔在地上。圆真大师和胡一刀上前一看，却是法远的头颅，顿时大惊。胡一刀大喝一声：“来者何人？竟敢杀人！”

那人又是一阵狂笑，紧接着，藏经阁下方的树林里走出来十多条汉子，为首的乃是白衣打扮，其余皆着黑衣。黑衣汉子人手一杆长槊，白衣汉子也是一杆长槊，只是他这杆长槊看起来足有百斤重。

“老夫乃是你牛二爷是也！”

看他这身装扮，胡一刀早已猜出此人身份，因说道：“原来是国舅爷麾下的牛爷。不知阁下到此，所为何事？”

“少给我装糊涂！老夫刚刚听你们说萧天在此闭关。如果识相，快将萧天交出，可留尔等全尸。如若不然，老夫定荡平观涛山，将这观涛寺杀个片甲不留！”

原来牛老二在此处已埋伏多时，胡一刀与圆真大师的对话，他听得一清二楚，看来，要想蒙混过关已是不能。

第七十三章　毁丹大会（下）

“看来你真是一头蠢牛，说起话来大言不惭，也不问问你胡爷爷的刀答不答应！”胡一刀气愤地说道。他话刚说完，降龙火刀已向牛老二砍去。牛老二连忙举起手中的丈八长槊迎战。一时间，二人在藏经阁外打得不可开交。圆真大师一直守在藏经阁的门外，以免有人闯入，影响了萧天修炼。

其时，萧天修炼观涛寺武功秘籍已基本大功告成，只待完全平复气力，午夜时分即可出关。他虽听得阁外打斗纠缠，却又不能分神，强令自己静下心来，潜心调节气息。连日来，得益于圆真大师的指点和他自己的领悟，他已将《观涛心法》练得七七八八。

牛老二与胡一刀已战至三百回合，双方渐感体力不支。胡一刀抓住时机，从剑鞘中拔出古井宝剑，向着牛老二刺去。牛老二一直与胡一刀拼刀，不承想胡一刀突然又拔出剑来。正思忖该如何对付，却不料锋利的剑已刺进他的胸膛。他还想举起长槊，可心有余而力不足。随着胡一刀将宝剑拔出，鲜血从胸前喷涌而出，他支撑不住倒地而亡。牛老二带来的十多个弟兄见老大已死，正要四散逃走，可胡一刀哪里肯放过他们，他们逃跑的速度又如何赶得上降龙火刀和古井宝剑出击的速度？只见胡一刀如旋风一般转了一圈，地上已经躺着十多具死尸。

“阿弥陀佛！”圆真大师双手合十念道。

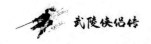

胡一刀杀了这许多人，圆真大师觉得他杀气有些重。胡一刀知道自己

刚才不应该赶尽杀绝，心想继续留在这里多有不便，又想起神龙帮的帮众尚在山下，也不知情况如何，遂向圆真大师作揖道：“大师，在下先行告辞。萧大侠出关后，烦请转告，胡一刀在山下等他！”

“施主请便！”圆真大师伸出手作送客状。

胡一刀辞别圆真大师，径直下山来。夜色渐深，山下却热闹不减。沿着汉水，是绵延数里的篝火。许多人围着篝火手舞足蹈，气氛热烈。第一堆篝火，是神龙帮的。第二堆篝火，是凤鸣山庄的。依次过去，还有少林、武当、峨眉、衡山……

八月十四的月亮，已是十分明亮，将汉水两岸照得如同白昼。不知不觉间，已是子夜时分。萧天修炼完毕，正式出关。他走出藏经阁，只见圆真大师坐在门口参禅打坐。

“大师，让您费心了。”萧天说道。

圆真大师站起身，双手合十道：“阿弥陀佛，恭喜萧大侠！”

萧天还礼道：“多谢大师连日来为我指点迷津。如果全靠在下参悟，也不知猴年马月才能出关！”他说完，向圆真大师深鞠一躬。

“区区小事，不足挂齿。”圆真大师说，“夜已深，请大侠随老衲到方丈室去稍作休息。”

二人沿着小径行至方丈室。一路上，圆真将胡一刀上山来寻萧天并杀了牛老二等事一一告知萧天。圆真大师说：“武者，不可逞杀人之能；武者，止戈全生也。胡一刀杀牛老二可不作计较，然杀其手下欲逃命之人，则为滥杀矣，此为武者所不为也。而今，萧大侠已练成至高武功，更应以至高武德束己，切不可滥杀也。”萧天听圆真大师之言，深以为然。连日来，他修炼《观涛心法》，细究起来，心法之真理乃是以无为攻有为，以无招胜有招，以无形胜有形。明日或许是一场生死之战，却又不得不战，有此神功相助，大事成功已有八成把握。

八月的汉水边，秋意正浓，观涛山上，夜风习习，竟连鸟叫的声音都没有。萧天随圆真大师进了方丈室，圆真大师打坐参禅，萧天和衣而眠，不觉已是五更时分。他轻轻起身，以免惊动他。尽管动作几乎没有声响，可圆真大师的耳力非凡。不过，他并没有作声，任凭萧天走出门去。

萧天走出方丈室，又走出大雄宝殿，只见单芳、杨神医等一干人早已在此等候。他上前说道："让神医、师妹久等了。"

"看萧兄容光焕发，想必是大功告成，可喜可贺！"杨神医说道。

"承蒙诸位鼎力相助，又得大师指点，我萧天纵然是榆木疙瘩，也得开悟了。"他的语气中充满了乐观豁达，引得众人哈哈大笑。

"师兄，我们这就下山去？"单芳问道。

"我们还是用了斋饭再下山。"萧天说，"想必今日会有一场恶战，我们必须以最好的状态迎战。"

"萧兄言之有理！"杨神医点头称是。

狗蛋一听要用饭，兴奋起来："我昨晚没吃饱，又没有肉，我的肚子都咕咕直叫了！"

他的话逗得众人直笑，单芳弯下腰，对狗蛋说："这是寺庙，哪里有肉吃呢？你就多吃两碗斋饭可好？"狗蛋点了点头。

用完斋饭，一行人走下山去。山下人头攒动，人声鼎沸，各色旗帜迎风招展，马蹄声不绝，各路英雄都已云集到毁丹台四周。

其时，秋阳高照，汉水波澜不惊，不时有白色的水鸟从江面飞过。毁丹台距离江边约五百尺，高丈余，有东南西北四面台阶上到中央。中央直径三丈开外，设有祭坛、香案，并整齐地堆放了一堆柴火，旁边还备有一桶桐油。

萧天自北面台阶走上毁丹台。他头发高束，神情肃穆，腰间挂着神鞭。见台下各路英雄纷纷起身向他致意，他拱手还礼。杨神医并单芳等人则在北面台下位置入座。九妹及凤鸣山庄人马居于东北角，胡一刀及神龙帮居于西北角。正东面乃是武当和少林的人，正南面密密麻麻的是衡山派的人，而西面是峨眉派的人。还有一些门派混杂于各大门派之间。

胡一刀站起来，看了看九妹，见九妹正聚精会神地注视着台上的萧天，他显得有些落寞。但此时，他也无心多想，只得和月儿有一句没一句地说着无关痛痒的话。

“各路英雄，在下乃武陵山一代宗师巴野子的大弟子萧天是也。承蒙诸位英雄抬爱，今日有幸在此召开毁丹大会。所谓毁丹大会，其实只一件事，那就是销毁一颗神丹。”萧天环视四周，见众人顿时安静下来，接着说道，“江湖传言，得神丹者得天下。江湖之所以有此一说，其实为当朝贾国舅谋权篡位之诡计。为得此神丹，贾国舅心狠手辣、不择手段，让多少人无辜丧命。今日我等在此聚会，就是要共同见证神丹销毁的时刻。过了今日，世上再无神丹，更无得神丹者得天下之邪说，贾国舅的阴谋将彻底破灭！”

“哈哈哈哈……你的大话说得太早了吧！”

众人听见这狂妄的大笑，纷纷扭过头去。只见江面上驶来一艘大船，那个说话的人站在船头。他个子不高，头上戴着一顶斗笠，手里拿着一把扇子。

“舒老大……舒老大……舒……”人群中有个声音高叫起来，但他只喊了两声“舒老大”，第三声还没喊出来，便没声了。众人正疑惑，却发现这个人已被人一针封喉，倒在了地上。

“你这个贼匹夫，今日来得正好，连你一起销毁了倒是更省事了！”萧天朝船上的舒老大喊道。

舒老大施展轻功，如一只蝙蝠从船上直飞了过来。

“保护好神丹，待我取狗贼性命来祭丹！”萧天朝单芳等人说道。他说完，只轻轻用脚尖点地，已如离弦之箭飞了出去。但见他在空中挥出神鞭，那神鞭犹如一条愤怒的巨龙，神鞭所到之处，风声呼啸，飞沙走石，真如世界末日来临一般。

萧天与舒老大战在空中。正在这时，舒老大乘坐的船上，突然间冒出数十名弓箭手，而且都使用的是清一色的连弩。但他们尚不敢放箭，因他们的老大正与萧天纠缠在一起。他们在等待一个时机。打斗间，萧天故意卖了一个破绽，舒老大正在窃喜，却不想萧天的神鞭以雷霆万钧之势重重砸向船上。这一鞭下去可不得了，偌大的一艘船竟被砸得粉碎，一船的人或者做了肉饼，或者成了肉酱，纷纷落入江水之中。舒老大见此情景，吓出一身冷汗，败下阵来，径直往别处逃去。萧天哪里肯放过他，紧跟其后又是一鞭，直将舒老大打得皮开肉绽。萧天抓起舒老大，如拎起一只小鸡飞上毁丹台。各路英雄见此情景，无不拍手称绝。

“今日毁丹，正缺祭品，现在倒是有了！”听萧天如是说，舒老大早已魂飞天外，一个劲地求饶。可萧天哪里还顾及这些，直将舒老大重重扔到了祭坛之上，只听一声惨叫，舒老大口吐鲜血，一命呜呼。

萧天稍作镇定，扫视全场，说道：“今日毁丹，现又有人送上人头来祭丹，真可谓天意。我等何不上顺天意，速将神丹焚毁，以免迟则生变，再多生事端。”

众人听罢，纷纷点头称是。萧天说道：“接下来，请各大门派推举一位代表走上台来，与圆真大师和杨神医以及在下，共同销毁神丹。”不大会儿，各门派的代表陆续从四面台阶走上中央。圆真大师居中，萧天和杨神医站在圆真大师左右，各大门派代表依次分立左右，九妹、胡一刀也与诸位代表一起登台。众人面朝祭坛焚香，然后三鞠躬。鞠躬毕，萧天高声喊道：“请神丹！”萧天的声音如此雄厚有力，在场的许多高手都能感受到他的超强内力。

但见单芳双手捧着一个锦盒，款款走上毁丹台。正值正午时分，八月的秋阳照得汉水之滨一片辉煌，毁丹台显得越发神圣。单芳走在通往毁丹台的台阶上，每一步都散发着迷人的风采。她的长发随风轻轻飘扬，白皙的脸蛋上洋溢着自信的笑容，脚步轻盈而稳健，一袭白色长裙在正午时分的阳光中散发出夺目的光芒。

台下各路英雄看着单芳走上毁丹台，以为是天仙下了凡尘。有的人看得痴了，嘴角流出哈喇子；有的以为是在做梦，赶紧揉揉眼睛；有的还站起身来仔细打量，感觉是见着了神仙姐姐。大家议论纷纷，都不相信这人世间竟然还有如此美人。台上的毁丹代表也都向单芳投来注目礼，觉得眼前这个人儿怎么如此好看，便觉得由这样一个人儿来呈献神丹是最好的安排。

众人的目光都聚焦在单芳的身上，却忽然听见嗖的响声从后面传来，接着就是嗖嗖嗖的声音，待回过神来看时，已是密密麻麻的箭矢从四面八方射过来。众人一时惊慌失措，纷纷举起手中的刀剑抵挡，有的人不幸中箭倒下。单芳一个纵步，已飞身到了毁丹台中央。萧天举起神鞭扫向四面八方，一股强大的内力随着神鞭所到之处将羽箭打得碎屑横飞。这些碎屑在萧天内力的裹挟之下，犹如万千利刃，径直射向对方阵营。一时之间，四面八方响起一片哀号惨叫之声。

“各路英雄，大家不必惊慌，料他们也掀不起什么大浪！”众人见萧天内力世所罕见，竟然有遮天蔽日之威力，一时便安静下来。在各路英雄的见证之下，单芳将锦盒交给了萧天。萧天打开锦盒，一颗红色的丹药完好地躺在盒中。他手持锦盒，向各位代表展示神丹。众人见了，无不啧啧称奇，想不到一颗小小的丹药，却惊动了整个江湖，引起了一场血雨腥风，多少人为之丧命，更有甚者，比如贾国舅，居然打着神丹的旗号，意欲篡权夺国。但大家想到，一切都将随着神丹的销毁而烟消云散，贾国舅的阴谋也将因此而破灭，江湖又将恢复当初的平静，就越发觉得今日的毁丹大会无比神圣。而自己居然能够见证这一神圣时刻，更觉三生有幸。

在众人的见证下，萧天将神丹投入了毁丹炉。炉火熊熊燃烧，转眼之间已将神丹化为灰烬。萧天向众人高声宣告：“在诸位英雄的见证下，神丹已毁，天下再无神丹。今天的毁丹大会到此结束，感谢各路英雄豪杰冒死参加毁丹大会，萧某在此谢过！希望各路英雄将今天毁丹大会的消息带回去，传遍天下，让那些图谋不轨者的阴谋不能得逞，还我大宋一份安宁。拜托各位了！”萧天说完，又向各路英雄鞠躬致谢。

萧天及各大门派的代表正要走下毁丹台，却见汉水上下游烟尘滚滚，四面八方传来地动山摇的马蹄声。

“各路英雄，看来今天我们要顺利走出观涛山已是不能。自古以来，狭路相逢勇者胜。今日，我等誓要展开一场生死决战，用我们手中的武器，将这群祸国殃民的浑蛋消灭在汉水之滨，还天下一个真正的太平！”在萧天、圆真大师等人的带领下，各路英雄听了，无不振奋，大家同仇敌忾，向敌方冲去。

第七十四章　大结局

敌方人马如潮水般从汉水上游和下游向毁丹台席卷而来。毁丹台的英雄毫不畏惧，分作南北两队迎战。双方在相距百丈之处刹住阵脚。单芳领着韦儿、狗蛋、俊儿，紧随萧天、杨神医，迎战上游来的敌人。九妹和凤鸣山庄的人马居于萧天之右，胡一刀和神龙帮的人马居于萧天之左。左右又有武当、峨眉两派的人马。圆真大师率其他各路人马和萧天背靠背，迎战下游来的敌人。

萧天朝对方阵营喊话道：“尔等祸国殃民的鼠辈，今日神丹已毁，神丹销毁的消息会很快传遍大江南北，你们的美梦已经不复存在。如果不想化作齑粉，我劝尔等速速退去，以免浮尸汉水，贻笑天下！”萧天的话语在超强内力的加持之下，传入对方的耳朵，令不少功力低微的人听了心神颤抖。有些人开始动摇后退，却不想被监军发现，立马将其斩于马下。

这时，对方阵营走出一个女子，手持一根夺命钩。萧天知道，这便是贾国舅手下十二大高手之一、有“毒蝎妇人”之称的佘老六。佘老六将夺命钩在空中耍得发出呜呜的声响，令人听了不寒而栗。

佘老六对着萧天喊话道：“对面说话的是何方神圣？也敢如此大言不惭，口出狂言，只怕待会儿第一个浮尸汉水的就是你！”她说完，站在一旁的大汉突然哈哈大笑起来。此人虎背熊腰，肩膀上扛着两把开天斧，乃是胡老三。

胡老三朝毁丹英雄说道：“想问一问对面的毛贼，你们可否知道，明年的今日就是你们的忌日，不知你们毁丹的消息将如何传出去？”他说完，又是一阵大笑，笑声犹如老虎咆哮，令人生怖。

萧天接过话来，说道：“佘老六，你一个妇道人家，不在家里相夫教子，却来助纣为虐，实属不该。还有胡老三，你力大如牛，却也如此愚不可及。今日此地，就是尔等葬身之地。如果你们现在改邪归正，我可放你们一马。否则，等会儿动起手来，把你们砸成肉酱，休要怪我没有慈悲之心！”萧天说完，众毁丹英雄也是一阵狂笑。

佘老六和胡老三被萧天的话彻底激怒，二人狠狠抽了坐骑一鞭，就气势汹汹地向毁丹英雄这边飞奔而来。

“萧大侠，让我二人前去取他们狗头！”说话的乃是武当的玉泉山人和其弟子。萧天还未来得及说话，他二人已奔出三丈开外。不多时，四人战在一处。佘老六和胡老三骑在马上，居高临下，颇占优势。四人你追我赶，只几个回合，玉泉山人和其弟子已渐处下风。萧天寻思，切不可让他二人白白丢了性命，我还等着他们把毁丹大会的消息带回南方去。思忖至此，他正要出马，胡一刀和九妹却同时来向他请战。当此时刻，萧天也无暇多虑，只说了句：“你二人不可轻敌。”便由二人冲杀出去。

胡一刀和九妹冲入阵中，将玉泉山人和其弟子替出，与佘老六和胡老三战在一处。九妹对战佘老六，胡一刀对战胡老三。双方人马都为自己的主将呐喊助威。九妹的月光宝剑寒光四射，佘老六的夺命钩上下翻飞，双方都使出毕生绝技，意欲尽快克敌制胜。只十多个回合，佘老六和胡老三就被逼得相继翻身下马，短兵相接。

见久攻不下，贾国舅阵营开始骚动，有人给坐镇中军的贾国舅之子、人送外号“吸血公子”的贾不同出主意：“公子何不用暗器杀他一个出其不意呢？”贾不同一听，深以为然，便吩咐下去。不多时，只听九妹哎哟一声，她的左臂已中了暗器。胡一刀听见九妹的叫声，心下正担心，却又无法抽身。正在危急时刻，只见萧天向阵中冲杀过来。胡一刀连忙回过神来专心应对胡老三，以免再遭不测。萧天冲到半途，只觉一股劲风向自己袭来，他连忙闪避，只见两枚针形暗器从身旁掠过。九妹恼羞成怒，一时之间，剑招千变万化，剑风凌厉毒辣。佘老六招架不住，正待逃走，却被九妹一剑封喉。见同伴丧命，胡老三有些惊慌，但他毕竟久经江湖，很快稳住阵脚，一心与胡一刀打斗。

九妹中的暗器非同一般，乃是两根毒针。毒针刺入肌肤，如果不运功，毒性或许没有那么快发作。但她刚才与佘老六奋力搏命，毒性急剧发作，一时间疼痛难忍，心头仿佛有千百只虫子在撕咬。就在这时，胡一刀跳出与胡老三的打斗，来到九妹跟前，一把抱起九妹，就朝自己阵营跑来。

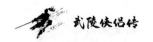

萧天及时赶到，举起神鞭，横扫胡老三的下半身。双方只战了几个回合，胡老三就被萧天的神鞭打断双腿，倒在地上。萧天本想此人已废，留他一条小命，却不想此人不领情，用尽力气将开天斧扔向萧天。萧天侧身避过，反手一鞭，直将胡老三打得粉身碎骨。

贾不同见连折两员大将，甚为恼怒，乃问道："谁人可以出战？"话音刚落，有人道："末将愿往！"回头看时，却是勾十一。勾十一使一杆逐月枪，枪长八尺、重百斤，有万人不可挡之力。他耀武扬威地径直向阵中策马而去。

萧天本已准备返还，却听对方阵营鼓噪起来，遂转过身，静待勾十一前来。勾十一在马屁股上一拍，如飞般赶来。只见他距离萧天尚有三丈远，已举起长枪刺向萧天。萧天却不躲避，只是将手中神鞭向地面扫来。瞬间，刮起狂风，飞沙走石，令人睁不开眼。这一鞭，岂止是扬起尘土，更打在了勾十一坐骑的腿上。勾十一眼疾手快，见势不对，飞身下马，才免栽于马下。他双脚刚刚落地，萧天又如影而至。可怜了勾十一，还未发起进攻，已经送了性命。

毁丹阵营见萧天连杀敌将二人，一时士气高涨。贾不同见状，心生恐惧，队伍也在此时更加骚动不安，许多人有了退缩的迹象。

"谁敢退却，杀无赦！"贾不同大声喝道。他这一声倒是暂时稳住了阵脚。只是军心已然动摇，维持不了太久。他正思忖鸣金收兵，来日再战，却不料毁丹阵营如潮水般向他这边涌来，喊杀声更是震天动地。眼见情况不妙，他连忙吩咐左右掉转马头撤退，孰料毁丹大军一路掩杀过来，直杀得他们丢盔弃甲、狼狈逃窜。贾不同只顾逃命，却不想他早被单芳盯上。单芳穷追不舍，终于找准时机，使出金银双环，将贾不同打落马下。他正要爬起逃跑，又被韦儿一支飞镖射中后心，只见他来了个扑地啃草，径直倒在地上。来往人马左冲右突，根本不知贾不同倒在地上，一阵踩踏过后，他早已断气毙命。

毁丹大军追击敌军三十里，几乎全歼敌军。消息传到临安，贾国舅知道大势已去，欲狗急跳墙，却不想有人走漏风声，以至于他尚未出手，即被下狱，等待他的是诛灭九族。

萧天率众毁灭神丹并剿灭叛军的事迹传到朝中，皇帝甚是高兴，为表彰其英勇神武，乃封萧天为武威将军。无奈萧天意欲归隐山林，并未接受封赏。

毁丹大战之后，萧天率众人回到武陵山，过上闲云野鹤般的生活。萧天与单芳终其一生都以师兄妹相称，并未结为夫妻。二人用心将毕生所学传授给韦儿和狗蛋。俊儿继承了杨神医的衣钵，成为一代名医。九妹在战场上中了毒，幸得胡一刀舍命为她吸毒，算是捡回一条命。二人经此一事，明白了彼此在心中的分量。胡一刀遂辞去神龙帮帮主之位，月儿作为旁观者，渐渐明白胡一刀对自己更多的是责任，失望之余，与胡一刀说清楚后，辞别众人寻找她的亲人。九妹病好后，辞去庄主之位，和胡一刀一起回到了齐家镇。

1276年，南宋临安府被蒙古军攻占。1279年，崖山海战宋军战败，宋代最后一位皇帝赵昺随陆秀夫及赵宋皇族八百余人集体跳海自尽，南宋彻底覆灭。消息传到武陵山，萧天悲痛不已，是夜，他沉沉睡去，便再没醒来。往后的日子，单芳时常在萧天的坟前久久呆坐，终有一天，她也随萧天而去了。

韦儿和狗蛋已经长大成人。韦儿颇有单芳遗风，只是那份狠劲更胜单芳。狗蛋深得萧天真传，又有仁德之心，在江湖之中渐有名气。至于后来他姐弟二人又有何作为，则是后话，此处不提。

后记：再一次出发

2023年2月11日，太白文艺出版社的白静老师将《武陵侠侣传》的设计初样发给我，征求我关于设计风格方面的意见。《武陵侠侣传》终于要付梓出版了，我的心情还是有一些激动，毕竟写了几年，能出版也是对自己的一个交代。回想三年的创作历程，感慨万千。

犹记得那是2018年元月，一个偶然的机会，我开始了《武陵侠侣传》的创作，这个灵感来源于我的好友谭海洲。他的一个仗义举动，点燃了我的创作灵感，一个鲜活的大侠形象在我的脑海中浮现。刚开始，我只是写几段武侠情节发在我的微信群里，但渐渐地，这已经无法满足我创作的热情。于是，我开设了微信公众号——谭哥有约，开始在上面连载，与更多的朋友分享。

一开始，小说的名字叫作《提辖传》。后来，随着情节的发展，又更名为《武陵风云》。再后来，发现《武陵风云》还是与故事情节不够匹配，思来想去，遂定名为《武陵侠侣传》。

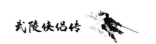

《武陵侠侣传》的创作始于2018年元月，终于2021年5月，历时三载。应该说，前期的创作精力相对充沛，基本上每个周末我都在写作，还会在下班回到家后的灯下鏖战。2019年下半年，随着工作日益忙碌，加之身体方面的问题，特别是长期的伏案工作和熬夜写作，腰椎、颈椎开始和我闹别扭，写作的速度、更新的频率越来越慢。尽管如此，我从未有过放弃写作的想法，长时间的停更让我的内心充满煎熬自责，我咬紧牙关与病魔斗争，坚持每次少写点，用时间换篇幅。虽然从最初的创作到如今正式出版，已经过去了四年多，但创作期间的许多难忘经历依然记忆犹新，回忆起来，都给我以继续奋进的力量。其中，最长的一次写作时间是从下午七点一直持续到凌晨四点，长达九个小时，我一口气完成了第五十章“梦醒重逢”九千余字的内容，这应该是一次写作高峰，之后再未超越。

在《武陵侠侣传》写作过程中，我得到了太多领导、同事和朋友的鼓励，他们时常询问我写作的进度，鼓励我要坚定地写下去，并给我提出了许多宝贵的意见和建议，陪伴我走过了创作的低谷，鼓励我越过创作的层层关隘。在此，我要对他们致以最崇高的敬意。在小说的出版过程中，为找到合适的出版社，黄雅青、李御娇、杨振等好友不遗余力，给予了热情帮助和支持，在此表示衷心的感谢。同时，我要特别感谢我的太太和儿子。为了让我专心写作，太太默默承担了更多家务，为我专心写作创造了轻松愉悦的环境；儿子在我写作过程中给了我不少灵感和启发。我想说，感恩生命中有你们。

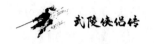

《武陵侠侣传》是我的第二部长篇小说，我的处女作《雾洗清晨》是大学期间完成的，也是关于我母校的首部长篇小说。大学毕业后，我一直在尝试继续写作，但受限于阅历，写作之路一直无法真正开始，或者写了万把字就难以为继。《武陵侠侣传》终于再一次打开了我的写作之门，让我在文学的殿堂里足足沉迷了三年。这三年，每当我进入写作状态，我就感觉自己到了另一个世界，这时，我感到无比自由，我与故事中的人物共悲欢同离合。投入写作之中，我忘记了自己，也忘记了时间，我仿佛也属于武陵侠侣世界中的一分子，虽然他们看不见我，但我可以看见他们。我有时候可以主宰一切，包括他们的命运，但有时候我似乎又无能为力，因为写作或者事物的发展，都有其内在的规律，我无法左右规律。每当这时，我就会陷入痛苦，特别是面对生命的逝去，我感到无比难过。当然，还有另外一种痛苦，那就是灵感消失，情节发展到十字路口时，那种煎熬别提有多难受了，往往搜肠刮肚和左右为难，也无法给出一个完美的答案。因为这些选择往往关乎后面情节的发展。

生命不止，写作不息。纵然千难万难，我也将一往无前。或许，即使我付出百倍努力也难抵成功的彼岸，但努力了，奋斗了，则无悔。《武陵侠侣传》是我的再次出发，必定存在诸多不足之处，希望读者朋友多多批评，多提宝贵意见。愿每一位读者都能“面朝大海，春暖花开”，拥有一个美满幸福的人生。感恩每一位帮助我、支持我、鼓励我写作的朋友，谢谢你们！

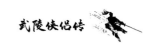

2023年2月16日晚广州至海口飞机上